L'été où Mylena
a disparu

Laure Barachin

L'été où Mylena a disparu

Roman

© Laure Barachin, 2024
Édition : BoD • Books on Demand GmbH,
In de Tarpen 42, 22848 Norderstedt (Allemagne)
Impression : Libri Plureos GmbH,
Friedensallee 273, 22763 Hamburg (Allemagne)

ISBN : 978-2-3225-2384-9
Dépôt légal : septembre 2024

En mémoire de mes grands-parents, Lucien et Marie-Thérèse. À mes parents, Bernard et Lydie, qui m'ont toujours soutenue dans mes projets.

« Il ne faut écrire qu'au moment où chaque fois que tu trempes ta plume dans l'encre un morceau de ta chair reste dans l'encrier. » Tolstoï

La fin de l'été

Septembre 1998.

« Nous n'avons pas d'avenir si nous restons ici. »

Mylena venait d'ouvrir la fenêtre et ses beaux yeux bleus regardaient le ciel comme si elle espérait s'envoler, tel un oiseau prêt à retrouver sa liberté. Le vent de l'orage qui se profilait à l'horizon, en cette fin d'été, faisait flotter ses longs cheveux bruns. D'inquiétants nuages noirs commençaient à se former.

« Je veux devenir magistrate, ajouta-t-elle. Il m'a promis qu'il m'aiderait, que l'argent ne serait plus un problème. Après cette soirée, j'aurai tout ce qu'il faut pour payer nos études de

Droit, le loyer de notre appartement, et même nos loisirs, cerise sur le gâteau ! Nous reviendrons en Ariège pendant les vacances, pour aller skier ! »

Elle avait un air mutin puis elle précisa sa pensée.

« Je n'oublie pas tes livres, ma sœur, tu pourras aller aussi au cinéma voir tes films d'intello et au théâtre, pourquoi pas ? Si l'envie t'en prend. Ou à l'opéra ! »

Elle se mit à rire et tourna le dos à la fenêtre pour regarder Stéphanie, assise sur le lit de la chambre qu'elles partageaient depuis cinq ans, dans cette Maison d'enfants à caractère social de Pamiers. Mylena tenait sa cigarette entre l'index et le majeur avec un air de femme distinguée et émancipée. Elle venait d'avoir dix-huit ans.

« Si tu n'as pas trop honte de moi et de mes activités secrètes, je serai ravie de t'accompagner. Moi aussi, j'adore me cultiver et une bonne accompagnatrice doit avoir de la conversation. »

Stéphanie songeait à ce mot « accompagnatrice », à la réalité sordide qu'il pouvait parfois dissimuler et à sa mère qui ne donnait pas signe de vie. Mylena n'était pas sa sœur mais Stéphanie aimait la façon affectueuse et complice qu'elle avait de répéter ce « ma sœur » comme un leitmotiv qui les protégeait de la solitude et de la violence.

Elles n'avaient, en apparence, rien en commun : Stéphanie était discrète, timide et studieuse ; Mylena était délurée, extravertie et peu intéressée par le travail scolaire. Pourtant, dès leur arrivée dans cette maison, elles s'étaient tout de suite liées, elles avaient établi un solide partenariat qui avait évolué au fil du temps en une amitié indéfectible, un soutien réciproque envers et contre tous, une bouée de sauvetage dans cet océan de cruauté qu'avait été leur existence jusque-là.

« Ce n'est pas le chemin de la magistrature qu'il te propose mais celui de la prostitution.

— Et alors ? » rétorqua Mylena, soudain hautaine et fière de son corps superbe aux formes parfaites, de son visage aux traits fins, discrètement maquillé. Elle se redressa et regarda Stéphanie qui était impressionnée par le charisme de son amie et la splendeur inoubliable de sa beauté féminine.

« Serais-tu jalouse de mes atouts physiques ? »

Stéphanie ne put s'empêcher de rougir, sans doute à cause de la chaleur qui régnait dans cette chambre dépourvue de climatisation. Elle n'était cependant pas dupe, elle savait que Mylena était seule capable de lire dans ses pensées, depuis toutes ces années qu'elles se côtoyaient par la force des choses, ou plutôt à cause de la bêtise et de la méchanceté de certains êtres humains.

Mylena redevint sérieuse.

« Qu'y a-t-il de mal à échanger de l'argent contre du divertissement sexuel entre adultes consentants, dans la mesure où tout le monde y trouve son compte et y prend son plaisir. C'est le plus vieux métier du monde, non ?

— Mais tu étais mineure quand il t'a proposé de participer à ce que tu appelles des « divertissements entre adultes consentants », en échange d'une rémunération qui nous est fort utile et agréable.

— Désormais, je suis majeure et j'ai bien l'intention de mener ma vie comme je l'entends. Je vais récupérer une grosse somme et nous serons libres. C'est pour toi que je le fais, je veux que tu fasses des études et que tu deviennes avocate ou magistrate, tu es faite pour ça, même si tu ne le sais pas, tu incarnes la justice et le courage. C'est ce sens inné qui t'a menée ici, ce serait injuste que tu sois punie à cause de ça... à cause de ce choix que tu as fait il y a cinq ans. Nous sommes une équipe, un duo, tu as les aptitudes cérébrales et moi, l'aisance en société, l'entregent. Tu m'as aidée, je t'aide, on ne se laissera pas tomber, c'est un pacte entre nous, à la vie, à la mort, on se serre les coudes, on s'en sortira. La prostitution de luxe, ce n'est qu'une étape, comme un job étudiant dans un fast food, il faut bien payer les factures. Tu n'es pas d'accord ? ... »

Un doute l'assaillait-il ? Avait-elle besoin d'être rassurée ou d'être confirmée dans l'idée qu'elle se faisait de ses nouvelles activités secrètes ?

Stéphanie revoyait le doux visage souriant de sa maman, elle se souvenait de l'énergie vitale qui l'animait puis des propos ignobles de son père pendant et après leur divorce, lorsqu'il ne cessait de répéter que son nouveau stage, son travail, consistait à effectuer des « parties de jambes en l'air ».

La rumeur avait enflé démesurément au nom du vieil adage : « Il n'y a pas de fumée sans feu » et elle était arrivée jusqu'aux oreilles des juges et des assistantes sociales qui avaient décidé que le père s'occuperait désormais de ses deux filles, Stéphanie et Camille, âgées de treize et huit ans.

Stéphanie avait refusé cette décision qu'elle trouvait injuste et cruelle envers sa mère, Anne. Elle ne pouvait pardonner à son père. Elle avait ainsi choisi de s'installer dans une maison d'enfants à caractère social, où elle avait rencontré Mylena, plutôt que de vivre avec cet homme, qui avait trahi sa mère, l'avait insultée, alors qu'Anne était une ancienne femme au foyer qui tentait de survivre, de subvenir aux besoins de sa famille.

Stéphanie avait protégé Camille, elle ne lui avait rien dit de ce qu'elle savait. Ce silence les avait éloignées car Camille ne comprenait pas les raisons du refus de sa sœur, d'autant plus qu'elle était persuadée que leur mère les avait abandonnées. En effet, personne n'était capable de dire ce qu'elle était devenue. Elle avait disparu. Aucune enquête n'avait été menée car une adulte a le droit de ne pas donner de nouvelles, sa disparition n'avait pas été jugée inquiétante, elle avait probablement refait sa vie.

Mais, pour Stéphanie, cette version ne tenait pas la route. Son instinct lui disait que sa mère n'était pas en mesure de la contacter parce qu'elle était morte. Comment ? Pourquoi ? Elle l'ignorait et cette incertitude la torturait. Sa mère était-elle allée jusqu'à se prostituer pour payer le loyer, la nourriture et tout ce dont Stéphanie et Camille avaient besoin ? Elles n'avaient manqué de rien.

Pourtant, après le divorce, Anne avait souffert, Stéphanie ne l'avait pas oublié. La vie était chère et les offres d'emploi avec un salaire médiocre, pour une ancienne femme au foyer sans formation qualifiante, rendaient la subsistance matérielle difficile. Que lui était-il arrivé ? Personne ne s'en souciait. Personne, à part Mylena, n'avait compris le choix de Stéphanie.

« Pense à ma mère. Ce travail n'est pas sans risques, sa disparition en est la preuve ! Je trouve suspect qu'il te propose autant d'argent…

— Pour ta mère, nous ne savons rien et, d'ailleurs, nous ne savons même pas comment elle gagnait vraiment sa vie. Tu as toujours été… comment dire… » Mylena s'énervait. « Je ne trouve pas le mot… Timorée. Tu vois, j'ai du vocabulaire, tu m'as appris à bien parler et, maintenant, je récolte les fruits de ton enseignement. »

Stéphanie baissa la tête, gênée, honteuse, elle dissimulait sa colère. Mylena avait raison et ce constat était accablant. Elle avait contribué à son éducation, son instruction, en échange d'une protection contre les grosses brutes. Elles avaient obtenu le bac littéraire spécialité mathématiques avec mention bien. Tout le monde avait loué les notables progrès de Mylena, aussi bien au foyer qu'au lycée. Les professeurs étaient satisfaits de l'influence bénéfique réciproque que les deux jeunes filles exerçaient l'une sur l'autre mais Stéphanie n'avait pu empêcher Mylena de s'engager dans une voie qu'elle désapprouvait et qui lui avait été proposée par un apparent sauveur de la veuve et l'orphelin.

Stéphanie regardait le bureau en désordre où figuraient encore certains livres qu'elles avaient étudiés. *La Chute* d'Albert Camus et *La Vie est un songe* de Calderón étaient cornés à de nombreux endroits, surlignés. Elles y avaient consacré du temps et de l'énergie, comme si leur vie en dépendait, elles n'avaient pas eu d'autre but pendant plusieurs mois, de septembre à juin. À quoi cet investissement intellectuel avait-il servi ?

Mylena refusait de voir ce que Stéphanie comprenait alors qu'elle n'avait pas la moindre expérience. Ce prétendu sauveur de la veuve et l'orphelin, qui avait porté secours à Mylena et sa mère, une toxicomane, était l'incarnation même de la duplicité. Il les faisait sombrer dans la spirale infernale de la prostitution et de l'argent facile. De fugue en fugue, Mylena s'enrichissait grâce à son corps de jeune fille délurée. Elle semblait heureuse et tentait de faire partager son enthousiasme à sa sœur d'adoption qui demeurait réticente.

Stéphanie se souvenait de leurs vacances d'été où le rêve était devenu cauchemar. Au volant de sa nouvelle et rutilante 306 Peugeot bleu métal, Mylena semblait diriger sa vie, être libre et épanouie mais ce n'était qu'une façade.

« Tu as tort de te faire du souci, je maîtrise la situation, affirma-t-elle. Je dois y aller maintenant, il vient me chercher. Bientôt, toi aussi, tu passeras ton permis... »

Stéphanie avait hâte d'avoir de quoi payer les leçons de conduite, elle ne voulait rien devoir à son père.

« Je te laisse un double des clés de l'appart. Tu verras, je serai vite de retour. J'arrête quand je veux, je serai une dame respectable désormais, j'ai envie de prendre des cours de théâtre ! »

Elle éteignit sa cigarette dans le cendrier, attrapa l'exemplaire de *La Vie est un songe* et se mit à déclamer :

« Qu'est donc la vie ? Une illusion ? Une fiction ? Le plus grand bien est peu de chose car la vie n'est qu'un songe et les songes rien que des songes… »

« Tu verras, cette soirée ne sera qu'un songe, une illusion, ce sera comme si elle n'avait jamais existé car, au fond, c'est tellement vrai que tout ce que nous avons vécu s'effacera et qu'il n'en restera rien… Prends soin de toi… Et n'oublie pas de t'éclater un peu avec Matthias, ça te ferait du bien ! »

Mylena lui fit un clin d'œil et Stéphanie sentit son cœur qui battait la chamade. Ses sentiments la mettaient mal à l'aise, elle avait peur de souffrir, le spectre de ses parents, qui n'avaient cessé de se disputer jusqu'à se haïr, la hantait. Comment oublier ? Comment se laisser aller ? Depuis qu'elle avait rencontré Matthias, Stéphanie ne pensait qu'à lui. Elle aurait tant aimé avoir la désinvolture de Mylena. Pendant ces vacances d'été, elle avait cru un instant que ce serait possible.

Dans leur chambre résonnait la même musique qu'elles avaient écoutée durant les longs trajets en voiture, une compilation de leurs titres préférés enregistrés sur une cassette qu'elles se passaient en boucle. Stéphanie entendait *Hungry Eyes (Yeux avides, affamés)* du film *Dirty Dancing* tout en rêvant de Matthias. Elle voyait aussi Mylena et se disait que cette chanson lui correspondait bien, qu'elle leur correspondait bien à toutes les deux. Une douce torpeur l'envahissait, elle avait envie de retenir Mylena, elle hésitait. Après tout, ce n'était qu'une soirée comme une autre, comme tant d'autres auparavant, il n'en resterait rien, Mylena avait raison. Il n'en resterait rien, à part une aisance matérielle future… Un appartement, une voiture, le permis de conduire, des études de Droit, avocate ou magistrate… Pourquoi pas ? Elles ne dépendraient de personne…

Toute à sa rêverie, c'est à peine si elle aperçut Mylena qui quittait la chambre. Elle ne devait jamais la revoir.

Maryna

Avril 2022.

« Nous ferons tout ce qui est en notre pouvoir pour retrouver Mylena… Pardon… Maryna. »

Comment avait-elle pu commettre un tel lapsus ? Stéphanie n'avait plus repensé à Mylena depuis des années. Ou alors… Peut-être parfois, dans un coin de sa tête, de son cerveau fatigué… Et puis, en lecture globale, rapide, la ressemblance des prénoms était évidente.

Les dossiers s'accumulaient sur son bureau de magistrate au tribunal judiciaire de Montauban, où elle venait d'être nommée juge d'instruction. Les journées étaient longues, le crépuscule assombrissait la pièce. Elle avait accepté un dernier rendez-vous tardif pour faire plaisir à Marianne, une amie professeur d'Histoire qui hébergeait une enseignante ukrainienne.

Olena n'avait plus de nouvelles de sa fille Maryna qui était venue en France étudier la littérature, à Paris. Elle avait abandonné ce cursus et quitté la capitale pour s'inscrire en Droit à Toulouse et à Montauban où elle avait un appartement. Sa trace se perdait dans cette ville et nul n'était capable de dire ce qu'elle était devenue, pourquoi ce changement d'études ou qui l'avait vue pour la dernière fois, quelles étaient ses fréquentations. Il n'y avait pas eu d'enquête, personne n'avait signalé sa disparition qui datait d'environ deux ans.

Stéphanie se sentait accablée et comprenait le désarroi de la mère mais le temps écoulé ne jouait malheureusement pas en leur faveur. Les premiers jours, les premiers mois sont déterminants. Passé ce stade, l'espoir s'amenuise et les chances de retrouver la personne – ou son cadavre – sont infimes. Durant cette période de confinement, personne ne s'était apparemment rendu compte de rien. Comment était-ce possible ?

Olena et Maryna avaient l'habitude de se téléphoner deux fois par semaine. Jusqu'au jour où Maryna n'avait plus appelé. La messagerie se déclenchait systématiquement, Maryna ne postait plus rien sur ses réseaux sociaux préférés alors qu'elle y était très active. Olena avait paniqué. Que faire ? Elle habitait à Kiev et n'avait pas l'autorisation de voyager à cause de la crise sanitaire. Lorsque la situation s'était améliorée, ses maigres revenus avaient aussi posé problème.

Les autorités française et ukrainienne avaient tenté en vain d'apaiser ses angoisses. Maryna était une jeune femme de vingt-deux ans qui avait soif de liberté et souhaitait s'éloigner d'une mère qui désapprouvait certains de ses choix. Il fallait la laisser tranquille, elle finirait par la contacter à nouveau, sans doute. Les majeurs ont le droit de ne plus donner signe de vie à leur entourage, ce n'est pas inquiétant, même si c'est douloureux.

Olena s'était offusquée. Maryna n'aurait jamais fait une telle chose. Elles n'avaient aucun désaccord, seulement de vives discussions entre mère et fille où Olena essayait de convaincre Maryna, de la faire bénéficier de son expérience. Jamais elle ne se serait irrémédiablement fâchée avec sa fille chérie, cet amour filial était réciproque.

Seule Marianne l'avait crue. La relation qui unissait Olena et Maryna lui avait fait penser aux rapports qu'elle entretenait avec sa propre fille, Élodie. Elle avait été sensible à la douleur d'Olena lorsqu'elles s'étaient rencontrées à l'université où Marianne donnait une conférence sur le massacre de Babi Yar : 33 771 Juifs avaient été assassinés par les nazis et leurs collaborateurs locaux, les 29 et 30 septembre 1941, aux abords du ravin de Babi Yar à Kiev.

Marianne était venue dans le cadre d'un échange franco-ukrainien, en septembre 2021, à l'occasion du quatre-vingtième anniversaire du massacre. Tous les établissements scolaires d'Ukraine avaient tenu une leçon consacrée à cet évènement et l'ouverture du premier centre de commémoration de l'Holocauste de Babi Yar était prévue pour 2026. Marianne espérait qu'elle mettrait un terme à la polémique qui surgissait parfois à cause de l'occultation pendant plusieurs décennies de cette « action ». La célébration d'anciens officiers ukrainiens ayant participé à la Shoah par balles et l'inauguration de plaques commémoratives n'arrangeaient rien, même si le directeur du Comité juif ukrainien, Eduard Dolinksi, avait apaisé les tensions en précisant que les autorités ukrainiennes souhaitaient simplement glorifier une lutte qui trouvait un écho dans l'affrontement actuel avec la Russie. Ces officiers faisaient figure de combattants de la liberté. Olena n'appréciait pas cette réhabilitation, elle préférait parler des Ukrainiens qui avaient caché des juifs et avaient parfois été exécutés dans des conditions épouvantables.

« Ma famille a beaucoup souffert à cause du Holodomor, la grande famine que Staline a provoquée pour anéantir les koulaks, les petits paysans qui étaient devenus des ennemis de classe. Ceux qui ont survécu avaient peur des

Russes, des Soviétiques et les détestaient. J'ai honte d'avouer que certains ont été des collaborateurs des nazis alors que ces derniers les considéraient pourtant comme des sous-hommes et voulaient aussi les éliminer. Mon grand-père paternel a été un des exécutants du massacre de Babi Yar pendant que mon autre grand-père a caché une famille juive. Ils ont été dénoncés, mon grand-père a été torturé en guise d'exemple dissuasif. Je pensais appartenir à une génération relativement épargnée, mais depuis le mois de février, je sais que je me trompais… »

Olena se tut un instant, le regard perdu dans le vide.

« À la disparition inexpliquée de ma fille s'ajoutent désormais la guerre et l'exil. Enfin… à quelque chose malheur est bon puisque j'ai pu fuir les combats et avoir un prétexte pour venir ici, où ma fille a été vue pour la dernière fois…

— Avec Marianne, nous ferons tout ce qui est en notre pouvoir pour vous aider, je vous le promets… » répéta Stéphanie, les yeux brillants d'émotion.

Olena eut un vague sourire qui ne parvint pas à illuminer ses yeux bleus, la même couleur que ceux de Mylena. Avec ses cheveux blonds et courts, sa carrure forte et musclée, son air déterminé, elle ne ressemblait pas à une petite nature, son corps était habitué à lutter contre le froid. Contre le malheur qui l'accablait, cette force physique devenait inutile, elle la laissait impuissante et en plein désarroi. Stéphanie connaissait ce drame pour l'avoir vécu et le vivre encore, malgré les années qui s'étaient écoulées, avec celle qu'elle considérait comme sa sœur. La douleur devait être encore plus intense quand il s'agissait du fruit de vos entrailles, songea-t-elle. Cette pensée soudaine lui rappela que sa stérilité l'empêcherait – ou la protégerait – de ressentir jamais un tel sentiment.

La nuit était désormais tombée et, dans cette pièce obscure, Olena et Stéphanie se comprirent sans avoir besoin de parler. Un lien de solidarité fraternelle s'était établi entre elles, grâce à Marianne, leur amie commune, qui avait raconté à Olena l'histoire de Mylena.

« Aujourd'hui, je garde encore espoir de la retrouver, même si cela fera bientôt vingt-quatre ans que je l'ai perdue, ajouta Stéphanie. Nous avons passé une partie de notre enfance dans un foyer en Ariège. J'avais treize ans lorsque nous nous sommes rencontrées et je pense que je n'aurais jamais pu survivre à cette épreuve sans son soutien efficace. L'espérance de vie d'une enfant qui préfère la littérature à la bagarre est réduite malheureusement dans ces endroits-là. De toute façon, quand tu n'as plus de famille, ta disparition passe inaperçue…

— Et vous êtes devenue magistrate ? »

Olena semblait surprise. Sa question sous-entendait qu'un tel exploit n'était pas possible ou était extraordinaire, après avoir grandi dans ce genre d'environnement. Stéphanie soupira.

« Oui, c'est une longue histoire. Je vous la raconterai peut-être, si nous avons le temps. Et si elle nous permettait de retrouver Maryna ? D'après moi, ces deux jeunes femmes avaient un point commun que je ne souhaite pas vous révéler pour l'instant. Je ne veux pas vous donner de faux espoirs. »

Olena hocha la tête, perplexe. Le passé revenait perturber la réflexion de Stéphanie. Elle revoyait le regard condescendant de certains anciens collègues arrogants, pédants et snobs qui considéraient qu'elle n'était pas digne de les côtoyer. Comme elle était heureuse de ne plus avoir à supporter leur parfaite imbécillité, selon la définition socratique : « L'ignorant est celui qui croit savoir. » Elle n'éprouvait que du mépris pour ces individus, tout en le dissimulant sous une apparente courtoisie policée, qu'elle avait apprise en les observant. Une autre catégorie de collègues la mettait mal à l'aise : ceux qui l'accueillaient à bras ouverts et évoquaient sans cesse ses origines modestes afin de la transformer en symbole politique d'une société désormais ouverte et moderne, en arbre qui cache la forêt et cet arbre l'ennuyait, voire lui donnait la nausée, avec autant de puissance que le roman de Sartre qui portait ce titre alléchant *La Nausée*. Qu'est donc la vie ? Une absurdité ? Comme regarder la racine d'un marronnier ? Non, décidément, elle préférait Camus et *La Chute*, remarquable ouvrage au programme de son baccalauréat et qui la hantait encore vingt-quatre ans plus tard, peut-être parce que, malgré la brièveté du récit et la simplicité du style, elle n'avait à l'époque absolument rien compris.

« J'ai réalisé le rêve de Mylena, laissa-t-elle échapper avec amertume. C'est elle qui voulait devenir magistrate. Moi, je voulais devenir écrivain… Encore plus délirant et ridicule…

— Non, pourquoi ?

— Vous connaissez beaucoup d'écrivains dont la biographie commence par : « Il ou elle n'avait pas de parents et vivait, misérable et illettré, dans un orphelinat. » ?

— J'ai l'impression que, dans cet orphelinat, vous n'étiez pas illettrée… »

Olena sourit, Stéphanie le remarqua.

« Mon pessimisme naturel aura au moins eu le mérite de vous aider à retrouver le sourire durant un instant. Rien que pour ce détail, cette journée n'aura pas été vaine. »

Olena acquiesça.

« Je ressentais la même chose avec mon métier. J'enseignais l'Histoire à mes élèves, mes étudiants, je leur apprenais à être ambitieux, à croire en eux et en leurs possibilités infinies. Cela me donnait de l'énergie, un but important à mes yeux, j'arrivais ainsi à tenir le coup malgré la douloureuse absence de ma fille. Aujourd'hui, je gagne ma vie en passant des boîtes de conserve sur un tapis roulant dans un centre commercial et ce n'est plus pareil. Je n'ai plus le temps de penser, d'écrire, d'influencer la jeunesse, d'être une intellectuelle, je me sens doublement anéantie, réduite à néant et pourtant, je devrais être reconnaissante… Je suis en colère, j'essaie de le cacher. J'ai peut-être conduit mon enfant à sa perte, ma petite Maryna chérie, qui voulait voyager, visiter Paris, étudier à la Sorbonne et non rester enfermée à jamais dans son pays, à contempler la pauvreté d'une partie de la population et la corruption qui règne en maître dans bon nombre d'endroits. Je lui ai peut-être indirectement mis en tête toutes ces idées de fuite, d'émancipation. Pourquoi a-t-elle quitté Paris ? Pourquoi ne me donne-t-elle pas de nouvelles ? »

Cet entretien devenait fatigant. Il était temps d'y mettre un terme. Dès qu'Olena eut prononcé cette phrase : « Pourquoi ne me donne-t-elle pas de nouvelles ? », dans le cerveau épuisé de Stéphanie, s'imprima l'image d'Anne, sa mère. Il est des mystères à jamais insondables.

Marianne les attendait dans le couloir. Elle leur proposa d'aller dîner mais Stéphanie déclina l'invitation, pressée de rentrer chez elle se reposer. Elle enleva ses chaussures à talon et se fit couler un bon bain chaud dans l'espoir de dénouer tous les muscles tendus de son corps malmené par les longues heures stressantes, assise, à voir défiler la lie de l'humanité sans jamais assister à une amélioration, un changement positif. Elle ne se sentait aucune légitimité à juger ces hommes, ces femmes, et pourtant elle le faisait, car telle était sa fonction, elle y était obligée si elle souhaitait poursuivre sa carrière, garder sa place acquise à prix d'or, ne pas être exclue et continuer à gagner sa vie ainsi, tandis qu'Olena passait désormais des boîtes de conserve sur un tapis roulant. Elle n'avait pas la moindre envie d'aller la rejoindre…

Sur son bureau, elle aperçut le dossier d'enquête qu'elle avait commencé à constituer de manière officieuse. Maryna avait été vue pour la dernière fois dans un club échangiste en avril 2020. En plein confinement, la police avait effectué une descente dans ce haut lieu du libertinage où de nombreuses personnes s'amusaient entre supposés adultes consentants, en toute impunité et au mépris des règles sanitaires d'exception, destinées à lutter contre la contamination, la contagion et la surcharge hospitalière. Un procès-verbal et une lourde amende avaient été établis pour sanctionner ces rebelles nus et libidineux, qui pratiquaient comme un sport ou un loisir interdit le sexe sans entrave. Olena n'était pas au courant de ce détail scabreux. Une mère n'a pas besoin de tout savoir…

Stéphanie savait garder les secrets. De Mylena à Maryna, serait-elle plus efficace aujourd'hui qu'elle ne l'avait été vingt-quatre ans auparavant ? À l'époque, elle n'avait été qu'une spectatrice impuissante… Pendant l'été 1998, à bord de la 306 Peugeot bleu métal flambant neuve, elles avaient fait du tourisme, de Port-la-Nouvelle à Peñíscola et Larraga, en Espagne. Elles avaient vu la beauté de la Costa del Azahar mais, derrière l'apparent paradis, elles avaient aussi connu l'enfer de l'angoisse et de la peur. Un été de folie après la réussite au baccalauréat et avant d'entamer de prestigieuses études de Droit qui les mèneraient vers les sommets… Les sommets de quoi ? Une fois atteint le sommet, il faut redescendre…

Dans cette voiture, elles n'écoutaient pas la radio à cause des changements de fréquence. Elles avaient emporté une cassette où elles avaient enregistré leurs chansons préférées. Stéphanie l'avait gardée dans le tiroir de sa chambre, telle une relique qui ne servait plus à rien à cause des ravages du temps. Elle avait une vieille radiocassette, vestige des années quatre-vingt-dix et du début des années deux mille mais lorsqu'elle tentait de la faire fonctionner, la bande ne s'enroulait pas correctement.

Stéphanie n'en avait pas besoin pour se souvenir. Elle entendait encore *Forever Young*, *Jeune pour toujours,* et elle devinait que c'était probablement le cas de Mylena et Maryna. Elles ne vieilliraient jamais, leur image demeurerait à jamais figée à dix-huit et vingt-deux ans. À moins que…

Le contact de l'eau chaude sur son corps rappela à Stéphanie, telle une sensation fugace, sa dernière et décevante liaison amoureuse qui donnait raison au vieil adage : « Il vaut mieux être seul que mal accompagné. » Ils n'avaient jamais regardé ensemble dans la même direction, même si elle avait été, au début, séduite par son caractère fougueux, passionné, il avait de nobles projets, des utopies, des idéaux dans la tête, alors qu'elle voulait juste *Déjeuner en paix[1]*, oublier un instant les horreurs du monde et prendre un bain.

« Tu gaspilles de l'eau, ce bien si précieux pour l'humanité, tu ne devrais prendre que des douches », lui avait-il dit avant de s'envoler vers l'Indonésie où il avait réservé un séjour écotouristique d'une semaine de vacances. Elle devait le rejoindre dès qu'elle aurait terminé son travail. Comme il y avait toujours un dossier, une enquête en cours, il n'était jamais fini... Elle avait oublié de répondre à ses SMS. Peu à peu, ils s'étaient espacés et avaient cessé car ils n'avaient rien en commun et ne se comprenaient pas.

Stéphanie ne supportait pas les disputes, elle aimait les ruptures silencieuses, naturelles et évidentes. Elle avait été traumatisée par les rapports qu'entretenaient ses parents, par ce père qui avait traité plus d'une fois sa mère de putain, il ne savait pas contrôler sa rage, sa déception.

---

[1] Chanson de Stephan Eicher.

Stéphanie se sentait soulagée de n'avoir jamais laissé entrer dans sa vie ce genre d'homme. Finalement, elle choisissait bien ses partenaires.

Le dernier était probablement retourné essayer de sauver la planète, il était encore sur les sommets, tandis que Stéphanie était déjà redescendue, depuis qu'elle n'avait pu sauver Mylena. Qu'en serait-il de Maryna ? Y avait-il encore de l'espoir ? Un homme n'était-il qu'un partenaire ? Sexuel ?

« Éblouie par la nuit à coup de lumière mortelle… je t'ai aimé et même pire. »

Cette chanson d'Isabelle Geffroy, dite Zaz, remplaçait la musique de la cassette que les décennies écoulées rendaient désormais inaudible. Stéphanie appréciait cette artiste dont elle partageait les valeurs humanistes et dont les textes avaient le pouvoir de mettre des mots sur certaines de ses souffrances secrètes. « Si j'avais… / Le talent, la force ou les charmes / Des maîtres, des puissants / Si j'avais les clés de leurs âmes / J'allumerais des flammes / Dans les rêves éteints des enfants / Je mettrais des couleurs aux peines / J'inventerais des Éden / Mais je n'ai qu'un cœur en guenille. »[2]

Ce n'étaient pas ces mots qui avaient, ce soir-là, réveillé une des douleurs de son cœur en guenille. Seulement le cuisant souvenir de celui

---

[2] Extraits de *Si* et *Éblouie par la nuit*.

qu'elle avait « aimé et même pire. » La voix de Mylena résonnait encore dans sa tête : « Au fond, c'est tellement vrai que tout ce que nous avons vécu s'effacera et qu'il n'en restera rien... Prends soin de toi... Et n'oublie pas de t'éclater un peu avec Matthias, ça te ferait du bien ! » Stéphanie eut un rire amer et les larmes au bord des yeux en entendant l'ultime chanson du CD : « Tu es venu en sifflant... / A-t-il aimé la vie / Ou la regarder juste passer ? / Il ne reste presque rien / Que tes cendres au matin. »

Oui, Matthias était venu en sifflant... Pourquoi même les sentiments les plus intenses étaient-ils voués à disparaître ?

Après s'être essuyée, Stéphanie enfila un peignoir et alla chercher son pyjama.

« Ô jeune fille, jette-toi encore dans l'eau pour que j'aie une seconde fois la chance de nous sauver tous les deux ! » Ainsi se terminait *La Chute* d'Albert Camus qu'elle attrapa dans sa bibliothèque. Mylena était indissociable de ce récit qui avait marqué leur jeunesse, leur dernière année de lycée. Albert Camus, dont la mère ne savait ni lire ni écrire, avait bénéficié du soutien de son oncle, Gustave Acault, avait croisé la route d'un instituteur, Louis Germain, d'un professeur de philosophie, Jean Grenier, qui l'avait encouragé dans sa vocation d'écrivain, lui avait fait découvrir Nietzsche. Il était toujours demeuré fidèle au milieu ouvrier dont il était issu.

« J'avais honte de ma pauvreté et de ma famille […] Auparavant, tout le monde était comme moi et la pauvreté me paraissait l'air même de ce monde. Au lycée, je connus la comparaison.[3] »

Stéphanie avait connu ce décalage social au début de sa carrière de magistrate et elle avait décidé, pour affronter cette dure réalité, d'adopter la froide indifférence de Meursault dans *L'Étranger*. Toute sa vie était dédiée à la littérature, pourtant, elle n'avait eu aucune opportunité dans ce domaine, elle avait saisi celles qui s'offraient à elle, faute d'avoir croisé un Louis Germain ou un Jean Grenier.

À la place, elle avait croisé la route de… Non… Cette horrible pensée serait synonyme de culpabilité et d'insomnie. Il fallait la chasser. Elle s'allongea, épuisée, et revit en rêve Mylena. Ses pensées confuses se mêlèrent à l'ultime phrase de *La Chute* :

« Ô jeune fille, que ne t'ai-je retenue quand il était encore temps… »

---

[3] Extrait des *Carnets* d'Albert Camus.

Le Phare de Port-la-Nouvelle

Juillet 1998.

« J'aimerais passer ma vie au bord de la mer ou de l'océan, en face d'un phare, cette lumière qui nous guide dans l'obscurité et nous ramène vers le rivage. »

Sur la jetée à côté du casino, Mylena contemplait le phare de Port-la-Nouvelle, une tour cylindrique rouge et blanche qui se dressait fièrement à l'horizon et lui donnait envie d'écrire des poèmes.

« C'est un bel endroit pour fêter notre réussite au bac, non ? C'est grâce à toi, tout ça. Maintenant nous sommes des étudiantes, en Droit, et littérature en plus pour madame, qui ne saurait se contenter d'être avocate ou magistrate mais veut aussi être écrivain. Qui dit mieux ? »

La joie apparente de Mylena, sa fougue, son désir de croquer la vie à pleines dents étaient contagieux. Stéphanie n'osa pas rétorquer que ce n'était pas elle qui avait payé le loyer de la location, un appartement au rez-de-chaussée, face à la mer.

Elle se tut et se laissa griser par les embruns, l'air marin effaçait tous les soucis, elle se détendait pour la première fois depuis de longs mois, voire des années. Ces vacances étaient une parenthèse hors du temps. L'avenir semblait soudain excitant et plein de promesses. Tout devenait possible, même l'impossible, la sordide réalité était transfigurée. D'autant plus qu'elle était amoureuse de Matthias, leur voisin, un sentiment incontrôlable qu'elle n'avait jamais connu et qui la mettait mal à l'aise. N'était-ce qu'une banale émotion estivale passagère ?

Elle n'avait jamais osé demander à Mylena s'il lui était arrivé d'être amoureuse. La jeune fille ne parlait que de sexe, elle utilisait son corps et prétendait en retirer du plaisir et, surtout, son indépendance financière, sa liberté. Y avait-il une loi qui interdisait de vendre ses charmes ? Stéphanie était perplexe. Certains accusaient sa mère Anne de l'avoir fait et la traitaient d'un ton méprisant de putain. Était-ce vrai ou une calomnie ?

Stéphanie aurait tellement aimé retrouver sa mère, qui avait disparu, et avoir son point de vue sur ce sujet tabou. Elle n'avait plus que

Mylena, depuis qu'elle avait rompu avec son père qui insultait sa mère, et Mylena n'avait que dix-huit ans, comme elle.

Elles rentrèrent à l'appartement, l'appareil photo en bandoulière. Le charmant voisin et sa moto étaient là, dans l'allée, il avait l'air de la réparer ou de la nettoyer. Stéphanie n'osait pas regarder. Matthias sifflait. Mylena s'arrêta, désinvolte, et salua le jeune homme en le complimentant pour sa moto qui était superbe. Le cœur de Stéphanie battait la chamade, elle était rouge, officiellement, à cause de la chaleur et de la marche au grand air. Elle se contenta de hocher la tête, elle s'en voulait d'avoir l'air aussi niaise, timide et maladroite.

Une fois dans le salon, Mylena déclara :

« Je me le ferais bien mais je te le laisse parce que je vois qu'il te plaît. J'essayais juste de te montrer comment il faut s'y prendre. Si tu attends trop, il sera parti que tu ne lui auras même pas adressé la parole.

— À quoi ça servirait ? Quand il partira, je ne le reverrai pas.

— Et alors ? C'est juste pour te faire plaisir.

— Je ne suis pas sûre que ça me ferait plaisir.

— Tu changeras d'avis, tu verras, quand tu y auras goûté, crois-moi.

— Je ne suis pas comme toi. Ça ne m'intéresse pas de collectionner les mecs.

34

— Je collectionne rien du tout, je vis le moment présent sans me prendre la tête. Je te conseille de faire pareil et de te détendre un peu. Les vacances, c'est fait pour ça, non ? »

Stéphanie avait envie de suivre les conseils de Mylena, pourtant l'origine de l'argent qui finançait ce séjour de rêve lui posait problème. Elle savait qu'il y avait un homme dans la vie de son amie, une sorte d'étrange union libre, il était plus âgé, séduisant, charismatique, érudit, riche et anticonformiste. Il était avocat ou magistrat mais, pour lui, les barrières sociales n'existaient pas, il voulait les dynamiter, ainsi que l'ordre moral bourgeois. Il se prenait pour un sauveur libertaire de la veuve et l'orphelin.

Stéphanie était perplexe, elle considérait qu'il ne sauvait rien ni personne, il se contentait d'inciter une mineure – désormais majeure – à la prostitution ou la débauche. Que faire pour l'empêcher de nuire ? Elle n'en avait pas la moindre idée. Mylena semblait irrémédiablement sous son emprise.

« Il vient me voir, ce soir, et nous irons jouer au casino puis peut-être danser en discothèque. Avec des amis, ils ont loué la villa à côté de l'épicerie. Il y a une piscine, on pourra prendre un bain de minuit. Je sens que je vais récupérer pas mal de fric. On t'invite pas puisque c'est pas le genre de Madame qui est trop coincée et veut rester vierge jusqu'au mariage ou pour toujours. Je te verrais bien rentrer au couvent. En même temps, si c'est comme dans *La Religieuse* de Diderot, ce n'est pas non plus l'endroit idéal pour toi. À moins que tu m'aies caché que tu es lesbienne. Ça m'étonnerait beaucoup, vu comment tu mates le voisin. C'est lui le plus beau de sa bande de copains bruyants. »

Mylena ouvrait son tube de rouge à lèvres et se maquillait. Elle venait d'enfiler une robe noire courte et moulante qui mettait en valeur sa poitrine. Elle quitta l'appartement au crépuscule. Stéphanie resta seule à contempler la mer qui l'apaisait. Depuis qu'elles étaient arrivées, elle faisait de longues promenades le long de la plage, quelquefois elle se baignait et nageait vers le large, quand elle trouvait un coin tranquille, éloigné des autres touristes. Elle les regardait évoluer sur le sable, jouer au tennis, au volley ou simplement bronzer sur une serviette.

Les voisins étaient une bande de jeunes, l'un d'entre eux avait une moto, ses copains étaient venus en voiture. Ils avaient naturellement sympathisé avec Mylena et Stéphanie. Un après-midi, ils étaient tous allés à la plage et avaient discuté. Ils étaient des militaires en permission et logeaient dans l'appartement du père de l'un d'entre eux, il ne le louait qu'à partir de la fin juillet. Mylena avait expliqué qu'elle avait un copain magistrat qui leur prêtait ce studio. Elle mentait sans la moindre gêne et sans se rendre compte que les voisins avaient compris qu'il y avait un problème.

Stéphanie aurait préféré qu'ils s'en aillent. Pourtant, elle ne cessait de regarder la moto et son charmant propriétaire, qui l'attirait comme un aimant. Pourquoi ? Les hormones ? Elle trouvait son comportement ridicule. Chaque fois qu'elle voyait la moto, elle pensait à lui mais aussi à sa mère, Anne. Un lointain souvenir refaisait surface.

Matthias la sortit de sa rêverie tandis qu'elle contemplait sa Yamaha.

« Tu veux que je t'emmène faire un tour ? C'est un modèle de 1993.

— Ma mère était motarde. »

Stéphanie n'était qu'une petite fille, papa était directeur financier puis il avait été licencié. Ils étaient discrets, secrets mais elle était observatrice, elle avait l'oreille aux aguets : le manque d'argent, les disputes, les désaccords qui s'enchaînent, la vente de la moto, loisir inutile, pour payer les factures, la recherche d'un travail, le divorce, le déménagement. Anne s'était débarrassée de tout ce qui était encombrant : bibliothèque, livres... Une des dernières fois que Stéphanie l'avait vue, elle lui avait dit :

« Tu veux en garder un ? »

Ensemble, elles avaient choisi l'histoire d'Helen Keller, une petite fille sourde, muette et aveugle qui était sortie de son isolement grâce à Anne Sullivan, une professeure, et était devenue une autrice, conférencière et militante politique célèbre. Ce livre se transmettait de génération en génération et était à l'origine du prénom de la mère de Stéphanie. Stéphanie se disait que, si elle avait une fille, elle l'appellerait Helen. Où était-il désormais ? Dans le désordre de leur chambre du foyer de Pamiers ? Avec Mylena, elles l'avaient lu puis oublié. Elle n'était qu'une idiote, elle avait égaré la seule chose qui lui rappelait encore sa mère.

« Elle me manque, balbutia-t-elle, les larmes aux yeux.

— Moi aussi, j'ai perdu ma mère. »
Stéphanie n'avait pas souhaité ce mensonge par omission cependant elle était lasse et elle n'avait pas envie de raconter les horreurs de sa vie.

« J'ai vécu dans le même foyer que toi et ta copine jusqu'à mes dix-huit ans, il y a cinq ans. »

Il était parti lorsqu'elles étaient arrivées.

« Mon père habite en Espagne, à Larraga, en Navarre, je voulais rester en France, je ne parle pas bien l'espagnol. Je me suis engagé dans l'armée pour gagner ma vie et m'offrir cette belle moto. J'aime le sport, les challenges, l'adrénaline, c'est ma drogue légale. Je voudrais intégrer les commandos de la marine, les sélections sont dures alors je profite de mes vacances pour poursuivre mon entraînement. Je nage, je fais de la plongée. J'ai un problème avec l'embrayage, j'ai tout démonté puis remonté, j'ai acheté les pièces au détail, je pense que c'est bon.

J'espère que je te saoule pas trop avec mes histoires de mécanique... »

Stéphanie se mit à rire.

« Non, ça me rappelle des souvenirs ambigus, agréables et douloureux à la fois. »

Matthias effectuait ses réparations en musique. Stéphanie entendait Phil Collins *Easy Lover* et elle avait envie de danser.

« J'adore Phil Collins, dit-elle. Et aussi U2, Tina Turner, j'aime le rock, le son pop-rock, par contre pas du tout ces horribles musiques de boîte, dance, rap, techno, c'est du bruit qui me file la migraine, pour moi.

— J'adore Tina Turner ! Je l'ai vue en concert à Barcelone en 1990, avec mon père. J'avais quinze ans, un moment intense, extraordinaire, j'en vibre encore ! »

Stéphanie sentait une complicité naturelle s'installer entre eux. Elle en était heureuse et, en même temps, inquiète.

« Je te comprends. Je l'ai vue à la télé, j'avais dix ans, on avait enregistré le concert sur une cassette avec le magnétoscope. Je crois que la cassette s'est perdue dans le déménagement après le divorce, c'est dommage… J'aurais bien aimé le revoir. Tant pis…

— J'ai la cassette audio, je te la prêterai, si tu veux.

— D'accord.

— Y a une fête dans la grande maison à côté de l'épicerie. Des filles ont invité mes copains. Si on y allait maintenant que j'ai terminé mes réparations ? »

L'inquiétude de Stéphanie ne cessait d'augmenter.

« C'est la villa du mec de Mylena, enfin… je sais pas si c'est son mec, elle en a plusieurs, c'est son protecteur, il a un bon statut social. Je juge pas mais je préfère te prévenir. C'est ma meilleure amie, ma sœur d'adoption, elle m'a toujours aidée, soutenue quand j'avais des problèmes avec des grosses brutes illettrées qui voulaient me harceler. Je fais de même, c'est bien normal.

— Il y a des rumeurs qui circulent : ce serait une escort girl, ainsi que les filles qui ont invité mes copains. »

Stéphanie haussa les épaules, fataliste.

« C'est possible. On a besoin d'argent de toute façon. Je te le dis, je ne juge pas et elle est libre de mener sa vie comme elle l'entend.

— Si elle pense être libre, je crois qu'elle se trompe… On y va ? »

Il lui tendit un casque. Refuser et rester dans l'appartement à regarder à la télé *La Trilogie du samedi soir* aurait été une décision plus sage, d'autant plus qu'elle avait vraiment envie de connaître la suite des aventures de Jarod, *Le Caméléon*, véritable sauveur de la veuve et l'orphelin, à la différence de l'imposteur qui servait de pseudo-compagnon à Mylena et avait loué la villa. Pourtant elle accepta cette invitation inopinée. La curiosité la tenaillait.

Le portail de la villa était grand ouvert et la sono résonnait dans toute la station balnéaire, rendant dérisoires les rares animations des restaurants de la plage. Elle jouait l'incontournable *I Will Survive*. Depuis la victoire de la France à la Coupe du monde de football, le 12 juillet, tout devenait prétexte à organiser des fêtes, dans la chaleur de l'été, la joie des vacances, de la liberté enfin retrouvée, plus d'école, de travail, d'études, de soucis, pour quelques heures de plaisir sans entraves.

Des filles topless se baignaient dans la piscine. Un homme ouvrait une bouteille de champagne dont une partie du contenu se déversait dans l'eau. Stéphanie cherchait Mylena. Où était-elle dans ce chaos absolu ? Matthias lui proposa une sangria, une de ses boissons préférées. Comment avait-il deviné ? Elle se sentait heureuse et grisée. La musique vibrait dans sa poitrine. Enrique Iglesias hurlait à leurs oreilles *Si tu te vas* et les Worlds Apart *Baby Come Back*. Difficile dans ces conditions d'entamer une conversation.

Soudain, Mylena surgit de nulle part et les invita à danser la Macarena. Tout le monde riait et se trémoussait. « Je suis contente que tu sois venue », dit-elle au milieu de la foule avant de monter sur une scène improvisée, un micro à la main. « Écoute, je sais que tu adores cette chanson ! »

Elle entonna *J'ne veux pas rester sage* du groupe de rock Dolly :

« *Le mal est ma lueur [...] Il sait m'abandonner [...] Je brûlerai avec lui...* »

Elle avait du charisme, elle était faite pour la vie d'artiste, la danse, le chant, le théâtre, sa voix était rauque, ses mouvements sensuels, la foule la contemplait mais elle n'avait d'yeux que pour son pseudo-compagnon au premier rang. Elle se déhanchait dans sa robe moulante et le regardait comme si elle s'adressait à lui en particulier.

Stéphanie l'avait déjà vue se comporter ainsi quelques années auparavant lorsqu'elle avait rencontré leur discret bienfaiteur dont l'attitude ambiguë la mettait déjà mal à l'aise. Elles n'avaient que treize ans, il avait vingt-trois ans et était auditeur de justice après des études de Droit, il était aussi bénévole dans une association qui s'occupait de toxicomanes, dont la mère de Mylena. Il œuvrait en tant que médiateur pour tenter de rapprocher parents et enfants.

Après avoir été l'amant de la mère qu'il n'avait pas sauvée de la déchéance, il était désormais celui de la fille. Depuis quand ? Elle était encore mineure. Mylena ne comprenait pas les critiques de son amie et lui reprochait d'être coincée. Stéphanie n'en démordait pas cependant : elle trouvait que cette relation n'était pas normale. À qui se confier ?

Le bruit, la sangria, la bière que Matthias lui avait apportée lui donnaient la migraine. Les soucis ne s'étaient pas envolés bien longtemps. Ils revenaient la hanter, son cœur battait fort, elle s'éloigna dans l'obscurité. Le phare n'était plus visible, elle se souvenait d'être déjà venue avec ses parents dans cette station balnéaire. Elle était montée sur un manège au son d'une autre Stéphanie, de Monaco, qui braillait *Comme un ouragan*, *« la tempête a balayé le passé »*, c'était un moment joyeux, simple, en famille. Elle se sentait désormais seule au monde, abandonnée.

Elle s'assit sur une murette, tandis que la sono continuait à hurler des tubes récents et anciens, dance, rock, disco, Baltimora *Tarzan boy* : *« Jungle life, oh, oh, oh… »* Il fallait peu pour faire danser et vibrer la foule des lycéens, étudiants et travailleurs en quête de détente éphémère…

Soudain, une ombre se glissa à ses côtés et effleura son genou dénudé. Stéphanie frissonna.

« J'espérais que tu viendrais, murmura-t-il. Je t'attendais, je t'ai apporté un cadeau. Tu es mille fois plus belle et intelligente que Mylena qui n'est qu'une putain de luxe… »

Sa main commençait à monter le long de sa cuisse. Stéphanie se cambra et ne le laissa pas poursuivre. Elle se leva après l'avoir repoussé.

« Laissez-moi tranquille, je suis fatiguée, je rentre chez moi, dit-elle avec véhémence. Je vous conseille de faire pareil. »

Le pseudo-compagnon de Mylena la rattrapa par le poignet.

« Pour qui tu te prends, petite salope ? Je t'aime… Tu me rends fou… Je décrocherais la lune pour toi…

— Vous n'avez pas besoin de moi pour être fou, vous vous débrouillez très bien tout seul !

— Tu me résistes… J'adore ça… »

Stéphanie tenta de s'échapper, il la saisit par la taille, elle se dégagea d'un coup de coude dans la poitrine, elle parvint à se réfugier in extremis dans son appartement. Elle s'enferma tandis qu'il frappait et gémissait à la porte des paroles inintelligibles. Il était ivre, l'éclat particulier de ses yeux permettait de penser qu'il avait aussi consommé de la cocaïne, une habitude chez lui pour rester en forme, malgré un emploi du temps harassant.

Cet homme raffiné et élégant leur en avait déjà proposé, dans sa grande bienveillance, lorsqu'elles étudiaient pour le bac. Mylena n'avait pu résister à la tentation de sniffer une dose. Stéphanie avait snobé ce mets, qu'il jugeait délicieux, avec un dédain digne des plus grandes dames de la haute société, si élaboré, si séduisant, que leur cher protecteur en était devenu fou d'elle, ainsi qu'il venait de le lui avouer. Elle ne savait comment se débarrasser de lui sans se nuire, sans nuire à Mylena. Il était désormais impossible de ne pas provoquer son courroux.

Stéphanie entendit une autre voix dans l'allée. Celle de Matthias.

« Qu'est-ce qui se passe ?

— Rien… balbutia-t-il, bavant de frustration contenue. Je te laisse mon cadeau… »

L'ancien auditeur de justice, protecteur bénévole des mères toxicomanes, désormais juge pour enfant, précoce et brillant magistrat de vingt-huit ans, s'en alla. Il craignait les scandales.

« Tout va bien ? s'enquit Matthias.

— Oui, je suis fatiguée, je veux dormir », répéta Stéphanie.

Quand il fut parti, lui aussi, elle ouvrit la porte et récupéra le paquet que le pseudo sauveur de la veuve et l'orphelin avait déposé. Un livre : *Qui j'ose aimer* d'Hervé Bazin. Elle était troublée car elle se souvenait de la signification de ce cadeau… Ses mains tremblaient. Dans sa folie, cet homme avait quelque chose d'émouvant et d'effrayant à la fois. Comment s'en débarrasser sans se mettre en danger ? Et Mylena qui ne voyait rien ou faisait mine de ne rien voir ?...

Stéphanie voyait avec acuité à quel point, derrière le masque professionnel, le vernis des conventions sociales, leur protecteur était perturbé. Il l'avait deviné. Peut-être était-ce pour cela qu'il la jugeait plus intelligente que son amie, lorsqu'il lui arrivait d'avoir des moments de lucidité. Mais cette soirée festive pouvait-elle être considérée comme un moment de lucidité ?

La plupart du temps, il était lucide, il faisait même correctement son travail, et plus encore, puisqu'il était passionné et bénévole associatif. Il y avait cependant un élément déclencheur qui le faisait sombrer. Lequel ?... La drogue ?… Ou peut-être en prenait-il pour oublier cet élément, au-delà des habituels arguments sur la nécessité d'être en forme pour tenir le coup face au rythme effréné des examens, ou des dossiers qui s'amassent et font plonger sans protection dans les noirceurs – parfois contagieuses – de l'âme humaine.

Stéphanie tenta en vain de dormir. Mylena rentra à l'aube alors qu'elle commençait à peine à trouver le repos. La villa était close et les fêtards retournaient à leur travail, ou – plus vraisemblablement – ils allaient essayer de se remettre de leur gueule de bois, à l'instar de Mylena qui ne quitta pas le lit de la matinée, tandis que Stéphanie lisait, allongée sur une serviette à la plage.

« Tu lis ? s'étonna Matthias qui rôdait torse nu dans les parages.

— Oui », répondit sèchement Stéphanie. Le regard de la meute adolescente, qui la considérait comme une extraterrestre, ne l'intéressait pas.

« Proust ? se moqua-t-il.

— Non… Même si j'adore les madeleines… » rétorqua-t-elle.

Son désarroi la fit sourire, il ne comprenait pas l'allusion, le sens de sa réplique.

« Balzac, *Illusions perdues*. Pour la peinture du monde du journalisme, de l'édition, l'amitié, je trouve que c'est toujours d'actualité.

— C'est un gros pavé.

— Un bel exercice de musculation… Le livre est lourd et écrit petit, j'ai une bonne vue. Les pavés peuvent s'avérer utiles. J'ai déjà assommé une grosse brute avec *Germinal* de Zola… C'était peu de temps après mon arrivée au foyer. »

Il hocha la tête, l'air sérieux et songeur.

« Sans en avoir l'air, tu es une combattante.

— Il fallait neutraliser l'ennemi immédiatement. »

Ils échangèrent un regard complice. Elle avait volontairement utilisé un jargon qui lui était familier.

« J'ai aimé le film de Claude Berri avec Renaud, dit-il.

— Moi aussi. C'est une partie de mes origines et j'en suis fière. Ouvriers ou paysans, nous sommes tous frères, n'est-ce pas ?

— Je l'ai lu, ce bouquin. Quitte à te surprendre, je lis. Renaud était parfait pour le rôle d'Étienne Lantier. Aujourd'hui, je lis surtout des ouvrages de tactique et d'histoire militaire, même si j'ai peu de chance d'intégrer un jour une grande école comme Saint-Cyr ou Polytechnique. Je m'entraîne pour les sélections des commandos de la marine et j'espère devenir officier, être un bon meneur d'hommes.

— C'est un beau projet. Je suis sûre que tu les inciteras à donner le meilleur d'eux-mêmes et que tu ne les conduiras pas au fond du gouffre. Pas comme l'autre cinglé qui frappait à ma porte hier soir, le pseudo-compagnon de Mylena. Elle n'avait que treize ans quand il l'a rencontrée.

— C'est un pervers… Pourtant, il n'en a pas l'air, tout le monde l'apprécie, c'est un gars cool, sympa, à l'esprit ouvert. Je lui ai parlé, il n'est pas snob, tous mes copains ont une bonne opinion de lui…

— Le drame est là…

— Je comprends…

— Non, ça, ça m'étonnerait beaucoup…

— Tu as des projets pour la rentrée ?

— Étude de Droit et de Lettres modernes. Colocation avec Mylena, appart payé par ce gars sympa et au-dessus de tout soupçon.

— OK, je vois…

— Non, tu ne vois rien.

— Où allez-vous après Port-la-Nouvelle ?

— Jobs divers et variés en Espagne, trouvés toujours grâce à lui. Je serai serveuse dans des bars et restaurants de plage, ainsi que Mylena. Tout ça n'est pas très clair mais j'ai besoin d'argent pour mon permis de conduire. Je fais attention, j'ai peur de ses réactions s'il se fâchait.

— Mon père et ma grand-mère habitent à Larraga, en Navarre. Je vais aller les voir, je te donnerai leur adresse et numéro de téléphone, au cas où… Mon stage commando ne commence qu'en septembre, en Bretagne, pour trois semaines. Sinon, je suis affecté au régiment parachutiste de Montauban.

— C'est pas loin de Toulouse où je vais étudier.

— Tu vois, tu ne seras pas seule. Souvent, je suis de bon conseil…

— C'est le futur officier qui sommeille en toi.

— Sans doute. »

Ils passèrent la journée ensemble et Stéphanie se sentit sereine pour la première fois de sa vie. Durant le reste du séjour, ils nagèrent, recherchant des coins paisibles, isolés, loin des touristes. Il l'initia à la plongée sous-marine qu'il pratiquait comme un loisir lui permettant de garder la forme physique nécessaire à son engagement militaire, ses ambitions de carrière.

Elle était aussi une source de plaisir, de détente, de contemplation de la beauté des fonds marins. À ses côtés, Stéphanie éprouvait un sentiment de confiance et de liberté nouveau pour elle. Elle laissait cette paix, loin du tumulte et de l'agitation de la foule, l'envahir. Elle était en harmonie avec cette immensité bleue qui l'entourait, elle en oubliait la peur, l'angoisse, la laideur du quotidien, le danger, tapi dans l'ombre… Puis un détritus surgit et vint gâcher ce tableau idyllique… lui rappeler que la mer était le réceptacle de tous les déchets des environs, y compris de l'urine des vacanciers…

La conscience de cette saleté répugnante lui provoqua un haut-le-cœur. Le rêve éphémère était anéanti. Elle avait eu tort de penser qu'il existait une échappatoire. Il fallait avoir le courage d'affronter la vie, la cruelle réalité et la transformer… La transformer en quoi ?... Seul l'art a le pouvoir de transfigurer la réalité, de la magnifier, de la rendre poétique, sublime, dans le bien comme dans le mal… *Voyage au bout de la nuit*… de la nuit de la noirceur humaine… Elle eut une vision fulgurante, pessimiste, souvenir de cette lecture intense, perturbante, abjecte…

Allait-elle se noyer, perdre pieds dans les profondeurs qui l'engloutiraient à jamais ? Comment remonter à la surface ? Matthias lui montra le chemin, lui qui n'abandonnerait jamais un frère d'armes. Il lui avait d'ailleurs expliqué que, quand ils plongeaient, ils étaient reliés les uns aux autres.

Avec son appareil photo, elle immortalisa le phare de Port-la-Nouvelle et une touriste eut la gentillesse de faire de même avec ce charmant jeune couple et leur amour naissant. Sous le soleil et les embruns, Stéphanie souriait, ainsi que Matthias, qui avait passé son bras autour de ses épaules. Ils se serraient l'un contre l'autre, en maillot de bain et les cheveux mouillés, heureux d'être ensemble.

La veille du départ, Mylena et Stéphanie faisaient leurs bagages lorsque Mylena avait trouvé l'exemplaire de *Qui j'ose aimer*.

« C'est quoi cette vieillerie ?! »

Le livre était usagé, ancien, abîmé, déchiré, corné.

« Il t'offre encore des cadeaux ? »

Elle semblait en colère, peut-être jalouse. Elle l'ouvrit, le feuilleta, lut la dédicace écrite à la main sur la première page. « Pour Miguel. »

« C'est nouveau, ça ! Tu t'appelles Miguel, maintenant ? »

Elle criait presque. Stéphanie resta calme.

« Il est fou, murmura-t-elle sans laisser paraître la moindre émotion.

— Peut-être. Mais c'est mon fou à moi !

— Rassure-toi, je n'ai pas l'intention de te le prendre. Pour te paraphraser : je pourrais me le faire mais je te le laisse parce que je vois qu'il te plaît. »

Elle lui sourit et Mylena s'apaisa. Stéphanie ajouta :

« Il sait que tu n'aimes pas vraiment lire, que tu lis juste les livres du programme, pour les notes et les examens. Pour moi, c'est différent. Comme j'avais lu *Vipère au poing*, il m'avait donné la suite *La Mort du petit cheval* et *Le Cri de la chouette*. Et maintenant un nouveau titre du même auteur. Il a une bibliothèque fournie et il se débarrasse des vieilleries en me les donnant. Il me prend pour un brocanteur, ou une poubelle…

— Ouais… »

Mylena n'était pas convaincue, son regard était sombre. Pourtant, elle fit mine de rire. Stéphanie était mal à l'aise. Comment parler à son amie, lui faire comprendre qu'elle se fourvoyait avec ce type ignoble et hypocrite, complètement dérangé, sous des apparences respectables ?

Il fallait aborder maintenant le sujet qui la tourmentait depuis le début des vacances et l'annonce de ce périple en Espagne.

« Mylena… Dis-moi… » balbutia-t-elle. Comment trouver les mots ? « Y a des choses que je comprends pas et que je voudrais que tu m'expliques plus en détail. Qu'est-ce qu'on va faire en Espagne, juste servir des boissons aux touristes, qui va payer le logement ? Je couche pas, je ne vends pas mon corps, je ne suis pas d'accord pour ce genre d'extra, je ne veux pas qu'on me l'impose, j'ai peur, et j'ai peur pour toi aussi.

— Il n'y a pas à avoir peur. Je sais ce que je fais, je suis libre, et toi aussi. Nous avons besoin d'argent, ses copains en ont, je passe un peu de temps avec des hommes riches mais seuls, qui désirent de la compagnie féminine pour oublier cette solitude. Je m'amuse avec eux, je les accompagne au resto, au casino, à la plage, en soirée, pour le sexe, s'ils en ont envie et moi aussi. Puis on se partage le fric. Il est généreux, il en a déjà et il sait que nous non, alors il nous le laisse pour nos études de Droit. Il nous aidera si on veut être avocate, magistrate ou autre. J'aimerais rencontrer un producteur pour faire un disque, de la musique, chanter, écrire, composer des chansons, pourquoi pas faire du théâtre. Plus on rencontrera de personnes, plus on aura des opportunités. C'est pas en restant enfermées ou en ayant peur de tout qu'on pourra réaliser nos rêves. Tu couches pas ? Pas même avec le voisin ? Qu'est-ce que vous faites à la plage, loin des touristes, pendant toutes ces heures d'intimité ?

— Ça ne te regarde pas, rétorqua Stéphanie d'un ton péremptoire. C'est mon jardin secret !

— Pareil pour moi, j'ai mon jardin secret et tu n'as pas non plus à t'en mêler, à me juger, me faire la morale, comme si tu étais meilleure, plus pure que moi, parce que tu préserves ta virginité. C'est ridicule !

— Il ne s'agit pas de pureté ou de souillure mais de vie ou de mort : une seule bonne rencontre suffit, une seule mauvaise aussi. Je voudrais que tu arrêtes de te nuire sans t'en rendre compte, je n'ai jamais eu le courage de te le dire jusque-là, j'avais peur que tu te fâches, j'avais peur de te perdre, tu es comme une sœur pour moi, plus qu'une sœur… Je n'ai aucune relation avec la mienne. Camille ne veut plus me parler depuis que j'ai choisi de ne pas vivre avec notre père et de prendre la défense de notre mère qui, d'après elle, nous a abandonnées...

— Je sais tout ça, la coupa Mylena, énervée.

— Et peut-être que tu sais aussi que tu te fais du mal avec ce pervers, osa répliquer Stéphanie tandis que Mylena faisait les cent pas dans le salon en se triturant les mains. Un jour, j'ai vu un reportage sur la prostitution, un reportage bienveillant, pas moralisateur, la réalisatrice cherchait à comprendre comment une femme en vient à vendre son corps et à en faire son métier... Elles avaient toutes été violées dans leur enfance, parfois par des proches... Et toi ?... Il t'a violée ? Quelqu'un d'autre peut-être ?...

— Tais-toi !!! Personne ne m'a violée !!! Je m'amuse, je suis libre de faire ce que je veux, de prendre du plaisir avec qui je veux, quand je veux ! Tu t'imagines des choses, des horreurs ! »

Elle s'assit, se mit à pleurer, la tête dans ses mains. Stéphanie s'approcha et la prit dans ses bras.

« Chut... murmura-t-elle. Je suis désolée... »

Le lendemain, les larmes de Mylena avaient séché et sa gaieté insouciante était revenue.

« Tu vas voir, on va s'éclater pendant le trajet, j'ai préparé de la bonne musique, une cassette avec tous nos titres préférés ! »

Stéphanie était en plein désarroi, le moment des adieux était arrivé si vite. Peut-être n'était-ce qu'un au revoir ? Matthias les aida à charger les valises et les sacs dans la Peugeot 306. Stéphanie devina à son attitude qu'il était inquiet. Elle se sentit heureuse de savoir que quelqu'un pensait à elle, qu'elle n'était pas entièrement seule au monde. Mylena était trop instable, imprévisible, et naïve, malgré son expérience, ou alors folle, comme son diabolique acolyte, dont l'omniprésence était de plus en plus insupportable. Elle gâchait le plus beau des voyages.

Stéphanie s'isola un instant avec son chéri. Le pervers lui donnait des idées, de l'inspiration romantique.

« Tiens, dit-elle en lui tendant *Illusions perdues* qu'elle s'était dépêchée de terminer pour pouvoir le lui offrir. Si tu le lis, tu ne m'oublieras pas… je l'espère… j'ai mis une petite dédicace… »

Elle, au moins, ne s'était pas trompée de prénom et ne remettait pas non plus en circulation un cadeau qui avait probablement déjà servi à d'autres. Qui était ce Miguel ?

Matthias en fut touché.

« J'ai quelque chose pour toi, moi aussi, dit-il en lui glissant dans la main un papier sur lequel il avait écrit l'adresse et le numéro de téléphone de son père à Larraga, en Navarre. J'y serai au mois d'août, tu es la bienvenue, je te ferai visiter la région.

— Ce n'est pas notre chemin, malheureusement.

— Tu as mes coordonnées à Montauban. On se tient au courant de nos projets ? N'hésite pas à m'appeler, si tu as besoin de quoi que ce soit.

— Je n'y manquerai pas », balbutia Stéphanie, triste et mal à l'aise.

Que serait son avenir ? Leur avenir ? N'était-ce pas stupide de l'envisager ?

« Tu te souviens quand on avait parlé du concert de Tina Turner à Barcelone en 1990 ? »

Stéphanie hocha la tête.

« Je te donne la cassette audio pour l'écouter durant le trajet. Tu verras, c'est super ! Un moment intense et inoubliable. Quand on se retrouvera à Montauban, on verra l'enregistrement du concert avec mon magnétoscope, d'accord ?

— Merci ! J'ai hâte d'y être.

— Moi aussi ! »

Stéphanie était tout émue.

« Ça suffit, les amoureux ! cria Mylena, tandis que Matthias et Stéphanie s'embrassaient, déjà installée à la place du conducteur, prête à partir pour ce long périple sur l'autoroute. Viens nous voir en Espagne, on reste en contact ! »

Mylena avait mis la cassette de Matthias et roulait à tombeau ouvert sur l'A9 en chantant à tue-tête *The Best* de Tina Turner pour consoler sa passagère :

« You're simply the best ! »

L'Inconnue de la gare

Avril 2022.

« What's love got to do, got to do with it ? » [4]

Stéphanie se réveilla en sursaut. Les voix de Tina Turner et de Mylena se mêlaient dans sa tête. Cela faisait des années qu'elle n'avait pas entendu ce son qu'elle pensait avoir oublié et qui resurgissait des profondeurs insondables de sa mémoire. Elle avait rêvé et ce rêve semblait si réel qu'il en était perturbant, bouleversant. Tout revenait : l'extravagance, peut-être la folie de son amie, son audace, sa témérité, qui lui avait

---

[4] Qu'est-ce que l'amour a à faire là-dedans ?

probablement été fatale, car elle ne faisait que des mauvaises rencontres, son attirance, sa fascination pour les interdits, les personnalités troubles, sulfureuses, mais, surtout, son talent de chanteuse, son charisme sur la scène. Que serait-elle devenue ? Était-elle vraiment morte ? Une disparition laisse toujours une porte entrouverte à l'espoir. Et si elle avait refait sa vie quelque part, loin des anciennes addictions néfastes ?...

En ce samedi matin, Stéphanie sentit l'inspiration l'envahir, ainsi que l'excitation, la frénésie qui y sont associées. Elle se leva et prit son téléphone. Elle avait de nombreux messages qu'elle ignora. Une seule chose l'intéressait : elle cherchait avec avidité, dans la galerie de ses photographies, celle qu'elle avait intitulée « Le Phare de Port-la-Nouvelle », cette photo si précieuse d'elle et de Matthias, vestige de leur amour naissant. Quand elle la trouva, elle la regarda longuement, malgré la douleur. Elle n'était pas perdue… rien n'était perdu… Ses émotions étaient toujours aussi intenses, en dépit du temps qui s'était écoulé et des épreuves que réserve l'existence. Elle avait l'impression absurde de revivre, de renaître, l'épuisement, le désespoir de la veille avaient disparu.

Sur Internet, une rapide recherche lui apprit que le phare vert avait été démantelé le vendredi 20 août 2021, une tour de huit mètres de haut qui était une partie de la mémoire du port, entre histoire et nostalgie..., disait l'article de

L'Indépendant. Elle s'en moquait, ce n'était pas leur phare, le leur était rouge et blanc, il mesurait dix-huit mètres, il avait été détruit pendant la Seconde Guerre mondiale puis reconstruit et il était toujours debout comme feu de jetée, ou comme source de lumière pour les âmes solitaires et égarées dans l'obscurité.

Stéphanie se rendit compte que son envie, son désir d'écrire n'étaient pas morts. Elle commença à rédiger le premier chapitre d'un roman qu'elle intitulerait *L'Été de nos dix-huit ans*. Le titre s'imposait, il ne pouvait en être autrement. Il serait dédié à Mylena et Matthias, il leur rendrait hommage, ferait perdurer le souvenir de leur passage sur cette Terre, leurs ambitions, rêves, espoirs, désespoirs, leur courage face à l'adversité... ou peut-être le sien... son propre courage, sa force morale. Peut-être serait-ce un polar car elle aimait les mystères, les enquêtes, les investigations... La littérature permet l'arrestation, la neutralisation des méchants, alors que dans la réalité... N'est-ce pas un peu différent ? Elle ne pouvait cependant pas mettre Mylena et Matthias sur le même plan : la première était probablement morte depuis de longues années, le deuxième...

Depuis qu'ils étaient séparés, elle faisait en sorte de ne pas savoir, de fuir les informations qui pourraient lui apprendre le nom de soldats morts en opération extérieure en Afrique, au Mali ou ailleurs. Elle ne s'était pas libérée pour autant de son anxiété.

En ce samedi matin, d'une manière qu'elle n'avait pas du tout prévue, elle renouait avec ce grand sentiment de liberté qu'elle éprouvait lorsqu'elle écrivait, la sensation d'aller au bout de ses idées, de les voir prendre forme, le plaisir, teinté parfois de souffrance, issu de la création artistique, et qu'elle avait aussi ressenti quand Matthias l'avait initiée à la plongée sous-marine.

L'apaisement… Voilà le mot exact. L'amas de dossiers, d'affaires non élucidées, de tragédies humaines, les aspects bureaucratiques et administratifs du Droit s'effaçaient, ou s'incarnaient autrement. Le pouvoir de l'imagination transfigurait la réalité. Stéphanie redevenait une jeune fille énergique et non une quadragénaire exténuée et déprimée.

Elle dut malheureusement interrompre son travail de rédaction pour consulter ses courriels. Marianne, son amie professeur d'Histoire, lui avait envoyé la copie d'un article de journal : « La presse locale parle de toi. » La manchette « L'Inconnue de la gare » faisait référence à une nouvelle affaire dont Stéphanie allait devoir s'occuper, son nom était mentionné en tant que magistrat instructeur.

Elle désapprouvait cette médiatisation, elle préférait que le secret de l'instruction soit préservé, elle n'avait pas non plus envie de devenir une célébrité harcelée par les journalistes. Elle aimait le calme et la discrétion, la tranquillité qui lui permettait de travailler sereinement. Sa vocation d'écrivain n'était pas associée à un désir d'exposition médiatique. L'anonymat lui plaisait, comme celui d'Elena Ferrante, l'autrice de la saga à succès *L'Amie prodigieuse*, dont personne ne connaissait la véritable identité et qui, d'ailleurs, n'était peut-être même pas une femme. Quant à son métier de juge, elle l'envisageait loin des caméras, sauf si les feux de la rampe pouvaient être utiles, aider à avancer dans une enquête.

Un squelette avait été découvert lors des travaux de rénovation d'une vieille maison, près de la gare. Il était enseveli dans le jardin, à côté d'un chêne centenaire. Une tombe bucolique improvisée. Il s'agissait des restes d'un individu de sexe féminin…

Mais Stéphanie n'était pas de garde ce week-end et elle ne souhaitait pas gâcher ces deux jours de repos en évoquant des sujets morbides. Il lui arrivait de traquer les découvertes macabres dans les bases de données, au cas où… Elle espérait encore apprendre quelque chose, soit sur Mylena soit sur sa mère Anne. Un cadavre est un début d'explication, il rend possible des investigations, la condamnation des coupables et qu'enfin justice soit rendue. Justice et vengeance, même si aucune des deux n'apaise. La sérénité vient après, beaucoup plus tard, ou ne vient pas…

et il faut essayer de la trouver malgré tout, pour ne pas s'autodétruire.

Dans l'immédiat, elle devait rejoindre Marianne au haras que cette dernière avait hérité de ses parents. Elles déjeuneraient ensemble et monteraient à cheval. L'équitation la détendait, le contact des chevaux, la paix, la beauté de la nature qui renaissait au printemps, dans un cycle inéluctable, éternel, un doux refuge éloigné du chaos du monde. Olena serait aussi présente, ainsi que Katia.

Marianne, Stéphanie et Katia avaient constitué un club de lecture et se réunissaient le dimanche ou le samedi, en fonction de leurs emplois du temps. Elles lisaient des livres : littérature, roman policier, essai, science-fiction, poésie, selon leurs envies du moment. Elles présentaient leurs coups de cœur aux autres et avaient instauré une relation fondée sur l'échange, le partage entre amis. Elles s'étaient rencontrées grâce à Babelio, un réseau social destiné aux amateurs de littérature, aux libraires, bibliothécaires, professeurs, documentalistes. Comme elles habitaient désormais dans la même région, de façon permanente ou provisoire, elles avaient décidé de passer du virtuel au présentiel.

« Tu es une star maintenant ! lui dit Marianne.

— Je n'aspire pas à l'être.

— La photo qui illustre l'article est très jolie et te met en valeur, toi, ton travail, ta ténacité. C'est mérité ! Puisque tu commences à écrire un roman, un peu de publicité te sera fort utile. Si je peux t'aider, je le ferai avec plaisir. Ne me repousse pas, comme le fait mon mari à chaque fois que je lui propose de lui rendre service. Il n'est plus que l'ombre de lui-même depuis que sa société a été placée en liquidation judiciaire. Il a l'impression que je le rabaisse, que je cherche à l'humilier, il veut se débrouiller seul. Il a tort. Sans réseau d'influence, on n'arrive à rien. Nos relations conjugales sont difficiles, tendues… »

Stéphanie acquiesçait, songeuse. Un licenciement, une faillite, la perte ou le changement de statut social étaient des épreuves dont certains couples ne parvenaient pas à se remettre. Marianne était une amie fiable mais elle ne savait pas tout. Elle ne pouvait pas deviner que, lorsqu'elle brandissait cet article de journal, elle perturbait Stéphanie. Le squelette qu'il mentionnait avait été déterré en retournant la terre d'une propriété qui lui était familière. Son grand-père maternel, qu'elle n'avait pas connu, avait vécu dans cette maison. Devait-elle le dire à cause d'un possible conflit d'intérêts ?

Pour l'instant, elle préférait se taire car cette découverte l'intriguait, elle y voyait un moyen d'en apprendre davantage sur sa famille maternelle et peut-être sur sa mère. Un moyen ou un espoir, qui serait probablement déçu… Trop d'années s'étaient écoulées. Il ne restait que des os, des cendres, de la boue et de fragiles papiers en décomposition, fragments d'une vie à reconstituer par-delà les décennies. Ils permettraient peut-être de répondre à cette question lancinante : qui était la défunte, cette inconnue, et qui lui avait donné cette tombe ? Pourquoi ?...

Katia et Olena arrivèrent en fin d'après-midi. Elles avaient pu enfin s'échapper du centre commercial où elles tentaient de gagner un peu d'argent en faisant défiler des boîtes de conserve sur un tapis roulant. L'ennui profond que leur inspirait ce travail et leur goût commun pour la littérature avaient réuni ces deux érudites que le destin avait malmenées.

Katia et Olena parlaient toutes les deux le russe. Katia vivait en France depuis le début des années deux mille, elle était venue étudier les Lettres modernes à Paris et elle avait désormais la double nationalité. Elle avait enseigné le russe et travaillé comme scénariste pour une société de production qui avait fait faillite, après le confinement et la fermeture des cinémas.

« J'ai envoyé mon CV à l'université Jean Jaurès, disait Katia à Olena. Je propose ma candidature pour l'enseignement du russe : langue, littérature, et pour la création littéraire. J'ai de l'expérience. Tu peux postuler, toi aussi. Si on me répond, je te tiendrai au courant des offres existantes. Au besoin, je prendrai la création littéraire et toi l'enseignement des langues vivantes. Il ne faut pas tomber dans le piège de la rivalité, le mieux, c'est qu'on s'entraide. »

Katia et Olena ne montaient pas à cheval mais elles aimaient le havre de paix qu'était à leurs yeux ce haras. Stéphanie partageait ce sentiment. Discuter en regardant les chevaux trotter dans l'enclos était apaisant.

« Pourquoi tu n'es pas restée à Paris ? s'informait Olena.

— Je n'arrivais plus à payer mon loyer. Je me suis souvenue qu'une amie scénariste aimait un Parisien qui avait une résidence secondaire à Montauban où ils sont allés se confiner… Les chanceux… J'ai décidé de déménager à la campagne et de repartir de zéro. Je ne sais pas si c'est une franche réussite, c'est un changement radical en tout cas. Je ne vais pas me plaindre, tant de gens fuient la guerre après avoir tout perdu : Irak, Syrie, Libye, Ukraine… La liste est tellement longue qu'on en oublie forcément. Nul ne sait quand toutes ces horreurs s'arrêteront…

— Pour moi, à l'horreur de la guerre, s'ajoute celle de la disparition de ma fille, ma Maryna chérie, et je dois t'avouer qu'il y a des moments où je me demande comment je vais faire pour tenir le coup… »

La vue des chevaux, l'amitié et la contemplation d'une nature paisible et harmonieuse n'ont pas le pouvoir d'effacer toutes les douleurs.

« Maryna ? fit Katia. Comme mon amie scénariste.

— C'est un prénom courant chez nous, murmura Olena, lasse.

— Tu as une photo d'elle ?

— Bien sûr… »

Olena fronça les sourcils. L'espérance est ambiguë, elle provoque un regain d'énergie tout en réveillant la souffrance et les tourments qui lui sont associés. Sur son téléphone, elle montra à Katia à quoi ressemblait Maryna, dans la splendeur de ses vingt-deux ans.

« C'est elle ! » s'exclama Katia. Puis elle s'assombrit. « Moi non plus, je n'ai plus de nouvelles, je suis désolée. »

Fataliste, Olena hocha la tête.

« Je m'y attendais… Parle-moi d'elle, raconte-moi comment vous vous êtes rencontrées. J'ai l'impression qu'elle est morte… Mon cœur de mère le ressent… Je ne peux pas l'expliquer… Ceux qui l'ont connue ont le pouvoir de la faire revivre, elle est vivante dans nos souvenirs… Je regrette parce que je m'étais éloignée d'elle, nous nous étions éloignées… Ce qui est normal… Elle essayait de construire sa vie, d'être indépendante. Mais je n'arrête pas de me dire que j'ai échoué, je n'ai pas su la protéger, lui apprendre à se méfier… Elle était si gentille, sociable, elle aimait son prochain… Elle avait confiance, trop peut-être… Nous nous disputions : elle disait que j'avais peur de tout, que je devais la laisser tranquille… Je l'ai fait, je n'avais pas le choix… Elle était adulte. Je ne voulais pas la perdre… et pourtant, c'est arrivé…

— On la retrouvera, tu verras. » Katia mit sa main sur la sienne. « Tu la décris comme elle était… pardon comme elle est : vive, passionnée. Elle a du caractère, ta fille ! Et un don pour la création littéraire, artistique. On travaillait ensemble sur le même projet. Le producteur souhaitait adapter et moderniser des films anciens qui, selon lui, méritaient de passer à la postérité, d'être remis au goût du jour. Tu as vu *Le Bossu* de Philippe de Broca en 1997 ? »

Olena avoua son ignorance en la matière.

« Il s'inspire du roman feuilleton de Paul Féval qui avait déjà connu plusieurs autres adaptations au cinéma, expliqua Katia. Il évoque la vengeance du chevalier de Lagardère, bretteur hors pair, serviteur et ami du duc de Nevers, contre le comte Philippe de Gonzague qui a traîtreusement assassiné Nevers et tenté d'assassiner la fille de ce dernier. Un succès critique et commercial à l'époque, grâce à Daniel Auteuil, Fabrice Lucchini et Marie Gillain.

« Le producteur avait embauché une directrice de casting pour dénicher des acteurs de même acabit, de futurs talents, renouveler le genre du cape et d'épée, de l'aventure, du divertissement, sans renier la qualité. Trouver des financements, des distributeurs est difficile. Les chaînes de télévision, que les jeunes ne regardent plus, subissent la concurrence des plateformes de streaming américaines.

« Avec Maryna, on travaillait sur le scénario d'une nouvelle adaptation de *Katia*. Romy Schneider avait joué ce rôle en 1959 et Danielle Darrieux en 1938. C'est un livre de Marthe Bibesco auquel je dois mon prénom. Maryna était enthousiasmée par ce projet qui n'a jamais abouti. Elle ne le jugeait pas vieux et poussiéreux, elle avait su en extraire toute la modernité. C'est un film historique inspiré de la vie de Catherine Dolgorouki, dite Katia, et de sa relation amoureuse avec le Tsar Alexandre II. Sous l'influence de Katia, Alexandre II a tenté de réformer le pays, de lui octroyer une Constitution, d'abolir le servage avant de périr dans un attentat. Le nouveau Tsar abolira le projet d'Alexandre II.

— Ce ne sont pas les pires qui sont assassinés, marmonna Olena. Et c'est dommage… »

Soudain, son esprit était ailleurs, il vagabondait dans la plus grande confusion.

« Grâce à toi, j'ai l'impression de mieux la connaître, de mieux la comprendre. J'aurais dû être plus tolérante, plus à l'écoute, moins sévère… »

Katia se mit à rire et la coupa.

« Non... Tu n'as rien à te reprocher. Elle t'adorait, elle était fière de toi, elle t'aimait beaucoup. Elle avait juste besoin de prendre son envol.

— Elle te l'a dit ? »

Katia acquiesça puis elle ajouta :

« Après l'échec de notre projet, l'absence de financement, la faillite du producteur, notre dernière conversation portait sur le classement « Art et Essai ». Ce n'était bien sûr que son avis, beaucoup de gens ne sont pas d'accord avec ce point de vue, mais elle m'a dit que cette catégorie plombait les projets, que personne, à part de rares amateurs, n'avait envie d'aller voir un film dans un cinéma vieux, pas rénové, à l'écart du grand complexe flambant neuf. Ce sont les jeunes qui vont au cinéma en groupe et parfois ils n'ont pas choisi de film particulier, ils sont indécis : elle voulait viser ce public qui a du pouvoir sur les réseaux sociaux pour convaincre, favoriser le bouche-à-oreille. Pour elle, tous les films devaient être diffusés au même endroit. Elle avait du caractère, beaucoup d'énergie, le courage de s'opposer aux idées préétablies, la fougue de la jeunesse. Je me rends compte que je parle encore d'elle au passé. Cela fait deux ans que je n'ai plus de nouvelles. »

Un silence plombant, mêlé de résignation, de tristesse, de désespoir s'installait. Stéphanie tenta en vain de le briser.

« Elle avait raison, approuva-t-elle. Je me souviens d'avoir eu la même réflexion lorsque j'ai vu *The Artist*. Marianne ne serait pas d'accord. Elle ne manque jamais la quinzaine du film italien en VO et, un jour, elle m'a emmenée voir un film ukrainien sous-titré. Quel ennui ! »

Olena eut un timide sourire. Marianne, cavalière émérite, faisait trotter dans l'enclos son cheval alezan, splendide étalon qui avait déjà gagné plusieurs courses. Elle gérait désormais le haras avec son mari.

« On parle de moi ? » dit-elle en s'approchant, avant de s'éloigner à nouveau.

Olena sortit de sa rêverie.

« Maryna était amoureuse. Qui était son amant ? Elle me racontait tout quand elle était au lycée…

— Je ne sais pas. Elle était très discrète sur sa vie privée. J'ignore son identité. Il avait une maison près de Montauban… ou dans la banlieue toulousaine. Un havre de paix pour les vacances. Je vivais une rupture douloureuse, elle évitait d'exhiber son bonheur naissant.

— Les hommes nous font souffrir parfois, murmura Olena. Nous ne choisissons pas d'aimer ou de ne pas aimer, malheureusement. Les sentiments sont incontrôlables… Pour le meilleur… et pour le pire… Je pense à mon mari qui s'est engagé dans l'armée pour défendre son pays. Entre la disparition de ma fille et cet engagement, je n'en dors plus... C'est plus que je ne peux en supporter…

— Ah… balbutia Katia. Mon fiancé m'a quittée pour aller faire la guerre dans le Donbass et sauver sa terre de la corruption occidentale, m'a-t-il expliqué. »

Olena était accablée. Une ombre planait déjà au-dessus de leur fragile amitié. L'ex-fiancé de Katia, qu'elle aimait toujours, aurait pu tuer le mari d'Olena et réciproquement. Olena finit par formuler ce non-dit tragique.

« Tu te rends compte ?...

— … Je me rends compte que j'aurais aimé qu'il me choisisse… » bredouilla Katia. Ces mots interpellèrent Stéphanie, comme un écho, un souvenir de sa relation avortée avec Matthias. « … qu'il me choisisse moi, sa famille, plutôt que ce qu'il estimait être son devoir, qu'il soit comme Antigone, qu'il choisisse la loi de la famille plutôt que celle de la cité… Il ne voit pas les choses comme moi… et pourtant, je l'aime. Maryna vivait aussi un amour compliqué. Je l'ai deviné, elle essayait d'oublier, de se distraire. Nous nous sommes perdues de vue… »

Il est des périodes dans l'Histoire de l'humanité où l'horizon s'obscurcit inéluctablement, les havres de paix sont abolis et ne servent plus de doux refuges, loin de la haine, de la violence. Il n'est plus possible de se tenir à l'écart de ces horreurs.

De retour chez elle, Stéphanie effectuait ce sombre constat qui avait gâché son samedi. Qu'en serait-il du club de lecture dominical ? Y aurait-il une lumière au bout du tunnel ? Elle avait promis de prendre la parole, de présenter un de ses écrivains préférés, découvert alors qu'elle n'était qu'une lycéenne, Albert Camus. Cependant elle n'était pas sûre d'y arriver, de trouver les mots.

Elle n'avait pas le talent de Daniel Mendelsohn. Avant de se lover dans son bain, elle ouvrit son chef-d'œuvre *Les Disparus* et relut le passage qui décrivait à merveille la scène dont elle venait d'être le témoin :

« Il essaie de voir les choses dans leur complexité, se méfie des généralisations, tout comme j'aime regarder les problèmes à travers la lunette de la tragédie grecque qui nous apprend, entre autres, que la véritable tragédie n'est jamais une confrontation directe entre le Bien et le Mal, mais plutôt, de façon plus exquise et plus douloureuse à la fois, un conflit entre deux conceptions du monde irréconciliables[5]. »

*   *
*

Stéphanie marchait d'un pas rapide sur le pavé rénové du centre-ville de Montauban et se dirigeait vers l'Ancien Collège, transformé en Maison de la Culture, qui accueillait de nombreuses associations. Elle aimait l'architecture de ce lieu, alliance de tradition et de

---

[5] Traduit de l'anglais par Pierre Guglielmina. ©Éditions Flammarion, 2007.

modernité, qui avait su se renouveler, rester vivant et ouvert au public, malgré les années.

Elle ne pouvait s'empêcher de songer à Maryna et à son amant mystérieux. Elle connaissait au moins un pervers qui avait résidé dans le coin. Était-ce toujours le cas ? Pour son plus grand bonheur, elle l'avait perdu de vue. Il faudrait qu'elle se renseigne, puisqu'elle avait été chargée de cette enquête officieuse, qui peut-être deviendrait officielle. Quelle en serait l'issue ?

Marianne s'était occupée des formalités : leur club de lecture était devenu l'association *Les Amoureux de la littérature*, composée de quatre membres pour l'instant. Marianne, Stéphanie, Katia et Olena avaient décidé d'unir leur solitude grâce à cette passion commune.

« On aurait dû l'appeler *Les Amateurs du club de meurtres*, on aurait eu plus de succès, décréta Stéphanie. Les gens adorent les polars, j'ai emprunté cette idée à une série américaine adaptée de romans policiers « cosy mystery », anglicisme oblige : enquête douillette où le détective est un amateur et où le crime a lieu dans une petite communauté socialement intime.

— Tu regardes *Aurora Teagarden* ? se moqua Marianne.

— J'ai l'impression que toi aussi. Derrière mon côté austère se cachent des addictions inavouables…

— Les filles, vous connaissez la chanson *Où sont les femmes ?* Eh bien, là, je vais vous dire : où sont les hommes ? Est-ce qu'on les autorise à entrer dans notre club de lecture ? » riait Katia.

Stéphanie se rappelait les livres d'Histoire militaire et de stratégie que Matthias lisait. Marianne évoqua son mari qui lui avait prêté un polar d'Emmanuel Grand *Sur l'autre rive*, où un joueur de foot avait disparu. Il avait décliné son invitation, leur relation n'était pas au beau fixe en ce moment. Il fuyait toute vie sociale et intime.

« Pardonnez-moi l'expression, mais on devrait ratisser plus large ! proposa Katia. L'idée de départ est excellente : venir avec un livre qui nous plaît pour le prêter voire le donner aux autres, en parler, échanger. Il faut s'ouvrir à tous les genres : BD, romans graphiques, science-fiction… Cela permettra de belles rencontres et d'élargir nos horizons. Je ferai la pub pour l'association de mon côté. Il y a des gens qui lisent aussi parmi le personnel des centres commerciaux ! On pourrait organiser des cafés ou des dîners littéraires ! »

Marianne approuva.

« Ce genre d'initiative pourrait intéresser certains de mes étudiants. »

Marianne était venue avec un roman de Richard Russo *Retour à Martha's Vineyard* dont le titre, *Il y a des chances*, *Chances are* en version originale, comme dans la chanson de Johnny Mathis, stimulait l'imagination de Stéphanie. Il faisait resurgir un souvenir de l'été 1998 et d'une petite ville espagnole, en Navarre, Larraga, où elle avait séjourné en compagnie de Matthias. Pourquoi ? La mémoire est absurde et capricieuse. Ou alors… Johnny Mathis, Tina Turner, Mylena…

Olena avait apporté *Les Abeilles grises* d'Andreï Kourkov. Dans un petit village abandonné de la « zone grise », coincé entre armée ukrainienne et séparatistes pro-russes, vivent deux laissés-pour-compte : Sergueïtch, apiculteur dévoué qui croit au pouvoir bénéfique de ses abeilles, et Pachka. Désormais seuls habitants de ce no man's land, ces ennemis d'enfance sont obligés de coopérer pour ne pas sombrer, et cela malgré des points de vue divergents vis-à-vis du conflit.

« J'ai hésité à accepter votre aimable invitation, dit Olena timidement. Par rapport à ce qu'il m'arrive… ma fille, mon mari…, ce club de lecture me semblait déplacé, inutile, du temps perdu. Et puis, j'ai réfléchi et j'ai trouvé ce livre d'un écrivain ukrainien d'expression russe, et j'ai changé d'avis : la littérature n'est pas un luxe qui ne sert à rien ou un produit commercial. Elle est bien plus… Alors, voilà ma contribution… »

Katia avait déniché deux livres qui évoquaient une résistante et espionne française peu connue, malgré son courage et sa mort prématurée en déportation, à vingt-trois ans. Violette Szabo n'avait pas dénoncé ses camarades, en dépit des méthodes d'interrogatoire brutales qu'elle avait subies. Katia avait découvert son existence grâce à un érudit belge qui avait constitué, sur Babelio, une liste d'hommage aux héroïnes de guerre[6]. Il avait pour pseudonyme Kielosa, chi lo sa en italien, et Katia était heureuse de présenter à ses nouvelles amies *The Life That I Have* de Susan Ottaway.

« Comme il n'a pas été traduit, j'ai aussi son pendant en français pour celles qui ne sont pas bilingues : *Violette Szabo : De Londres à Ravensbrück : une espionne face aux SS* de Guillaume Zeller. »

C'était au tour de Stéphanie de prendre la parole.

« Moi aussi, j'ai choisi deux livres. Je voulais vous transmettre ma passion pour l'œuvre d'Albert Camus, qui me fascine depuis que j'ai étudié *La Chute* au lycée. Elle est en apparence si simple et pourtant si complexe, ouverte à de multiples interprétations. Son discours, lorsqu'il a reçu le prix Nobel de littérature, exprime avec intelligence et finesse d'esprit la place capitale de l'écrivain dans la société. J'ai noté une de ses phrases sur un de mes exemplaires de *La Chute* pour la faire circuler tant elle me semble

---

[6] Hommage aux héroïnes de guerre : liste de livres constituée par Kielosa sur Babelio. *The Life That I Have* de Susan Ottaway, biographie de Violette Szabo, en fait partie.

importante : « Quelles que soient nos infirmités personnelles, la noblesse de notre métier s'enracinera toujours dans deux engagements difficiles à maintenir : le refus de mentir sur ce que l'on sait et la résistance à l'oppression. » Par contre, je ne vous donne pas mon exemplaire corné et maintes fois surligné du Bac, plaisanta-t-elle. Il a une trop grande valeur sentimentale pour moi… »

Et elle songeait à Mylena en disant cela, aux heures passées à lire ensemble, étudier, essayer, parfois en vain, de comprendre.

« Ce texte est indissociable de mon amie d'enfance, qui a disparu, je ne sais pas ce qu'elle est devenue, et c'est une douloureuse blessure. Le deuxième est un recueil de poèmes d'Emily Dickinson. Qui était Emily Dickinson ? Plus d'un siècle après sa mort, on ne sait encore presque rien d'elle. Elle est née le 10 décembre 1830 dans le Massachusetts, elle est morte le 15 mai 1886 dans la même maison, elle ne s'est jamais mariée, n'a pas eu d'enfants, a passé ses dernières années cloîtrée dans sa chambre. Elle y a écrit des centaines de poèmes – qu'elle a toujours refusé de publier. Elle est aujourd'hui considérée comme l'une des figures les plus importantes de la littérature mondiale. Sans trop savoir pourquoi, je me sens proche d'elle et de son caractère énigmatique, solitaire, de sa poésie, que je vous invite à découvrir… »

Elle n'eut pas terminé de prononcer ces mots qu'un inconnu qui n'en était pas vraiment un poussa la porte de la salle dans laquelle les quatre amies s'étaient réunies.

« Puis-je entrer ? demanda-t-il. C'est ici le club de lecture *Les Amoureux de la littérature* ? »

Il avait dans une main le journal de samedi, ouvert à la page de l'article « L'Inconnue de la gare », et dans l'autre une vieille édition de poche de *Capitaine Conan* de Roger Vercel, un roman historique sur la Première Guerre mondiale qui avait eu le prix Goncourt en 1934. Son regard chercha et croisa celui de Stéphanie. Ses yeux pétillants lui sourire comme s'il était satisfait d'avoir atteint son objectif, repéré sa cible.

Le visage de Stéphanie demeura sans expression. Pourtant, dans son for intérieur, des émotions enfouies, oubliées, s'étaient réveillées. Ils avaient souvent échangé des livres, des cassettes, des CD. *Illusions perdues* de Balzac contre un concert de Tina Turner puis, plus tard, à Larraga, *Les Chouans* contre ce roman de Roger Vercel que Matthias lui avait fait découvrir. Il lui avait apporté un début de réponse à cette question, ce mystère insoluble pour elle : qu'est-ce qui pousse certains hommes à vouloir être des guerriers ? Le capitaine Conan est un guerrier au sens plein du terme : non seulement il se bat d'une manière exceptionnelle mais la guerre le fait vivre intensément.

Stéphanie ne comprenait pas, ne partageait pas, voire désapprouvait cet état d'esprit, et cette altérité radicale avait fini par l'éloigner de Matthias, malgré l'attirance, la fascination réciproque qu'il y avait, qu'il y aurait toujours entre eux.

Elle se leva, se dirigea vers lui sans rien laisser paraître de son trouble.

« Comment m'as-tu retrouvée ? »

Il brandit l'article dans le journal.

« Il faut croire que je suis un bon enquêteur. Tu es aussi belle en photo qu'en réalité ! Il y avait d'autres indices, comme les tracts publicitaires pour l'association affichés un peu partout.

— Sois le bienvenu, dit-elle en prenant son livre. Tiens, ajouta-t-elle en lui donnant son recueil des poèmes d'Emily Dickinson. Le passage souligné est pour toi. C'est mon préféré… »

Il l'ouvrit et le lut :

« Que vers un cœur brisé
Nul autre ne se dirige
Sans le haut privilège
D'avoir lui-même aussi souffert. »

Larraga

Août 1998.

« Hola ! Soy Stéphanie, la novia de Matthias. »[7]

L'homme qui venait d'ouvrir la porte se retourna et appela en français son fils.

« Ta petite amie est arrivée ! »

Matthias surgit de la pénombre du couloir et prit la voyageuse nocturne dans ses bras. Une fraîcheur naturelle et agréable émanait de cette maison de pierre. Stéphanie entendait des voix en provenance de la salle à manger, protégée de la chaleur extérieure par un rideau. Une délicieuse

---

[7] Salut ! Je suis Stéphanie, la copine de Matthias.

odeur de cuisine éveillait son appétit, après ce long et stressant périple.

La joie du départ à Port-la-Nouvelle et du trajet en musique le long de la côte maritime espagnole, vers Peñíscola, était oubliée. Elle avait laissé la place à la peur, l'angoisse. Stéphanie était devenue une proie, traquée comme une bête parce qu'elle était une jeune fille belle et désirable.

« Je t'avais promis que tu serais libre de choisir, de faire ce que tu veux de ton corps, que personne ne te harcèlerait, n'essayerait de… avait bafouillé Mylena avant de la conduire à la gare. Aujourd'hui, je ne peux plus garantir ta sécurité, ta liberté, tu es en danger…

— Je sais… J'ai compris… malheureusement… Je ne suis pas niaise… Bien au contraire… »

Alors que Stéphanie montait dans son wagon, elle prit la main de son amie :

« Et toi ? Viens avec moi…

— Non. Je ne peux pas, dit-elle d'un ton catégorique. Je dois le calmer d'abord… J'ai des affaires à régler.

— Tu te trompes, si tu penses que tu es plus libre que moi, qu'il te protégera, il ne te protégera pas plus qu'il ne le fait pour moi.

— Ne t'inquiète pas. Je gère la situation. Je te rejoins là-bas. Va t'éclater avec ton mec. Tu as de la chance de l'avoir rencontré. »

Stéphanie acquiesça, l'air sombre.

Elle était désormais à l'abri. Jusqu'à quand ? Pouvait-elle faire confiance à ces gens qu'elle connaissait à peine et dont elle parlait si peu la langue. Le voisin qui était venu la chercher à la gare avait été poli, courtois mais elle avait l'impression d'être totalement perdue dans un univers étranger. La chaleur était épuisante. Elle se disait qu'elle avait eu beaucoup de chance que Matthias soit chez son père, comme il le lui avait promis. Sans lui, que se serait-il passé ? Elle se jugeait trop faible, seule, fragile et isolée. Comment faire évoluer ce dramatique constat ?

Il était vingt-deux heures et la famille était réunie au grand complet pour le repas du soir : le père de Matthias, sa belle-mère et ses deux demi-sœurs, ainsi que la grand-mère. Ils parlaient le castillan, seuls le père et la grand-mère de Matthias étaient capables de communiquer en français. Ils avaient vécu en exil en France. Le père de Matthias s'y était marié une première fois.

Stéphanie comprenait pourquoi, à la mort de sa mère, Matthias avait préféré rester dans son pays, quitte à vivre dans un foyer. Il avait du mal à se sentir chez lui, entouré de personnes qui, malgré leur gentillesse, s'exprimaient dans une langue qu'il ne maîtrisait pas bien. Une décennie après la mort de Franco, son père avait décidé de revenir en Espagne, sur la terre de ses ancêtres.

Stéphanie était intriguée. Elle ne savait presque rien de cette période, même si elle avait un grand-père maternel d'origine espagnole. Elle avait étudié *L'Espoir* d'André Malraux pour le bac de français, l'ouvrage évoquait la guerre civile du côté républicain mais elle n'avait pas compris grand-chose.

« Come ! Come ! Mange ! Mange ! » ne cessait de répéter la grand-mère, un sourire aux lèvres, ajoutant que Stéphanie était si maigre, qu'il fallait qu'elle se nourrisse davantage. Le père traduisait. Stéphanie lui expliqua que ce n'était pas nécessaire, elle comprenait l'essentiel.

« Nous avons préparé la paella, exprès pour toi, dit-il. Queso : fromage, melocotón : pêche, helado : glace. Régale-toi, tu dois avoir faim après ce long trajet. »

Stéphanie approuva, heureuse d'être si bien accueillie par de parfaits inconnus !

Quand le dîner fut terminé, la grand-mère sortit une chaise et s'installa en face de sa maison, en compagnie de son fils et de sa seconde belle-fille, pour profiter de la fraîcheur nocturne. Deux garçons à moto étaient venus chercher les demi-sœurs de Matthias pour les emmener en discothèque.

« Tu peux les accompagner, si tu veux, murmura Stéphanie à l'oreille de Matthias. Quand tu m'auras montré ma chambre, je vais essayer de dormir, malgré la chaleur. Je ne tiens plus debout. »

Stéphanie s'était laissée choir sur une chaise à côté des membres de cette charmante famille.

« Il faudra que tu me racontes ce qu'il t'est arrivé à Peñíscola », chuchota à son tour Matthias.

Stéphanie soupira, lasse. « Plus tard… Plus tard… »

La grand-mère regardait les jeunes partir dans la nuit vers une destination festive tout en riant. L'aînée, qui n'avait que seize ans, s'était amusée à taquiner la copine de son frère en lui proposant de la bière et des cigarettes. « Bebes ? Fumas ? » « Tu bois ? Tu fumes ? » Elle respirait la joie de vivre, l'insouciance des vacances d'été.

Soudain la grand-mère marmonna en espagnol :

« Ils ne savent pas la chance qu'ils ont. »

Elle avait un regard sombre et énigmatique.

« Maravillas… Maravillas… répétait-elle, l'air sévère. Elle avait quatorze ans quand la Garde civile est venue arrêter son père… Ils l'ont violée, assassinée et ont jeté son corps aux chiens. La pauvrette… Tout le monde a entendu ses cris, ses hurlements mais personne n'est intervenu… parce que nous étions tous morts de peur… »

Elle tenait sa canne fermement, comme un appui pour éviter de tomber, de s'effondrer. Elle se tut, regarda fixement dans le vide. Elle semblait mâcher un chewing-gum invisible. En réalité, ses lèvres tremblaient, mélange de vieillesse et du trouble, du traumatisme, qui venait de resurgir des profondeurs de la mémoire, en même temps que cet épouvantable souvenir.

Le père de Matthias rompit le silence comme pour répondre à la question muette que Stéphanie n'osait formuler : « Qui était cette Maravillas ? » Il tenta d'expliquer l'inexplicable afin de dissiper le malaise qui assombrissait cette paisible et agréable soirée.

« Maravillas Lamberto avait le même âge que maman, elles sont nées toutes les deux en 1922, elles avaient quatorze ans en 1936. Maravillas était la fille de Vicente Lamberto Martínez, un paysan militant syndicaliste. Elle avait deux sœurs, plus jeunes, Pilar et Josefina. Larraga est une petite ville, tout le monde se connaît plus ou moins. Le 15 août 1936, la Garde civile d'Artajona est venue arrêter Vicente à son domicile, à trois heures du matin. Toute la famille était réunie, Maravillas était dans sa chambre avec sa sœur Pilar qui avait dix ans à l'époque. Maravillas a voulu accompagner son père, ils les ont emmenés tous les deux au poste de la Garde civile. Vicente a été incarcéré pendant que sa fille a été violée plusieurs fois, quelquefois en sa présence. Vers cinq heures du matin, ils les ont déplacés dans un véhicule puis conduits dans un bois où ils l'ont de nouveau violée, sous les yeux de son père, puis ils les ont assassinés. Le corps de Maravillas a été laissé aux chiens et les assassins s'en sont vantés publiquement. Ils n'ont jamais été inquiétés.[8]

« Mon grand-père était paysan lui aussi, il avait une carte de militant de l'UGT, ils se battaient pour qu'ils aient de meilleures conditions de travail, que le partage des terres soit plus équitable, la misère moins forte. Le gouvernement de Pampelune a fait de Vicente et Maravillas des exemples dissuasifs. Ils craignaient une révolution communiste, ils ont frappé fort. Mon grand-père et ma grand-mère ont pu s'enfuir grâce à l'aide d'un curé qui n'avait pas oublié les enseignements de Jésus. Tu sais : aime ton prochain, même ton ennemi. Son comportement a été assez rare pour qu'il mérite d'être souligné. Toi qui aimes lire, je te conseille *Les Grands Cimetières sous la lune* de Bernanos. Tu découvriras l'indigne comportement de l'évêque de Palma. Je suis athée et, pourtant, moi, je n'ai pas oublié l'homme courageux à qui ma famille doit sa survie. Ce prêtre a caché mes grands-parents et ma mère. Grâce à lui, ils ont pu passer la frontière et se retrouver en France où ils ont été parqués au camp de Judes, à Septfonds, près de Montauban. Un éprouvant périple…

— Le camp de Judes ? le coupa Stéphanie. Je crois que mon grand-père y a été

---

[8] Maravillas Lamberto Yoldi, née à Larraga en 1922 et fusillée le 15 août 1936.

interné, il venait de Madrid. Il s'appelait Eliseo. Je n'en sais pas plus…

— Peut-être a-t-il côtoyé ma famille… Ils ont travaillé dans les champs, ils ont dû apprendre à se taire, parce que, à l'époque, les supposés communistes étaient perçus comme une menace. Il suffisait de demander une amélioration des conditions de travail des ouvriers pour être soupçonné. Un ouvrier qui n'est pas embauché meurt de faim. De quoi anéantir tout esprit de rébellion ou de revendication. Pourtant, cet esprit-là fut utile pour lutter contre l'occupant. »

La grand-mère réfléchissait.

« Je me souviens d'un Eliseo qui était madrilène, dit-elle en français. C'était il y a si longtemps. Il devait dissimuler ses idées anarchistes et libertaires. À cause de ses prises de position, il s'était disputé avec son père, un avocat monarchiste attaché à l'ordre établi. Il souffrait car son père avait été assassiné lors de la tuerie de Paracuellos. Ils avaient des désaccords politiques importants mais il n'avait jamais souhaité sa mort. C'est affreux comme l'humanité bascule vite dans la barbarie. La guerre est atroce, le sang, la haine, les fosses communes, des centaines de cadavres… Elle n'est jamais propre, juste, elle anéantit au contraire toute notion de justice, elle déshumanise. Tout le monde désire oublier… Et pourtant… ce peut être utile de se souvenir pour éviter que de tels bains de sang ne se reproduisent… Et aussi pour rendre hommage aux victimes… Elles méritent mieux qu'une fosse commune…

— Qu'est devenu cet Eliseo ? » demanda Stéphanie, perplexe. S'agissait-il de son grand-père ? Sa mère, Anne, n'était malheureusement plus là pour éclaircir ce point, lui raconter l'histoire de leur famille.

« Il avait adopté une orpheline placée à la campagne pour les travaux agricoles, répondit la grand-mère. Elle avait un don de couturière. Nous avions presque le même prénom : Maria-Teresa et Thérèse. Elle était Parisienne. Un jour, elle a disparu, elle avait dix-huit ans. C'était en 1957. On a pensé qu'elle était repartie à Paris pour vivre de sa passion, la couture, et être embauchée dans ce domaine. Elle n'était pas faite pour cultiver la terre, elle avait des doigts de fée…

— Merci pour ces renseignements, balbutia Stéphanie. Pourquoi avez-vous choisi de revenir ici où vous avez tant souffert ?

— Quand Franco est mort, la situation politique a changé, expliqua le père de Matthias. Maman était âgée mais elle a toujours eu du mal à oublier, à s'adapter. »

La vieille dame acquiesça.

« Tu viens de voir que ce n'est pas facile d'être entouré de gens qui parlent une langue que tu ne maîtrises pas. Elle ignorait totalement le français au début, alors que tu as appris l'espagnol à l'école. »

Stéphanie hocha la tête en guise d'approbation.

« J'ai souhaité accompagner maman, reprit le père de Matthias. Je ne pouvais pas l'abandonner. Elle avait besoin de moi. Elle a pu savoir ce qu'étaient devenues Josefina et Pilar, les sœurs de Maravillas, ainsi que Paulina Yoldi, leur mère. Tous leurs biens ont été dérobés. Les trois femmes ont dû travailler en tant que domestiques dans diverses maisons navarraises, notamment dans la propriété de Julio Redín Sanz, qui a participé au viol et à l'assassinat de Maravillas. À l'âge de vingt et un ans, Josefina a été envoyée en tant que religieuse dans une congrégation de Karachi, au Pakistan. Elle travaillait pour l'orphelinat. Il lui était interdit de communiquer avec ses collègues, ainsi qu'à l'extérieur, en raison de l'histoire de sa famille. Elle a eu des difficultés à rentrer dans son pays, encore sous la dictature franquiste, lorsque sa mère était au seuil de la mort. Elle était dans un couvent à Madrid et ne pouvait voir sa mère agonisante.

— Elle a dû beaucoup souffrir…, songeait Stéphanie à haute voix.

— Il y a deux ans, poursuivit le père de Matthias, en 1996, elle a abandonné sa vie religieuse, elle avait perdu la foi…

— … On la perdrait pour moins que ça ! répliqua Stéphanie avec véhémence.

— Elle a décidé de témoigner sur le sort de sa famille, notamment celui de sa sœur Maravillas.

— Le viol, c'est la croix des femmes, rétorqua Stéphanie, les sourcils froncés. Pardon pour la métaphore religieuse. Elle est appropriée, la crucifixion était aussi un supplice cruel. Pour moi, il faut faire la distinction entre les institutions, les pourritures qui les composent, et le Créateur. Je suis désolée de manquer de sagesse, de nuance, de philosophie, de philanthropie chrétienne en employant le mot « pourriture » mais là j'ai envie d'appeler un chat un chat tout simplement. Bénir et approuver de tels massacres… de tels actes… Il n'y a pas d'autres termes que « pourriture » … Et encore, je suis polie ! »

Maria-Teresa se mit à rire.

« Elle me plaît, la petite. Elle a du caractère ! Tu l'as bien choisie, Matthias ! »

L'interpellé ne savait plus où se mettre. Stéphanie riait aussi. Elle avait réussi, grâce à la fougue, la passion de sa jeunesse, à insuffler de la joie, de la bonne humeur à cette sombre soirée, à ces tragiques réminiscences.

« Je ne suis pas vraiment athée, réfléchit Stéphanie. J'ai cherché du réconfort dans une église quand j'étais au foyer. On avait l'autorisation de sortir le dimanche pour aller au culte de notre choix. Avec une amie Noire, on allait dans une église évangélique où était écrit sur la porte : « Tout le monde peut entrer, soyez le bienvenu ! » On chantait en communion, ensemble, c'était festif et joyeux, une parenthèse hors du quotidien. Puis cette amie est partie. En foyer, ça va, ça vient et j'ai cessé de fréquenter ce local improvisé. Mylena est restée, sa mère est une toxico, ça ne se soigne pas et, la religion, c'est pas trop le truc de Mylena. Elle est plutôt du genre à cracher sur l'hostie. La foi, c'est entre toi et ton Créateur. Pourtant, la partager avec quelqu'un, c'est mieux…

— Tu as beau être jeune, tu as déjà beaucoup souffert, me semble-t-il, dit la grand-mère en lui effleurant de sa main chaleureuse le genou. Ici, tu seras toujours la bienvenue, comme dans cette église accueillante et protectrice. Et fais attention aux curés pédophiles », plaisanta-t-elle, même si une ombre voilait son regard.

Le lendemain, à l'aube, Stéphanie entendit Matthias partir pour son jogging matinal. De la fenêtre ouverte lui parvenait le chant des oiseaux. Elle se rendormit, les soucis s'envolaient, elle se savait momentanément en sécurité, heureuse de ne plus penser à ce que serait l'avenir, à ce que faisait Mylena, si elle allait bien, si, comme elle, elle n'était plus en danger… Combien de temps durerait ce merveilleux paradis ?... Maravillas… Quelques cauchemars incontrôlables perturbèrent son repos. Soixante-deux ans auparavant, en août, ici, à Larraga, une jeune fille de quatorze ans avait été massacrée parce qu'elle avait choisi de soutenir son père…

Stéphanie lisait dans le patio, à l'ombre, près du mur de pierre qui apportait de la fraîcheur, lorsque Matthias vint la rejoindre après avoir pris sa douche. Il apportait deux livres.

« J'ai terminé *Illusions perdues*, déclarat-il, d'un ton empreint de fierté, comme s'il était content d'être le vainqueur d'un challenge. Tu m'as aidée, tu avais souligné les passages essentiels. »

Stéphanie ne put s'empêcher de rire.

« Mon préféré, poursuivit-il en ouvrant le livre qu'elle lui avait prêté à Port-la-Nouvelle, avant de se mettre à lire : « L'intrigue est supérieure au talent ; de rien elle fait quelque chose, tandis que la plupart du temps les immenses ressources du talent ne servent qu'à faire le malheur de l'homme. »

— Tellement vrai et tragique à la fois… », commenta Stéphanie, songeuse. Elle s'arrêta un moment, l'observa puis osa demander :

« Qu'est-ce qui te pousse à aller courir comme ça tous les matins, malgré la chaleur ? Pourquoi c'est si important, pour toi, cet entraînement militaire ? »

Il tritura le deuxième livre qu'il avait apporté.

« Tu as vu le film de Bertrand Tavernier, *Capitaine Conan* ?

— Oui… »

93

Elle cherchait à comprendre où il voulait en venir.

« Le film est l'adaptation de ce bouquin de Roger Vercel. Conan méprise l'armée régulière et les officiers d'active, ceux qu'il appelle des « soldats ». Il se considère, lui, comme un guerrier, la guerre le fait vivre intensément, il en a besoin, il a du mal à s'adapter à la vie civile. Il n'a d'estime que pour De Scève, un noble qui a tourné le dos à ses privilèges pour s'engager dans l'infanterie, et d'amitié que pour le lieutenant Norbert, un jeune licencié en Lettres dont il apprécie la droiture et la morale... D'ailleurs, même si tu n'es pas encore licenciée, tu lui ressembles, avec ton amour de la littérature…

— Alors tu as besoin de la guerre pour vivre intensément ?

— … C'est compliqué…

— En tout cas, merci de l'avoir partagé avec moi… »

Ce jour-là, Stéphanie eut la certitude qu'il était possible d'aimer quelqu'un qui demeurait une énigme.

« Tiens, je te l'offre. Tu me diras ce que tu en penses. Qu'est-ce que tu lis, toi ?

— *Les Chouans*.

— Encore Balzac ?

— Oui, ton père m'a demandé pourquoi je l'avais choisi. Je lui ai dit que j'aimais bien les romans où il y a une révolte, comme dans

Germinal ou *La Fortune des Rougon*, de l'aventure, une histoire d'amour. C'est plus… plus…

— Intense ?...

— Oui ! »

Ils venaient de se comprendre. Ils aimaient tous les deux l'aventure, le souffle épique. Seule la réalité pouvait être dangereuse et, parfois, elle pouvait aussi être excitante, rompre avec la monotonie du quotidien parce qu'il y avait un objectif désirable à atteindre.

« Ton père a l'air de s'y connaître en matière de révolte, il m'a donné un cours d'Histoire en bonne et due forme : la révolte des Chouans est réactionnaire et non révolutionnaire et, pour lui, ce n'est pas pareil. Moi, je l'ai juste choisi parce que la quatrième de couverture me plaisait et je ne regrette pas le voyage ! Je lirai le tien, quand j'aurai terminé le mien.

— Tu viendras courir avec moi demain matin ?

— Non ! Il fait trop chaud ! »

Stéphanie se mit à rire.

Les demi-sœurs de Matthias arrivèrent et proposèrent une sortie à la piscine. Les journées s'écoulaient ainsi, entre baignades, lecture à l'ombre et discussions enflammées pour refaire le monde. De vraies vacances, en somme.

Pourtant Stéphanie persistait à maintenir une distance physique entre elle et son chéri. Le spectre de sa maman la hantait. Mariée trop jeune, se disait-elle. Après la passion et les éphémères ébats torrides, les disputes, les désaccords et ces horribles insultes, ce mot affreux : « pute », « putain » … Elle craignait de reproduire ce schéma destructeur.

Que faire si Mylena ne donnait pas signe de vie ? Repartir en Ariège avec l'argent qu'elle avait gagné en étant serveuse à Peñíscola ? Contacter ce couple de restaurateurs qui les avait hébergées et embauchées. Il vivait dans la vieille ville et avait investi dans un établissement du bord de plage, dans la ville nouvelle où les touristes affluaient. Ils étaient des parents éloignés du pseudo-compagnon de Mylena. S'enfuir ne serait-ce pas trahir son amie qui avait contribué à lui sauver la vie ? Elle ne pouvait l'abandonner sans savoir si tout allait bien, si l'ami de son pseudo-compagnon n'avait pas tenté de lui faire du mal à elle aussi. L'idée de s'échapper était séduisante néanmoins, elle serait sûre que cet ami ne la retrouverait pas. En même temps, on n'est jamais sûr de rien…

Qu'est-ce qui fait que certains hommes deviennent fous et se mettent à traquer les femmes qui leur plaisent, comme s'il s'agissait d'un bout de viande ou d'un animal à capturer et exhiber, tel un trophée. L'instinct dévoyé du chasseur, dans une société dite civilisée où il n'y a plus rien à chasser, plus de possibilités de vivre « intensément » ? N'était-ce pas ce que Matthias avait insinué ?

Elle poursuivait la lecture du roman de Roger Vercel qu'il lui avait prêté. Le chapitre où la conversation porte sur les peines encourues par les soldats accusés de faute ou de crime lors de leur service dans l'armée avait attiré son attention. Conan trouve les peines infligées injustes et manifeste sa colère. Il avance qu'on a transformé ces hommes en criminels et qu'on n'a pas à les en inculper.

La guerre nécessite des criminels car il faut tuer l'ennemi, réfléchissait Stéphanie. Ceux qui ne le sont pas encore le deviendront. Les violeurs de Maravillas l'étaient-ils avant ou l'étaient-ils devenus ce jour-là, lorsqu'une simple arrestation les avait fait sombrer dans la plus infâme des barbaries ?

Stéphanie se souviendrait longtemps du dernier chapitre. Alors qu'il passait dans la région où Conan habitait en France, Norbert, désormais professeur de lettres, avait décidé de lui rendre visite. Il n'avait pas reconnu son ancien camarade. Celui-ci s'était métamorphosé, il avait grossi, se déplaçait comme un vieillard et son visage était bouffi. Conan avait eu une expérience bien pire de la guerre, puisqu'il se battait au corps à corps, tandis que Norbert en avait été épargné. Conan était considéré comme un héros pendant la guerre. Une fois celle-ci terminée, il ne savait plus trouver sa place en temps de paix et restait traumatisé d'avoir été confronté à tant de violence.

Petite fille, Stéphanie avait vu la série *L'Enfer du devoir* sur la guerre du Vietnam. Elle avait été marquée par le désarroi de ces jeunes soldats américains qui, rentrés au pays, se rendaient compte qu'ils n'étaient pas vus comme des héros mais comme des criminels de guerre, auteurs et complices d'exactions sur les populations civiles, que de nombreux manifestants pacifistes les critiquaient fortement.

Aujourd'hui, soixante-deux ans après le viol et l'assassinat de Maravillas pendant la guerre civile espagnole, peut-être, dans une des maisons de Larraga ou d'ailleurs, se cachaient un ou des vieillards que la violence de la guerre avait traumatisés, à l'instar de Conan, alors qu'ils avaient une vingtaine d'années. Le pouvoir politique tantôt les récompensait, les couvrait de lauriers après les avoir poussés à l'acte, tantôt les traitait d'assassins dont la place était au tribunal puis en prison ou à l'hôpital psychiatrique.

Stéphanie remercia Matthias pour cette lecture enrichissante, même si leurs points de vue et interprétations divergeaient. Stéphanie était pacifiste, Matthias s'entraînait pour intégrer les commandos de la marine. Il devait repartir à Montauban où se trouvait son régiment de parachutistes et se préparer pour son stage, qui aurait lieu en septembre en Bretagne.

« Tu rentres avec moi ou tu attends Mylena ici ? »

Stéphanie ne savait que répondre. L'arrivée impromptue de Mylena au volant de sa 306 Peugeot mit fin à ces atermoiements. Elles rentreraient ensemble en Ariège, au foyer de Pamiers. Désinvolte, comme à son habitude, elle éluda la question de Matthias :

« Qu'est-ce qui s'est passé à Peñíscola ? Qui a obligé Steph à s'enfuir ?

— Rien… Un individu peu recommandable s'était fait des films. Un pote de mon mec. Il a réglé le problème. De toute façon, c'est la fin des vacances. Toute le monde rentre chez soi, donc y a plus de soucis. On tourne la page et on avance. »

Ainsi, le chapitre était clos.

À la frontière, Stéphanie et Mylena furent arrêtées par un douanier avenant.

« Vos papiers, jeunes filles ! Et pas plus de deux bouteilles d'alcool par personne, dit-il en regardant leurs cartes d'identité.

— On en a même pas une ! s'esclaffa Mylena. Par contre, on a des clopes et du touron d'Alicante !

— Du touron ? Ma femme adore ça, c'est un bon choix. Faites attention avec le tabac, c'est mauvais pour la santé et le nombre de cartouches est réglementé, lui aussi.

— On sait… »

Le douanier regarda à nouveau leurs cartes d'identité qui mentionnaient leurs dates de naissance.

« C'est vos premières vacances sans les parents ? »

Mylena et Stéphanie se regardèrent, l'air sombre. Un regard dont elles seules pouvaient comprendre la signification. Le sympathique douanier n'avait pas perçu cette ombre si bien dissimulée et qui ne cessait de planer au-dessus de leur voyage, en apparence banal et festif, joyeux.

« Soyez prudentes sur la route, pas plus de 110 km/h sur l'autoroute et 80 sur la nationale. OK ? Bon retour chez vous ! »

Mylena et Stéphanie acquiescèrent avant de redémarrer. Dans la voiture résonnait la musique de la cassette, leur cassette préférée qui jouait, à ce moment-là, un tube de l'été 89, *Right Here Waiting* de Richard Marx : « I will be right here waiting for you, Peu importe où tu vas, peu importe ce que tu fais, / Peu importe ce que cela nécessitera, ou comment mon cœur se brisera, / Je serai juste ici à t'attendre… »

Thérèse

Mai 2022.

« Et si on travaillait ensemble pour résoudre la disparition de Mylena ? » … Non Maryna.

Matthias avait dit Maryna. Il travaillait désormais à l'OCRTEH, l'Office central pour la répression de la traite humaine. Stéphanie venait d'être officiellement saisie de cette affaire. De nouveaux éléments relançaient l'enquête. Le capitaine Matthias Martinez pensait que le sort, peut-être funeste, de Maryna était lié à un réseau de prostitution forcée, qu'il essayait de démanteler et qui avait des ramifications dans toute la France. La vente des femmes rapporte gros, autant que le trafic de cocaïne, les deux pouvant être mêlés, les clients étant parfois les mêmes.

Stéphanie attendait Matthias au *Garden Ice Café*, à quelques pas du tribunal judiciaire. Il devait l'emmener au *Club Aphrodite* où Maryna avait été vue pour la dernière fois, d'après un procès-verbal qui datait de 2020 et du confinement. Il avait un informateur qui était d'accord pour rencontrer la magistrate et lui en apprendre davantage dans ce cadre informel.

Elle était réticente, cependant elle avait fini par accepter. Malgré les années d'éloignement, elle avait toujours confiance en Matthias, il ne l'avait jamais vraiment trahie. Le malaise entre eux était ailleurs… Les lieux de la vie nocturne constituaient des sources intéressantes et potentielles d'informations. Stéphanie espérait qu'ils obtiendraient de meilleurs résultats que lorsqu'ils avaient tenté de savoir ce qui était arrivé à Mylena.

Depuis quelque temps, le passé et le présent se mêlaient dans sa tête, depuis qu'elle s'était remise à écrire, malgré son emploi du temps surchargé. Stéphanie était heureuse d'aller au bout de ses idées. Elle se moquait de savoir si elle écrivait un polar ou un roman de littérature générale, elle voyait juste Mylena revivre sous sa plume. Peut-être aussi sa jeunesse, Matthias et leur amour au milieu du chaos, de la solitude...

Son livre *L'Été de nos dix-huit ans* commençait à prendre forme et, avec lui, remontaient de vieux souvenirs de Larraga, en Espagne, ainsi que les propos d'une vieille dame, la grand-mère de Matthias, aujourd'hui décédée. Elle avait évoqué Eliseo, le madrilène, et Thérèse, l'orpheline qu'il avait adoptée. Eliseo était un rescapé de la tuerie de Paracuellos et Thérèse avait été placée à la campagne pour les travaux des champs, elle avait un don pour la couture. Stéphanie ne savait pas grand-chose de la vie de son grand-père maternel, juste qu'il se nommait Eliseo et avait fui la guerre civile espagnole. Il était né à Madrid. Pourquoi les relations familiales s'étaient-elles distendues ? Elle l'ignorait.

La découverte d'un squelette dans le jardin d'une maison où il avait vécu la bouleversait. Lorsque la datation de ces restes humains serait achevée, le dossier serait classé sans suite car les protagonistes de ce drame étaient tous probablement décédés. Le grand-père et Thérèse, la victime. Les poursuites judiciaires prennent fin au décès du coupable. Les nouveaux propriétaires, qui avaient entrepris des travaux de rénovation, ne pouvaient être tenus pour responsables.

Son grand-père, cet inconnu, avait-il pu commettre un meurtre ? Tuer sa protégée ? Anne, sa fille, la maman de Stéphanie, qui n'avait pas donné signe de vie depuis le début des années quatre-vingt-dix, avait-elle découvert la vérité ?

103

L'avait-il éliminée, elle aussi ? Pourtant, un seul corps avait été déterré, sous un chêne centenaire.

Cette tombe ressemblait presque à une preuve d'amour, d'affection filiale. Elle contenait les papiers d'identité de Thérèse Delalang, née en 1939 à Paris, ainsi que des lettres et un carnet dans un coffre hermétique, ultimes traces de l'existence de cette jeune femme.

Stéphanie terminait son repas : une quiche lorraine avec des légumes. Le rythme de la journée avait été trépidant. Elle avait à peine eu le temps de déjeuner. Le crépuscule gagnait du terrain, elle essayait en vain de profiter de cet éphémère répit pour se détendre. La photographie de Thérèse s'était gravée dans sa tête. Elle n'avait pu s'empêcher de prendre les documents avec elle et elle les regardait tandis qu'elle attendait l'heure de son rendez-vous avec Matthias.

Les haut-parleurs diffusaient une musique d'ambiance qu'elle appréciait. Simple Minds chantait *Don't You Forget About Me*, *Ne m'oublie pas* et une sorte d'harmonie, de connexion s'établissait entre elle et cette chanson. Il lui semblait presque que Thérèse s'adressait à elle à travers les décennies.

Était-ce son squelette ? Les analyses éclairciraient ce point mais la grand-mère avait bien dit que cette jeune fille avait disparu… Les papiers étaient dans le coffre, dont une carte délivrée par l'armée. Thérèse était l'une des couturières de l'Arsenal de Montauban. Elle avait pour mission de confectionner la toile des parachutes du régiment où Matthias avait été muté à la fin des années quatre-vingt-dix.

Stéphanie avait trouvé un site sur Internet, une amicale des anciens de l'Arsenal : les MATPARA, le Matériel des Parachutistes. Le quartier de l'Arsenal avait été démoli en 2018 pour y construire des maisons, des immeubles. L'endroit se nommait désormais « Les Jardins de l'Arsenal » mais il avait été, à partir de 1946, un atelier de réparation et de stockage des matériels de largage et de parachutage.

Un livre de Jean-Paul Dayma *Un des Fleurons des Établissements du Matériel, l'ETAMAT de Montauban* en racontait l'histoire. L'entreprise Portal, aujourd'hui disparue, avait fabriqué des tables pour étaler les voilures et les suspentes afin de les vérifier. Les premières couturières étaient encadrées par un adjudant-chef. Un apprentissage particulier était nécessaire pour la couture des empiècements en nylon avec du fil de la même matière. Cette opération requérait une grande habilité.

L'atelier de réparation des voiles de parachutes avait commencé à s'organiser et de nouvelles couturières avaient été formées. Le professionnalisme qui leur était demandé avait été récompensé par la Direction Générale du Matériel à Paris. Ces ouvrières avaient été élevées à un groupe supérieur à celui qui avait été initialement prévu.

Stéphanie était captivée par ce qu'elle lisait. Thérèse avait participé au début de cette grande aventure, avant que la cruauté du destin ne mette un terme à sa brève existence. Elle se sentait étrangement reliée à cette jeune femme, réduite à néant, parce qu'elles avaient un parcours similaire. Thérèse avait été couturière pour l'armée, Stéphanie avait été recrutée pour intégrer le secrétariat, faire partie du personnel administratif et juridique. C'était l'une de ses premières expériences professionnelles. Puis elle avait repris ses études de Droit avant d'être admise, dans le civil, au concours de la magistrature.

Le parcours de Thérèse l'interpellait. Peut-être était-il temps de réhabiliter son nom, même si cela paraissait vain, tous ceux qui l'avaient connue étaient décédés. Elle ne s'était pas enfuie, n'avait pas déserté, n'avait pas abandonné ceux qui lui avaient tendu la main, lui avaient offert la possibilité de changer de vie, de tourner le dos à la misère, à l'exclusion, la solitude, elle n'avait pas trahi sa famille. C'était ainsi que Matthias considérait ses frères d'armes, elle le savait, il le lui avait dit, et elle avait aimé appartenir un temps à cette grande famille, elle qui, comme Thérèse, n'en avait pas, ou n'en avait plus.

Grâce au contenu du coffre, elle avait pu reconstituer des pans entiers de la vie de cette inconnue. Thérèse avait reçu de nombreuses lettres d'un homme qui était son petit ami, son fiancé et qui s'appelait Miguel. Elle écrivait, comme Stéphanie. Ce détail supplémentaire contribuait à les rapprocher, malgré les décennies. Elle avait rédigé de nombreux carnets, des journaux intimes qui avaient permis à Stéphanie d'en apprendre davantage sur Eliseo, son grand-père.

Tandis qu'elle feuilletait le dossier, elle se souvenait de ce nom de Paracuellos qu'avait évoqué la grand-mère de Matthias et que Thérèse mentionnait aussi. Stéphanie avait fait une rapide recherche.

Plusieurs milliers de prisonniers politiques et religieux avaient été assassinés durant les premières semaines de la bataille de Madrid, de novembre à décembre 1936. Les faits s'étaient produits dans la banlieue de la capitale, près du ruisseau San José, à Paracuellos de Jarama, et dans le bois d'Aldovea, à Torrejón de Ardoz. C'était l'un des épisodes les plus notoires de la Terreur rouge espagnole, disait Wikipédia.

Les Rouges et les Blancs s'étaient affrontés sans pitié. Toutes ces horreurs en étaient réduites à deux couleurs, comme dans un jeu télévisé, pour désigner les deux camps qui s'entre-tuaient et l'atrocité des fosses communes, constatait Stéphanie.

Elle ignorait tout de cet obscur passé. Grâce aux carnets de Thérèse, elle venait d'apprendre qu'Eliseo, son grand-père, était anarchiste alors que son arrière-grand-père, un avocat, avait fait partie des cinq mille prisonniers incarcérés.

Certains avait été capturés lors du soulèvement raté de la caserne de Montaña mais pas son arrière-grand-père. Son seul crime avéré avait été d'appartenir à une famille d'avocats et d'être catholique, ce qui, d'après Eliseo, n'en était pas un.

Les partisans de Staline n'avaient rien voulu entendre et l'avaient fusillé avec tous ceux qui étaient soupçonnés d'être favorables aux militaires insurgés. Les républicains craignaient la présence de prisonniers potentiellement hostiles sur leurs arrières pendant la bataille. D'après Bartolomé Bennassar, le nombre de victimes de ce massacre s'élevait à deux mille sur dix mille prisonniers.

Stéphanie songeait qu'elle avait dans sa bibliothèque un livre de Michel del Castillo *Le Temps de Franco.* Il évoquait cette tuerie de Paracuellos, qui avait traumatisé son grand-père car il n'avait pu convaincre les autorités de l'innocence de son père. C'était un drame humain épouvantable de ne pouvoir sauver la vie d'un être cher, malgré certains désaccords politiques et religieux.

Les écrits de Thérèse témoignaient de la souffrance d'Eliseo et du sentiment de culpabilité qu'il éprouvait. Stéphanie retrouvait l'homme que la grand-mère de Matthias avait décrit, épris de liberté, de justice sociale, désireux de n'avoir ni Dieu ni Maître, cultivé mais sans snobisme, proche des ouvriers. Il lui faisait penser au personnage d'Étienne Lantier dans *Germinal*, grâce à cette volonté qu'il avait de les aider à faire valoir leurs droits. Il avait une carte du POUM, un parti ouvrier marxiste antistalinien qui avait été fortement réprimé, à la fois par les staliniens et les franquistes. Stéphanie se souvenait d'avoir lu un livre de l'écrivain George Orwell *Hommage à la Catalogne* qui racontait son expérience de volontaire dans une milice du POUM.

D'après les carnets de Thérèse, son grand-père avait dû fuir et cet exil l'avait conduit jusqu'au camp de Judes, à Septfonds, puis à Montauban, où le président de la république espagnole, Manuel Azaña, avait, lui aussi, trouvé refuge. Celui-ci était décédé sans avoir revu son pays.

Eliseo avait été l'un des nombreux réfugiés de la guerre civile. Ils avaient franchi la frontière franco-espagnole et cet exode massif se nommait « La Retirada », « La Retraite ». Stéphanie avait pu voir une exposition sur ce sujet douloureux en 2019, pour la commémoration des quatre-vingts ans. Le Premier ministre espagnol était venu se recueillir sur la tombe du président déchu de la Seconde République espagnole.

Que restait-il aujourd'hui de toute cette détresse ? Quelques lignes en guise de témoignage indirect dans les carnets de Thérèse.

Le camp de Judes avait été fermé en 1945. Ce lieu n'existait plus, la mémoire s'effaçait. En 2017, la municipalité avait même donné son accord pour un projet d'extension d'une porcherie à l'entrée du camp, déclenchant ainsi controverse et mobilisations hostiles.

Eliseo avait adopté Thérèse, pas dans un sens juridique mais affectif. Il l'avait prise sous son aile, l'avait protégée des violences que les jeunes filles abandonnées subissent parfois, il avait tenté de mettre en pratique avec elle ses idées politiques et s'était attiré les foudres des propriétaires terriens chez lesquels cette orpheline parisienne avait été placée. Ils se servaient d'elle comme d'une main-d'œuvre gratuite alors qu'Eliseo était payé. Il avait veillé à ce que Thérèse aille à l'école régulièrement, jusqu'au certificat d'études, il l'avait aidée à s'instruire. Il était fils d'avocat devenu paysan, ouvrier par la force des choses. Il aimait travailler au grand air, voir les récoltes pousser.

Thérèse avait été sa plus belle moisson. Elle avait acquis une compétence qui lui avait permis d'être recrutée comme couturière à l'Arsenal de Montauban. Ce choix avait-il posé problème à cet anarchiste, peut-être antimilitariste ? Cela ne l'avait pas empêché, pendant la Seconde Guerre mondiale, de combattre dans la Résistance et donc aussi sous l'égide du général De Gaulle.

Stéphanie avait du mal à croire que son grand-père ait pu tuer Thérèse. Elle semblait en dire tant de bien. Elle l'aimait comme un père. Et si Eliseo l'avait aimée comme un homme et n'avait pu supporter qu'elle ait un fiancé ? Elle avait reçu de nombreuses lettres d'un dénommé Miguel. Comment savoir ? Le temps avait fait disparaître à jamais ces hommes et ces femmes qui pourtant avaient vécu « intensément », comme l'aurait dit Matthias. Seule l'imagination permettait désormais de combler les blancs, les lacunes de leur histoire car il n'y avait plus de témoins vivants.

Stéphanie attendait avec impatience les derniers résultats d'analyse scientifique effectués sur le squelette de Thérèse. Elle avait le secret espoir que, de cet écheveau emmêlé, finirait par sortir la vérité sur la disparition de sa mère, Anne. Elle ne l'avait jamais oubliée, elle était toujours présente dans son cœur.

Elle fit signe au serveur de lui apporter l'addition puis elle sortit et fit les cent pas sur le trottoir, dans le crépuscule. Elle était nerveuse à l'idée de ce trajet en compagnie de Matthias. Quelle attitude adopter ? Mimer l'indifférence, faire comme si de rien n'était, comme si sept longues années ne s'étaient pas écoulées depuis leur séparation après… après combien de temps ?... Il avait été à ses côtés sans discontinuer quasiment pendant dix-sept ans. Le revoir créait un choc émotionnel supplémentaire, la prise de conscience qu'elle l'aimait toujours, elle l'avait toujours su mais elle avait fait en sorte d'oublier ce détail pour avancer, ne pas s'effondrer. Elle était une combattante, une battante face aux rudes épreuves de l'existence et elle tentait d'aider les autres à le devenir ou le rester. Parfois en vain, cependant il lui semblait important d'essayer, comme quand elle effectuait des heures de bénévolat pour une association toulousaine de réinsertion des prostituées, *L'Amicale du Nid*.

L'Office central pour la répression de la traite humaine collaborait avec cette association pour démanteler un réseau de prostitution. L'informateur de Matthias au *Club Aphrodite* pouvait être un témoin capital, qui ferait notablement avancer l'enquête sur la disparition inquiétante de Maryna. Stéphanie se disait qu'elle ne connaissait pas le repos, elle travaillait même en soirée, la nuit. Elle eut un soupir de lassitude, nuancé par le sentiment qu'elle incarnait le service public, une noble mission désintéressée, un dévouement qui donnait un sens à sa vie de quadragénaire célibataire et sans enfant. Rares étaient ceux qui tenaient le coup face à un tel rythme. Il rendait difficile un vie privée satisfaisante.

Stéphanie regardait les nouveaux messages que lui avait envoyés Matthias. Il lui avait mis en pièces jointes des extraits de poèmes, parce qu'il avait découvert qu'elle aimait la poésie, depuis qu'elle lui avait offert un recueil d'Emily Dickinson. Elle reconnaissait là son caractère, ce mélange d'esprit positif de compétition, d'émulation et de désir de lui plaire, de la séduire. Que cherchait-il à lui dire avec ces quelques vers de Verlaine qu'elle adorait ?

« Souvenir, souvenir, que me veux-tu ? [...]

Nous étions seul à seule et marchions en rêvant,

Elle et moi, les cheveux et la pensée au vent.

Soudain, tournant vers moi son regard émouvant

" Quel fut ton plus beau jour ? " fit sa voix d'or vivant,

Sa voix douce et sonore, au frais timbre angélique.

Un sourire discret lui donna la réplique,

Et je baisai sa main blanche, dévotement.

- Ah ! les premières fleurs, qu'elles sont parfumées !

Et qu'il bruit avec un murmure charmant

Le premier oui qui sort de lèvres bien-aimées ! »

Il y avait aussi *Après trois ans* :

« Ayant poussé la porte étroite qui chancelle,

Je me suis promené dans le petit jardin

113

Qu'éclairait doucement le soleil du matin,
Pailletant chaque fleur d'une humide
étincelle.

Rien n'a changé. J'ai tout revu [...]
Les roses comme avant palpitent ; comme
avant,
Les grands lys orgueilleux se balancent au
vent,
Chaque alouette qui va et vient m'est
connue.

Même j'ai retrouvé debout la Velléda,
Dont le plâtre s'écaille au bout de
l'avenue,
– Grêle, parmi l'odeur fade du réséda. »

Celui-ci avait pour elle un écho
particulier. Elle espérait seulement que ce n'était
pas elle la Velléda dont le plâtre s'écaille, que ce
n'était pas ainsi qu'il la voyait. Elle se mit à
sourire, elle savait que non, ce n'était pas ainsi
qu'il la voyait, elle en était sûre. Ces poèmes en
étaient d'ailleurs le témoignage intime qu'elle
seule pouvait déchiffrer, comme une sorte de jeu
secret entre eux.

Elle se rendit compte qu'elle ressemblait
à tous ces gens qu'elle critiquait souvent,
obnubilés par leur téléphone au lieu de lever les
yeux, de regarder autour d'eux et peut-être de
rencontrer autrui ou de contempler un beau

paysage, un splendide coucher de soleil. En cette heure tardive, il n'y avait plus grand-chose à contempler, à part quelques passants qui s'étaient attardés et rentraient d'un pas rapide sur les pavés de la rue piétonne, ou les bâtiments de la préfecture et leur architecture.

Soudain, elle le vit arriver et s'arrêter en lui faisant signe de monter. Elle obéit, trop bouleversée, derrière un flegme d'apparence, pour remarquer ne serait-ce que la marque ou la couleur de son véhicule, dont elle n'avait cure.

Ils se saluèrent puis un silence gênant s'installa entre eux tandis qu'il roulait dans la ville endormie. Il était vingt-deux heures et, en ce jeudi soir, les rues étaient presque désertes. Ils semblaient seuls sur la route. Quelques fenêtres de maisons ou d'appartements étaient éclairées, laissant deviner des hommes et des femmes qui regardaient la télévision ou s'apprêtaient à aller se coucher, prendre un peu de repos avant d'entamer la journée de travail du lendemain. Un repos auquel Stéphanie, en ce moment délicat, aurait bien aspiré. Elle enviait ces fugitifs inconnus que son imagination croyait apercevoir dans la pénombre.

Matthias se dirigea vers le périphérique.

« Quand est-ce que tu as quitté l'armée ? » demanda-t-elle à brûle-pourpoint. Sa voix n'était plus qu'un murmure dans l'obscurité. Elle ajouta d'un ton plus léger, caustique, avec un petit sourire en coin : « Quand le Mali vous a jetés dehors ? »

Elle sentit qu'il réagissait à son propos, il se tourna vers elle et éluda sa provocation.

« Non… Ça ne s'est pas passé comme ça… balbutia-t-il. J'ai réfléchi… Ça m'arrive quelquefois.

— Je n'en doute pas. N'oublie pas de regarder la route, même s'il n'y a personne, on ne sait jamais.

— Si Madame est trop sérieuse, ils ne nous laisseront pas entrer au *Club Aphrodite* ! plaisanta-t-il.

— Je ne savais pas que tu fréquentais les clubs échangistes. C'est nouveau… »

Elle espérait que l'once de jalousie qui l'assaillait d'une manière incontrôlable n'était pas perceptible.

« Je n'ai rien à échanger. Par contre, je me suis constitué un réseau d'informateurs dans le milieu nocturne, c'est utile pour mon travail.

— Échanger un homme contre un autre, une femme contre une autre… C'est étrange tout de même cette conception de l'amour, de la sexualité… comme si nous n'étions que des bouts de viande, de la chair fraîche et pas des êtres capables d'émotions, de sentiments… Pardon, là je m'égare, mes songes m'appartiennent…

— Tu as reçu mes poèmes ? Quant à moi, je ne savais pas que tu aimais la poésie, tu n'en lisais pas à l'époque, juste des romans… Tu sais, j'ai respecté ta décision de rompre, même si je ne l'ai jamais comprise et que je ne la comprends toujours pas. Je suis désolé si j'ai été maladroit. Les vers de cette Emily Dickinson que tu m'as offerts… Je ne saisis pas… Ce n'est pas moi qui ai brisé ton cœur, c'est plutôt l'inverse… Enfin, tant pis… Ça ne sert à rien de ressasser le passé, il faut aller de l'avant… »

Elle resta muette. Elle aurait pu dire : « Si tu ne comprends pas, je ne peux rien pour toi ». Elle n'en avait pas envie, cela aurait été stupide, digne de ses parents qui s'étaient quasiment entre-tués sous ses yeux d'enfant malheureuse. À quoi bon, il avait raison, mieux valait aller de l'avant.

« La poésie, pour moi, ce n'est pas une compétition, murmura-t-elle. Juste une façon d'exprimer des émotions… La beauté de l'art dans un monde de brutes. J'aime en lire… Je n'ai pas le talent d'en écrire…

— Le talent ne te manque pas, Steph, lâcha-t-il spontanément. Peut-être la confiance en toi ? ... »

Elle le regarda dans l'obscurité. Son beau visage avait pris quelques rides, elle avait vu aussi quelques mèches blanches dans ses cheveux. Il se gara sur un parking où déjà des voitures étaient stationnées. Les habitués du club, sans doute. Des noctambules…

Matthias s'approcha du vigile qui sembla le reconnaître et les fit entrer. Ils descendirent des escaliers puis pénétrèrent dans une salle à la lumière tamisée où des clients dansaient, sirotaient un verre au comptoir ou isolés dans des box.

Une musique contemporaine résonnait dans les haut-parleurs et une connexion s'établit à nouveau dans l'esprit de Stéphanie entre ses pensées, son imagination et les chansons qu'elle entendait. La voix de Clara Luciani chantait « Sous mon sein, la grenade… Je ne suis qu'un animal déguisé en madone », lorsqu'une tigresse, qui avait enlevé son déguisement, surgit, accompagnée de son tigre, et jeta son dévolu sur le bel athlète qui accompagnait Stéphanie. Le tigre paraissait approuver ce choix et n'était pas insensible au charme de la tigresse que sa partenaire venait de lui désigner pour pimenter leur soirée.

Stéphanie observait ce jeu insolite en se demandant, tel Scapin dans *Les Fourberies*[9]…, ce qu'elle était venue faire dans cette galère. Un bon bain chaud l'attendait chez elle pour détendre ses muscles endoloris. Le barman mit un terme à cet intermède libertin. Il vint serrer la main de Matthias et salua Stéphanie.

« Ils sont là pour affaires », expliqua-t-il à ses clients, fort marris, qui repartirent déçus vers un des box.

---

[9] Pièce de théâtre de Molière *Les Fourberies de Scapin*.

Stéphanie et Matthias le suivirent à l'étage dans un salon privé d'où ils voyaient l'ensemble de la salle principale.

« Je suis le propriétaire du club », dit-il.

Ils s'assirent à une table et il leur servit des cocktails.

« D'après Matthias, vous avez des informations à me donner sur la disparition de Maryna.

— Oui et non. En fait, je ne sais pas grand-chose, si ce n'est qu'elle était là pour affaires, elle aussi… »

Il eut un petit sourire provocateur.

« Pendant le confinement ? Comme en témoigne le procès-verbal ? » s'enquit Stéphanie en fronçant les sourcils.

Il hocha la tête et soupira.

« Ah là, vous me rappelez de mauvais souvenirs, chère madame. Vous me rappelez à quel point j'ai toujours détesté les flics, les autorités judiciaires, l'État, les gouvernements, quels qu'ils soient. Certains de mes anciens camarades, qui se prétendaient libertaires dans leur jeunesse, ont retourné leur veste, comme *L'Opportuniste* de Jacques Dutronc, en échange d'un poste lucratif, voire d'une légion d'honneur – l'honneur, je me marre quand j'entends ce mot – et ils sont prêts à tout accepter, sans discernement, d'un gouvernement qui leur offre de tels privilèges. Ce n'est malheureusement – ou heureusement – pas mon cas. Je n'ai rien renié du

119

tout, je suis resté anarchiste et je continue à emmerder le gouvernement, à plus forte raison quand il fait preuve d'une stupidité remarquable. Pardonnez ma vulgarité, Madame la Magistrate, et ne me jugez pas irresponsable sur de simples apparences. Je vomis sur trois mots : « honneur », « obéissance » et « peur ». Je ne connais que l'observation du danger, avant d'élaborer une stratégie pour le neutraliser. C'est une technique qui m'a bien aidé lorsque je passais en douce des armes pour le compte de l'ANC. Vous connaissez l'ANC ? Vous étiez encore un bébé que j'aidais déjà le parti de Nelson Mandela qui était en prison, il y a passé vingt-sept ans. J'étais un coopérant français dans un petit pays d'Afrique du Sud. Vous vous souvenez des graffitis « Libérez Albertini », « Libérez Mandela » ? J'en ai mis à plein d'endroits quand je suis revenu dans le coin. »

Stéphanie regardait cet homme aux cheveux longs et blancs attachés en queue de cheval avec un catogan, cet ancien hippie qui avait un tee-shirt noir où l'inscription « peace and love », paix et amour, était inscrite, comme pour ne pas oublier. Sauf que pour avoir la paix et l'amour, il faut parfois savoir se battre, faire la guerre. Elle comprenait, grâce à sa manière de s'exprimer, pourquoi il avait sympathisé, contre toute attente, avec Matthias. Dans sa jeunesse, il avait vécu « intensément », grâce à ses engagements politiques, défendu des causes qui lui semblaient justes et qui l'avaient fait passer pour terroriste. Il avait le regard pétillant, il était fier d'avoir participé à une épopée : Nelson Mandela avait fini par devenir président de la République et l'un des plus célèbres leaders noirs qui se battaient contre l'apartheid.

« Albertini ? » fit Stéphanie. Elle n'en avait jamais entendu parler.

« Si, je me souviens de ces tags sur les murs quand j'étais gosse, la coupa Matthias.

— Oui, c'était en 1986. Pierre-André Albertini a eu moins de chance que moi, il s'est fait arrêter là-bas et il est allé en taule, il a fait partie d'un échange diplomatique. Il vit en Corse désormais, je crois. »

Pendant qu'il relatait ses exploits de jeune homme, Stéphanie entendait dans le haut-parleur du salon privé résonner la musique d'INXS « Dream on, black boy, white girl ». Elle se sentait détendue dans cette ambiance feutrée, amicale, malgré la gravité du sujet qu'elle était venue aborder avec cet ancien activiste reconverti dans la vie nocturne libertine. Elle adorait l'esprit libertaire des années 1980.

« Quelles sont les « affaires » que venait traiter Maryna dans votre club, pour reprendre l'expression que vous avez employée ? demanda Stéphanie.

— Mariam vous en parlerait mieux que moi… »

Une dame grande, élancée, à la longue chevelure brune, au teint mat et aux yeux maquillés de noir venait d'entrer dans le salon privé et les rejoignait.

« Ma belle Irakienne avait sympathisé avec cette belle Ukrainienne qui recherchait une jeune Vénézuélienne. Elle pensait qu'elle était retenue prisonnière à cause d'un réseau de traite humaine, qu'elle était une esclave du sexe, même si aucun signe ne le laissait voir à cause de la peur : ils lui avaient pris ses papiers et la menaçaient de différents supplices. La Vénézuélienne avait fait passer un petit mot à Maryna qui s'était mis en tête de lui porter secours. Elle avait du tempérament, la pauvre. Nous n'en savons pas davantage. »

Mariam acquiesça.

« Quand je vois le champ de ruines qu'est devenu son pays, ça me fait penser au mien, dit-elle, l'air sombre. Je suis en France depuis 2003, André aidait les réfugiés, c'est ainsi que nous nous sommes rencontrés et, depuis, nous ne nous sommes plus quittés. Nous, nous n'échangeons rien, précisa-t-elle en faisant allusion aux activités du club, mais nous avons trouvé un moyen sympathique et amusant de gagner notre vie, tout en rendant service aux gens qui s'ennuient dans leur vie bien rangée et recherchent l'aventure, dans un cadre sécurisé. Nous le leur offrons. Voilà pourquoi nous sommes très vigilants quant aux pratiques et mœurs de nos clients.

— Maryna soupçonnait quelqu'un en particulier ?

— Une compatriote ukrainienne, directrice de casting dans la société de production qui commandait des scénarios à Maryna. Elle se nommait Ivana ou Ivanka. »

Matthias et Stéphanie se regardèrent. Katia aussi avait travaillé pour cette société de production et pourrait probablement leur fournir l'identité précise de cette personne.

« Plusieurs témoins affirment que Maryna avait un compagnon et qu'elle vivait avec lui dans sa résidence secondaire, pendant le confinement, poursuivit Stéphanie.

— Oui, il était un des directeurs de cette société de production et un client régulier, expliqua André. Il l'avait amenée mais ce n'était pas son truc, l'échangisme, le libertinage, elle était monogame, comme nous, malgré notre côté subversif. Ah ! Les sentiments sont complexes. »

Stéphanie hocha la tête. Même si le témoignage d'André n'allait pas dans ce sens, elle ne pouvait s'empêcher de songer au pervers de ses jeunes années. Elle avait le secret espoir de l'impliquer dans cette ténébreuse disparition, ainsi il paierait indirectement pour Mylena. Elle le tenait pour responsable, bien qu'elle ignorât ce qui était réellement arrivé à son amie. Elle le haïssait. Elle le surveillait, au cas où… Elle avait effectué des recherches sur les évolutions de sa carrière de magistrat, ils étaient désormais collègues. Elle avait sa photo, une coupure de presse : Benjamin Aznar avait été nommé avocat général à la cour d'appel de Paris. Quelle belle réussite ! Et pourquoi pas Premier ministre ou président de la République ! Elle guettait le moindre de ses faux pas. À son plus grand regret, il n'avait pas l'air d'en commettre. Elle sortit son portrait d'une chemise en carton.

« Maryna le fréquentait-elle ? »

André et Mariam regardèrent, réfléchirent. « Non », dirent-ils, unanimes.

« Était-il client du club ? Le week-end ? Pendant les vacances ? Il a une résidence secondaire ici.

— Nous protégeons l'intimité de nos membres, répliqua André. C'est pour cela qu'ils nous font confiance. Cet homme n'est pas suspect. J'en aurais parlé à Matthias, sinon. »

Stéphanie était déçue.

« Tu crois qu'il pourrait être impliqué dans un quelconque réseau de traite humaine ? s'enquit Matthias.

— Je ne sais pas… C'est peut-être plus un désir de vengeance de ma part qu'une analyse rationnelle… À cause de lui, j'ai perdu une amie très chère à mes yeux.

— Je comprends », fit Mariam.

En bas, dans la salle principale, une intermittente du spectacle s'installait sur une scène et commençait à chanter des chansons de Bonnie Tyler. Tandis qu'elle entonnait *Total Eclipse of the Heart*, Stéphanie la regardait. Le public était fasciné.

« Soirée rock années 1980 pour divertir nos membres », commenta André.

Stéphanie se disait que cette fille aurait pu être Mylena, elles avaient un talent similaire. Elle la fixait alors qu'elle poursuivait sa prestation avec *It's a Heartache*, c'est une peine de cœur. Elle voyait Matthias en face, ce titre était bien approprié. Elle cherchait dans les traits de cette chanteuse la moindre ressemblance avec son amie d'enfance. Et si… Non, le cocktail embrouillait son esprit fatigué. Il était tant de rentrer. André et Mariam les tiendraient au courant s'ils avaient des nouvelles de cette Vénézuélienne, du compagnon de Maryna ou de cette directrice de casting. Autant de pistes qui permettraient peut-être, cette fois, d'élucider cette disparition inquiétante.

Dans la voiture, sur le périphérique, en direction du centre-ville et du parking du tribunal judiciaire où Stéphanie était garée, ils avaient mis la radio pour éviter le malaise de l'aller et les conversations épuisantes et inutiles. *Because the night* de Patti Smith résonnait dans l'habitacle et Stéphanie se laissait envahir par une douce nostalgie au son de « Because the night belongs to lovers ». Parce que la nuit appartient aux amants. Au désir. À l'amour…

Le lendemain matin, assise à son bureau, les yeux cernés à cause de l'insomnie, elle en apprit davantage sur Thérèse, ou tout au moins sur les restes humains, le squelette déterré dans une propriété où avait vécu Eliseo, son grand-père. Le rapport d'analyse scientifique stipulait qu'elle était décédée d'un coup de fusil, probablement dans les années cinquante, et qu'elle était enceinte. Un embryon était à l'intérieur de sa dépouille.

Stéphanie lisait ce texte sobre, professionnel et sa gorge se nouait. Un enfant hors mariage, une catastrophe en 1957. De quoi provoquer une tragédie. Que s'était-il passé ? Ce drame intime ne concernait plus la justice, il y avait prescription, la faucheuse avait elle aussi fait son œuvre pour le coupable, quel qu'il soit. Peut-être son grand-père… Miguel, son fiancé… Avait-elle eu un autre amant ? C'était peu probable, il ne figurait pas dans ses carnets. Miguel avait été son seul amour. S'était-elle suicidée plutôt que d'aller chez la faiseuse d'anges, l'avortement était interdit. Mais Miguel semblait l'aimer, ils auraient pu se marier, comme beaucoup le faisaient afin de protéger la jeune fille de la honte, de l'exclusion sociale, du déshonneur. Elle comprenait pourquoi André détestait ce mot « honneur ». Il avait ruiné l'existence de tant de personnes. Une époque lointaine, aujourd'hui révolue. Stéphanie n'avait d'autre choix que de classer cette affaire qui garderait à jamais ses mystères enfouis.

Elle prit le dossier suivant qui avait peu de chance d'égayer sa journée : un homme arrêté une énième fois pour conduite sous l'emprise de stupéfiants, encore un sermon inutile en perspective. En attendant l'arrivée du prévenu et l'heure de l'audience, elle s'accorda un moment de pause, légèrement allongée sur son fauteuil incliné. Elle regardait le plafond, incapable de fermer les yeux pour cette sieste improvisée destinée à détendre son esprit. Elle prit alors son téléphone, mit les écouteurs dans ses oreilles et écouta de la musique, Phil Collins quelle aimait tant, qui était désormais malade et ne donnait plus de concert, bien qu'il ne soit pas si vieux… Putain de temps… Qui fait des enfants aux enfants… Enfin, pas toujours… *I Can't Stop Loving You* lui rappelait sa rencontre avec Matthias, à Port-la-Nouvelle en 1998, au son de *Easy lover*, tandis qu'il réparait sa moto…

Décidément, depuis qu'il avait refait surface, il était partout, dans son quotidien professionnel, dans ses pensées. Pour ces dernières, il n'en avait peut-être pas été absent bien longtemps. Quoique… Elle avait tenté de refaire sa vie, sans grand succès. Le problème initial demeurait. Et s'il n'était que dans sa tête ? Matthias n'avait pas menti, il ne l'avait jamais rejetée parce qu'elle était stérile, c'était elle qui s'était peu à peu éloignée. Lui non ? Elle ne l'avait pas ressenti ainsi sept ans auparavant. Et si elle s'était trompée, avec le recul ? Elle avait gâché son unique chance d'être heureuse, de peur de ressembler à sa mère, à ses parents. André, dans sa sagesse, détestait la peur, mauvaise conseillère.

Stéphanie envoya quelques vers à Matthias, bref écho de ses soudaines réflexions :

« – Qu'as-tu fait, ô toi que voilà
Pleurant sans cesse,
Dis, qu'as-tu fait, toi que voilà,
De ta jeunesse ? »

Mylena n'avait pas la patience de lire des recueils de poésie. À Verlaine ou Baudelaire, elle préférait Harry-la-Trique dans *Pump up the volume*. Elles avaient vu ce film, qui datait de 1990, à son initiative, l'année de leur rencontre en 1993. Stéphanie se souvenait d'une phrase qui remontait des profondeurs de sa mémoire : « Ce qu'il y a d'incroyable mais vrai, c'est que la vie d'un jeune est quelquefois moins marrante que la mort. » Peut-être était-ce ce qu'avait ressenti Thérèse, quand elle avait appris qu'elle était enceinte, alors que, à l'opposé, Stéphanie souffrait de ne jamais avoir eu de grossesse, malgré ses dénégations. Elle n'avait jamais voulu d'enfant, mentait-elle haut et fort, avec un aplomb formidable, car elle était forte et ne s'effondrait jamais.

Ses méditations poético-métaphysiques s'achevèrent avec la vibration de son téléphone et les bruits de pas dans le couloir qui annonçaient la proximité de la police et du prévenu toxicomane. Matthias lui avait répondu. Comment avait-il trouvé ce texte magnifique d'Aragon ? Son sens inné de l'émulation ne cesserait jamais de la surprendre, de l'éblouir, de la toucher en plein cœur :

> « C'est miracle que d'être ensemble
> Que la lumière sur ta joue
> Qu'autour de toi le vent se joue
> Toujours si je te vois je tremble
> Comme à son premier rendez-vous
> Un jeune homme qui me ressemble. »

« L'amour qui n'est pas un mot » dans *Le Roman inachevé*.

Peñíscola

Fin juillet 1998.

« J'adore Alanis Morissette !

— Moi aussi ! Je l'écouterais pendant des heures sans me lasser ! Son album est super ! » approuva Stéphanie.

Mylena chantait *Ironic*, un de leurs tubes préférés. Malgré la chaleur, elle n'avait pas perdu sa vigueur, sa joie de vivre, qui ne l'avait pas quittée depuis leur départ de Port-la-Nouvelle. Elles avaient fait le trajet jusqu'à Peñíscola sans presque s'arrêter, hormis sur une aire d'autoroute, pour manger dans une cafétéria un steak-frites, une glace et boire un Coca. Il faisait trente-cinq degrés, au moins, dehors, et probablement plus dans l'habitacle non climatisé de la 306 Peugeot bleu métal. Stéphanie transpirait.

« J'ai soif, fit-elle en cherchant une bouteille d'eau dans la boîte à gants.

— Elle doit être chaude comme du pipi ! »

Mylena riait. Ses bras nus étaient moites, son tee-shirt mouillé.

« On va sentir mauvais, on se baignera dans la mer, ça nous fera du bien ! L'eau doit être à vingt-quatre degrés minimum. C'est génial ! »

Leur véhicule longeait la plage et la mer. Cette très relative fraîcheur maritime était agréable, elles trouvaient le paysage splendide. Sur la route, elles avaient vu des orangers pour la première fois de leur vie. Elles se sentaient heureuses. Stéphanie avait momentanément oublié tout ce qui l'angoissait, la tracassait, même lorsque son amie ne respectait pas la limitation de vitesse, tout en braillant du Tina Turner et du Bon Jovi au volant.

« Pas plus de cent vingt ! hurlait Stéphanie. Tu dépasses le cent trente !

— Et alors ? Je suis sur la voie de gauche et y a personne en face ! Tout le monde conduit comme ça, je vais pas rouler comme une fourmi, coincée derrière un camion ! De toute façon, le type derrière moi me pousse, je vais pas le ralentir, non ? Les autres devant sont déjà loin, faut que je les rattrape ! Laisse-toi aller ! C'est trop grisant la vitesse et là, c'est sans risque, fais-moi confiance ! Je maîtrise la situation !

— On va se prendre un manche et on a pas les moyens de payer des contraventions. La Guardia civil va nous mettre en prison !

— Tu dramatises toujours. J'ai l'argent de Benjamin. C'est lui qui paiera, il a tout payé, ce séjour, l'appartement dans le Saint-Tropez espagnol, comme à Port-la-Nouvelle. Enfin, officiellement, on va bosser chez des parents à lui. Le fric, c'est la liberté. Sans fric, pas de liberté. Grâce à Ben, on sera libres. Après des études de Droit, on va devenir comme lui, des magistrates. Il me l'a promis et je compte bien le forcer à tenir sa promesse. Ça se fait combien, au fait, un magistrat, tous les mois ? Je crois que Ben complète avec des revenus interdits. C'est tabou, la coke et l'héro. La cocaïne, c'est sûr qu'il en consomme pour être en forme. L'héroïne, je sais pas. Il doit se contenter de vendre. Ou alors ? C'est peut-être pour ça que parfois il a l'air si bizarre. »

Avec ses lunettes de soleil et ses cheveux relevés en chignon, Mylena fonçait droit vers ce qu'elle pensait être la liberté sans entraves. Les vitres légèrement ouvertes de chaque côté faisaient circuler un air frais bien venu. Les pieds nus posés avec désinvolture sur le tableau de bord et la main accrochée à la poignée supérieure de la portière de la 306, Stéphanie était songeuse et sceptique. Les cheveux au vent, elle avait envie d'y croire et de se laisser emporter par ce bonheur présent et futur.

Mylena et Stéphanie eurent du mal à trouver l'adresse que Benjamin Aznar leur avait donnée. Elles avaient un double des clés de l'appartement, une carte routière et une feuille de bloc sur laquelle étaient écrits les numéros de sortie d'autoroute, des nationales et le nom des villes. L'idée de se perdre dans un pays dont elles ne maîtrisaient pas bien la langue ne les effrayait pas car elles étaient obnubilées par la beauté du paysage maritime.

La population parlait le valencien et non le castillan, ce qui rendait parfois la communication difficile, même si l'allure de Mylena et Stéphanie annonçait qu'elles étaient des touristes étrangères et qu'elles ne connaissaient donc pas le valencien. Elles essayaient tantôt le castillan tantôt l'anglais pour se faire comprendre, voire un mélange loufoque des deux. Les gestes étaient aussi fort utiles et universels.

Peníscola, en valencien, ou Peñíscola, en castillan, était située dans la province de Castellón et dans la Communauté valencienne, sur la Costa del Azahar. Benjamin avait écrit qu'il fallait sortir de l'autoroute à Benicarló – Peñíscola.

Mylena devait suivre l'itinéraire de la plage de la Caracola, qui faisait partie de la municipalité de Benicarló, jusqu'au sud, vers l'isthme de sable qui relie le noyau historique du Château au reste de l'agglomération.

Stéphanie contemplait la péninsule rocheuse sur laquelle se trouvait Peñíscola. L'isthme de sable l'unissait à la terre et séparait la partie méridionale de la Serra d'Irta, un magnifique parc naturel, de la plaine de Vinaròs.

Elles arrivèrent à la zone touristique et à la promenade en bord de mer. Il y avait de nombreux restaurants où elles tentèrent de se renseigner pour trouver leur chemin. Elles cherchèrent celui dont les patrons devaient les embaucher durant leur séjour. Une serveuse polyglotte leur expliqua qu'elles devaient revenir en arrière, plus au nord. Sur la route, des immeubles résidentiels avaient été construits pour les touristes, ainsi que des hôtels.

Mylena et Stéphanie regardèrent le rocher entouré par la mer, les fortifications dominées par le château du Pape Luna, le port de pêche, le sable fin de la plage qui s'ouvrait en forme de baie. Le site était encore plus beau que sur le papier glacé du dépliant touristique. Des estivants se baignaient ou bronzaient allongés sur leur serviette. Les terrasses des cafés, des restaurants étaient bondées encore à dix-sept heures, les heures de repas étaient tardives. Le soir, la vie nocturne se prolongerait tard dans la nuit. Mylena et Stéphanie avaient été averties qu'elles serviraient le dîner à partir de vingt-deux heures, même s'il était possible de se sustenter toute la journée afin de s'adapter aux différentes habitudes alimentaires des vacanciers. Les assiettes étaient remplies de paella, de zarzuela, de fideuà, de tortilla et sentaient bon. Mylena et Stéphanie se promirent de découvrir tous ces mets délicieux avec l'argent qu'elles gagneraient. La brise marine rendait la chaleur agréable, elles avaient le sentiment de découvrir le paradis sur Terre.

Elles finirent par trouver l'immeuble, et l'appartement qui les attendait au troisième étage. Une vaste salle de séjour s'ouvrait sur la mer au loin. Le vent faisait voler leurs cheveux. Il y avait aussi deux chambres, une salle de bains, une cuisine et, en bas, une piscine où elles ne tardèrent pas à plonger pour se détendre, se rafraîchir, après ce long voyage.

« Ma sœur, laisse un peu tes bouquins, sinon je les jette à la poubelle ! plaisantait Mylena. On va s'amuser ! »

Stéphanie riait, le contact de l'eau lui rappelait Port-la-Nouvelle et la plongée avec Matthias. Les deux jeunes filles s'éclaboussaient. Elles jouèrent au ping-pong avec des enfants de vacanciers qui pensaient qu'elles aussi étaient en vacances avec leurs parents. Puis elles défirent leurs bagages et s'installèrent avant de retourner en ville rencontrer leurs patrons à *La Bodega del Mar*.

L'accueil fut chaleureux et bienveillant, dans une ambiance d'entreprise familiale. Maribel et Amable leur apprirent qu'il y avait aussi deux autres serveuses, dont une qu'elles connaissaient déjà car elle leur avait indiqué leur route. Elles partageraient le temps de service. Elles étaient espagnoles et de la région, ainsi que les jeunes filles qui avaient un job d'été dans les restaurants alentour. Stéphanie et Mylena étaient les seules à être étrangères.

Stéphanie trouvait le travail fatigant mais le contexte agréable, joyeux. Elle profitait de ses pauses pour aller sur la promenade en bord de mer. Ce lieu lui semblait magique. Il était très fréquenté et de nombreux artistes en profitaient pour exposer leurs œuvres sur la plage. Un groupe de musique traditionnelle des Andes jouait au milieu de la foule et vendait des cassettes. Stéphanie aimait ce son apaisant, elle en acheta une pour pouvoir l'écouter à nouveau quand elle serait rentrée au foyer de Pamiers. Dans l'appartement, elle écoutait en boucle *La Colegiala* et *El Condor Pasa*. Mylena adorait ces rythmes péruviens et colombiens.

Dans une boutique, elles firent provision de cartes postales pour imiter leurs nouvelles copines. À qui les écrire et les envoyer ? Dans la joie des vacances, elles en oubliaient leur situation complexe. Stéphanie adressa quelques mots affectueux à son père et à sa sœur, Camille. Pourtant, ils ne se parlaient plus depuis plusieurs années. Et si le moment était venu d'enterrer la hache de guerre ? Il y avait aussi les moniteurs et les pensionnaires du foyer de Pamiers, le personnel des services administratifs, la direction. Elles avaient ainsi le sentiment d'être normales, comme leurs collègues.

Mylena avait emporté un jeu de tarot qui les occupait déjà au pensionnat ou au lycée, entre deux cours. Elles jouèrent à quatre sur leur temps libre. Mylena sympathisait facilement avec les Espagnols, qui avaient toujours l'esprit festif. Elle emmenait leurs nouveaux amis à l'appartement, ils faisaient une partie de cartes, fumaient, buvaient de la San Miguel et dansaient.

Un jour, une collègue proposa d'essayer le tarot divinatoire. Stéphanie refusa. Elle ne voulait pas savoir sous quels auspices se situerait leur avenir : elle était déjà au courant. Leur protecteur se nommait Benjamin Aznar et elle l'appelait, pour sa part, selon son humeur, le pseudo-compagnon de Mylena ou, avec ironie, le sauveur de la veuve et l'orphelin, ou encore le pervers. Il l'avait traquée à Port-la-Nouvelle jusqu'à son logement pour la harceler et lui offrir un ridicule bouquin d'Hervé Bazin *Qui j'ose aimer*, qui ne lui était même pas dédicacé mais avait été offert à un certain Miguel. Mylena, qui ne connaissait ni la peur ni la prudence, accepta de se soumettre à ce rituel intrigant. Les cartes de l'Amoureux, de la Justice et de la Mort, l'Arcane sans nom, la firent rire. Ou alors était-ce l'ivresse d'une soirée bien arrosée ? …

Stéphanie appréhendait l'arrivée, au mois d'août, de l'Amoureux, ce brillant magistrat en apparence, qui profiterait de ses vacances pour

137

les rejoindre dans l'appartement qu'il avait payé. Il était censé séjourner à l'hôtel ou chez ses parents éloignés, les propriétaires de *La Bodega del Mar*, ou chez un ami qui avait une résidence secondaire dans les parages. Rien n'était clair et Stéphanie n'appréciait pas cette obscurité problématique. Elle n'appréciait pas non plus un détail qu'elle avait remarqué. Les patrons, Maribel et Amable, avaient tendance à exprimer une forme de pitié derrière leur gentillesse indéniable. Ils comprenaient qu'elles étaient comme des orphelines et que Benjamin Aznar avait avec elles un comportement inadéquat. La honte poussait Stéphanie à être froide, distante, presque hautaine. Et pourtant, une partie de son cœur ne souhaitait pas éloigner cette main qu'ils lui tendaient, même si ce geste était maladroit. Mylena, comme d'habitude, n'avait rien perçu et ne pensait qu'à faire la fête, sea, sex and sun. Elle ressemblait de plus en plus à sa mère, la toxicomane. Stéphanie se reprochait cette pensée, comme si elle était une trahison de leur amitié.

Maribel et Amable les invitèrent dans leur maison, preuve, s'il en était besoin, qu'ils leur réservaient un traitement particulier. Ils avaient commandé des nems et du poulet au curry chez un restaurateur chinois qui avait son commerce dans la même rue que le leur. Il y avait tant de touristes et les prix étaient si abordables qu'ils ne se faisaient pas concurrence mais entretenaient des relations amicales.

« Avant, il y avait beaucoup de terres agricoles puis, vers la fin des années quatre-vingts, des promoteurs immobiliers sont arrivés pour les acheter avec la promesse alléchante de développer le littoral, de mettre un terme à la misère, à l'exode rural ou à l'exil, avec le retour des descendants de ceux qui avaient fui le pays pendant la guerre civile, expliqua Maribel. Nous leur avons vendu notre ferme et ils ont construit les immeubles où vous logez. Avec cet argent, nous avons investi dans notre restaurant et cette nouvelle résidence. »

Elle était fort modeste, avec une seule pièce et des chambres à l'étage auxquelles on accédait par un petit escalier tournant. Il y avait peu de fenêtres pour se protéger du soleil et de la chaleur. La façade était blanchie à la chaux. L'accueil était cependant chaleureux. La sœur de Maribel habitait à côté. Elle ouvrit le rideau qui empêchait les insectes d'entrer et vint saluer sa sœur et ses invités. Elle se présenta : elle s'appelait Isabel. Elle était religieuse sans porter la tenue officielle, dit-elle. Elle avait visité de nombreux pays et travaillé comme enseignante au sein de sa congrégation. Désormais, elle était rentrée au pays.

« Et Benjamin ? Quand arrive-t-il ? » s'enquit-elle.

La seule mention de son nom suffit à faire frissonner Stéphanie. Maribel et Isabel le remarquèrent-elles ?

139

« Bientôt. Pour le 15 août, peut-être plus tôt si son emploi du temps le permet. »

Maribel regarda Stéphanie et Mylena.

« Il a une histoire familiale compliquée, qui le rend sensible à la détresse humaine. »

Là, Stéphanie perdit tout espoir. Mylena mangeait une glace au touron tout en écoutant avec attention.

« Son père, Miguel, a fini chez les fous, poursuivit Maribel. Il avait beaucoup souffert à cause de la guerre civile. Miguel avait quatorze ans quand sa mère est morte dans un bombardement. L'aviation italienne, commandée par Bruno Mussolini, a fait des ravages, le 20 octobre 1937. Finalement le village a été occupé par le Corps d'armée de Galice, la IVe Division de Navarre, le 19 avril 1938. Ce sont des dates qui ne s'oublient pas, elles font partie de nos mémoires familiales, même si nous les taisons et qu'elles sont désormais cachées par la fête, la joie des stations balnéaires. Mon grand-père et le père de Miguel étaient frères. Ce dernier est mort fusillé par des hommes de la Phalange, son corps est probablement dans une fosse commune, on ne nous a rien rendu. Miguel s'est enfui, il était armé. Pendant longtemps, nous n'avons pas su ce qu'il était devenu. En 1990, Benjamin nous a retrouvés et nous en a appris un peu plus. »

Amable se leva. Il devait retourner au restaurant.

Isabel poursuivit le récit de Maribel.

« Nous avons étudié le français pour pouvoir communiquer avec Benjamin, il maîtrisait l'anglais et l'espagnol, pas le valencien, cette transmission s'est perdue. J'ai beaucoup voyagé avec les sœurs missionnaires, notamment en Afrique francophone, alors j'ai donné des cours à Maribel, qui s'en sort plutôt bien. Cela peut aider dans son métier.

« Miguel a réussi à franchir la frontière, il s'est réfugié dans le Tarn-et-Garonne, il a vécu à Septfonds et Montauban, la ville où le président de la République espagnole s'est exilé et est décédé. Dans les années cinquante, Miguel a rejoint la capitale. Il s'est marié à Paris où il a rencontré une Catalane qui avait vécu des tragédies similaires, sauf que ses parents étaient des rescapés. Ce ne fut pas un mariage heureux car les souvenirs de la guerre, la perte dans des circonstances épouvantables de son père et de sa mère, les épreuves qu'il avait dû affronter seul pour survivre et atteindre Septfonds l'avaient marqué durablement. Je pense qu'on dirait aujourd'hui qu'il avait des troubles mentaux qui sont du stress post-traumatique. Les psychiatres étaient incapables de le soigner, de mettre un terme aux cauchemars qui le hantaient. Il a été interné plusieurs fois et, un jour, Benjamin l'a retrouvé pendu dans son bureau. C'était en 1982, il avait douze ans. Il a en apparence une brillante carrière, pourtant je sais que cet épisode a eu des conséquences, qu'il est un peu perturbé lui aussi, d'autant plus qu'il a suivi le mauvais exemple de consommer des produits stupéfiants et de l'alcool festif. C'est devenu une addiction pour effacer les douleurs du passé, il a des fréquentations douteuses qui contribuent à l'enfoncer, au lieu de le sortir de ces sables mouvants. »

Stéphanie fronçait les sourcils et regardait Mylena, qui était tout aussi perplexe. L'ombre de cet homme planait au-dessus de leurs deux jeunes vies de dix-huit printemps. Stéphanie réalisa avec acuité qu'il les entraînait dans sa chute, il entraînait surtout Mylena, il l'avait initiée à la drogue et au sexe tarifé. Ils avaient des souffrances communes. Étaient-ce ces problèmes proches et partagés qui les avaient réunis, défiant les barrières de l'âge et de la morale ? Étaient-ils fous tous les deux pour des raisons différentes, à l'instar de leurs parents ?

Stéphanie ne pouvait faire abstraction du comportement de Benjamin à Port-la-Nouvelle. Il désirait aussi jeter sur elle son dévolu et elle ne savait pas comment lui échapper. Son influence néfaste avait pris trop d'importance dans leur vie. Fallait-il l'avouer à ces deux femmes bienveillantes ? Elle n'avait pas les mots... elle avait le sentiment de sombrer et de ne pas parvenir à appeler au secours, à crier. La dédicace de *Qui j'ose aimer,* « Pour Miguel », faisait référence au père de Benjamin. Ce livre lui avait été offert. Par qui ? Il appartenait à la bibliothèque familiale. Ce cadeau était un témoignage d'amour qui rendait Stéphanie encore plus mal à l'aise maintenant qu'elle comprenait à qui il était dédié.

La nuit était avancée. Maribel proposa à Mylena et Stéphanie de dormir dans les chambres à l'étage. Il ne leur restait que quelques heures de sommeil avant leur service du matin. Elles acceptèrent. Stéphanie eut des difficultés à s'endormir. Le lendemain, Maribel leur proposa un petit-déjeuner : des gâteaux aux amandes fabriqués à Alicante, des madeleines, un jus d'orange et du café. Tout était délicieux cependant Mylena avait la nausée et dut s'absenter. Ce n'était pas la première fois. Stéphanie, jusque-là, l'avait mis sur le compte de l'alcool et des gueules de bois matinales. Cette fois-ci, elle devina qu'il ne s'agissait pas des conséquences d'une soirée arrosée. Le problème était différent. Pâle et le regard hagard, Mylena revint s'asseoir. Maribel la scruta avec attention avant de balbutier, gênée.

« Ne serais-tu pas enceinte ? »

Mylena hocha la tête et finit par acquiescer. La stupeur s'installa, elle la rompit sans la moindre émotion visible :

« Je vais mieux. C'est rien, la crise est passée. Faut qu'on y aille, on va être en retard. »

Stéphanie la suivit, stupéfaite. Après le travail, elles allèrent se baigner. Stéphanie n'osa pas aborder le sujet. Le lendemain matin, une nouvelle nausée indisposa son amie qui était en larmes dans les toilettes, elle l'aida à se nettoyer et tint ses cheveux en arrière.

« Depuis quand le sais-tu ? »

Mylena s'essuya.

« J'ai fait un test il y a quelques jours.

— C'est lui, le père ? »

Mylena ne répondit pas.

« Je l'aime, ce bébé. Je veux le garder. Ça fait longtemps que je veux un bébé, on sera une famille, je m'en occuperai bien, tu verras. Pas comme ma mère. Ce sera une fille et je l'appellerai Aurore. »

Elle ne pleurait plus. Elle semblait apaisée et déterminée. Stéphanie rentra dans l'après-midi et la trouva qui, après une sieste, s'adonnait à son divertissement favori, sa passion : elle dansait et chantait sur la musique de Kim Carnes *Bette Davis Eyes*. Elle se détendait, la tension nerveuse se relâchait dans son corps souple. Séduite par son talent, Stéphanie attendit qu'elle eût terminé puis elle s'approcha et mit ses mains sur ses épaules.

« Tu es une artiste. Les projets de Benjamin ne sont pas les tiens. Tu as le droit de choisir, de ne pas suivre la route qu'il te propose.

— Ouais… Et le fric, qui va nous le donner, les bons plans pour de bons jobs correctement payés et sympas, comme ici ? Ma mère, peut-être ? »

Elle ricana d'un air insolent avant de laisser retomber sa tête sur les épaules de son amie qui la prit dans ses bras.

Le soir, elles firent la fermeture du restaurant, en compagnie de Maribel. Isabel était venue les aider. Vers trois heures du matin, avant de baisser la devanture, elles burent un verre toutes les quatre ensemble.

« J'espère ne pas être indiscrète, commença Isabel en s'adressant à Mylena. Maribel m'a parlé de ta grossesse. Tu es si jeune, s'il y a quoi que ce soit que je puisse faire pour t'aider, n'hésite pas…

— Quoi ? Vous voulez m'accompagner chez l'avorteuse ? »

Mylena avait un ton sarcastique et provoquant.

« Je me demande ce qu'en penserait le Seigneur, auquel vous avez voué votre vie ? »

Gênée, Isabel toucha sa croix. Elle réfléchit un instant avant de répondre :

« Cela n'a pas vraiment été une vocation pour moi. J'avais ton âge, j'étais à la croisée des chemins. Mes parents m'ont mis face à un choix : soit j'épousais l'homme qu'ils avaient choisi pour moi, soit j'entrais dans les ordres. C'était une autre époque. J'étais enceinte de mon amoureux secret, il m'a quittée quand il l'a appris. La honte, le déshonneur étaient sur moi et ma famille. J'ai accouché dans un couvent et mon bébé a été adopté. Je suis devenue religieuse, j'ai

145

enseigné et j'ai toujours été sensible à certaines formes de détresse… Il n'existe pas de solution miraculeuse, parfaite…

— Je vous remercie de votre soutien mais je n'en ai pas besoin, je suis habituée à me débrouiller seule et je compte bien avoir cette enfant. Je l'élèverai tout en travaillant, affirma Mylena d'un air hautain et péremptoire. Comme je l'ai dit à Steph, je l'appellerai Aurore ou Aurora. »

Isabel hocha la tête et fronça les sourcils.

« Aurora ? » Ce prénom fit réagir Maribel. « Ma grand-mère avait une amie qui s'appelait ainsi. C'est un souvenir douloureux et lointain. Aurora Picornell[10]. Elles étaient toutes deux couturières et originaires d'un quartier populaire de Majorque, près des plages du nord-est de Palma, aux Baléares. Elles ont participé en 1931 à la création du Syndicat des Couturières et, en 1936, lorsque le Front populaire a gagné les élections, Aurora est devenue responsable du journal Nuestra Palabra. Elle militait pour les droits des femmes au travail. Le 8 mars, à l'occasion de la Journée internationale de la Femme, elle a organisé dans son île un meeting consacré à la Journée de la Femme travailleuse,

---

[10] Aurora Picornell Femenies, née à Palma de Majorque le 1er octobre 1912 et morte fusillée le 5 janvier 1937 à Porreres, aux Baléares.

présidé uniquement par des femmes. L'événement avait réuni des milliers de personnes à la Maison du Peuple de Palma. C'est la dernière fois qu'elles se sont vues. Ma grand-mère s'est installée ici avec son mari, qui n'était pas communiste, sans être pour autant hostile aux idées progressistes féministes. Cette union lui a sauvé la vie quand la guerre civile a éclaté. Après la bataille de Majorque, l'île est tombée aux mains des fascistes, aidés par les Italiens et la répression franquiste s'est abattue sur la population. Aurora a été arrêtée et torturée. Le 5 janvier 1937, veille de l'Épiphanie, les phalangistes l'ont conduite au couvent de Montuïri et l'ont torturée. Le soir même, elle a été fusillée dans la ville de Porreres, près de Manacor, avec ses camarades du groupe Roges des Molinar : Catalina Flaquer et ses deux filles, Antònia et Maria, ainsi que González Rodríguez. Plus personne ne se souvient de cette histoire mais elle a marqué ma famille et j'avais envie de la transmettre. »

Maribel avait un regard sombre. Stéphanie l'observait avec attention.

« Pourquoi ce symbole religieux de l'Épiphanie ? demanda-t-elle, intriguée, avant d'hésiter. Pardon, je ne sais pas si c'est une bonne idée de poser la question… C'est juste que ça m'interpelle…

— Ouais… Steph, c'est la première de la classe, elle a toujours des questions bizarres à poser, auxquelles les profs ont pas de réponse.

147

Finalement, elle est comme moi : une emmerdeuse, c'est pour ça qu'on s'entend bien depuis toutes ces années, ricana Mylena. Hein, ma sœur ? Pas vous, ajouta-t-elle en s'adressant à Isabel. J'appelle Steph comme ça parce qu'elle est ma seule vraie famille. »

Isabel eut un geste affectueux et leur prit la main.

« Chercher à comprendre n'est jamais une mauvaise démarche. Aurora était communiste et athée à une époque où être catholique était une obligation, ses ennemis avaient peur que son état d'esprit se propage comme un microbe, ils l'ont éradiquée sans ménagement. Je vous souhaite de ne jamais connaître et subir la guerre. Elle abolit toute nuance, ne laisse place qu'à la haine, la barbarie, la bêtise, elle divise un peuple et sème la mort chez votre voisin qu'elle transforme en meurtrier. Il peut vous exterminer et vous faites pareil, l'anéantir devient à vos yeux juste et indispensable. » Elle toucha sa croix. « Mon engagement personnel m'a fait connaître l'amour du prochain, quel qu'il soit. Je souffre souvent, comment l'appliquer ? N'est-ce pas impossible ? J'accepte que toutes les questions n'aient pas forcément de réponse, c'est le chemin de la sagesse, que je tente de montrer à mes élèves. » Elle se mit à sourire. « J'aime Maribel comme vous vous aimez toutes les deux et nous n'avons jamais laissé la politique nous diviser, je suis croyante et elle est athée, sympathisante

148

communiste, elle n'a pas compris tous les choix
que j'ai pu faire dans ma vie mais elle a toujours
été à mes côtés, elle m'a toujours soutenue, face
à nos parents notamment. Je ne l'oublierai jamais.

« En 1987, j'ai assisté à la béatification
par le pape Jean-Paul II des carmélites martyres
de Guadalajara[11]. Des milices républicaines ont
tué ces trois religieuses le 24 juillet 1936, durant
la guerre civile. Je n'ai pas pu m'empêcher de
penser que j'aurais pu être une de ces femmes
traquées parce qu'elles avaient voué leur
existence au Christ, si j'étais née plus tôt. Le
hasard de la naissance m'a sauvée. Mon couvent
n'a pas été incendié. Je n'imagine pas la terreur
qu'elles ont dû ressentir, elles qui avaient choisi
la vie contemplative, le retrait loin de l'agitation
du monde, lorsqu'elles ont été pourchassées et
assassinées, le courage qu'il leur a fallu pour
rester elles-mêmes, ne pas se renier, mourir avec
dignité. Moi qui n'avais pas la vocation à
l'origine, je me suis interrogée. Comment me
serais-je comportée à leur place, qu'aurais-je
ressenti ? Ce fut un moment intense qui m'a
profondément marquée. Depuis, ma conviction
s'est forgée, je veux être au service de la paix, de

---

[11] Marie Pilar de Saint François Borgia (Jacoba Martínez
García), Marie Ange de Saint Joseph (Marciana Valtierra-
Tordesillas) et Thérèse de l'Enfant Jésus et de Saint Jean-
de-la-Croix (Eusebia García García).

la concorde entre les êtres humains, de l'amour de la sagesse et pourquoi pas de la justice ? Trouver le juste équilibre entre des intérêts, des désirs légitimes et contradictoires. Voilà l'enjeu intemporel, me semble-t-il. »

Stéphanie écoutait Isabel avec attention. Son attrait pour les refuges paisibles éloignés de la société et de ses nuisances la rendait sensible à ses paroles. Elle ne les oublierait pas.

Maribel prit la main de sa sœur et lui dit :

« Je t'aurais cachée et je serais morte avec toi, si nécessaire. »

Son fort caractère ne permettait pas de douter de la véracité de cette déclaration d'intentions qu'elle formula avec grande émotion.

Elle poursuivit :

« Je suis athée mais pas communiste. Je l'ai été à une époque, j'étais proche du mouvement ouvrier, mes racines sociologiques. La découverte du Goulag m'a fait ouvrir les yeux sur un système idéologique totalitaire qui ne correspondait plus à mes idées. Je ne suis pas contre la propriété privée par principe, par exemple. En achetant ce restaurant, je me suis émancipée, je me sens libre et indépendante. Je ne perçois pas non plus le mariage comme une institution bourgeoise que je refuserais, je suis très heureuse avec mon mari. Les filles, veillez à bien choisir votre conjoint, ne vous engagez pas dans des unions catastrophiques où votre amant n'est jamais à vos côtés dans les épreuves de l'existence et ne cherche qu'à jouir de votre corps. Vous n'avez pas besoin de ce genre d'hommes, il faut savoir rompre sans regret, se libérer d'une addiction néfaste. »

Stéphanie eut l'impression que ce conseil s'adressait à Mylena. S'en rendait-elle compte ou mimait-elle l'indifférence, occupée à mâchonner du chewing-gum dans la pénombre ? La brise marine faisait voleter ses cheveux et cachait une partie de son visage.

« Nous commettons tous des erreurs et parfois nous ne savons pas comment les réparer, ni même s'il est possible de le faire. Quand j'ai vendu la ferme de mes parents aux promoteurs immobiliers et que l'argent de cette vente m'a permis d'investir dans un restaurant, je n'ai pas vu que toutes ces constructions finiraient par détruire le paysage, la beauté de la nature. C'est un dilemme que votre génération résoudra peut-être : comment sortir de la misère, se développer, sans nuire à l'environnement, à la biodiversité ? J'espère que le parc naturel de la Sierra d'Irta sera protégé de la rapacité, de la cupidité de certains promoteurs.

— Cet endroit est magnifique », acquiesça Stéphanie.

Après avoir refait le monde, partagé des souffrances, des secrets intimes, des angoisses et envisagé l'avenir, Mylena et Stéphanie se dirigèrent vers leur voiture et rentrèrent chez

151

elles. Elles se garèrent dans le parking de l'immeuble. Stéphanie riait :

« Moi ? Une emmerdeuse ?

— Putain ! Oui ! Une sacrée emmerdeuse, ma sœur ! renchérissait Mylena.

— Si tu continues de ponctuer toutes tes phrases avec « putain », tu n'auras jamais tes oraux de maîtrise de Droit et encore moins du concours de la magistrature, que dire du concours d'éloquence des avocats !

— Quand je disais que tu es une emmerdeuse ! On est en vacances, non ? La rhétorique, c'est pour la rentrée. Tu verras alors que je m'exprimerai comme une dame raffinée et élégante, une future magistrate ! »

Elle heurta la marche du perron. Maladresse, fatigue ou vision cauchemardesque ? Dans l'obscurité du hall, entre la pénombre de la fin de nuit et les premières lueurs de l'aube se trouvait leur « soleil noir », Benjamin Aznar, « le Ténébreux », « l'Inconsolé », leur « Prince d'Aquitaine à la Tour abolie ». Ainsi le voyait Stéphanie, comme dans le poème « El Desdichado » de Gérard de Nerval.

Mylena ne connaissait pas son goût secret pour ce poète à l'imaginaire teinté de romantisme noir. Peut-être se serait-elle moquée d'elle si elle avait su… Elle la percevait déjà comme une sorte d'intello ennuyeuse, une « emmerdeuse », selon sa définition. Nerval avait sombré dans la folie puis avait fini par se suicider, d'après la version officielle, puisqu'on l'avait retrouvé pendu à un réverbère. Si Stéphanie avait dû offrir un livre à Benjamin et lui rendre, par ce geste, le cadeau insolite qu'il lui avait fait à Port-la-Nouvelle, elle aurait choisi *Aurélia ou le Rêve et la Vie* que Nerval avait écrit avant de mourir pour se purger de ses émotions et tenter de décrire son état mental. Était-elle l'Aurélia de Benjamin ? Était-il fou ? Pour Stéphanie, cela ne faisait aucun doute. Et un fou peut être dangereux, surtout lorsque ses désirs ne sont pas assouvis et qu'il ne peut supporter la frustration.

Benjamin l'ignora et elle sentit poindre une haine silencieuse dans son attitude, un parfum de vengeance. Il n'eut d'yeux que pour Mylena qui se laissa emmener à son hôtel. Avait-elle le choix ? Essayait-elle d'éviter de déclencher son redoutable courroux ? Était-elle aussi folle que lui ? Leur chute, leur déchéance, était-elle incontrôlable, irrémédiable, inéluctable ?

L'aube rougeoyait à l'horizon et, à partir de ce jour maudit, leur paradis se transforma en cet enfer que Stéphanie redoutait tant à Port-la-Nouvelle, cet enfer dont la perspective l'empêchait d'être sereine, de profiter pleinement de ces vacances bien méritées, de sa rencontre avec Matthias.

Ce fut la première alerte : le lendemain, Mylena avait disparu, elle ne se rendit pas à son travail, elle n'était ni à la plage ni à l'appartement et Benjamin n'avait pas l'air de s'en soucier. Il s'était fait un nouvel ami d'une vulgarité remarquable de nouveau riche insolent, persuadé que désormais tout lui est dû. Celui-ci avait loué une villa et ne cessait de parler de celle qu'il avait achetée à Marbella et qu'il était en train de rénover.

En attendant que sa résidence secondaire, tertiaire ou quaternaire soit prête, il organisait des fêtes mémorables dans la piscine de sa location et ratissait la plage à la recherche de jolis minois qu'il inviterait à ses orgies, de gré ou de force, en leur faisant miroiter une petite partie de son récent magot. Il était russe et se vantait en effet de l'aubaine qu'avait représentée, pour lui, la chute du communisme, la fin de l'URSS. Il avait racheté une entreprise spécialisée dans le gaz à un prix si bas, disait-il, que, à côté, le papier cul semblait cher. Il avait appris le français, langue que l'élite de son pays était censée maîtriser à merveille et il se comportait comme si ce détail suffisait à faire de lui le tsar de la station balnéaire.

Maribel et Amable désapprouvaient cette fréquentation et n'aimaient pas la clientèle qu'elle pouvait apporter. Ils craignaient qu'elle fasse fuir celle qu'ils appréciaient : ces modestes familles qui recherchaient un espace tranquille, paisible et sûr où leurs enfants, filles et garçons, pourraient se divertir sans être importunés. Ils s'inquiétaient aussi pour Mylena qui finit par réapparaître le troisième jour, pâle, les yeux cernés, maussade.

« Où étais-tu ? firent-ils en chœur.

— À l'hôpital. J'ai fait une fausse couche, on m'a fait un curetage. C'est Ben qui a payé la facture. »

Le ton qu'elle employa signifiait que le sujet était clos. Elle ne voulait pas d'apitoiement. Stéphanie la sentait cependant bouleversée. Que s'était-il passé à l'hôtel ? Mylena garderait son secret, peut-être sa honte, sa douleur. Était-ce vraiment une fausse couche naturelle ? L'avait-il battue, menacée ? L'avait-il contrainte à avorter ? Était-ce possible dans un délai aussi bref ?

Pour lui remonter le moral, Stéphanie eut l'idée d'organiser un karaoké, exercice qu'adorait Mylena et qu'elle avait souvent pratiqué lorsqu'elle allait rendre visite à sa mère, à l'association qui s'occupait des toxicomanes. Benjamin, jeune étudiant en Droit puis auditeur de justice, y était bénévole. Mylena était douée pour la danse, le chant, elle était faite pour le monde du spectacle, la scène la faisait vibrer, la transfigurait à chaque fois. Elle attirait tous les regards, à son corps défendant. Ce projet plut à Maribel et Amable. Ils n'y voyaient aucun mal, aucun danger. C'était sans compter sur la présence du nouvel ami de Benjamin qui rôdait et guettait la chair fraîche, désirable, sensuelle.

Qu'est-ce qui, dans leur prestation, provoqua une catastrophe, réveilla le volcan endormi ? Stéphanie s'était longtemps posé la question tant un sentiment de culpabilité l'avait taraudée. Était-ce sa faute ou celle d'un abus de sangria mêlée à un flacon de vodka – ou autre boisson enivrante – que l'individu dissimulait discrètement dans la poche du pantalon de son costume d'homme respectable ? Qu'est-ce qui l'avait fait craquer ?

Lorsqu'elle s'était trémoussée en robe estivale dénudée au son de *La Colegiala* en chantant qu'elle se promenait avec ses livres et son « carita de coqueta, colegiala de mi amor », qu'elle riait sans penser qu'il la regardait et qu'il souffrait pour elle et rien que pour elle, « colegiala de mi amor » ?

Avait-elle mis sa bouche en cul de poule tandis qu'elle entonnait le tube du moment : *Voyage en Italie* de Lilicub et prononçait des phrases irrésistibles, comme « Voir sur ta peau le soleil se lever / À la Madone envoyer des baisers/ Toute la nuit danser le calypso / Dans un dancing avec vue sur l'Arno » ?

Son rouge à lèvres était-il trop prononcé quand elle avait dit « Baila, te quiero amor / Ton souvenir me poursuit encore » au son de *Baila* du boys band Alliage ? Son ton était-il trop suggestif, trop suave, trop sensuel quand elle avait chanté, dans un espagnol parfait, « Sí señor, una tentación / Tú y yo a la fiesta [...] toda la noche » sur le rythme endiablé de Paradisio *Bailando*. Ne s'était-elle pas déhanchée sur

Carnavalera d'Havana Delirio et, là aussi, son attitude n'avait-elle pas pu envoyer un message erroné pendant qu'elle articulait des mots anodins comme « por aqui por allá » ?

Sa poitrine n'était-elle pas trop grosse, son soutien-gorge trop coloré ou trop visible, une bretelle n'avait-elle pas dépassé insidieusement pour le final *Un, dos, tres, María* de Ricky Martin qui avait provoqué l'embrasement joyeux du public ? Étaient-ce les paroles fatales « Ella es un espejismo sexual / Que te vuelve loco » qui avaient littéralement rendu fou l'acolyte de Benjamin et fait le malheur de Stéphanie ou la manière touchante dont Mylena avait chanté *Girl, You'll Be A Woman Soon*, *Jeune fille, bientôt tu seras une femme*, reprise d'Urge Overkill pour le film *Pulp Fiction* de Quentin Tarentino ? Elle donnait l'impression de s'adresser personnellement à son chéri, de le décrire, ainsi que leur relation compliquée : « Jeune fille, bientôt tu seras une femme, / J'ai été mal compris toute ma vie, / Mais ce qu'ils disent chérie me poigne, Le mec n'est pas bien. » Cette interprétation magique avait soldé leur réconciliation pour au moins une nuit, laissant seule Stéphanie dans l'appartement verrouillé.

Comment l'acolyte éméché s'était-il procuré une clé ? L'avait-il subtilisée à Benjamin comme celui-ci l'affirma plus tard, niant la lui avoir offerte en guise de vengeance impitoyable pour le refus cinglant, humiliant de Port-la-Nouvelle ? Cette énigme ne fut jamais élucidée.

L'ami raffiné de Benjamin débarqua dans le salon tel un animal en rut, peu soucieux de la parade nuptiale des paons, espèce à laquelle il était censé pourtant appartenir, ainsi qu'en témoignait son orgueil démesuré, qu'il ne se privait pas d'exhiber devant Maribel et Amable. Stéphanie, dans son malheur, eut la chance de pouvoir se réfugier dans sa chambre et de fermer la porte à clé, pour échapper à cette agression sexuelle. Le malotru parviendrait-il à enfoncer cette faible protection ? Sans téléphone, Stéphanie ne pouvait appeler du secours et, à son étage, il n'y avait pas de voisin, ce qui était une garantie de calme, pas de nuisances sonores. Elle était donc seule et, malgré l'heure tardive, cette nuit infernale s'annonçait interminable.

L'état d'ébriété avancée de l'intrus abrégea les souffrances de sa victime. L'ours mal léché rebroussa chemin et réintégra sans doute sa caverne – sa villa. Stéphanie, tétanisée, osa enfin sortir de son terrier pour constater les dégâts : table renversée, objets cassés, déjections difficiles à identifier et fort peu ragoûtantes : vomi, sperme etc. Le paradis des vacances avait été saccagé, il avait été aboli et ne reviendrait pas.

En tremblant de peur et de rage mêlées, Stéphanie rassembla ses affaires et fit son sac. Elle ne resterait pas une seconde de plus dans cet enfer. Où aller ? Elle l'ignorait et cette incertitude, qui la renvoyait à sa propre faiblesse, accroissait sa fureur. Elle partit à pied et, tandis que le soleil se levait, le long de la plage, elle trouva une cabine téléphonique. Elle composa le numéro personnel de Maribel qui vint la chercher avec sa voiture. Stéphanie s'installa dans la chambre où elle avait déjà dormi précédemment.

Mylena, paniquée, ne tarda pas à arriver. Stéphanie lut dans ses yeux une forme d'impuissance. « Si c'était possible sans se faire prendre, je le buterais… », murmura Mylena d'un ton fébrile. Fatiguée, Stéphanie se demanda si elle parlait de son agresseur ou de Benjamin. Rien n'était clair après cette nuit de folie.

« Va à Larraga. Ton mec t'attend… C'est quelqu'un de bien, lui. Il te rendra heureuse. Tu le mérites… »

Stéphanie songeait à Matthias. Elle était réticente cependant. Il y avait plusieurs détails qui la tracassaient : le prix du trajet, son désir de ne pas paraître une femme seule, acculée, désespérée, qui recherche la protection d'un homme, d'un sauveur. Elle ne voulait pas qu'il sache la vérité, qu'il la voie telle qu'elle était en ce moment, angoissée, apeurée, sans famille dans un monde cruel et violent, à la merci de deux satyres sans vergogne. C'est ainsi qu'elle percevait Benjamin et son nouvel ami.

Maribel confirma son jugement impulsif.

« Je n'aime pas ce qu'est devenu Benjamin, dit-elle. Je souhaite qu'il parte et ne revienne plus. Son père Miguel, ses grands-parents, se retourneraient dans leur tombe s'ils savaient que leur descendant fréquente un individu qui est probablement coupable et complice de ce que j'appelle la traite humaine : repérer des filles sexy, isolées pour les vendre à des clients lubriques. Des rumeurs circulent et, vu le comportement de ce pervers, je considère qu'il n'y a pas de fumée sans feu. Sa présence discrédite mon restaurant et fait fuir ma clientèle familiale. »

Elle était en colère.

« Je suis désolée pour ce qu'il s'est passé dans l'appartement, poursuivit-elle avec émotion. Le mal est fait. Tu ne peux pas rester, ce type n'a pas l'habitude qu'on lui refuse quoi que ce soit, je ne peux pas garantir ta sécurité et je comprends que Benjamin n'a jamais eu l'intention de te protéger. Mylena et moi règlerons ce problème. »

Stéphanie avait l'impression d'être une bête traquée, elle perdait le contrôle de sa vie, tout le monde s'autorisait, sous couvert de l'aider, à prendre des décisions à sa place. Elle n'avait de toute façon pas le choix. Il fallait fuir à Larraga. Là-bas, elle aurait le temps de se ressourcer, de réfléchir, d'apaiser la terreur qu'elle ressentait. Elle trouverait la force et le courage d'avancer dans le brouillard.

Mylena la conduisit à la gare de Benicarló-Peníscola, à 7 km du centre de Peníscola. Sur le parking, Stéphanie découvrit que le malheur des uns fait parfois le bonheur des autres. Sur le capot d'une voiture, un voyageur avait oublié sa pochette qui contenait ses papiers d'identité et de l'argent. Mylena promit de renvoyer les papiers par la poste à leur propriétaire tandis que Stéphanie récupérait le magot qui, ajouté à ses salaires, lui permettrait d'être indépendante à Larraga et non une mendiante affolée.

Été 1957

Fin juin 1957.

« Avec mon premier salaire de couturière à l'Arsenal, j'ai acheté *Qui j'ose aimer* d'Hervé Bazin et je vais l'offrir à Michel pour son anniversaire ! »

Eliseo hocha la tête face à l'enthousiasme de Thérèse et se contenta de marmonner :

« Miguel est trop vieux pour toi. Tu n'as que dix-huit ans et il a déjà trente-quatre ans.

- Et alors ? Je ne comprends pas ce que tu veux dire. On dirait que tu es jaloux. Pourtant, tu fréquentes bien cette institutrice ou cette professeure d'origine bretonne. Je ne sais plus trop au juste. Je suis une femme désormais et je prends mes propres décisions. La plupart de mes amies sont mariées et même enceintes, elles vont être des mères de famille, elles ne recevront plus d'ordres de leurs parents.

— De leur mari peut-être…

— C'est pour ça que j'ai suivi tes conseils, que je t'ai écouté, que j'ai terminé l'école en étant deuxième au certificat d'études et maintenant j'ai même une compétence professionnelle de haut niveau. J'ai effectué avec succès ma formation de couturière et l'Arsenal m'a recrutée. J'ai mérité de me faire un peu plaisir, de choisir ma vie, mon amoureux, en toute liberté.

— Pour ce qui est de l'armée, tu n'en as pas fini avec l'obéissance et ta liberté sera toute relative.

— C'est ça, le problème, alors ? L'armée ? Tu es anarchiste et tu détestes cette institution ?

— Tu as tort, ce n'est pas le problème. Pour en revenir à tes amies, tu l'as dit : elles sont mariées. Toi, non. Leur grossesse est un bonheur, la tienne serait une catastrophe.

— Mais Michel m'épousera.

— Tu n'en sais rien, tu ne serais pas la première à te faire des illusions.

— Michel est honnête et je ne suis pas stupide.

— Tu es même intelligente ! L'amour en a rendu aveugle plus d'un et ton Michel est loin d'être parfait. La preuve : il a francisé son prénom parce qu'il a honte de ses origines.

163

— Je n'attends pas de lui qu'il soit parfait ! Et il n'a honte de rien, tu te trompes. Ce sont les gens qui l'appellent Michel et non Miguel, comme ils t'appellent Elisée. Toi non plus, tu ne les reprends pas, cela te permet de t'intégrer plus facilement, tu n'as pas pour autant renié tes origines ! »

Depuis quelque temps, Thérèse se disputait souvent avec Eliseo. Elle le regrettait, elle l'aimait comme un père et elle savait que cet amour filial était réciproque. Elle lui devait tant : la sécurité et le confort de son foyer, son éducation, son instruction. Pourtant elle en avait assez qu'il veuille décider à sa place, elle avait choisi sa carrière, son amoureux. Le problème venait peut-être de leur ressemblance : ils avaient tous les deux un fort caractère qui les poussait à s'affronter. Ne lui avait-il pas appris à exercer son esprit critique ?

Tandis qu'elle écrivait ses pensées, ses sensations sur ces carnets qu'Eliseo lui avait offerts quand elle n'était encore qu'une petite fille, une orpheline placée à la campagne, elle se remémorait ce passé récent, tout en feuilletant les pages qu'elle avait noircies au fil du temps, au début, d'une écriture malhabile avec quelques fautes d'orthographe puis, peu à peu, d'une écriture assurée, impeccable, avec un style et des tournures soutenus.

En 1945, elle vivait à Paris dans un orphelinat. Elle n'avait jamais su qui étaient ses parents ni pourquoi ils l'avaient abandonnée. Probablement, une grossesse non désirée hors mariage, un accouchement solitaire dans un couvent… Thérèse n'avait que le pouvoir de l'imagination. Sa mère n'était pas allée chez la faiseuse d'anges, ou alors l'intervention s'était mal passée, elle ne s'était pas non plus suicidée enceinte… Peut-être après… La douleur des femmes. Peut-être avait-elle simplement poursuivi son existence, elle s'était mariée, avait eu des enfants et Thérèse avait des frères et des sœurs qu'elle ne connaîtrait jamais.

Au mois de mai, elle fut envoyée à Mirabel, une commune du Quercy Blanc et du canton de Caussade, dans le Tarn-et-Garonne. Elle avait déjà vécu chez des paysans de la zone libre pendant la guerre car l'orphelinat parisien n'était pas en mesure de la nourrir convenablement. Elle n'avait que de très vagues souvenirs de cette période où une fermière qui venait d'accoucher l'avait alimentée en échange d'une rémunération.

Elle avait six ans lorsqu'elle arriva à Mirabel où elle devait loger chez des cultivateurs, les aider et aller à l'école communale. Elle avait le sentiment de sortir de la prison des dortoirs remplis d'enfants en souffrance, qui attendaient en vain d'être adoptés. Elle retrouvait la liberté du grand air qu'elle avait connue dans ses jeunes années, le bruit des coqs et des poules, des vaches et des moutons, des chèvres, l'odeur moins agréable du fumier, de la paille, du foin, de la terre humide, la chaleur du soleil sur sa peau, le chant des oiseaux, le ciel d'un bleu limpide, la verdure des coteaux, les magnifiques points de vue où la seule fumée visible était celle du brouillard. Il n'y avait pas d'usine polluante, juste des vallons verdoyants à perte de vue et des fermes, des paysans qui vivaient des fruits de la terre, de la science ancestrale de l'agriculture qui se transmettait de génération en génération.

La famille qui l'accueillit lui parlait en français mais, entre eux, ils étaient plus à l'aise de s'exprimer en occitan, dans le dialecte local. Le père avait une voix forte qui lui fit peur, il portait un débardeur et transpirait.

« Bienvenue ! dit-il. Mira ! bel ! Regarde ! c'est beau ! Répète après moi ! »

Thérèse, intimidée, obéit.

« Voilà ! Tu connais deux mots de patois ! » Il approcha son visage du sien et rit : « Ne dis pas à l'école que je t'apprends le patois. Tu dois parler uniquement le français, d'accord ? »

La fermière l'interrompit : « Arrête ! Tu vois bien que tu lui fais peur, elle ne comprend rien. »

Eliseo était là, lui aussi, et sa voix douce, posée, presque raffinée, élégante l'apaisa. C'était un ouvrier espagnol, un journalier que Papa Adrien embauchait pour effectuer quelques tâches en renfort. Il avait un accent prononcé, pourtant son français était très correct, plus que celui de Papa Adrien. Maman Jeanne avait trois enfants de neuf à dix-sept ans, ainsi que deux orphelins adolescents qui travaillaient à la ferme. C'était la première fois que l'Assistance publique lui envoyait une petite fille. Elle était contente, parce qu'elle n'avait que des garçons et ils aidaient son mari. Elle aurait désormais Thérèse. Maman Jeanne n'était pas affectueuse, sensible, elle était rude, un peu fruste, parfois brusque dans ses manières, jamais méchante cependant. Thérèse aurait aimé avoir des câlins maternels. Maman Jeanne la rabrouait.

« Il faut que tu t'endurcisses, petite, si tu veux survivre. Je ne suis pas ta maman, j'ai pour mission de t'élever au mieux et de faire en sorte que tu trouves ta place dans la société, que tu sois utile, que tu deviennes une femme respectable. »

Thérèse avait envie de pleurer, elle voulait les bras d'une maman. Elle mit du temps à comprendre que, derrière ces phrases, se cachait un sous-entendu : pas comme ta mère qui, elle, n'était pas une femme respectable. Thérèse se sentait seule car elle n'avait pas des parents adoptifs, juste un foyer, jusqu'au jour où… Elle serait face à deux possibilités : se marier ou être à la rue, une fille perdue, lorsque l'État cesserait de la prendre en charge, de subvenir à ses besoins. Elle était redevable, elle devait se comporter convenablement, obéir, si elle souhaitait avoir une autre vie que celle de sa mère inconnue qui avait « fauté ».

Eliseo était un solitaire. Il n'avait pas d'enfants et veillait sur Thérèse qui trouvait refuge auprès des animaux. Elle allait traire la vache pour boire le lait de son petit-déjeuner, chercher des œufs dans le poulailler pour préparer une omelette. Elle nourrissait les poules et écoutait leur caquètement. Il y avait aussi des lapins, des cochons, des rituels violents qui la choquaient, bien que Maman Jeanne les considérât comme naturels. Elle savait tuer un lapin pour faire un civet avec une facilité déconcertante. Elle consolait Thérèse, dans ces moments-là, avec un mélange de douceur et de fermeté. Elle tentait de lui apprendre ce que ses parents lui avaient appris : l'autosuffisance alimentaire.

« Tu as faim ? » demandait-elle, le dimanche à midi. Thérèse acquiesçait et dévorait le civet.

Ses journées étaient longues et fatigantes. Elle accompagnait Maman Jeanne dans les travaux qu'elle devait effectuer. Elles allaient chercher l'eau au puits puis la faisaient bouillir. La mère et la grand-mère de Maman Jeanne la puisaient à la rivière où elles lavaient le linge, avant que soit construit le lavoir. Thérèse fut soulagée lorsqu'une pompe fut installée dans la cuisine quelques mois après son arrivée. Maman Jeanne aussi. Il semblait à Thérèse qu'elle était de meilleure humeur. Elle eut le même sentiment quand la cuisinière à gaz remplaça la marmite sur le feu. Maman Jeanne passait beaucoup de temps à coudre ou tricoter des vêtements, à les repriser, à transformer les produits de la ferme en nourriture comestible. Elle enseignait sa science, qu'elle tenait de sa mère, à Thérèse.

« Tu pleurniches moins, c'est bien. Tu verras, tout est bon dans le cochon ! Et dimanche, quand les voisins viendront fêter la Saint Jean, on préparera la poule au pot ! »

Thérèse faisait de gros yeux et Maman Jeanne se mit à rire en lui donnant une vigoureuse accolade.

Thérèse allait à l'école à pied ou à vélo. Dès qu'elle s'asseyait, elle s'endormait. L'instituteur la sermonnait, la punissait, elle ne comprenait rien, elle ne savait pas ses leçons. La règle du maître frappait ses doigts. Courageuse, elle ne pleurait pas. Elle demanda à Maman Jeanne si elle pouvait rester avec elle. Maman Jeanne redevint rude et sévère, l'école était obligatoire. Néanmoins, Thérèse, en grandissant, passait plus de temps aux travaux de la ferme qu'à étudier.

Eliseo s'en rendit compte et s'autorisa à intervenir. Ce fut la première tension véritable, la première rupture dans cet univers bucolique qui, pourtant, n'était pas vraiment harmonieux. Maman Jeanne disait qu'elle avait quitté l'école à douze ans, qu'elle n'avait pas le certificat d'études, que ça ne lui avait jamais manqué, qu'il ne servait à rien, elle apprendrait à Thérèse tout ce qui lui serait utile dans la vie, Eliseo n'avait pas à se mêler de leurs affaires, qu'il se contente des travaux agricoles ! Papa Adrien se fâcha et Eliseo devint plus discret.

Pour son onzième anniversaire, il offrit à Thérèse des livres : *Vipère au poing* d'Hervé Bazin et *Les Quatre Filles du Docteur March*. L'année suivante, il acheta pour elle *Le Journal d'Anne Frank* qui venait d'être traduit en français et évoquait le destin tragique d'une petite fille juive morte pendant la guerre. Thérèse avait l'autorisation de se promener à bicyclette dans la campagne, le long des multiples cours d'eau, des ruisseaux : l'Aveyron, la Lère, le Petit Lembous, les ruisseaux de Cardac et de Cousteil. Elle en profitait pour rendre visite à Eliseo, il lui apprenait à pêcher et elle rapportait des poissons pour le dîner de Maman Jeanne.

Eliseo lui lisait des fables de La Fontaine. Elle aimait *Les Animaux malades de la peste*. Elle avait écrit dans un de ses carnets des passages de cette fable qui la fit longtemps réfléchir, notamment sur la maladresse de l'âne, la ruse, l'habileté du renard, son art oratoire, sa capacité à trouver le mot juste, qui fera la différence. Elle avait découvert l'expression « crier haro sur le baudet » et des formules célèbres, telles que : « Ils ne mouraient pas tous, mais tous étaient frappés » et « Selon que vous serez puissant ou misérable / Les jugements de cour vous rendront blanc ou noir ». Ils discutaient des romans qu'elle avait lus, Eliseo lui expliquait ce qu'elle n'avait pas compris, lui apportait des précisions.

« Comment tu sais tout ça ? Tu n'es pas comme les autres ouvriers.

— Tu veux dire les Espagnols ou les Français et les Espagnols réunis ? Est-ce que tu les connais vraiment pour porter un jugement sur eux ? Tu ne vois que les apparences. »

Thérèse hocha la tête.

« J'ai dit quelque chose qui t'a fait de la peine, quelque chose de mal ? demanda-t-elle, inquiète.

— Non, tu ne dois pas avoir peur de t'exprimer, de dire ce que tu penses, même si c'est faux ou si c'est un préjugé. Sinon, tu ne pourras jamais apprendre de tes erreurs.

— Tu étais instituteur, en Espagne ?

— Non, mon père était avocat et j'aurais dû lui succéder, si la guerre civile n'avait pas tout emporté… »

Thérèse sentit qu'Eliseo était ému. Il avait les larmes au bord des yeux et il détourna le regard pour qu'elle ne le voie pas. Peut-être ne désirait-il pas avoir l'air faible ou craignait-il de s'effondrer s'il s'appesantissait trop sur le passé.

« Il y avait de nombreux désaccords entre moi et mon père, pourtant je ne souhaitais pas sa mort. La guerre est la pire chose qui puisse arriver sur Terre. Ton instituteur, qui n'a aucune pédagogie en dehors de la violence, la carotte et le bâton, ne te dira pas ça, il ne sortira jamais du programme, en bon fonctionnaire zélé et bien noté qu'il est, il ne te parlera pas de l'envers du décor de la guerre, même quand cette dernière paraît juste, il pense que toi et tes petits camarades êtes trop jeunes ou trop bêtes, peut-être les deux. Pourtant, c'est vous qui ferez le monde de demain. »

Ce jour-là, Thérèse devina qu'Eliseo avait reçu une solide instruction dans sa jeunesse, qu'il avait probablement fait des études universitaires et appartenu à un autre milieu social que le leur. Elle ne saisissait pas toujours le sens de ses paroles cependant elle se mit à l'écouter dans l'espoir de comprendre, elle avait l'impression qu'il détenait une partie des clés des mystères du monde. Grâce à lui, elle se rendait compte qu'il ne se limitait pas à la vie paysanne à Mirabel, qu'il était vaste, complexe, à l'instar de tous ces livres qu'il lui faisait découvrir.

« Je veux écrire, comme Jo March et Anne Frank, lui dit-elle. J'aimerais être écrivain, moi aussi », décréta-t-elle.

Alors il lui offrit des carnets et elle se mit à raconter son quotidien, ses lectures, ses espérances, ses aspirations, ses secrets, ses rêves. Son instituteur la récompensait désormais pour ses notables progrès, elle ne subissait plus de châtiments corporels. Elle aimait l'école qu'elle voyait comme un moyen d'émancipation, d'évolution.

Eliseo avait beaucoup d'amis qui étaient, comme lui, des réfugiés espagnols. Ils s'étaient connus au camp de Judes à Septfonds, où ils avaient été rassemblés dans des baraquements quand ils avaient passé la frontière, qu'ils étaient en fuite, après la défaite des républicains. Leur vie était menacée, ils étaient des rescapés, de nombreux camarades avaient été assassinés, exécutés, la répression avait été violente.

C'est ce qu'avait tenté d'expliquer Eliseo à Thérèse qui avait du mal à tout saisir. Elle avait eu souvent envie de demander à Eliseo comment et pourquoi son père était mort mais elle n'osait pas car elle devinait que ce sujet était douloureux. Douloureux, compliqué et obscur. Thérèse se disait que, derrière chacun de ces ouvriers étrangers, qui travaillaient au champ avec eux, se cachait une histoire sombre similaire. Ils ne le montraient pas, personne n'aurait pu s'en douter. En apparence, le temps avait fait son œuvre, ils avaient oublié, s'étaient intégrés, malgré leur accent prononcé, et avaient poursuivi leur existence sans se retourner sur les défunts restés au pays. Ils avaient tous, comme Papa Adrien, la peau brûlée par le soleil.

Thérèse se souvenait d'une femme qui avait un prénom semblable au sien : Maria-Teresa que tous avaient spontanément francisé en Marie-Thérèse, comme Eliseo était devenu Élisée et Miguel Michel. Marie-Thérèse avait été la première à remarquer son don pour la couture,

173

ainsi que Maman Jeanne. Thérèse n'était pas douée pour les travaux des champs : elle était lente, se fatiguait vite, même si elle aimait l'ambiance festive qui régnait parfois lors des moissons, lorsque tous étaient réunis, s'entraidaient puis finissaient à table autour d'un bon repas, avec la fameuse poule au pot de Maman Jeanne ou son délicieux civet. Thérèse s'était habituée à tous ces rituels et à leur préparation. La couture était, avec l'écriture, sa passion. Elle avait des doigts de fée, elle apprenait vite, faisait de beaux vêtements dont les points, les finitions, les dessins étaient élaborés.

Michel était plus âgé. Il avait aidé la Résistance lors de la bataille de Tulle en apportant du ravitaillement. La ville avait été reprise par les Allemands et des massacres, des exécutions avaient eu lieu qui lui rappelaient son adolescence quand il avait fui l'Espagne, à quatorze ans, après la mort tragique de ses parents. Sa mère avait péri à cause du bombardement de Peñíscola par l'aviation italienne, le 20 octobre 1937. Son père avait été un combattant républicain et son jeune fils avait pris le relais. Michel était un guerrier expérimenté et avait de nombreux amis parmi les militaires. Sa nationalité ne lui avait pas permis d'intégrer l'armée, à la fin de la Seconde Guerre mondiale. Il était donc devenu travailleur agricole, il aimait l'effort physique et le grand air, voir pousser les récoltes.

À quatorze ans, Thérèse quitta l'école primaire. Son excellent classement au certificat d'études ne lui offrait guère de perspectives. Elle était censée, comme les autres filles de son âge, se marier le plus vite possible afin de ne plus être une charge pour Papa Adrien et Maman Jeanne.

Thérèse était belle et convoitée. Elle avait déjà remarqué le regard des hommes qui la dévisageaient tel un morceau de viande qu'ils jaugeaient avant de décider s'ils allaient l'acheter ou pas. Maman Jeanne incitait Thérèse à choisir un bon parti : c'est-à-dire un mari qui avait déjà une ferme. Elle serait ainsi maîtresse de maison.

Un jour, alors qu'elle revenait à pied du village, elle fut importunée, un homme tenta de l'agresser, de la violenter et Michel, qui était dans un champ voisin, intervint, la sauvant d'un grand malheur, d'une double peine : un viol et une grossesse hors mariage, qui l'aurait mise au ban de la société, ou l'aurait obligée à épouser un prétendant qui n'éveillait en elle que répulsion, son agresseur. Celui-ci comptait ainsi devenir son mari légitime, il la posséderait, à l'instar d'un trophée, d'une récompense, le réconfort après l'effort.

Michel était différent. Elle l'avait toujours trouvé beau, elle observait discrètement ses muscles saillants quand il venait travailler dans la localité. Elle avait peur, elle avait honte qu'il remarque ce regard inapproprié, qu'il la prenne pour une fille légère sur laquelle il était possible d'exercer un droit de cuissage, ou pire, pour une misérable qui vendrait ses charmes au plus offrant. Il était distant, inaccessible puis cette agression brisa la glace entre eux.

Thérèse savait qu'il n'était pas un époux convenable aux yeux de Maman Jeanne parce qu'il était espagnol et n'était pour l'instant qu'un ouvrier itinérant, un journalier, comme Eliseo. Elle découvrit qu'en Espagne, avant d'être victime d'un bombardement, sa mère avait été institutrice et qu'une de ses voisines, qui n'avait que quatorze ans, comme lui, avait été violée par des membres de la Phalange, pendant la guerre civile. Les combats avaient été rudes, sanglants, la répression d'une violence inouïe, son père y avait laissé la vie. Michel avait survécu et il s'en sentait presque coupable.

« J'ai dû fuir… La défaite est atroce… Je n'ai jamais été lâche… Il n'y avait plus rien à faire, je n'ai pas eu le courage de me suicider… J'ai suivi les autres survivants… Et me voici. Ma survie n'aura pas été inutile puisque j'ai pu t'aider… »

Thérèse s'était sentie heureuse, malgré les atrocités qu'il évoquait. Elle s'imaginait qu'il irait mieux, grâce à elle. Dans son for intérieur, elle exultait. Elle avait écrit tous ces sentiments complexes, confus, qu'elle n'avait jamais ressentis auparavant pour personne.

Ils se revirent en secret, dans une cabane près de la rivière, en tout bien tout honneur.

Michel était un gentleman, il la respectait, la conseillait. Il lui apprit que l'armée recrutait et formait des couturières pour préparer, à l'Arsenal de Montauban, les toiles des parachutes. Un ami, soldat au régiment de parachutistes, lui en avait parlé. C'était une compétence de haut niveau qui ferait d'elle, autant que le mariage, une femme respectée et respectable.

Eliseo allait commencer un nouveau travail pour la Direction départementale de l'équipement, il serait cantonnier et aurait un logement à Montauban. Thérèse pourrait vivre chez lui, le temps de sa formation, puis, avec sa solde, elle serait indépendante. Elle quitta donc Maman Jeanne et Papa Adrien, qui étaient ravis car l'État ne prendrait bientôt plus en charge son entretien. Elle avait désormais dix-huit ans, même si elle ne serait majeure qu'à vingt et un ans.

Dans la cabane près de la rivière, Thérèse avait confié ses ambitions à Michel. Elle aurait aimé être un écrivain, comme Jo March. Il avait ri. Elle lui avait montré *Les Grands Cimetières sous la lune* de Georges Bernanos qu'Eliseo lui avait fait lire parce que Bernanos était un monarchiste qui avait eu le courage de dénoncer la violence de la répression franquiste.

« Ça ne m'étonne pas, dit Michel d'un ton sarcastique. Eliseo n'est pas vraiment des nôtres, son père appartenait à l'ennemi, il était monarchiste, comme ton écrivain, là…

— Et alors ? Est-ce que c'est mal d'être monarchiste ?

— Je sais pas si c'est mal. En tout cas, moi je suis républicain !

— Républicain ? Comment ? Pas comme ceux qui vénéraient Staline et ont tenté de tuer Eliseo parce qu'ils n'aimaient pas son syndicat, j'espère ?

— Quel syndicat ?

— Le POUM, je crois. Le Parti ouvrier unifié marxiste… »

Thérèse était fière de sa science.

« Ouais… C'est ce qu'il t'a raconté ? Enfin, moi, j'ai surtout été le témoin des atrocités de la Phalange. Le reste, je dis pas que ça s'est pas produit, c'est juste que je ne l'ai ni vu ni subi. Point. Ne laissons pas la politique nous diviser. Je ne veux plus de guerre, de massacre. Je veux la paix… et tourner la page… Avec toi, si tu veux ?... »

Ainsi débuta, dans un élan passionné et réciproque, leur relation intime, physique. Thérèse n'avait pas envie d'attendre, elle aimait ces moments, à la fois fougueux et paisibles, loin du monde et de son agitation pour la survie. C'était une parenthèse hors du temps, faite de douceur, de joie, de projets fous pour l'avenir, avec en fond sonore le chant des oiseaux : des merles, des tourterelles et tous ceux dont elle ne connaissait pas le nom mais qui lui semblaient merveilleux. Elle n'avait pas écouté les avertissements de Maman Jeanne et d'Eliseo. Elle était sûre que tout irait bien, qu'aucun malheur ne pouvait lui arriver parce que Miguel-Michel l'aimait et qu'elle l'aimait, que rien d'autre ne comptait.

Eliseo lui avait offert *Vipère au poing* d'Hervé Bazin et, depuis, elle suivait les publications de cet écrivain dont le héros Jean Rezeau ne manquait pas de tempérament. Elle avait acheté *Qui j'ose aimer* dès sa parution, cassant sa petite tire-lire, elle l'avait lu et le partagerait avec Michel pour son anniversaire. Elle écrivit sur la première page une dédicace pudique : *« Pour Miguel »*. En souvenir de sa mère institutrice qui lui avait communiqué sa passion pour les livres et la lecture. Son français n'en deviendrait que meilleur à force de lire. Il était autodidacte. Thérèse l'admirait, il avait progressé au fur et à mesure que les années passaient, comme Eliseo. Leur accent était de moins en moins perceptible, il fusionnait avec les rythmes chantants du phrasé méridional. Miguel venait de lui annoncer qu'il allait devenir métayer et qu'ils pourraient se marier, s'installer tous les deux dans la ferme. Plus tard, ils verraient s'ils restaient dans le Tarn-et-Garonne : lui cultivateur, elle couturière à l'Arsenal de Montauban, ou si de nouvelles opportunités s'offraient à eux.

Tout excitée, elle courait rejoindre son amoureux, après avoir fait le ménage dans le logement d'Eliseo. Elle emportait un paquet cadeau qui contenait *Qui j'ose aimer* et elle avait noté dans son carnet des citations extraites du roman :

« Je ne suis pas vieille, certes, mais je me suis souvent demandé comment je pourrais l'être un jour. Je me le demande encore. Je suis née jeune et, s'il le faut, je mourrai volontiers avant l'âge, pour le rester. »

« Comme on se trompe et comme les êtres sont différents en profondeur de ce qu'ils sont en surface ! »

Qui j'ose aimer

Mai 2022.

« Comme on se trompe et comme les êtres sont différents en profondeur de ce qu'ils sont en surface ! »

Stéphanie terminait d'écrire le chapitre de *L'Été de nos dix-huit ans* qu'elle consacrait à l'histoire de Thérèse et relisait dans sa tête cette citation. Elle l'interpellait à plus d'un titre. Que s'était-il passé en cet été 1957 ? Les carnets ne permettaient pas de le savoir. Ou alors fallait-il lire entre les lignes ? Reprendre les écrits de Thérèse et être davantage vigilant, tâche difficile tant Stéphanie avait le sentiment d'être submergée de travail, elle était souvent obligée de lire en diagonale pour être plus rapide, pas forcément plus efficace.

Malgré le poids des dossiers en cours, l'écriture de ce livre était devenue une nécessité, la seule chose qui comptait vraiment, comme si elle renouait avec cette partie secrète d'elle-même qu'elle avait dû mettre en veilleuse afin de gagner sa vie, de sortir de l'abandon et de la misère qui l'accompagne.

Après la disparition de Mylena, elle avait commencé cet ouvrage qu'elle avait interrompu dès qu'elle avait réussi le test de l'armée pour le recrutement des secrétaires, du personnel administratif : courir en respectant un temps préétabli, le chronomètre, comme dans le film *Forrest Gump*, « Cours, Forrest ! », dis « oui » à tout et ne te pose aucune question. Elle ne l'avait pas regretté pendant plusieurs années, d'autant plus que Matthias était loin d'être un imbécile, malgré son statut de militaire et aujourd'hui de vétéran, son aptitude à courir, acquiescer et ne pas formuler à haute voix toutes ses réflexions. Comme elle…

En revanche, elle regrettait de s'être débarrassée de *Qui j'ose aimer* d'Hervé Bazin dans un accès de colère, de rage voire de haine, d'incompréhension. Elle se souvenait de ce geste, de son désir brûlant d'oublier, d'avancer, de ne plus regarder en arrière. Le souvenir du manuscrit inachevé était aussi remonté à la surface. Elle ne l'avait pas jeté, elle l'avait conservé, telle une relique, la trace de son ancienne vie. Tout y était, sauf le titre et les chapitres : la disparition inexpliquée de Mylena, le séjour à Port-la-Nouvelle, l'Espagne, Peñíscola, la tentative de viol, Larraga, sa rencontre avec Matthias, leur amour naissant, sa passion pour la lecture, la littérature, sa curiosité, son envie de comprendre les rouages du vaste monde.

Deux décennies plus tard, la disparition d'une autre jeune femme, Maryna, lui avait permis de poursuivre cet ouvrage qui avait tant compté et qui comptait toujours autant à ses yeux. Alors qu'elle était solitaire, lasse et déprimée, il avait brutalement resurgi des profondeurs de sa mémoire, avec la violence d'un rêve ou d'un cauchemar, confirmant la véracité du proverbe : « À quelque chose malheur est bon. »

« Comme on se trompe et comme les êtres sont différents en profondeur de ce qu'ils sont en surface ! »

Thérèse avait offert *Qui j'ose aimer* à Miguel pour son anniversaire et Miguel était le père de Benjamin Aznar, l'ancien pseudo-compagnon de Mylena, hypocrite sauveur de la veuve et l'orphelin, le « pervers », ainsi que le nommait Stéphanie. Maribel, à Peñíscola, avait raconté que la maman de Miguel était décédée dans le bombardement du 20 octobre 1937, Thérèse mentionnait aussi cette date dans ses carnets et attestait le lien de filiation entre son Miguel chéri et l'odieux Benjamin Aznar. La dédicace du livre était une preuve supplémentaire, aujourd'hui détruite. Benjamin

Aznar avait lui-même contribué au saccage de ce merveilleux présent entre deux fiancés… Mais Thérèse avait fini six pieds sous terre dans la maison d'Eliseo… Qui était responsable de la mort de cette jeune fille enthousiaste et amoureuse de dix-huit ans ?

D'après Maribel, Miguel était devenu fou et s'était pendu. Benjamin avait retrouvé son cadavre et, en dépit de brillantes apparences sociales, il n'était pas plus équilibré et sain d'esprit que son défunt père. Il y avait une différence d'âge importante entre Thérèse et Miguel. Était-ce ce détail insolite qui avait provoqué l'addiction de Benjamin pour les nymphes au cœur fragile comme Mylena, ou elle-même… Stéphanie ne pouvait oublier qu'il avait jeté son dévolu sur elle, qu'il la préférait finalement à Mylena. Connaissait-il la signification cachée de ce roman ? Comment l'avait-il apprise ? Il n'avait jamais eu accès aux carnets de Thérèse, enterrés avec elle.

Stéphanie songeait à Anne, sa mère, la fille qu'Eliseo avait eue de son mariage éphémère avec une institutrice d'origine bretonne. Thérèse évoquait cette relation. Anne avait-elle effectué une découverte qui lui avait été fatale ? Stéphanie espérait un jour savoir ce qu'elle était devenue et peut-être rétablir sa réputation qui avait été souillée, certains l'accusaient de s'être prostituée. Son père et sa sœur, Camille, en étaient persuadés et l'avaient rayée de leur existence. Pas Stéphanie.

Elle avait lutté pour défendre sa mère, elle avait tout subi, l'abandon, l'exclusion, même une agression sexuelle. Son père et sa sœur prétendaient que c'était elle qui les avait abandonnés et avait refusé de vivre avec eux. Leur façon d'interpréter un même événement divergeait et leurs points de vue étaient à jamais irréconciliables. Stéphanie avait fini par accepter ce constat douloureux. Quand Anne parlait de sa mère, elle citait souvent ses propos, empreints de fierté : « N'oublie jamais qui tu es. » Sous-entendu : une femme respectable, issue d'une bonne famille. Était-il possible qu'elle ait sombré dans la prostitution, perçue comme une déchéance ? Soudain, cette calomnie semblait moins probable à Stéphanie qu'elle ne l'avait été au début des années quatre-vingt-dix, pour tout le monde, et en particulier les services sociaux.

Le temps était venu de rouvrir les vieilles enquêtes, ainsi que les blessures morales qui y étaient associées et n'avaient cicatrisé qu'en apparence. Le temps était venu de retrouver Benjamin Aznar et de le forcer à la rencontrer, il ne pourrait plus fuir, comme vingt-quatre ans auparavant. Elle n'était plus une jeune fille fragile, acculée, sans avenir, sans famille, elle était magistrate, elle aussi. Ce titre lui conférait un pouvoir qu'elle comptait bien utiliser.

Elle composa le numéro d'André, le patron du *Club Aphrodite* et l'informateur de Matthias depuis qu'il travaillait à l'OCRTEH, l'Office central pour la répression de la traite humaine. Elle avait compris quand elle avait évoqué Benjamin Aznar que ce dernier était un client régulier du club et qu'André le protégeait. Il semblait en effet parfait : riche et libertin.

Stéphanie donna rendez-vous à André le lendemain matin, un dimanche, dans un café qui était sur le parcours de son jogging matinal. Elle se levait, André fermait son club, avant d'aller se coucher avec Mariam et de profiter de quelques heures de repos. Stéphanie écoutait un livre audio tout en courant, sur les conseils d'un collègue qui ne tarissait pas d'éloges sur cette pratique : faire plusieurs choses à la fois afin de ne pas perdre une seconde.

Tandis qu'une voix agréable et sensuelle commençait à lui raconter l'histoire d'*Anna Karénine*, elle se rendit compte qu'elle n'y comprenait rien parce qu'elle était en train de penser au combat qui l'attendait face à André et plus tard peut-être, si elle était habile, face à Benjamin Aznar, un combat pour la justice et la vérité. Elle n'entendait pas non plus le chant des oiseaux, si tant est qu'il puisse y en avoir au milieu de la ville, des voitures et de la pollution. Pourtant son parcours piétonnier était charmant avec des arbres et des bancs pour faire une pause. Elle enleva ses écouteurs et eut envie d'observer le monde qui l'entourait. Elle lirait plus tard, assise dans son canapé ou à son bureau, voire dans son lit, lorsque son esprit serait disponible.

André avait commandé deux chocolats au lait et des croissants. Il l'accueillit avec le sourire, même s'il avait l'air fatigué.

« Quelle est donc cette affaire de la plus haute importance, que nous avons à régler et qui me vaut cette insolite invitation, à l'aube pour vous, à la fin d'une journée bien remplie pour moi ? » s'enquit-il, curieux et intrigué.

Il tentait en vain de dissimuler son air sarcastique, railleur derrière des paroles affables. Stéphanie n'était pas dupe. Elle toucha à peine à son croissant et ne but pas son chocolat. Le sujet qu'elle devait aborder lui nouait l'estomac. Elle décida d'être brève.

« Benjamin Aznar. Je le considère comme responsable, directement ou indirectement, de la disparition de mon amie d'enfance, Mylena. »

André hocha la tête.

« Je suis au courant, balbutia-t-il. Que puis-je y faire ? C'est un client qui n'a jamais posé de problèmes, il n'y a jamais eu aucune plainte contre lui. Je ne vois pas ce que je peux faire pour vous, d'autant plus qu'il est maintenant avocat général à la cour d'appel de Paris, il a moins le temps de se divertir au *Club Aphrodite…*

— Je n'en doute pas. Les vacances d'été seront bientôt là. Je compte sur vous pour

187

m'organiser une entrevue avec ce monstre… Pardon, cet homme bien sous tous rapports.

— Pourquoi moi ? Vous êtes deux magistrats. Je suis persuadé que vous pouvez rentrer en relation avec lui sans que je serve d'intermédiaire. Il serait peut-être plus judicieux de contacter un syndicat pour essayer de régler vos différends…

— Un différend ?! Écoutez-moi bien, André, parce que je ne le répéterai pas deux fois : faites-lui passer le message que les fantômes du passé ne sont pas morts et que la disparition de Mylena ne restera pas impunie. Oui, je suis magistrate et j'insérerai le dossier de Mylena dans celui sur les réseaux de prostitution forcée et la disparition plus récente de Maryna. Et si on retrouvait son corps et qu'ainsi la prescription s'efface ?

— C'est peu probable…

— J'en conviens. Mon ami journaliste, auteur de ce passionnant article « L'Inconnue de la gare », qui a fait de moi une personnalité médiatique locale à mon insu, n'a pas besoin de le savoir. Je n'hésiterai pas à raconter ce que je sais des turpitudes de mon vénérable collègue et à mentionner le nom du club dans lequel il se divertit, comme vous dites. Mieux vaut une mauvaise publicité que pas de publicité du tout, n'est-ce pas ? La réputation de votre commerce va en prendre un coup quand je ne manquerai pas d'évoquer l'amitié de Benjamin Aznar avec un oligarque russe que l'Union européenne vient de sanctionner, châtiment plutôt clément pour avoir tenté de me violer durant l'été 1998, quand il séjournait à Peñíscola et attendait que sa résidence secondaire de Marbella soit enfin construite. Ma voix n'était rien ; aujourd'hui, elle a du poids depuis que « balancer son porc » est devenu une mode, un hymne, un chant, le cri de guerre de toute une génération de femmes qui ne souhaitent plus se taire, baisser la tête, raser les murs, la peur au ventre. Ce grand déballage aura des conséquences que je suis prête à assumer. Vous pensez qu'après il y aura encore beaucoup de libertines qui auront envie de fréquenter votre club ? L'ANC et votre combat pour la libération de Nelson Mandela seront oubliés. Il ne restera plus que Benjamin Aznar, porc impuni, coupable de corruption de mineure, incitation à la débauche, la prostitution, harcèlement sexuel, impliqué dans la disparition d'une adolescente, dans une tentative de viol. Je continue ? C'est excellent pour la réputation ce genre d'accusation.

— Votre fougue, votre tempérament de feu sous une glace apparente ont dû séduire Matthias, le capitaine Martinez, pardon. Je comprends pourquoi il est toujours amoureux de vous, en dépit des années. Vous me faites penser à Mariam, ma tendre épouse, qui dissimule un volcan en fusion. »

189

Stéphanie ignora les propos d'André et se contenta d'ajouter, en guise de conclusion de leur entretien :

« Si, dans la semaine, je n'obtiens pas un rendez-vous avec Benjamin Aznar, lundi, j'appellerai mon nouvel ami pour organiser une conférence de presse : la magistrature doit elle aussi balancer ses porcs et laver plus blanc que blanc… Je me réjouis d'avance de ce beau titre dans les journaux ! »

Puis elle se leva et gagna la sortie, hautaine et majestueuse, sans se soucier de la réaction d'André. Dehors, elle s'affala sur un banc, rouge et essoufflée, couverte de transpiration. Seule la pensée de l'oligarque russe lui redonnait du courage. Le hasard l'avait conduite à lire un article où son nom figurait : son yacht et ses résidences secondaires et principale avaient été saisis. Elle l'imaginait avec délectation s'enfuir en Russie, nu comme un ver et atterrir dans une prison sibérienne ou un nouveau Goulag, punition infligée pour avoir osé frayer avec l'Occident décadent. Un sourire paisible s'imprima sur son visage. Elle s'estimait vengée, même si un sentiment d'absurdité nuançait sa joie.

Épuisée, elle rentra chez elle et se doucha. Dans la soirée, tandis qu'elle tentait d'occulter sa solitude avec du rock anglo-saxon, Dire Straits et Status Quo, comme musique d'ambiance, Katia vint lui rendre une visite inopinée.

« Bonsoir, je viens prendre de tes nouvelles. Ça fait un petit moment que tu ne viens plus à notre club de lecture *Les Amoureux de la littérature*. Tu en étais pourtant un des membres fondateurs. Quelque chose ne va pas ? C'est à cause de ton ex ? Si tu crains sa présence, on peut lui demander de s'abstenir… »

Stéphanie fut touchée de cette attention. La sollicitude de son amie contribuait à embellir cette morne journée dominicale.

« Entre, je t'en prie. »

Elles s'installèrent sur le canapé du salon où elles dégustèrent un thé.

« J'aime bien ce son, laissa échapper Katia lorsqu'elle entendit *Sultans of Swing* résonner doucement dans la pièce. Je le trouve… comment dire… apaisant. Oui. Apaisant. Je ne sais pas pourquoi…

— Moi aussi, je le trouve apaisant. Il me détend… Cette maison est trop grande pour moi. Je me disais qu'il y aurait de la place pour un compagnon et ses enfants d'une précédente union, un homme qui ne souhaiterait pas en avoir d'autres et ne me mentirait pas en prétendant que ça n'a aucune importance pour lui.

— Peut-être ne serait-ce pas un mensonge… J'ai l'impression que tu as besoin, toi aussi, de te changer les idées. Et si on prenait un billet pour le concert Star 80 ? proposa Katia.

— Je ne vais pas aux concerts… Je n'y vais plus. Un blocage psychologique… La dernière fois, c'était en 1993, avec ma mère et ma sœur, les cinquante ans du plus célèbre rockeur français, Johnny Hallyday. Une idée de maman, justement pour nous changer les idées, nous divertir. Puis les services sociaux ont débarqué, ils ont décrété que ma mère était une femme aux mœurs légères, indigne d'élever ses deux filles, ils ont donné raison à mon père qui la traitait de putain. Je ne l'ai jamais revue, elle a disparu et plus personne ne s'en est soucié. Plus personne sauf moi. Je cherche toujours, sans savoir dans quelle direction. J'espère. Pour l'instant, je suis la piste d'un cadavre des années cinquante retrouvé dans une maison où mon grand-père a vécu. Ça n'a probablement rien à voir. »

Katia était attentive, elle fronçait les sourcils, face à la gravité du sujet évoqué.

« Tu me tiendras au courant… »

Elle enchaîna dans l'espoir de redonner le sourire à son amie.

« C'est dommage pour le concert. Ça nous aurait fait du bien, on aurait braillé : « Partenaire particulier cherche partenaire particulière » et on aurait adapté le texte, à la place de « cette fille qui me manque tant », on aurait hurlé de cet homme qui me manque tant, qui me tente tant etc. ! Ah ! Ils ne savent pas le mal qu'ils nous font parfois, je me demande ce qu'ils doivent dire de nous quand ils sont entre eux. Mon ex est devenu comme le tien, un combattant, un guerrier. Ils produisent trop d'adrénaline, ou de testostérone, plaisanta-t-elle pour masquer sa souffrance. Ils s'ennuient dans la vie quotidienne, il leur faut une cause à défendre qui leur semble juste et les motive. Mon fiancé est parti se battre dans le Donbass et je me suis disputée avec Olena. C'était inévitable. Son mari est dans le camp adverse. Si je n'étais pas venue en voiture, je me saoulerais jusqu'à m'effondrer sur le carrelage. Tu vois, je ne suis finalement pas la mieux placée pour te remonter le moral… Ou alors…

— Tu as tort. On se comprend. Je suis contente que tu sois là. La soirée est belle, ce serait idiot de déprimer, de ne pas en profiter. Réserve des places pour le concert, je crois qu'il est temps de tourner la page, d'avancer, comme j'ai toujours su le faire, à part ce détail, ce secret que je partage avec toi… J'ai voulu essayer en 1998, c'était trop tôt, je n'étais pas prête. Matthias pouvait avoir des places pour qu'on aille voir Johnny au Stade de France, on s'est contentés de la cassette. Il y avait une magnifique chanson que Charles Aznavour lui avait écrite *Sur ma vie*. « Malgré tout le mal que tu m'as fait… » Quand je l'ai écoutée, je n'ai pas pu m'empêcher de penser à ma mère, à mes parents, à tout le mal que mon père nous a fait. Ma sœur ne le voit pas ainsi ; pour elle, il est son sauveur et moi, je suis folle, une déséquilibrée…

— Ta mère lui a peut-être fait du mal, elle aussi, d'où la réaction disproportionnée, violente

193

de ton père. Tu ne le sais pas, tu n'avais pas accès à cette partie-là de leur intimité, tu étais trop jeune. Et même si tu avais été plus âgée, cela n'aurait probablement rien changé. »

Stéphanie hocha la tête, songeuse.

« Leur tentative de me préserver a échoué le jour où mon foyer stable et sécurisé a volé en éclats… Je ne veux plus en parler, je ne vais pas les laisser me gâcher la soirée, non ? C'est le passé, après tout. Nous n'y pouvons plus rien. Tant pis. Je suis d'accord pour aller brailler : « Partenaire particulière cherche partenaire particulier » !

— J'ai hâte de voir ça ! »

Le sourire de Katia était radieux.

« Les auteurs étaient étudiants en école de commerce quand ils ont écrit ce tube, leur projet commercial a été une réussite ! Pas très sérieux de chanter ce texte quand on est devenu cadre ou directeur d'un service ! C'est loufoque !

— Ça mène à tout les écoles de commerce. Le toxicomane que j'ai auditionné en avait d'ailleurs fait une, il y a longtemps. Il a conduit sous l'emprise de stupéfiants, il était positif à la cocaïne. Avant son licenciement, il était commercial et il en prenait pour garder la forme, être en permanence compétitif, jamais fatigué, une habitude contractée durant ses études. Il ne parvient pas à arrêter. Devine qui lui a vendu sa dernière dose : le mari de Marianne. J'en ai été stupéfaite. Ma greffière a noté, je n'ai pas osé l'interrompre, ce qui n'aurait été ni juste, ni respectueux de la déontologie. En même temps, je me dis que ce n'est qu'un nom isolé dans une multitude de dossiers, il y en a tellement qu'il passera inaperçu. Mais depuis, je suis mal à l'aise vis-à-vis de Marianne : je ne sais pas quelle attitude adopter. Est-elle au courant ?

— Je l'ignore. Beaucoup de gens consomment de la cocaïne, c'est une pratique qui s'est démocratisée. Je ne fais que constater, sans jugement de valeurs, juger n'est pas mon métier, et heureusement. Il y a les malchanceux qui se font arrêter et qui paient pour tous les autres. La conduite est un problème, elle met en danger autrui, ainsi que le conducteur, qui est trop défoncé pour en avoir conscience. Pour en revenir à Marianne, tu n'as pas à être gênée. J'ai l'impression qu'ils sont séparés, que leur relation conjugale est morte, c'est assez douloureux. De mon point de vue, ce n'est pas nécessaire d'en rajouter, de l'inquiéter inutilement. Certains font un usage festif de la cocaïne entre collègues ou anciens collègues. Un divertissement coûteux !

— Tu m'as l'air très informée ! plaisanta Stéphanie.

— Ah ! soupira Katia. Nous sommes si sages avec notre thé !

— Et si on dînait sur la terrasse ? Tu me raconteras ce qui s'est passé avec Olena. J'avais justement besoin de te voir à propos de Maryna et d'une Ivana ou Ivanka. Elle était directrice de

195

casting dans la société de production où tu étais scénariste, comme Maryna. J'ai un sachet de couscous, dix-sept minutes au micro-ondes et c'est aussi délicieux que si tu étais au restaurant, tout en étant moins cher ! Trinquons à l'amitié ! Celle d'aujourd'hui, celle d'hier et celle de demain ! J'espère que Marianne et Olena en feront partie ! »

Stéphanie leur servit un verre de vin à la table du jardin où des rosiers et des géraniums égayaient la vue. En fond sonore, Status Quo jouait *In The Army Now*. Le père de Matthias lui avait fait découvrir ce groupe britannique. Il avait partagé avec son fils ce souvenir d'un concert auquel il avait assisté en 1984, au cours d'un voyage en Angleterre. La musique réunissait par-delà les frontières et faisait réfléchir. « Tu es dans l'armée… On t'a donné pour instructions qu'il vaut mieux tirer à vue / Ton doigt est sur la gâchette mais cela ne semble pas normal. »

« L'amitié brisée se répare rarement, murmura Katia. Sauf si on accepte que le résultat de cette réparation ne soit pas parfait, qu'il y ait des traces, des cicatrices… Pour Ivanka, je me renseignerai. J'ai un ami qui continue à travailler pour des sociétés de production et qui ne me snobe pas, maintenant que j'ai été déclassée… » Son ton était faussement enjoué. « Il m'a téléphoné, la semaine dernière : il est sur un projet intéressant. *L'Histoire d'Annette Zelman*, un drame romantique inspiré d'une histoire vraie.

Annette était une jeune fille juive de vingt ans, Hubert Jausion l'a dénoncée parce qu'il ne voulait pas qu'elle épouse son fils Jean. Elle est morte en déportation. Il ne pensait pas que son acte aurait de telles conséquences. L'amour tue parfois. Annette et Jean, les Roméo et Juliette des temps modernes. J'espère que ce téléfilm aura beaucoup de succès.

— Oui, l'amour tue parfois… Annette, Mylena, Maryna…, songea Stéphanie.

— Enfin, pour les deux dernières, puisqu'elles ont disparu, on n'est sûr de rien… Quant à Ivanka, je demanderai. Je crois qu'elle est partie au Royaume-Uni pour affaires, en compagnie du directeur de la société de production qui venait de faire faillite. Comptait-elle monter une nouvelle boîte à Londres ? »

Katia haussa les épaules.

« J'ai lu dans le journal que, là-bas, des orphelins ukrainiens avaient disparu d'un hôtel où ils étaient logés, poursuivit Stéphanie. La guerre crée beaucoup d'enfants abandonnés qui sont une source de business lucratif. Personne ne viendra les réclamer. Maryna voulait dénoncer Yvanka. Je crains que son altruisme ne lui ait été fatal… Maryna pensait qu'une jeune Vénézuélienne était retenue captive, qu'elle était une esclave du sexe, prisonnière d'un réseau de prostitution forcée qui lui avait sans doute pris ses papiers.

— C'est affreux ! J'ai peu côtoyé Ivanka, elle était toujours courtoise. Quant à Maryna, elle était très engagée, elle a été bénévole auprès d'une association qui aide les prostituées, *L'Amicale du Nid*, en Seine-Saint-Denis. J'imagine que si elle a découvert qu'Ivanka incitait des mineures ou des majeures à se prostituer afin d'en retirer un bénéfice, la dispute a dû être violente, plus encore que celle qui m'a opposée à Olena, cet après-midi. Ivanka avait probablement besoin d'argent. Faisait-elle partie d'une organisation mafieuse ? Elle avait l'air si honnête et si gentille. Le profil idéal pour appâter le chaland… Depuis février, nous sommes en guerre. Tout le monde fait mine de l'ignorer mais, pour se battre, il faut acheter des armes et il faut aussi des activités lucratives pour financer ces achats. Le business de la mort.

— À ce propos, que s'est-il passé avec Olena ? Vous étiez si proche.

— Je lui ai offert un cadeau qui lui a déplu. Un roman de Mikhaïl Boulgakov, un écrivain ukrainien, et russe. Enfin, en 1918, il était russe. Aujourd'hui, c'est différent, depuis les années quatre-vingt-dix et la fin de l'URSS. Je crois que c'est le nerf de la guerre, si je puis m'exprimer ainsi, de cette tragédie à laquelle nous assistons. Boulgakov était dramaturge, alors le mot de « tragédie » est approprié. J'avais prévu *Le Maître et Marguerite* pour toi et *La Garde blanche* pour Olena. Maladresse de ma part. Je le conçois avec le recul. C'était pour la magnifique citation finale : « Tout passe, toutes les souffrances, mais les étoiles subsisteront quand nous aurons disparu. Alors, pourquoi ne voulons-nous pas les regarder ? » Olena l'a déjà lu et elle n'a pas apprécié le point de vue critique de l'écrivain sur le nationalisme ukrainien. J'ai essayé d'argumenter, j'aurais dû m'abstenir, ce n'était pas le jour. La fête des mères est une journée atroce pour elle, depuis que Maryna a disparu. Elle m'a reproché d'être russe et d'appartenir au peuple qui détruit en ce moment son pays, d'avoir eu un fiancé qui va tuer son mari, si ce n'est pas déjà fait. Je ne savais plus où me mettre. J'en ai assez de devoir me justifier. Je suis fatiguée, moi aussi. Fatiguée, seule et malheureuse. »

Le micro-ondes sonna. Le couscous était prêt. La sonnerie leur rappela le caractère prosaïque de l'existence. Stéphanie posa sa main sur le bras de Katia.

« Je suis désolée, dit-elle. Le dimanche de la fête des mères est un des pires jours de l'année pour toutes celles qui n'ont pas ou n'ont plus d'enfants et n'ont pas ou n'ont plus de mère. Profitons ensemble de cette merveilleuse et longue soirée. »

Et Stéphanie leur servit le dîner dans le cadre bucolique du jardin. Le soleil déclinait. À l'ombre sous la pergola, elles contemplaient l'horizon, la teinte rouge, orange mêlée de bleu et de jaune du ciel, tout en dégustant un flan à la noix de coco. Stéphanie l'avait acheté chez le pâtissier de son quartier, après son footing et son entretien avec André.

« J'ai bien fait d'en prendre deux, au cas où...

— Serait-ce la part de Matthias, au cas où... » plaisanta Katia.

L'obscurité de la nuit naissante gagnait le visage de Stéphanie et empêchait d'y discerner les émotions qui l'assaillaient. Elle ne répondit pas et tenta de rester de marbre, imperturbable.

« C'est délicieux ! fit-elle. Toi aussi, comme Maryna, tu étais bénévole à *L'Amicale du Nid* ?

— Non. Par contre, en Russie, j'ai aidé des membres de l'association Mémorial pendant mes études, avant de poursuivre mon cursus en France. C'est une organisation qui souhaitait promouvoir le respect des droits de l'homme, éviter le retour du totalitarisme et qui enquêtait sur les crimes de Staline. Andreï Sakharov, un dissident qui défendait la liberté de penser, a contribué à la fonder en 1989. Il y a d'ailleurs un prix qui porte son nom. Leur but était de préserver la mémoire des victimes du pouvoir soviétique. Par la suite, ils se sont aussi occupés d'exactions plus récentes commises en Tchétchénie, par exemple. J'ai été triste d'apprendre que la cour suprême russe l'avait dissoute en décembre 2021. Mes parents me l'ont appris et m'ont précisé que

c'était à cause de la loi sur les agents étrangers.
Je dois avouer que je n'ai pas tout saisi. J'ai été
bénévole à l'Alliance française de Samara, je suis
contente qu'elle ait échappé à cette paranoïa. Elle
le doit sans doute à son fondateur, le président
français Jacques Chirac, en 2001. Comme de
Gaulle, il était non-aligné et n'avait pas peur de
dire non aux Américains ou à l'OTAN. Ce n'est
que mon interprétation.

— Elle m'a l'air plausible. Son nom
demeure respecté dans le monde pour son
opposition à la guerre en Irak, son refus de
s'associer à cette intervention militaire, cette
invasion d'un pays. »

Katia hocha la tête, songeuse. Le passé et
le présent se mêlaient, créant du chaos, de la
confusion dans son esprit, tandis que l'obscurité
gagnait du terrain.

« Je vais chercher ton livre dans la
voiture : *Le Maître et Marguerite*. Tu l'as déjà
lu ? dit-elle soudain.

— Non.

— J'espère qu'il te plaira. »

Katia le lui tendit.

« Je te donne aussi celui d'Olena. Si tu
désires comprendre les origines du conflit qui
oppose la Russie à l'Ukraine et l'Ukraine à la
Russie, tout y est. Il te sera beaucoup plus utile
qu'à Olena, qui est déjà au courant… »

Elle eut un rictus las et mélancolique. Elle
feuilleta l'objet de la dispute. « Ici, vous n'êtes

pas en Russie, mon bon monsieur, lut-elle. La langue de Moscou va être formellement interdite.

– Mais enfin, permettez, qu'est-ce que ça veut dire ? Est-ce que nous n'avons plus le droit de parler la langue orthodoxe de nos pères ? »

Stéphanie regarda à son tour le livre.

« *La Garde blanche*[12]. C'est sur la fin de la Russie tsariste, non ? »

Katia acquiesça. « Et sur les débuts de la république populaire d'Ukraine, ajouta-t-elle.

— Tu es conservatrice ? demanda Stéphanie. Je me souviens de ce film qui te tenait à cœur sur Katia, Catherine Dolgorouki, et sa relation amoureuse avec le Tsar Alexandre II. Maryna et toi aviez travaillé sur le scénario d'une nouvelle adaptation qui n'a jamais été tournée.

— Je ne me suis jamais posé la question, répondit Katia. Je crois qu'il y a des choses qui méritent d'être conservées, préservées, oui, et d'autres qui doivent être changées, dont il faut éviter la progression, comme celle de la traite humaine, quelle qu'en soit la cause. »

Stéphanie se rappelait les propos d'Isabel à Peñíscola, durant l'été 1998 : « Ma sœur et moi, nous n'avons jamais laissé la politique nous diviser, elle n'a pas compris tous les choix que j'ai pu faire dans ma vie mais elle a toujours été à

---

[12] Traduit du russe par Claude Ligny, Éd. Robert Laffont, 1970.

mes côtés, elle m'a toujours soutenue. » Elle avait précisé que le hasard de la naissance l'avait sauvée. Elle était née après la guerre civile. Au moment de son témoignage émouvant, la conviction d'Isabel s'était forgée, elle voulait être au service de la paix, de la concorde entre les êtres humains, trouver le juste équilibre entre des intérêts, des désirs légitimes et contradictoires.

Stéphanie avait gardé en mémoire la sagesse de son enseignement, de son expérience douloureuse mais Isabel avait aussi lancé un avertissement : « la guerre abolit toute nuance, elle ne laisse place qu'à la haine, la barbarie, la bêtise, elle divise un peuple et sème la mort chez votre voisin qu'elle transforme en meurtrier. Il peut vous exterminer et vous faites pareil, l'anéantir devient à vos yeux juste et indispensable. »

Maribel avait assuré qu'elle n'aurait pas hésité à risquer sa vie pour sauver Isabel, elle en était persuadée, mais elle n'avait pas vécu la guerre et ne pouvait donc pas savoir comment elle aurait réagi face à une telle adversité. Maribel et Isabel se seraient-elles, en réalité, déchirées, éloignées, comme Olena et Katia ? Cet éloignement était-il sans remèdes ? Leurs compagnons respectifs étaient-ils en train de s'entre-tuer, là-bas, sur le front ? Qui avait le pouvoir d'arrêter cette folie ? Des hommes avaient pourtant fraternisé avec l'ennemi pendant la Première Guerre mondiale, à la Noël 1914, quand les autorités prétendaient que l'affrontement ne durerait pas, que les soldats rentreraient vite à la maison. Quatre ans plus tard, des millions étaient morts ou mutilés, certains avaient été fusillés pour mutinerie puis réhabilités un siècle après. Était-ce le prix du courage ?

Katia ressemblait à une âme en peine ce soir-là lorsqu'elle quitta Stéphanie, malgré l'agréable repas qu'elles avaient partagé. La noirceur du crépuscule avait remplacé les couleurs chatoyantes du coucher de soleil. Stéphanie prit son smartphone, elle avait le numéro d'Olena mais que dire à une mère dont la fille a disparu et le mari est en train de se faire trouer la peau dans un pays dévasté ? Que lui écrire ? « Bonne fête ! », « Ça va ? », « Je viens prendre de tes nouvelles ? » — plus délicat. Non. Les nouvelles, je les connais déjà… « Et si on allait boire un cocktail ? ... » Non, je suis crevée et je me lève tôt demain.

Stéphanie pensa soudain à André et à l'audace qu'elle avait eue. Qu'allait-il se passer maintenant ?... Le stress l'envahissait. Dans la salle de bains, elle avala un tranquillisant dans l'espoir de s'octroyer quelques heures de repos avant la rude semaine qui l'attendait. En appuyant sur le bouton qui fermait le volet roulant de sa chambre, elle regarda le ciel et aperçut une timide étoile qui scintillait dans la pénombre. Elle se souvint des paroles de Katia sur la citation finale de *La Garde blanche* qui lui avait tant plu.

Elle ouvrit à la dernière page l'exemplaire que son amie venait de lui offrir :

« Tout passera. Les souffrances, les tourments, le sang, la faim et la peste. Le glaive disparaîtra, et seules les étoiles demeureront, quand il n'y aura plus trace sur la terre de nos corps et de nos efforts. Il n'est personne au monde qui ne sache cela. Alors, pourquoi ne voulons-nous pas tourner nos regards vers elles ? Pourquoi ? »

Changements

Septembre 1998.

« Je pourrais peut-être avoir des billets pour le concert de Johnny Hallyday au Stade de France. Ça te dirait d'y aller ? »

Stéphanie était heureuse d'entendre la voix de Matthias. Elle osait à peine se l'avouer mais elle attendait avec impatience chacun de ses appels. Il était tantôt à Brest, tantôt à Lorient pour sa formation. Il espérait un jour intégrer les commandos de la Marine et réussir le stage. Sa proposition laissait envisager une permission de sortie et un rendez-vous pour d'éventuelles retrouvailles, un voyage à Paris.

Avec quel argent ? Pourquoi chaque instant de félicité devait-il être gâché par des questions bassement matérialistes ? L'invitation de Matthias faisait aussi resurgir un souvenir douloureux : la dernière fois que Stéphanie était allée à un concert, c'était avec Anne, sa maman, juste avant leur séparation forcée et c'était justement pour les cinquante ans de l'idole du rock français que celle-ci avait cassé sa tire-lire et emmené ses deux filles. Un fabuleux divertissement. Avant le drame… Toutes ces chansons que Stéphanie entendrait auraient désormais un goût amer et non joyeux, festif. C'était au-dessus de ses forces, elle n'en avait pas le courage.

« Désolée, ça ne va pas être possible, c'est trop loin…, balbutia-t-elle avec pudeur. Je vais m'inscrire à la fac et il faudrait aussi que je me trouve un job étudiant pour payer mes études. La bourse ne suffira pas et je ne veux plus rien devoir à personne… Encore moins au pervers…

— OK. À part ça, tout va bien ? »

Il devinait qu'un souci la tourmentait.

« Mylena a disparu, je suis inquiète.

— Disparu ? C'est un bien grand mot. Comme cet été quand elle était enceinte ? Je suis persuadé qu'elle ne va pas tarder à refaire surface.

— Non, cet été, c'était différent et ça n'a pas duré longtemps. Encore que… C'est vrai qu'on se demandait aussi où elle pouvait bien être passée.

— Et là, ça fait combien ?

207

— Même pas deux jours… mais je sens que quelque chose n'est pas normal, j'aurais dû la retenir, l'empêcher d'y aller.

— Où ?

— À cette soirée. J'ai honte, j'ai peur d'en parler, je n'ose pas, c'est stupide, je ne sais pas pourquoi… »

L'anxiété montait et elle n'arrivait pas à trouver les mots, elle craignait le jugement moral d'autrui, en particulier celui de son amoureux.

« Détends-toi, tu peux tout me dire, je suis là. »

Lui à Brest, elle à Pamiers dans un foyer pour enfants abandonnés, et pourtant il disait vrai, elle ressentait sa présence par-delà la distance qui les séparait. L'éloignement exacerbait ce sentiment étrange.

« Mylena a un job particulier. Elle l'appelle « accompagnatrice » et les soirées auxquelles elle assiste parfois des « divertissements sexuels entre adultes consentants ». Pour moi, c'est, de manière plus prosaïque, une prostituée, et, quand elle a commencé, elle n'était pas majeure.

— Qui l'a initiée à ce genre de pratique ?

— Qui, d'après toi ? Qui d'autre que Benjamin Aznar, son pseudo-compagnon, qui m'a traquée jusqu'à l'appartement de Port-la-Nouvelle pour m'offrir un roman d'Hervé Bazin ? Le jeune et brillant magistrat que tes copains trouvaient sympa, agréable, pas snob alors qu'il est fou à lier. Mylena avait quatorze ans qu'il couchait déjà avec elle, et avec sa mère aussi, une toxicomane qu'il était censé aider, dans une association où il était bénévole. Un saint homme. À Port-la-Nouvelle, il avait payé la location, donc il avait tous les droits, y compris celui de tenter de me séduire, ou d'essayer de me sauter, voire de me violer. Bien malin qui dira où se situe la frontière. Je n'aurais pas dû accepter ces avantages. Je ne sais pas ce que je dois faire… J'ai les clés de notre appart à Toulouse, elle me les a données. Elle me rejoindra probablement là-bas… Je l'espère… L'attente est longue… J'ai un mauvais pressentiment…

— À mon avis, tu ne devrais pas t'inquiéter. Tu as raison, elle finira par te rejoindre dans cette location. Et si elle y était déjà ? Vous avez des rendez-vous pour des inscriptions à la fac, non ? »

Stéphanie acquiesça.

L'heure des adieux avait sonné. Elle quittait ce foyer à Pamiers, où elle avait vécu pendant cinq ans dans une chambre avec Mylena. Elles étaient censées partir ensemble pour une nouvelle vie pleine de promesses, de brillantes études de Droit, de Lettres, une carrière de magistrat, de juriste, de professeur, de merveilleuses et excitantes ambitions à réaliser, des projets fabuleux, le sentiment qu'elles étaient capables de franchir tous les obstacles…

Mais Stéphanie était seule, en ce jour de départ. Elle avait fait sa valise qui contenait ses effets personnels. Que faire de ceux de Mylena ? Qu'elle ne soit pas venue les récupérer n'était pas normal. Stéphanie avait pris ses exemplaires des livres qu'elles avaient étudiés ces dernières années : *La Vie est un songe* de Calderón, *La Chute* d'Albert Camus, *Éthiopiques* de Léopold Sédar Senghor, *L'Espoir* d'André Malraux. Elle avait laissé ceux de Mylena après avoir longuement hésité. Elle était complètement perdue. Peut-être aurait-elle dû embarquer les affaires de sa camarade. Qui le ferait sinon ? Tout finirait à la poubelle : les cours, les vêtements, quelques bijoux et produits de maquillage, des photos, des cartes postales… Pas grand-chose en fin de compte.

Stéphanie descendit le grand escalier de bois et passa devant une vieille cabine téléphonique, près d'une porte qui donnait sur une cour intérieure. Elle s'arrêta un instant et revit Mylena appeler sa mère, insérer quelques pièces dans la fente pour de brefs échanges. Ce téléphone avait vu défiler des générations et des générations de pensionnaires. Il disparaîtrait bientôt et, avec lui, le jeu stupide qui consistait à composer le numéro des secours pour faire une blague de mauvais goût à l'interlocuteur. Tout un troupeau d'enfants excités ricanait puis raccrochait et s'enfuyait en courant vers les dortoirs, en haut de l'escalier.

Stéphanie aurait aimé crier : « Je suis libre désormais, majeure et bachelière ! » Mais elle se souvenait de l'entretien qu'elle avait eu la veille avec la directrice du foyer. « Fais bon usage de ta liberté. » Stéphanie méditait sur ces paroles. Que signifiaient-elles ? Était-ce un jugement déguisé, un avertissement ? Ne te comporte pas comme Mylena. « Inscris-toi à la fac, sois sérieuse dans tes études, travaille et tu t'en sortiras, tu verras. Tu es une des rares pour qui tout n'est pas perdu d'avance », avait ajouté la directrice.

« Et pour Mylena, qu'est-ce qu'il faut faire ?

— Rien, ma fille. Elle a choisi son chemin, choisis le tien.

— Il faudrait peut-être appeler la police…

— Elle n'a cessé de fuguer quand elle était mineure, maintenant elle est majeure et libre d'aller où bon lui semble. Si elle ne revient pas, sa place sera donnée à une autre jeune fille, nous n'avons pas les moyens financiers d'agir autrement, je suis désolée. Ce n'est pas une famille d'accueil, ici, malheureusement. Je sais, c'est rude, tout le monde n'a pas le mental suffisant pour encaisser, d'ailleurs une des monitrices s'est défenestrée. Celle qui était gentille, Magali… Je n'aurais pas dû te le dire, pardon, ça m'a échappé. Sois forte ! »

La directrice l'avait serrée dans ses bras et Stéphanie se dirigeait vers la gare en tirant derrière elle son lourd bagage. Elle avait le sentiment de commencer le parcours du combattant.

*   *
*

Elle à Toulouse, lui à Lorient. Et pourtant, ils se sentaient proches. C'était comme s'ils se comprenaient…

Stéphanie avait emménagé dans l'appartement toulousain, près du centre-ville. Elle avait vécu un an dans cette pièce déjà meublée. Il n'y avait qu'une chambre avec un grand lit. Elle avait été surprise de découvrir l'exiguïté de ce lieu fantasmé. Les fantasmes de Mylena. Celle-ci ne l'avait jamais rejointe.

Matthias venait dès qu'il avait une permission. Le désir de sa présence à ses côtés la rendait heureuse, il lui faisait oublier sa solitude et son avenir incertain, ses angoisses. Jusqu'à quand allait-elle rester dans ce logement ? Elle craignait l'arrivée intempestive de Benjamin Aznar. Il y avait de la confusion dans ses pensées. Elle se disait qu'elle devait le retrouver et lui demander ce qu'il se passait, il était forcément au courant. Il était responsable, il avait emmené Mylena à cette soirée… Stéphanie n'avait pas osé en parler à la directrice du foyer qui semblait accablée par le poids de sa vaine tâche, comme la pauvre Magali dont elle lui avait appris le sort funeste. Non, Mylena n'avait rien choisi. Elle avait été abusée dès son plus jeune âge.

Tandis que Stéphanie défaisait son sac et rangeait ses affaires dans les placards, elle écoutait la radio. Une insolite connexion avait commencé à s'établir entre elle et la musique qui la divertissait. Elle écoutait *When the Rain Begins to Fall* de Jermaine Jackson, *Quand la pluie commence à tomber*, l'eau ruisselait sur le rebord de la fenêtre, Mylena n'était pas là, mais Stéphanie pensait à Matthias, son « arc-en-ciel » qui l'attraperait si elle tombait, sans lui demander pourquoi, le soleil de sa vie qui lui garantissait que tout irait bien. Les paroles de la chanson suivaient le cours de ses réflexions. Oui, tout irait bien, malgré l'horreur de la réalité.

Elle menait une existence austère d'étudiante assidue et passionnée pendant que son chéri s'entraînait pour intégrer une unité d'élite. Le stage commando avait la réputation d'être difficile. Elle étudiait le Droit et les Lettres, elle nouait de nouvelles amitiés éphémères durant les cours, elle assistait à des procès. Des camarades, férus de musique, avaient constitué un groupe et jouaient dans les bars et les discothèques. Elle en avait profité pour leur montrer la photo de Mylena. Ils l'avaient fait circuler sans succès. Une fille l'avait invitée à déjeuner, elle lui avait présenté son copain. Elles avaient parlé de Matthias, de leur futur éventuel métier de juriste. Elles s'étaient croisées un samedi au supermarché. Sa mère l'accompagnait et n'avait pas salué Stéphanie. Par la suite, la fille était devenue froide, distante, elle ne s'asseyait plus jamais à ses côtés et Stéphanie avait cessé de le faire quand elle arrivait en second. Elle avait appris que le père de cette étudiante était avocat. Ce snobisme ridicule l'avait attristée.

Elle continuait d'étudier, de lire, elle était curieuse de tout, elle soulignait des passages, cornait des pages, écrivait dans les marges. Ses exemplaires des *Pensées* de Pascal, des *Essais* de Montaigne étaient reconnaissables entre mille tant elle les avait triturés. Il y avait aussi Céline et Proust, *Voyage au bout de la nuit* et *Du côté de chez Swan*, qui étaient au programme d'un cours de littérature française. Un professeur avait évoqué William Faulkner, elle s'était plongée dans *Le Bruit et la Fureur* sans rien y comprendre, la préface l'avait aidée, elle aimait les monologues intérieurs et la folie qui émanait de certains personnages. Une écriture originale, perturbante, pas une lecture facile.

Elle voulait gagner de l'argent pour passer son permis de conduire, elle avait déposé son maigre CV au secrétariat de l'université et avait pu effectuer quelques remplacements. Un copain militaire de Matthias lui avait rendu service : il était allé récupérer la 306 Peugeot à Pamiers et il l'avait garée dans son garage à Montauban. Les papiers du véhicule et de Mylena étaient dans la boîte à gants. Ce n'était pas bon signe, elle ne pouvait pas s'être enfuie sans prendre sa voiture et cet indispensable contenu.

Que faire ? Personne n'avait de réponse acceptable à cette douloureuse question. Stéphanie ne désirait pas contacter la mère de son amie. Cette toxicomane ne pouvait détenir la moindre solution, elle ne pouvait que lui créer des problèmes dont elle n'avait pas besoin. Le pervers, lui, devait savoir. Il se cachait car un drame s'était sans doute produit et il avait peur pour sa carrière, un séjour en prison serait un frein. Charmant euphémisme. Il avait harcelé Stéphanie, peut-être était-ce son tour de le harceler, de l'obliger à assumer les conséquences de ses actes ?

À plusieurs reprises, elle avait envoyé des cartes postales à son père, elle lui avait annoncé sa réussite au bac, son admission à la fac, ses vacances d'été en Espagne avec Mylena. Elle avait invité sa sœur Camille à venir lui rendre visite, maintenant qu'elle avait un logement. Ils n'avaient pas répondu. Ils devaient croire qu'elle était folle ou qu'elle voulait de l'argent et essayait de renouer le contact dans ce but. Stéphanie ignorait pourquoi elle se comportait ainsi. Désirait-elle enterrer les vieilles rancunes ? Elle se sentait seule, abandonnée, et elle en souffrait.

Tous les matins, elle allumait la radio dès qu'elle se levait. Pour se distraire, elle écoutait son émission préférée, le Festival Roblès, et ses parodies des tubes à la mode. Elle adorait *Y a que des lolos*, parodie de *Yakalelo* du groupe Nomads. Ses idées noires ne tardaient pas à

215

revenir cependant. Elle voyait Mylena rire, chanter et se trémousser, pendant leurs ultimes révisions du bac, avec en fond sonore ces sketches désopilants.

Quelques professeurs à la fac de Lettres attiraient son attention. Un enseignant d'un cours de psychologie de l'enfant qu'elle avait choisi pour se préparer aux métiers de l'enseignement et de l'éducation avait raconté son histoire compliquée avec son père. Il l'avait tellement traumatisé qu'il était resté muet jusqu'à six ans. Il n'avait repris des études universitaires au plus haut niveau que sur le tard, après un cursus professionnel qui ne lui correspondait pas du tout. Il avait demandé à ses étudiants s'ils comptaient poursuivre jusqu'au doctorat. Il regrettait que personne n'ait levé la main. D'après lui, c'était à la fois une question pécuniaire et un manque de confiance en soi qui freinaient leurs ambitions. Un enseignant de stylistique, qui avait fait les Beaux-Arts, leur confia que, s'il avait pu réaliser une œuvre, comme Umberto Eco, un écrivain italien, il ne serait pas là. Stéphanie avait commencé à écrire un roman. Ses paroles éveillèrent son sens inné de l'émulation, qui la rapprochait de Matthias. Elle était capable d'écrire une œuvre et elle le ferait, d'autant plus que l'été approchait. Une fois les examens terminés, elle espérait avoir du temps pour elle afin de finaliser ce projet passionnant. Elle était tout excitée.

Il y avait parfois de l'agitation politique sur le campus, des invitations à manifester, à organiser des assemblées générales. Ce bouillonnement idéologique l'intriguait. Elle s'en tenait cependant à l'écart. Elle observait la foule des passants qui marchaient d'un pas pressé dans les couloirs du métro, les allées de l'université, les rues Saint-Rome et Alsace-Lorraine où il lui arrivait de faire les boutiques. Leur ressemblait-elle ? Quel but invisible cherchaient-ils à atteindre ? Elle se réfugiait à la librairie *Ombres Blanches*, elle flânait au marché aux livres de Saint-Aubin. Elle aimait l'architecture, les façades rénovées des anciens hôtels particuliers.

Un soir du mois de mai, le mois des partiels et de la fin d'année universitaire, elle ramassait son courrier dans la boîte aux lettres : une tonne de prospectus, de publicités sans rien d'autre au milieu, elle cherchait désespérément, puis elle balança tout dans une poubelle, quand une vieille dame l'aborda.

« Bonsoir, je suis la propriétaire, dit-elle. Le loyer est payé jusqu'en septembre. À cette date, tu t'en vas ou tu me donnes l'argent. OK ? »

Stéphanie la regarda, interloquée.

« C'est Benjamin Aznar qui a signé le bail, non ? balbutia-t-elle.

— Le bail ? » La vieille dame ricana.

« Qui c'est, ce type ?

— Vous ne le connaissez pas ? Il est magistrat. C'est lui qui paie le loyer.

217

— C'est une fille qui m'a refilé le fric. Mylena Ferrer, sauf que c'est pas toi et qu'elle est jamais venue. J'ai des yeux et des oreilles partout. Je sais pas ce que tu fabriques ici, c'est la première fois qu'une véritable étudiante crèche dans ce bouge. Enfin, si tu fais quelques passes pour subvenir à tes besoins, ça me regarde pas, tu serais pas la première. Moi-même dans ma jeunesse… Maintenant, t'as vu ma tronche, c'est plus possible. Je me suis reconvertie ! Y a plus que les tarés qui voudraient de moi et ça, c'est dangereux. Les risques du métier. C'est probablement ce qui est arrivé à ta Mylena. J'ai pas entendu de ragots pourtant. La clientèle est plus celle des années soixante ou cinquante, y a plus de puceaux qui viennent pour qu'on leur apprenne les choses de la vie. « Ma demoiselle de déshonneur » existe plus. T'aimes Joe Dassin ? Moi, j'adore ! Les mecs, aujourd'hui, sont expérimentés et paient pour satisfaire leurs goûts bizarres, assouvir des pulsions qu'ils ne pourraient pas partager avec leur copine. Tu vois le genre ? »

Non, Stéphanie ne voyait rien mais elle aimait, elle aussi, Joe Dassin, alors elle hocha la tête.

« La fille qui m'a refilé le fric a laissé ça pour toi, au cas où... Une sorte d'assurance-vie à te verser. »

Elle lui tendit une enveloppe sur laquelle était écrit : « Pour Stéphanie. »

218

« Je l'ai pas touchée. Solidarité entre collègues : les jeunes et les vieilles. Je donnais du plaisir aux hommes, je suis pas une voleuse. Un an sans se manifester, paix à son âme, la pauvrette, faut être lucide, elle est pas tombée sur un puceau, plutôt sur un Jack l'Éventreur. Désolée de te dire la vérité crûment. Y a pas d'autre façon. C'est le moment de te donner ton héritage, tu en feras ce que tu voudras. Tu peux même rester un peu ici, si ça te convient. Après, je suis ni baby-sitter ni garde du corps. Je suis mère maquerelle ! Bon vent ! »

Elle riait tandis qu'elle se dirigeait vers la porte du hall d'entrée d'un pas lourd. Ses jambes flétries étaient couvertes de varices.

« Vent mauvais... », marmonna Stéphanie.

La vieille dame l'entendit.

« Gainsbourg ? fit-elle.

— Verlaine[13] », répliqua Stéphanie avant que la tenancière ne franchisse le seuil.

Elle eut sa première année avec mention Bien de moyenne générale. Cependant elle n'était pas joyeuse, elle n'avait personne pour partager cette réussite. Elle s'enferma dans son appartement situé sous les toits, où l'atmosphère

---

[13] *Je suis venu te dire que je m'en vais* : chanson de Serge Gainsbourg. *Chanson d'automne, Poèmes saturniens* de Paul Verlaine.

était suffocante en juin, et elle écrivit le début de son roman sur des feuilles de bloc. Les idées étaient claires dans son cerveau, malgré l'avenir incertain. Elle savait exactement où elle allait, une sorte de frénésie l'animait, elle était pressée, elle craignait de ne pas avoir suffisamment de temps.

Cette crainte devint réalité. Matthias, qui n'était pas joignable pendant son entraînement intensif, débarqua à Toulouse. Il était en congés. Cette année, il n'irait pas en Espagne voir son père à Larraga, il resterait avec sa chérie qu'il avait négligée à cause des contraintes de son métier. Il lui confia que, pour lui, leur histoire était vraiment sérieuse et qu'il ne voulait pas la perdre. Elle en fut touchée. Elle ne s'attendait pas à cette déclaration. De longs mois les avaient séparés, elle avait fini par penser que leur relation ne tiendrait pas, que Matthias n'avait pas de temps à lui consacrer, que ses objectifs étaient ailleurs, peut-être avait-il des aventures avec d'autres, selon la tradition des marins, une femme dans chaque port. Il n'y avait jamais eu de sexe entre eux, elle lui avait dit qu'elle ne se sentait pas encore prête et il n'avait pas insisté. Elle était contente qu'il ne ressemble pas à Benjamin Aznar et à tous ces crétins qui harcèlent les femmes désirées pour assouvir leurs pulsions.

Ces vacances furent l'occasion d'un rapprochement intime qu'elle n'avait pas prévu. Matthias était désormais un jeune et brillant officier marinier, il avait changé de ville, de régiment, d'orientation. Il avait une sorte d'autorité naturelle qui charmait Stéphanie et était une source d'inspiration pour elle.

Ils évoquèrent longuement Mylena et établirent un plan d'action. Ils signalèrent sa disparition inquiétante à la police, ils firent le tour des discothèques des environs, ils utilisèrent le réseau des militaires, des frères d'armes, ainsi que les appelait Matthias, pour relayer l'information, montrer la photo de la jeune fille qu'ils recherchaient afin d'avoir de ses nouvelles ou de rencontrer quelqu'un qui serait en mesure d'en donner.

Ces sorties leur permirent de se divertir, de s'amuser, de découvrir le monde festif de la nuit, en occultant l'envers du décor qui pouvait être glauque, sordide voire fatal. Il y avait des boîtes pour tous les âges, pour tous les goûts musicaux, années soixante, soixante-dix, quatre-vingts, tubes à la mode, dance, rap et techno.

Benjamin Aznar fréquentait la discothèque toulousaine l'*Aposia* et ses quatre salles gigantesques, destinées chacune à un style musical, où de mémorables soirées étaient organisées. Il était aussi un habitué du *Domaine des Ormes* à Montauban : deux discothèques, le *Saint-Hilaire* pour les jeunes, le *Sixties* pour les moins jeunes, un restaurant et une piscine. Il ne serait plus possible de l'y rencontrer car *Le Domaine* avait brûlé en février 1999. Un incendie criminel. Il y avait aussi le *Galaxy* à Septfonds, le *Nirvana* à Moissac et le *Cavo* à Montauban. Mylena connaissait ces endroits, Benjamin l'avait initiée. Matthias et Stéphanie se couchaient tard, ou tôt. Ils réintégraient l'appartement exigu ensemble, heureux de partager ces moments, malgré la cruauté du destin qui avait frappé leur amie commune.

Serrés l'un contre l'autre dans le lit, ils se racontaient leurs vies, ne pouvant dormir à cause du son et des lumières qui étaient encore imprimés dans leurs têtes et dans leurs corps. Stéphanie parla à Matthias de sa maman, Anne, qui n'était pas morte comme la sienne, contrairement à ce qu'elle lui avait laissé entendre. Elle avait elle aussi disparu. Stéphanie avait le sentiment que les secrets et les mensonges par omission qui les séparaient étaient levés.

Matthias lui avoua qu'il n'y avait pas eu d'autre femme depuis leur rencontre, qu'il l'attendait, qu'il voulait qu'ils se marient et qu'elle soit la mère de ses enfants, plus tard, lorsqu'ils auraient atteint tous les deux leurs objectifs professionnels. « Tu seras avocate, magistrate ou prof, écrivain, ce que tu veux, pourquoi pas tout à la fois, chuchota-t-il, convaincu. Et moi, je verrai. Au bout de quinze ans de service, on peut choisir de partir avec une pension, de se reconvertir dans le civil, ou de rester, d'intégrer le haut commandement. Dans le civil, je serai davantage présent pour m'occuper de nos enfants, ce qui te laissera du temps pour ta carrière. »

Stéphanie l'écoutait, elle buvait ses paroles. Elle désirait ardemment cet avenir merveilleux aux côtés de son alter ego. Elle aimait tout chez lui, et en particulier cette alliance de force physique et morale qui la séduisait et vint à bout de ses angoisses, de ses ultimes réticences.

Elle se sentait bien, protégée des horreurs du vaste monde, celles qui avaient anéanti sa sœur adoptive à dix-huit ans. Elle voyait son visage mutin, gai, souriant, juvénile et entendait la chanson de Bananarama *Cruel Summer*, un été cruel, qui résonnait toujours à ses oreilles tant la sono avait été forte. Il fallait avancer et, ce soir-là, après les baisers, les caresses, le flirt poussé, elle laissa son chéri lui faire l'amour, au lieu de s'endormir simplement contre son corps musclé protecteur. Peut-être avait-elle pris sa décision quand ils avaient dansé le slow de Catherine Lara *Nuit magique,* ou les romances pop rock à la mode de Scorpions *You and I* et Savage Garden *Truly, Madly, Deeply*, ou quand elle avait discrètement acheté un préservatif au distributeur, à défaut d'autre contraception. L'incontournable ritournelle du film *Les Bronzés* : *Darla dirladada* et son texte d'anthologie : « Y a du soleil et des nanas, on va s'en fourrer jusque-là… » l'avaient-ils complètement désinhibée ? Elle l'ignorait. Elle avait oublié la raison de sa présence dans cette discothèque, tendrement lovée contre Matthias, ses recherches qui ne menaient nulle part. Mylena et Benjamin Aznar s'étaient volatilisés.

Le lendemain, leur relation était devenue plus intense, plus passionnée. La passion lui faisait peur, le spectre destructeur de ses parents la hantait encore. Pourtant, elle s'était libérée d'une partie de ses angoisses. Des sentiments bienfaisants de sécurité, de joie, d'excitation face à l'inconnu l'envahissaient sans qu'elle puisse les contrôler. Il fallait maintenant supporter une nouvelle séparation, parce qu'il devait rentrer à Lorient. Elle avait envie de le suivre, de tout abandonner, tout quitter. Elle n'avait rien, à part un embryon de diplôme qui marquait une année d'études. Elle rêva soudain d'une grossesse, un rapport sexuel fécondant, un bébé, le fruit de leur amour, ils seraient une famille. Elle comprenait la folie, en apparence absurde, irresponsable, de Mylena. Que lui resterait-il une fois que Matthias serait parti ? Une enveloppe avec de l'argent. « Pour ton permis de conduire et ton logement, au cas où… », avait écrit Mylena. « Au cas où… » Au cas où quoi ?... Elle pleura, des larmes d'épuisement, de désespoir.

L'enquête de Stéphanie et Matthias fut aussi vaine que celle de la police. C'était comme si Mylena n'avait jamais existé. Personne ne se souvenait d'elle. Pourtant, elle avait souvent fugué et elle avait fréquenté de nombreux lieux nocturnes, selon les récits qu'elle faisait à

Stéphanie. Mais était-elle fiable ? N'était-elle pas un peu mythomane ? Quand disait-elle la vérité ? Quand racontait-elle à la place la version de la réalité qui lui convenait le mieux ? L'appartement, les brillantes études grâce à Benjamin Aznar, qui n'était probablement qu'un client parmi tant d'autres... Comment le savoir ? Il fallait le retrouver, cette idée tournait à l'obsession. Comment s'y prendre ?

Stéphanie songea à l'association pour la protection des drogués où il était bénévole. C'était ainsi que leurs routes s'étaient croisées, lors des visites de Mylena à sa mère. Elle avait demandé à Stéphanie de l'accompagner. Celle-ci se rendit compte, en arrivant dans les locaux, qu'elle ne connaissait plus personne. Une dame lui expliqua que M. Aznar ne venait plus depuis quelque temps parce qu'il avait obtenu une promotion et changé de région. Quant à Mme Ferrer, elle suivait une cure de désintoxication en Bretagne.

Stéphanie demanda à Matthias de la conduire chez Benjamin Aznar. Elle avait son adresse, elle s'en souvenait maintenant. Un été de 1994, il les avait invitées à une réception au bord de la piscine. Peut-être était-ce là que tout avait commencé ? Ou à l'association ? Probablement les deux. Il lui avait offert des livres d'Hervé Bazin et il avait été séduit par le charisme sur scène de Mylena. Avait-il vendu cette propriété et congédié les domestiques qui l'aidaient à l'entretenir ?

Elle sonna à l'interphone. Matthias l'attendait dans la voiture. Le portail s'ouvrit et, sur le perron, une employée compatissante lui dit que Benjamin regrettait de ne pouvoir donner suite à leur relation, qu'elle était trop jeune et qu'elle devait tourner la page. Elle comprit ce jour-là que le mensonge est parfois plus fort que la vérité, qu'il la remplace et qu'elle ne pouvait rien contre cela. Elle ne montra ni sa colère ni son accablement. Elle regagna simplement le véhicule et déclara sobrement :

« Il n'habite plus ici. »

Matthias devait rentrer à Lorient. Il lui conseilla d'utiliser l'argent de Mylena pour payer les cours à l'auto-école, de suivre ses volontés, il ne précisa pas « dernières volontés » mais ils le comprirent ainsi tous les deux, sans oser le formuler. Il ajouta que le frère d'armes qui lui gardait la 306 Peugeot l'accueillerait pour la durée de ses études. On s'arrangerait entre amis pour le loyer de la chambre qu'il lui louerait. Il ne fallait pas s'inquiéter.

Restée seule, Stéphanie n'eut pas le temps de s'ennuyer. Elle s'inscrivit pour préparer le code et la conduite. Son esprit était occupé, pourtant il lui manquait une présence. Le poids de la solitude était difficile à supporter. Elle passa son permis en octobre et dut se représenter à l'examen, après un premier échec. Le stress intense qu'elle ressentait lui nuisait. Elle fut enfin victorieuse et détentrice du fameux papier rose, le début de l'indépendance. Avec qui fêter sa réussite ? Matthias était en mission.

À la rentrée, elle se rendit compte qu'elle était différente des autres étudiants. Le snobisme de la fille de l'avocat et de sa mère, qui l'avait tant marquée l'année précédente, venait-il d'une rumeur qui se serait répandue : elle vivait dans un appartement de prostituée ? Elle ne pouvait plus se loger là, sinon elle n'aurait que des ennuis. Elle demanda à bénéficier des emplois-jeunes à l'Agence nationale pour l'emploi. Une interlocutrice lui répondit que ce n'était pas pour elle, elle était étudiante et non chômeuse, en plus elle avait des diplômes dont le Bac.

« Tiens, niveau Bac, l'armée recrute des secrétaires et du personnel administratif, fit la conseillère en lui tendant une brochure. Il y a un test d'aptitude physique à passer, tu mets des baskets, un short ou un jogging et tu cours, comme en EPS, en essayant de respecter le chrono. Si ça vous tente, pourquoi pas ? C'est un début d'expérience professionnelle. »

Stéphanie hocha la tête et regarda le dépliant publicitaire. « Pourquoi pas ? » Elle eut l'impression de jouer sa vie sur un coup de dés, sans trop réfléchir. En tenue de sport, elle courut le plus vite possible et fut prise, sans le moindre entraînement, alors qu'elle avait toujours été nulle pour l'endurance et la vitesse. Elle n'avait jamais pensé qu'elle réussirait, qu'elle devrait abandonner ses études et intégrer une nouvelle formation qualifiante.

Quand Matthias l'apprit, il crut qu'ils partageaient la même vocation. Il était heureux qu'elle rejoigne la grande famille des militaires. Elle était stupéfaite. Ainsi devint-elle secrétaire assistant. Sa mission, sa spécialité, consistait à gérer les tâches administratives et de secrétariat au sein des formations du ministère des Armées (régiment, état-major, administration). Elle serait en mesure de diriger une à deux personnes et serait responsable des documents et des correspondances. Elle participerait également à l'organisation générale du service. Elle avait les qualités requises : le sens pratique, l'organisation et la rigueur. Le logement et les repas étaient inclus, elle aurait quarante-cinq jours de permission et la rémunération en Opération extérieure était supérieure à celle en affectation.

Elle intégra l'École nationale des sous-officiers d'active de Saint-Maixent puis l'École des fourriers qui forme les sous-officiers dans différentes spécialités du soutien et de l'administration militaire. Elle qui avait toujours été première de classe s'habitua à être la dernière sélectionnée pour les aptitudes physiques. Quant aux aptitudes militaires, elle s'était toujours demandé ce que cela signifiait. Grâce à Matthias, elle avait découvert l'esprit de corps, de famille, l'entraide que cela impliquait, la fraternité de ceux qui risquent leur vie ensemble, la sororité, l'émulation, l'effort. L'obéissance aussi. Celle-ci finirait peut-être par poser un problème à l'intellectuelle qui germait en elle depuis sa plus tendre enfance, la femme de lettres érudite, l'écrivain. Elle avait dû la mettre en veilleuse pour survivre. Commencer à s'interroger, n'est-ce pas déjà se rebeller ?

Avant de quitter Toulouse pour Saint-Maixent, elle jeta l'exemplaire de *Qui j'ose aimer* que ce fou furieux de Benjamin Aznar lui avait offert à Port-la-Nouvelle, un soir de beuverie et probablement d'abus de drogues, mais elle conserva son manuscrit inachevé et les recherches qu'elle avait effectuées sur Hervé Bazin. En 1949, il s'était engagé dans le Mouvement de la paix et, en 1985, il avait signé un article affirmant que « l'arme nucléaire est une arme de suicide autant qu'une arme de menace. »

Le lendemain, elle avait enfermé son barda dans le coffre de la 306. Elle roulait sur l'autoroute tout en écoutant la radio. La voix de Sharleen Spiteri, du groupe Texas, qui chantait *In Our Lifetime*, *Dans Notre Vie*, l'apaisait. Once in a lifetime. Une fois dans une vie. « I just need to have your love / J'ai juste besoin d'avoir ton amour / I just can't say no / Je ne peux simplement pas dire non / It's a gift from way above / C'est un cadeau du ciel. »

Le visage de Matthias s'imprimait dans son cerveau. Elle ne pensait plus à Mylena. Son

229

souvenir s'effaçait. Il était relégué au second plan.

*   *
*

« Ainsi, toujours poussés vers de nouveaux rivages,

Dans la nuit éternelle emportés sans retour,

Ne pourrons-nous jamais sur l'océan des âges

Jeter l'ancre un seul jour ? […]

" Ô temps ! suspends ton vol, et vous, heures propices !

Suspendez votre cours :

Laissez-nous savourer les rapides délices

Des plus beaux de nos jours ! […]

" Mais je demande en vain quelques moments encore,

Le temps m'échappe et fuit ;

Je dis à cette nuit : Sois plus lente ; et l'aurore

Va dissiper la nuit. […]

Temps jaloux, se peut-il que ces moments d'ivresse,

Où l'amour à longs flots nous verse le bonheur,

S'envolent loin de nous de la même vitesse

230

Que les jours de malheur ?

Eh quoi ! n'en pourrons-nous fixer au moins la trace ?

Quoi ! passés pour jamais ! quoi ! tout entiers perdus !

Ce temps qui les donna, ce temps qui les efface,

Ne nous les rendra plus ! »

Ce poème de Lamartine traduisait à merveille les sentiments de Stéphanie. Le temps a la faculté de ralentir ou de s'accélérer inéluctablement, selon nos actes, nos pensées, nos peurs, nos angoisses, notre degré de liberté ou d'enfermement. Est-ce perception subjective ou réalité objective ? Le temps existe-t-il ou est-ce nous qui changeons, faibles « roseaux pensants » qui tantôt s'améliorent, tantôt se dégradent, physiquement, moralement, intellectuellement, créatures périssables dans un univers en apparence immuable ? Y a-t-il seulement des scientifiques qui soient d'accord sur ce sujet ? Le consensus n'est-il pas la mort de l'esprit de recherche scientifique ?

Stéphanie avait vu au cinéma, en 2008, *L'Étrange Histoire de Benjamin Button*, un film fantastique de David Fincher, inspiré d'une nouvelle de F. Scott Fitzgerald. Il met en scène un homme, incarné par Brad Pitt, qui naît vieux et qui rajeunit au fil des années. Daisy, sous les traits de l'actrice Cate Blanchett, vit une histoire d'amour avec lui tout au long de sa vie.

Matthias avait surpris Stéphanie alors qu'ils regagnaient leur voiture :

« Andreï Sakharov est le premier à avoir évoqué la théorie des univers jumeaux avec la flèche inversée du temps, celui-ci coulerait du futur vers le passé. Benjamin Button en est une parfaite illustration », avait-il dit.

C'était l'époque de leur parfaite fusion, physique, idéologique, intellectuelle, qui avait débuté sur une plage en 1998. Quand ils ne fusionnaient pas, ils se complétaient.

« Andreï Sakharov ?

— Oui. Un physicien nucléaire russe, père de la bombe H soviétique, militant pour les droits de l'homme, les libertés civiles et la réforme dans son pays. Il a obtenu le prix Nobel de la paix en 1975. Il s'inquiétait des conséquences de ses travaux sur l'avenir de l'humanité et tentait de faire prendre conscience du danger de la course aux armements nucléaires. Il a obtenu un succès partiel à travers la signature du traité sur la non-prolifération des armes nucléaires, en 1968. »

Stéphanie avait acquiescé. Elle se souvenait des recherches qu'elle avait effectuées sur Hervé Bazin. C'était avant qu'elle s'engage dans l'armée et devienne secrétaire assistant. Elle était séduite. Si Matthias intégrait un jour le haut commandement, il ne serait pas un chef inculte. Elle était fière de lui.

Cependant elle envisageait de revenir à la vie civile quand elle aurait terminé ses quinze ans et elle aurait aimé qu'ils fassent ensemble ce grand saut. Elle espérait reprendre ses études, bénéficier de la validation des acquis de l'expérience et intégrer l'École de la magistrature. Pour sa reconversion, elle était ambitieuse.

Elle avait des rêves similaires pour lui. Il lui avait promis que, dès qu'ils seraient parents, il cesserait les missions dangereuses. Il avait réussi le stage commando et son sens du perfectionnement permanent, indispensable pour son métier, ne s'était pas émoussé. Il travaillait dur pour améliorer ses performances, ses compétences, ses connaissances. Il pouvait espérer jusqu'à vingt ans de carrière opérationnelle et il remettait son béret en jeu à échéance régulière, à chaque niveau de formation.

Stéphanie devinait qu'il aimait ce style de vie intense, avec des challenges, des défis importants à relever, des poussées d'adrénaline qui le stimulaient. Il fuyait la monotonie du quotidien. Cet engagement était une vocation pour lui, il était le fruit du hasard et de la nécessité pour elle. Elle appréciait cependant ce sentiment d'appartenance à une sorte de famille, de groupe, de fraternité.

Pendant quinze ans, elle avait voyagé, au gré des affectations et des opérations extérieures.

En tant que compagne officielle de Matthias, elle avait pu être mutée à chaque fois près de lui. Ses progrès dictaient la marche : de Lorient à Toulon, lorsqu'il avait intégré le commando Hubert et était devenu nageur de combat. Ils s'étaient installés près de la base de Saint-Mandrier-sur-Mer dans le Var.

Stéphanie estimait qu'elle prenait moins de risques que lui, que ses chances de se faire tuer étaient infimes, pas plus que si elle avait été une civile. Elle se faisait en revanche beaucoup de soucis pour l'amour de sa vie. À chaque mission, chaque entraînement, elle ne dormait plus. Il la rassurait, il n'y avait rien à craindre, ils étaient très bien formés et sélectionnés. Tous les deux ans, l'ensemble du groupe effectuait un maintien en condition opérationnelle de dix semaines avant d'être déclaré apte au déploiement en mission.

Stéphanie avait essayé de s'habituer, de gérer son stress. Le groupe se réunissait avant de partir, les conjoints, les enfants. Ils se considéraient comme des frères et avaient parfois un comportement puéril pour se détendre. Elle les observait, anxieuse. Elle dissimulait ses états d'âme. Elle savait que les actions de contre-terrorisme terrestre et maritime qu'ils effectuaient pouvaient être fatales pour l'un d'entre eux. Il ne fallait pas y penser. Eux n'y songeaient pas, ils avaient été choisis pour leur force morale, leur aptitude à ne pas laisser la peur prendre le dessus.

Matthias était pour elle une source d'inspiration. Elle avait progressé en même temps que lui. Elle dirigeait plusieurs personnes à l'état-major, elle était sous-officier. À quarante-trois ans, si elle le souhaitait, elle pourrait postuler pour être greffier militaire. Quant à Matthias, après avoir été chef d'équipe puis de groupe, il avait réussi son brevet de maîtrise et était chef de mission.

Il avait toujours été un excellent meneur d'hommes et il avait des qualités d'instructeur, déjà présentes lorsqu'ils s'étaient rencontrés en 1998, à Port-la-Nouvelle. Il l'avait initiée à la plongée sous-marine. Grâce à ses conseils, elle perfectionnait ses aptitudes physiques. Ils se voyaient peu mais les moments passés ensemble étaient forts sur le plan des émotions, passionnés, ils profitaient de chaque instant comme si c'étaient les derniers.

Stéphanie désirait une existence plus paisible. Elle se disait que, quand l'enfant viendrait, Matthias tiendrait sa promesse, il passerait davantage de temps avec sa famille. Mais l'enfant n'était pas venu. Stéphanie n'y avait d'abord pas prêté attention. Toute son énergie était consacrée à son travail, ainsi que tous ses projets. Il n'y avait pas de place pour la maternité. À vingt-huit ans, quand son gynécologue lui avait expliqué que sa réserve ovarienne était faible, qu'elle pouvait faire congeler ses ovules car elle aurait probablement une ménopause précoce, elle n'avait pas réalisé la portée de ses propos, elle avait d'autres préoccupations : continuer à être apte, avoir son avenir assuré, ne pas retourner dans le ruisseau, où était sans doute restée Mylena. Elle ne s'autorisait jamais à évoquer ce douloureux souvenir qui la rendait faible, triste, déprimée. Elle voulait être une combattante, une battante.

Les petits mots affectueux sur le réfrigérateur, signes de leur intimité, étaient devenus le symbole de leur éloignement. Les « mon amour », « ma chérie », « mon chéri » s'étaient effacés, il n'y avait plus que des consignes prosaïques destinées au partage des tâches, aux besoins essentiels : les courses, le pressing…

Stéphanie écoutait de la musique pour oublier son chagrin, se vider la tête. C'était un échec, son attention ne se concentrait que sur des chansons de rupture, elle les entendait encore en boucle durant ses nuits d'insomnie. Les paroles la hantaient comme si elles avaient été le reflet de son existence. Bibie : « Tout simplement… Tout doucement… Fermer pour cause de sentiments différents… Si encore il m'attend… », Francis Cabrel : « Tu avais dû confondre les lumières / D'une étoile et d'un réverbère… »

Elle préparait sa reconversion, elle quitterait Saint-Mandrier-sur-Mer pour Bordeaux où se trouvait l'École de la magistrature et la fac de Droit. Elle comptait reprendre ses études, obtenir des équivalences. Il lui apparaissait clairement que Matthias ne la suivrait pas, il ne la rejoindrait pas. Il n'était d'ailleurs pas son mari, il n'avait jamais fait sa demande, ils n'avaient jamais évoqué un tel engagement. De nombreux collègues vivaient en couple sans être mariés, ils signaient parfois un contrat, summum du romantisme : le Pacs ou Pacte civil de solidarité, pour éviter trop de problèmes en cas de décès.

La mort brutale d'un frère d'armes au combat fut l'occasion de crever l'abcès. Matthias ne quitterait pas l'armée. « C'est ma famille », avait-il dit. Une maladresse sans doute. Comment effacer les paroles qui blessent ? Andreï Sakharov n'avait pas précisé s'il était possible dans notre univers d'inverser la flèche du temps, de revenir en arrière. Matthias et Stéphanie avaient-ils des doubles dans l'univers jumeau qu'il avait théorisé, comment vivaient-ils ? Matthias aurait-il prononcé une telle phrase s'ils avaient eu un enfant, si elle avait été enceinte ?

De cela non plus ils n'avaient jamais parlé, préoccupés qu'ils étaient par leurs obligations professionnelles. L'indépendance financière, qui vaut le respect d'autrui, était l'unique souci de Stéphanie. Matthias ne lui avait au moins jamais reproché de ne pas être une femme classique, qui offre une abondante progéniture à son guerrier viril et l'élève, pendant qu'il va guerroyer aux quatre coins de la planète. Dans quel but ? La rendre plus sûre, lutter contre le terrorisme, affirmaient les autorités. Il aurait été inapproprié de les contredire.

Stéphanie savait gré à Matthias de ne lui avoir jamais fait de reproches. Il n'y avait jamais eu de disputes, d'insultes, entre eux, comme entre ses parents. Elle n'attendrait pas leur arrivée, elle n'attendrait pas que son désir s'étiole, qu'il ne la voie que comme un ventre vide, que leurs rapports sexuels deviennent mécaniques, une source d'angoisse entièrement tournée vers la procréation, presque un acte médical dont le plaisir, la fantaisie, la joie seraient exclus. Elle préférait s'en aller seule plutôt qu'assister à une telle déchéance.

À l'École de la magistrature, sa 306 Peugeot et son passé militaire attirèrent l'attention. Elle avait un parcours atypique, sa simplicité lui permit d'obtenir un bon classement car elle incarnait le renouveau de la profession. Elle n'était pas une enfant de magistrats, elle ne se sentait pas obligée de passer le concours afin de ne pas décevoir ses parents et de conserver le prestige familial.

Quand elle fut diplômée, elle amena la vieille 306 à la casse et acheta un modèle plus récent : une 207. Une nouvelle page se tournait. Tout simplement.

*   *

*

Mai 2018.

« Et si on se donnait rendez-vous à l'exposition sur Gérard Garouste, au musée de la Chasse et de la Nature ? » proposa Marianne.

Stéphanie avait envie de rire. Une réplique incongrue, mais plus conforme au déroulement de sa journée d'auditrice de justice au Tribunal de Bobigny, en Seine-Saint-Denis, lui venait à l'esprit.

« Gérard Garouste ? Qui c'est, ce mec ? »

Elle s'abstint de la prononcer à voix haute. Elle avait trente et un mois pour se former à son nouveau métier de magistrate. Elle avait été envoyée en renfort au pôle des juges des enfants. Ce lieu de stage lui rappelait son enfance, l'environnement dans lequel elle avait vécu de treize à dix-huit ans. Le spectre de Mylena refit surface, ainsi que celui de Benjamin Aznar. Elle ne désirait plus savoir ce qu'il était devenu. Elle espérait ne pas le croiser.

Elle avait commencé à travailler avec *L'Amicale du Nid*, une association d'accompagnement à l'insertion des personnes en danger ou en situation de prostitution, qui existait depuis 1946 et gérait des structures d'accueil en région parisienne, à Lyon, Toulouse, Marseille, Grenoble, Chambéry et Montpellier.

À la différence des collègues qu'elle aidait, cet univers ne lui était pas totalement étranger, il lui rappelait des souvenirs douloureux. Les jeunes magistrats qu'elle côtoyait aimaient le rythme effréné et les poussées d'adrénaline qui y étaient associées. Stéphanie était plus âgée qu'eux car elle était en reconversion professionnelle. Elle recherchait davantage à apaiser les conflits, à trouver un juste milieu entre des intérêts divergents.

Pour se détendre, elle avait gardé l'habitude de courir, comme quand elle était militaire. Seule, en écoutant de la musique. Pas pour participer à des compétitions ou des marathons, comme le faisaient certaines de ses connaissances, qui couraient en groupe. Elle refusait toujours leurs invitations. Elle semblait asociale, elle était soucieuse de préserver son intimité, son jardin secret.

Elle aimait entendre la voix de Tina Turner, les rythmes endiablés de ses chansons la faisaient vibrer, ainsi que son duo avec Eros Ramazzotti *Cose della vita*. Elle essayait de se divertir, de ne plus penser à ce qui la faisait souffrir. En vain. Car elle avait les mêmes goûts que Matthias. Comment le rayer de son existence dans ces conditions ? Ils avaient trop de passions communes. C'était impossible.

Alors elle abandonna cet objectif qu'elle n'atteindrait jamais et se laissa porter par la vague. Le chanteur italien lui apportait des moments de sérénité trop rares. Elle se passait en boucle tous ses tubes dont *Una Storia importante* et *Un Attimo Di Pace*. Un moment de paix. Oui, voilà ce dont elle avait besoin. De paix et de douceur dans ce monde de brutes. Elle se défoulait avec Britney Spears au son de *Crazy*. Elles avaient presque le même âge et la « Princesse de la pop » avait marqué ses dix-huit-vingt ans. Ses tubes de la fin des années quatre-vingt-dix et du début des années deux mille résonnaient encore dans sa tête. Il y avait aussi Bon Jovi *Livin'on a prayer* que Mylena adorait brailler à ses oreilles, Shania Twain *Man, I feel like a woman*, les Rolling Stones et Bruce Springsteen.

Paint it black lui rappelait son enfance lorsqu'elle regardait *L'Enfer du devoir*, série sur la guerre du Vietnam. Elle n'aurait jamais pensé qu'elle intégrerait un jour l'armée, elle était plutôt pacifiste et antimilitariste. *Born in the U.S.A.* était un exutoire pour sa colère, sa rage. Elle ne comprenait rien, pourtant elle devinait l'énergie d'un chant de révolte, d'une « protest song » en anglais. Elle avait fini par traduire le texte qui avait confirmé son coup de cœur : « Né dans une ville paumée / J'ai reçu mon premier coup quand j'ai touché le sol / J'avais un frère à Khe Sahn / Qui combattait les Viêt-Cong / Ils sont encore là, il a disparu / Il avait une femme qu'il aimait à Saigon / J'ai encore une photo de lui dans ses bras. »

Elle voyait Matthias au Mali dans les bras d'une autre puis mort au combat. Elle avait essayé de rencontrer quelqu'un afin de se consoler, de ne plus avoir mal. Cette nouvelle relation avait été un échec, ils n'avaient rien en commun. Le seul réconfort qu'elle avait trouvé résidait dans la lecture. Elle avait renoué avec cette passion première qui l'avait menée jusqu'à Marianne et à leur récente amitié.

Pendant plusieurs années, Stéphanie avait cessé de lire, faute d'une disponibilité suffisante. Ses journées étaient trop remplies. Elle avait cependant un abonnement au *Monde diplomatique* qu'elle et Matthias jugeaient utile pour comprendre les enjeux de la politique internationale. Ce n'était pas toujours vrai, tout ceci était si complexe. Elle continuait de flâner dans les librairies dès qu'elle le pouvait et faisait des recherches sur Internet avant de se décider à acheter un livre pour un anniversaire ou une grande occasion. Son esprit critique lui avait fait découvrir Babelio, un réseau social dédié aux livres et aux lecteurs qui permettait de créer et d'organiser sa bibliothèque en ligne, d'obtenir des informations sur des œuvres, de partager et d'échanger ses goûts et impressions littéraires avec d'autres lecteurs.

Elle s'était inscrite, convaincue par la citation qui figurait en-dessous de l'invitation : Pas encore membre ? Créer un compte. « La découverte de ce club étrange fut pour moi prodigieusement réconfortante. » G.K. Chesterton - Le Club des Métiers Bizarres.

Sans cet acte spontané, elle n'aurait jamais croisé la route de Marianne qui enseignait l'Histoire à l'université de la Sorbonne où elle avait effectué ses études. Celle-ci lui avait écrit un compliment sous un avis que Stéphanie avait rédigé d'une ancienne lecture, *L'Idiot* de Dostoïevski. Dans tous ses déménagements, elle avait conservé quelques livres qui l'avaient marquée et pour lesquels elle avait écrit des résumés, les thèmes qui lui semblaient importants.

Elle avait commencé à discuter avec Marianne de façon virtuelle. Y a-t-il une place pour la bonté dans ce monde ou n'est-elle qu'idiotie, une marque de faiblesse qui rendrait inapte à la vie sociale ? Stéphanie avait posé cette question dans sa chronique et son interprétation du roman avait rendu Marianne diserte. La bonté est perçue ainsi mais ne l'est pas, avait-elle dit. Tout n'est malheureusement que perception alors, l'homme bon, s'il existe, est forcément voué à n'avoir qu'un destin tragique, ne connaître que les tourments de l'existence et jamais le bonheur qu'il est d'ailleurs impossible d'atteindre.

Elles s'étaient rencontrées pour la première fois à la terrasse d'un café près de la tour Eiffel et elles s'étaient raconté leurs vies.

« Mon mari est dans le cinéma.

— Mon ex est officier marinier, commando marine.

243

— J'ai une fille adolescente, je l'ai eue à vingt-trois ans, l'année de mon stage en responsabilité de prof d'Histoire lycée-collège.

— Nous n'avons jamais eu d'enfant. Je ne sais pas comment on aurait fait pour s'en occuper, si ce miracle de la Nature s'était produit, vu la faiblesse de ma réserve ovarienne, d'après le gynéco. »

Stéphanie avait adopté un ton détaché.

« Entre mes obligations de sous-officier et ma reconversion professionnelle dans la magistrature, ces dix-neuf dernières années, je n'ai pas eu une minute à moi. J'avais commencé à écrire un roman, je le terminerai, un jour. Quand le moment sera venu, je le sentirai. Je fonctionne à l'instinct, il y a des choses qui ne se peuvent expliquer. Peut-être parce qu'elles ne sont pas entièrement rationnelles. La création, c'est le domaine de l'irrationnel, non ? Pourquoi consacrer autant d'énergie à une œuvre qui ne sert à rien ?

— Parce qu'elle incarne la beauté, et aussi l'éternité. Le patrimoine culturel est éternel, intemporel.

— En tout cas, c'est le projet qui me tient le plus à cœur.

— Il ne faut pas y renoncer. C'est ce que je dis à mes élèves et mes étudiants. J'ai réussi le concours de maître de conférences et je prépare celui de professeur d'université. L'alliance de la recherche et de l'enseignement me passionne. »

Marianne adorait l'art contemporain. Stéphanie l'aperçut à l'entrée de l'exposition sur Gérard Garouste au musée de la Chasse et de la Nature. Elles se sourirent.

« C'est beau. À part ça, je n'y connais rien, déclara Stéphanie en haussant les épaules. C'est la première fois que je mets les pieds dans une expo. J'ai probablement des collègues pour qui c'est une habitude.

— Il n'est pas nécessaire de connaître quoi que ce soit. C'est un peintre, graveur et sculpteur, un artiste qui me fascine depuis l'enfance où j'ai vu une de ses œuvres. J'avais envie de partager avec toi cette sensation inexplicable. Il m'a semblé que tu pouvais comprendre, ne pas me juger snob, élitiste. Toi qui aimes la littérature, Gérard Garouste s'inspire souvent des grands textes de référence : la Bible, le Talmud, le *Don Quichotte* de Cervantès. »

Stéphanie s'approcha d'une toile et fronça les sourcils en déchiffrant ce qui était écrit sous le tableau.

« Le mythe de Diane et Actéon, lut-elle.

— C'est une commande du musée de la Chasse et de la Nature qui s'inspire des *Métamorphoses* d'Ovide, un poète latin. Actéon, chasseur insatiable, s'étant aventuré dans un bois à la recherche de la fraîcheur, surprend la déesse Diane alors qu'elle se baigne nue avec ses suivantes. Lui, simple mortel, ose porter un regard de désir sur la divinité qui se venge en lui

245

jetant un sort. Soudain transformé en cerf, il devient la proie de ses propres chiens qui le mettent à mort. Le mythe traite du regard, du désir et de la capture.

— Nous sommes tous des êtres de désir, quand on ne désire plus rien, on est mort… ou alors on a atteint la sérénité, la paix de l'âme. Mission impossible…

— Le désir nous fait souffrir tout en nous rendant heureux. Si ce n'est pas paradoxal ! Ovide, 43 av. J.C. – 17 ap. J.C. » Marianne regardait la brochure. « Quand je te disais que l'art véritable traverse les siècles.

— Il y aurait de l'art qui ne serait pas véritable ?

— La nécessité de gagner sa vie, de faire de l'argent ne doit pas faire oublier la qualité. Il me semble qu'ici ce difficile défi est relevé avec brio ! Regarde : la déesse Diane ressemble à l'épouse du peintre, tandis que ce dernier prête ses traits à l'infortuné chasseur. Je ne suis pas sûre que mon mari ait un jour porté sur moi un tel regard… »

Marianne et Stéphanie sortirent. Stéphanie était songeuse.

« Matthias, oui. Je crois que c'est pour ne pas perdre définitivement ce regard que je me suis éloignée, que nous nous sommes éloignés. Le mot « mari » me plaît, l'intimité, la profondeur des relations qu'il évoque pour moi. Nous n'en avons jamais parlé, pas plus que de l'enfant qui n'est pas venu…

— Le mariage n'est pas une garantie de bonheur conjugal. On peut se marier pour de mauvaises raisons, comme faire plaisir à la famille, reproduire des traditions qui assurent la descendance, la lignée de la haute bourgeoisie, unissent des patrimoines avantageux. »

Marianne soupira et alluma une cigarette, comme si elle cherchait un expédient qui fasse disparaître les tensions, les problèmes. Soudain, Stéphanie lui trouva une lointaine ressemblance avec Mylena, les longs cheveux bruns et la clope entre les doigts. Avec ce qu'elle aurait pu devenir si elle était née dans un environnement différent… Ou pas. Ce genre de pensée était absurde. Stéphanie confia cette blessure jamais cicatrisée à sa nouvelle amie.

Marianne hocha la tête, pensive.

« Ce n'est pas stupide de penser que son destin en aurait été changé. C'est toute l'histoire de la comédie musicale *My Fair Lady* et du film qui en a été tiré. Comment transformer Eliza Doolittle, une jeune fille des milieux populaires qui gagne sa vie en faisant et vendant des bouquets de violettes, en une femme distinguée ? Par l'éducation. Le professeur Henry Higgins voit en elle la possibilité de mettre en pratique ses théories linguistiques. Eliza ne payera pas ses leçons de phonétique. Higgins a un projet : celui de la faire parler comme une duchesse. Le test final sera l'apparition d'Eliza à un bal de la cour. Eliza apprend, elle commet des erreurs puis impressionne tout le monde. Un linguiste hongrois réputé la déclare même hongroise de sang royal ! »

Marianne eut un rire narquois, tandis qu'elle rejetait la fumée de sa cigarette qui s'envolait dans l'atmosphère.

« Sans m'en rendre compte, j'ai joué au professeur Higgins avec Mylena pour l'aider à avoir le Brevet et le Bac. Elle avait l'aisance en société, il lui manquait le langage policé et les références culturelles. Je les lui ai donnés. Je crois qu'elle s'en est servie pour être escort girl, séduire des hommes riches afin de gagner sa vie. Accompagnatrice lors de divertissements sexuels entre adultes, disait-elle.

— Comment en est-elle arrivée là ?

— À cause d'un pourri qui se nomme Benjamin Aznar. Il est désormais un collègue. Pendant longtemps, j'ai essayé de le voir pour qu'il me dise ce qu'il lui avait fait. Maintenant, j'ai tourné la page. C'est l'inverse. J'espère ne pas le croiser. Cette pensée me donne des envies de meurtre. »

Pour la première fois, une haine incontrôlable lui torturait les entrailles. La carapace qu'elle avait tenté de se forger s'effritait.

« Et s'il n'y était pour rien... » osa insinuer Marianne.

Stéphanie sursauta. Elle se retint de ne pas éclater tant sa colère était prête à se déverser. Marianne eut un rire franc et généreux.

« J'aime bousculer mes interlocuteurs, mes étudiants, mes élèves, mes amis pour les faire réagir, les forcer à réfléchir. En ce moment, je me dispute d'ailleurs souvent avec ma fille, Élodie. Dispute au sens étymologique : examiner, discuter, raisonner. Elle est très engagée, elle veut sauver la planète du réchauffement climatique. Rien que ça. Pas toute seule. Elle a rejoint une association. Ils ont des idées. Je lui ai dit que c'était déjà compliqué voire impossible de sauver une personne alors une planète, et pourquoi pas l'univers, tant qu'on y est ? C'est du romantisme adolescent. Elle s'est énervée : je serais blasée et cynique, coupable de tous les maux de la terre. Suis-je blasée ? Probablement. Il faut apprendre l'indifférence pour survivre sans trop souffrir. Cynique, oui. Je le revendique. C'est un courant philosophique. Je méprise les conventions sociales et morales. Il faut de l'énergie pour débattre avec une adolescente qui a du caractère et qui vous ressemble. Elle est végan, je respecte son véganisme mais elle m'accuse de manger des animaux morts, de contribuer à la souffrance animale etc. Et alors ? lui ai-je dit. Elle est partie dans sa chambre en claquant la porte. Sont-ce là les seuls arguments que tu es capable d'avancer, ai-je crié. J'ai finalement eu droit à tout un exposé sur la situation dans les abattoirs, des chiffres sur le CO2 dans l'atmosphère et même une liste de livres pour éclairer ma lanterne ! »

Marianne soupira avant de s'auto-congratuler.

« Je suis une bonne enseignante, tu vois ! Si ça se trouve, avec un bon guide, ta Mylena aurait pu faire prof, si elle avait du charisme sur scène et pas peur de transpirer. »

Elle écrasa sa cigarette. Elle avait réussi à redonner le sourire à Stéphanie grâce à sa fantaisie, son humour acide, sa culture littéraire, artistique et cinématographique.

« Mon mari est comme le père d'Eliza Doolittle, un anarchiste qui s'est enrichi et a décidé d'abandonner ses idées radicales. Il m'a épousée par intérêt. Mes grands-parents maternels étaient riches, ils étaient propriétaires d'un haras. Mes parents en ont hérité et, depuis leur décès, il m'appartient. Tu as plus de chance que moi en amour, j'en suis persuadée. À moins que je me trompe, qui sait ? Mon père était d'un milieu modeste, ma mère a effectué une mésalliance, selon les apparences. En réalité, mes parents étaient un couple heureux. Quand ils ont débuté leur vie conjugale, dans les années quatre-vingts, ils se sont installés dans une maison où il n'y avait même pas encore le téléphone. Ils devaient aller à l'extérieur, dans une cabine téléphonique, en attendant que les travaux soient terminés. Une cabine téléphonique ? dirait Élodie, comme si je lui parlais de l'ère des dinosaures. Ils s'aimaient, j'ai grandi dans cet univers. Cela explique sans doute pourquoi les esprits étriqués et matérialistes me rendent malheureuse. »

Elle se tut. Les ombres de la nostalgie et du chagrin obscurcirent son regard.

*　　　*
*

Stéphanie, à l'issue de sa formation de magistrate de trente et un mois, choisit la fonction de juge d'instruction plutôt que celle de juge des enfants, qui lui rappelait trop son enfance et l'environnement néfaste dans lequel elle avait grandi. Un poste était vacant au tribunal judiciaire de Montauban, près de Toulouse, où Marianne venait d'être mutée à l'université Jean Jaurès, pour sa titularisation en tant que professeur des universités. Elle se rapprochait ainsi du haras que ses parents lui avaient légué, tandis que Stéphanie sentait que, malgré ses tentatives pour les fuir, elle allait devoir à nouveau se confronter aux démons de son passé. Matthias avait commencé sa carrière au régiment de parachutistes montalbanais avant d'intégrer la marine. Quant à Benjamin Aznar, il avait – ou avait eu (elle l'ignorait et ne désirait pas le savoir) – une résidence secondaire dans les environs.

Marianne et Stéphanie avaient eu l'idée de créer un club de lecture *Les Amoureux de la littérature* au cours d'une promenade dans le centre-ville de Montauban, en contemplant l'architecture de l'Ancien Collège, lieu emblématique, qui accueillait des expositions, hébergeait des structures culturelles et disposait de salles disponibles à la location. Elles étaient les membres fondateurs. Stéphanie espérait rompre sa solitude.

Marianne avait repéré le profil de Katia sur Babelio et l'avait invitée à rejoindre leur groupe. Elles avaient beaucoup de points communs. Katia avait étudié la littérature à la Sorbonne, travaillé comme scénariste, enseignante, elle avait plusieurs cordes à son arc et un parcours atypique. Elle avait la double nationalité franco-russe et vivait en France depuis le début des années deux mille. Des problèmes financiers l'avaient contrainte à quitter la capitale et elle était désormais hôtesse de caisse.

Cette érudite enthousiaste avait séduit Marianne car Katia était dépourvue de snobisme, elle se moquait des barrières de classes sociales. Ce détail, pourtant avantageux, rendait Stéphanie réticente, il lui faisait penser à Benjamin Aznar, à la manière dont les copains de Matthias le percevaient. Katia arriva les bras chargés de livres. Son engouement et sa gentillesse dynamitèrent le préjugé de Stéphanie, sa méfiance naturelle à l'égard de tout ce qui pouvait ressembler, de près ou de loin, à cet homme, indissociable du traumatisme de ses jeunes années.

Katia concevait son nouveau métier comme une manière de rencontrer des gens issus d'horizons divers, de communiquer à un plus large public sa passion pour la culture. Cependant elle s'y ennuyait. Il n'y avait, pour elle en effet, rien de passionnant, de stimulant, de créatif dans le fait de faire défiler sur un tapis roulant des produits. C'était un job alimentaire, elle espérait un changement, une opportunité. En attendant, elle était heureuse de se faire de nouvelles amies en lien avec son ancienne vie parisienne, celle d'avant la crise sanitaire et la fermeture des cinémas qui avait, disait-elle, provoqué la faillite de la société de production qui l'embauchait.

Elle avait apporté des ouvrages qui l'avaient marquée :

La Fin de l'homme rouge – ou le temps du désenchantement de Svetlana Alexievitch, une journaliste russophone biélorusse qui avait rencontré des survivants de cette tragédie qu'avait été l'Union soviétique. Cette grande utopie, à l'origine, avait finalement brisé des milliers de personnes, déportées au Goulag. Marianne et Stéphanie lurent la quatrième de couverture : « Subsiste cette interrogation : pourquoi un tel malheur ? Le malheur russe ? Impossible en effet de se départir de l'impression que ce pays a été « l'enfer d'une autre planète ». »

Katia avait dans ses bagages un ouvrage de Natascha Wodin, une écrivaine allemande d'origine ukrainienne, *Elle venait de Marioupol.*

Fille de travailleurs ukrainiens déportés en 1944 en Allemagne pour y travailler, Natascha Wodin avait grandi dans un camp pour personnes déplacées. Après le suicide de sa mère, elle avait été élevée dans un foyer catholique pour filles. *Elle venait de Marioupol* relatait ses recherches pour reconstituer son histoire, à l'ouverture des archives de l'Union soviétique. Natascha Wodin était obsédée par le souvenir de sa mère.

Ce détail interpella Stéphanie car elle se reconnaissait dans cette obsession, cette quête, ce désir de savoir ce qui était arrivé à sa mère, de comprendre ce qui s'était passé. Ce cadeau de Katia était fait pour elle. Elle l'expliqua à sa nouvelle amie.

« La mère de Natascha Wodin a été déportée d'Ukraine au cours de la Seconde Guerre mondiale, raconta Katia. Elle a été envoyée dans un camp de travail en Allemagne, pays où ses parents ont ensuite été contraints de rester sous peine d'être traités comme des collaborateurs du nazisme s'ils étaient retournés dans leur pays d'origine. L'industrie et l'agriculture allemandes ont exploité comme esclaves plus de vingt millions de personnes non juives. Le récit suit le rythme des recherches de l'auteur et leurs difficultés. Il y a les fausses pistes, la lenteur administrative des services concernés en Ukraine et en Russie, les témoins disparus ou survivants, ceux qui ne savent pas mais sont prêts à inventer… »

Difficile de partir sur les traces du passé et d'avoir des réponses fiables, songeait Stéphanie.

Katia avait aussi apporté un troisième ouvrage : l'incontournable *Guerre et Paix* de Tolstoï, que presque tout le monde connaissait sans l'avoir forcément lu.

« Mon préféré, fit-elle, enthousiaste. Il est impossible à résumer, il a été adapté au cinéma de nombreuses fois. Pour faire bref, c'est un roman historique sur les guerres napoléoniennes du point de vue russe. L'amour, la guerre, la politique, les tragédies intemporelles de l'existence, sources d'intenses réflexions, de questions sans réponses. J'en ai souligné un bel exemple, à mes yeux. »

Et Katia se mit à lire : « Il n'est nullement démontré que les buts vers lesquels tend l'humanité soient la liberté, l'égalité, l'évolution ou la civilisation. »

— C'est tellement vrai et toujours d'actualité, malgré les siècles écoulés, que ce chef-d'œuvre est pour moi, décréta Marianne. J'ai adoré *Anna Karénine*, un souvenir de mon adolescence, de mon goût pour le romanesque, de mon espoir vain qu'une passion brûlante puisse me conduire au bonheur. J'attends toujours… »

Il y avait de l'amertume dans le ton de sa voix.

« Au quotidien, j'essaie d'appliquer une des sentences de ce texte sublime : « Quand on aime un homme, on l'aime tout entier, tel qu'il est, et non tel qu'on désire qu'il soit. »

— Je préfère Dostoïevski, répliqua Stéphanie. C'est aussi un souvenir de mon adolescence. Certains ne voient *Crime et Châtiment* que comme un roman policier parce qu'il a inspiré la série *Columbo* mais il est bien plus que cela. Le thème de la prostitution, avec le personnage de Sonia, a une résonance personnelle pour moi. Est-ce un métier comme un autre, une fois que la société est délivrée des carcans de la morale, de la religion ? La femme est libre d'user à sa guise de son corps. Dostoïevski a une manière que j'aime de susciter le questionnement, de dépeindre sans prendre parti les travers du progressisme, de la modernité, du matérialisme. Que dire de la dimension politique et subversive ? Les grands hommes s'arrogent le droit moral de tuer au nom du Bien de l'humanité. Telle est, en tout cas, la théorie de l'étudiant meurtrier Raskolnikov. Qu'est-ce qu'un grand homme, alors ? Un criminel qui aurait réussi ? Qu'est-ce qu'un criminel ? Un grand homme potentiel qui a échoué, qui a sombré dans la folie et la mégalomanie, parce que les idées qui brûlent son cerveau l'ont rendu fou ? Vraiment, il faut le lire et le relire. Je vous l'offre à toutes les deux. J'en ai plusieurs exemplaires !

- C'est super, les filles ! Je vais faire de la pub pour notre club au boulot ! lança Katia. Notre asso n'est pas élitiste, elle est amicale. Je me rends compte que beaucoup de femmes n'ont pas le temps de lire, entre le travail, les enfants, les courses, le ménage et le mari, le compagnon, qui ne donne pas toujours entière satisfaction… »

Katia eut un air songeur. Marianne et Stéphanie acquiescèrent.

« Si quelqu'un a des romans d'amour, je suis preneuse. Je veux une fin heureuse, surtout ! Je lui refilerai en échange *Mme Bovary* ! rétorqua Marianne d'un ton énigmatique. Cela me ferait du bien en ce moment…

— OK, je passerai le message aux collègues. Quant à moi, je suis presque célibataire, raconta Katia. Mon fiancé est parti voir ses parents à Donetsk dans le Donbass, un bassin houiller de l'Est de l'Ukraine, juste avant la crise sanitaire. Ils sont russophones. Depuis, il est coincé là-bas… Enfin… » Perplexe, elle cherchait ses mots. « Maintenant, il ne veut plus rentrer. Il s'est enrôlé, lui qui n'a jamais tenu une arme de sa vie et est prof de physique, dans une milice… balbutia-t-elle. Il veut protéger ses parents face à l'instabilité locale qui règne et assurer l'autonomie de la République populaire de Donetsk, il est prêt à se battre, me dit-il. Il a choisi de rester, il a rompu nos fiançailles puisque je ne suis pas d'accord pour le rejoindre et me battre à ses côtés. Mais contre qui ? Je n'y comprends rien, la situation me dépasse. Nous n'arrivons plus à communiquer… »

Katia, si joyeuse en apparence, éclata en sanglots. Stéphanie ne put s'empêcher d'entendre la voix de Matthias qui lui disait à propos de ses frères d'armes : « C'est ma famille » ou « C'est comme ma famille ». Avec le recul, elle ne savait plus exactement ce qu'il avait dit ce jour-là. En tout cas, cette phrase maladroite avait sonné le glas de leur relation, elle avait hâté leur séparation. Lui dans l'armée, elle dans le civil. Ils ne se comprenaient plus et pourtant... Elle l'aimait encore, c'était plus fort qu'elle, absurde, bizarre. Ils s'aimaient toujours... peut-être. Il ne fallait pas désespérer. C'était ce qu'elle aurait voulu dire à Katia pour lui redonner du courage, du baume au cœur. Elle en fut incapable. À la place, elle se leva et la prit dans ses bras alors que, quelques heures auparavant, elles ne se connaissaient pas. Marianne fit de même.

Stéphanie, Marianne et Katia scellèrent ainsi leur pacte d'amitié et se promirent de se retrouver, quoi qu'il advienne, autour de leur passion commune, la littérature.

L'arrivée d'Olena dans leur cercle littéraire, à cause de la guerre en Ukraine et de la disparition de sa fille Maryna, avait servi de catalyseur. L'heure de la confrontation avec Benjamin Aznar était venue.

Stéphanie rangeait sa bibliothèque tout en se préparant à cette idée : revoir ce fantôme du passé qui la hantait depuis plusieurs années. Le hasard lui mit entre les mains son vieil exemplaire de *La Chute* d'Albert Camus, vestige du temps ancien où elle préparait le Bac en compagnie de Mylena. Elle avait souligné plusieurs passages. Deux d'entre eux attirèrent son attention. L'un correspondait à la manière dont elle percevait Benjamin Aznar, qui aurait pu prononcer ces phrases, elles semblaient si bien le caractériser :

« Toujours est-il qu'après de longues études sur moi-même, j'ai mis au jour la duplicité profonde de la créature. J'ai compris alors, à force de fouiller dans ma mémoire, que la modestie m'aidait à briller, l'humilité à vaincre et la vertu à opprimer. »

L'autre définissait la femme qu'était devenue Stéphanie :

« Il fut un temps où j'ignorais, à chaque minute, comment je pourrais atteindre la suivante. Oui, on peut faire la guerre en ce monde, singer l'amour. […] Mais, dans certains cas, continuer, seulement continuer, voilà ce qui est surhumain. »

Aquarelles

Juillet 2022.

« Benjamin Aznar vous donne rendez-vous à Perros-Guirec en août. Il a loué une maison pour les vacances. »

André, le patron du *Club Aphrodite* où Maryna avait été vue pour la dernière fois, n'avait pas respecté l'ultimatum que lui avait fixé Stéphanie. Il n'avait pas de prédisposition particulière pour l'obéissance et la soumission au chantage. Il était cependant un ami sur lequel il était possible de compter. Il n'avait pas ménagé sa peine pour obtenir un résultat.

La perspective de cette rencontre désagréable faisait resurgir l'anxiété de Stéphanie. Ses vacances d'été en seraient gâchées. Elle se consolait en se disant que celles du pervers ne seraient pas meilleures et que c'était une punition bien méritée.

« Merci, André. Je dois raccrocher, Olena m'attend dans la voiture. Je l'emmène voir à Toulouse des responsables d'une association *L'Amicale du Nid* où Maryna était bénévole. Elles pourront peut-être nous en apprendre davantage sur elle et aussi sur la jeune Vénézuélienne qu'elle voulait aider à se libérer de la prostitution forcée. Ce sont de nouvelles pistes. Tant qu'il y a des pistes, il y a de l'espoir.

— L'espoir de pouvoir un jour enterrer son cadavre...

— L'espoir de savoir ce qu'il s'est passé, le coupa Stéphanie.

— Comme pour Mylena ? Je suis déçu, Stéphanie. Je vous ai envoyé en pièce jointe un article paru dans la presse nationale qui est bon pour le caniveau. Il est indigne de vous, indigne du journalisme d'investigation. Je croyais que votre ami journaliste ne devait rien publier !

— Il me l'a promis.

— Apparemment, sa parole n'a aucune valeur.

— Mais il écrit pour la presse locale, pas nationale. »

Stéphanie regarda ses courriels.

« Un magistrat impliqué dans la disparition d'une jeune fille… Une affaire vieille de vingt-quatre ans… »

« Rien n'est entièrement faux.

— Rien n'est entièrement vrai non plus. Et surtout, il n'y a ni preuves, ni enquête sérieuse. Juste du sensationnel. »

Stéphanie hocha la tête, elle était forcée de constater qu'André avait raison.

Olena, assise à l'intérieur de la Peugeot 207, s'impatientait et commençait à se ronger les ongles.

« Que dirais-tu d'un petit voyage à Perros-Guirec en août ? proposa Stéphanie pour détendre l'atmosphère. Quand Marianne nous a présentées, j'étais persuadée que Benjamin Aznar était aussi responsable de la disparition de Maryna, que c'était lui son amant mystérieux, que le présent m'aiderait à élucider le passé. Aujourd'hui, je n'en suis plus si sûre, je ne veux pas laisser ma colère, ma haine m'aveugler. »

Stéphanie songeait qu'elle avait commis une faute, à cause de cet aveuglement : ne pas demander à André les coordonnées de l'homme qui avait accompagné Maryna au *Club Aphrodite* et qui en était un client régulier. Elle comptait bien réparer cette erreur le plus vite possible.

« J'ai le même problème, laissa échapper Olena. Quand je vois Katia, ma colère m'aveugle et je m'en veux parce que c'est absurde, injuste, pas mérité. Katia est le produit d'un multiculturalisme réussi ! »

Olena eut un sourire affectueux.

« Elle est la fusion étrange des âmes russe et occidentale, depuis vingt ans qu'elle vit en France. Elle rêve de fraternité, d'union des peuples, elle est un tantinet anarchiste, tous les gouvernements l'indiffèrent à cause de leur fâcheuse tendance à dévier vers le totalitarisme que nous avons bien connu, grâce à l'Union soviétique. »

Un rictus teinté d'amertume succéda au regard tendre.

« Cette indifférence est une forme de protection contre la douleur, un blindage psychologique. La littérature et le cinéma sont ses refuges loin de la barbarie, pourtant présente dans chaque œuvre qui traverse les siècles. Katia m'a fait un beau cadeau que je n'ai pas pu apprécier à sa juste valeur. »

Les yeux d'Olena étaient humides.

« Cet exemplaire de *La Garde blanche* de Boulgakov… J'y vois le point de vue critique de l'auteur sur le nationalisme ukrainien et, dans le contexte actuel de guerre, d'invasion de mon pays, cela provoque en moi une réaction épidermique de rejet qui abolit momentanément mes capacités de discernement, d'analyse. Je le regrette. Katia, elle, y voit le talent indéniable de l'écrivain, la beauté du texte et des étoiles : pourquoi ne voulons-nous pas les regarder ? Pourquoi préférons-nous nous entre-tuer alors que nous finirons tous morts et enterrés, qu'il ne restera rien de nos combats, à part des poèmes et la littérature, éternelle, intemporelle. Les Blancs : les partisans du tsar, les Rouges : les communistes, les nationalistes ukrainiens dont les choix ne nous ont pas toujours été profitables. »

Olena était pâle, son poing se serra dans un geste nerveux qu'elle essayait de contrôler.

« Tu ne le connais probablement pas mais Stepan Bandera[14], en s'accoquinant avec l'Allemagne nazie pour se libérer du joug soviétique, nous a nui et certains en profitent aujourd'hui pour nous discréditer. C'est vrai que nous avons un lourd passé. Marianne et moi avons travaillé à la reconnaissance de la fosse de Babi Yar… Personne ne peut se glorifier que de telles horreurs se soient produites sur notre sol, à Kiev... Mais pourquoi ne parlons-nous que des monstres ? ... »

Olena avait les yeux brillants.

« J'ai eu des nouvelles de mon mari sur ma messagerie Telegram. Il combat sur le front. Son message était énigmatique, je crains pour sa vie. Il m'a envoyé une chanson populaire *Si je meurs*... sur des vers du peintre et poète ukrainien

---

[14] Stepan Bandera est une figure controversée en Ukraine, certains le considérant, dans sa région natale, comme un héros national, d'autres comme un collaborateur. Il fuit en Suisse avant la fin de la guerre pour réapparaître en Allemagne de l'Ouest, où il est assassiné par les services secrets soviétiques.

Taras Chevtchenko. Le poète y demande à être enterré dans la steppe de son Ukraine natale. Il y avait aussi un extrait magnifique du poème « Caucase ». Regarde. Ou plutôt, lis. »

Olena saisit son téléphone et le tendit à Stéphanie. Larmes et sourire se mêlaient sur son visage pâle aux yeux cernés.

> « Notre âme ne peut pas mourir,
> La liberté ne meurt jamais.
> Même l'insatiable ne peut
> Pas labourer le fond des mers,
> Pas enchaîner l'âme vivante,
> Non plus la parole vivante… »

« C'est une traduction[15] des années soixante d'un poète qui nous parle à la fois de notre passé, de notre présent et de notre avenir, expliqua Olena à Stéphanie. Mon mari est francophone, il enseigne le français et le voilà militaire, lui qui, comme le fiancé de Katia, n'a jamais tenu une arme de sa vie. C'est sa dépouille qu'on me rendra, si encore j'ai cette chance. Pardonne mon pessimisme… ou ma lucidité. C'est affreux, il ne me restera rien, ni ma fille, ni mon mari, ni mon pays, pas même mon métier. En quelques années, j'aurai tout perdu. Et tout le monde s'en fiche ou fait semblant de ne pas s'en moquer mais je vois bien que, partout où je vais, je ne peux pas m'empêcher de plomber

---

[15] Traduit par Eugène Guillevic, 1964.

l'atmosphère, d'être injuste envers tous ces gens qui veulent m'aider mais ne peuvent rien pour moi… Tu te rends compte que mes parents vivent à Moscou ? Si je maîtrise si bien le français, c'est parce que ma mère descend de l'élite russe, c'était une tradition d'apprendre le français avec une gouvernante ou un précepteur. Mon père, lui, est ukrainien. Ses ancêtres étaient des paysans serfs, comme ceux de Taras Chevtchenko. Mes beaux-parents vivent à Odessa, entre les pénuries, la menace des bombes, des attaques de drones et de la possible destruction de la ville. Ils n'ont pas encore répondu à mon dernier message, je suis inquiète. Déjà en 2014, ils ont eu très peur. L'euphorie de la révolution de Maïdan est vite retombée pour sombrer dans la barbarie. Il y a eu beaucoup de victimes à cause des snipers. Étaient-ils russes ? Je ne peux ni le croire, ni l'accepter car mes parents sont russes et, en cette matière, je ne suis pas objective. Pourtant, ils étaient bien là, ces snipers, et ils ont tué beaucoup de personnes innocentes. À Odessa, des russophones sont morts brûlés vifs à la Maison des syndicats. Mes beaux-parents me l'ont raconté, je ne souhaite à personne d'être le témoin de telles atrocités. Même s'ils étaient cloîtrés chez eux, ils ont entendu les cris, les hurlements. Ils n'ont pas osé sortir pour aller aider ceux qui étaient piégés. Peut-être qu'il n'y avait rien à faire, mais cette impuissance les a traumatisés. »

Olena avait le regard perdu dans le vide. Elle pensait à haute voix, elle évacuait tous les démons qui hantaient son cerveau durant ses nuits d'insomnie. Stéphanie reconnaissait en elle une sœur de souffrance, bien que les causes de leur douleur soient différentes. Elles seraient probablement en retard à leur rendez-vous. Stéphanie décida de ne pas l'interrompre et posa sa main sur son bras en signe d'affection. Olena fixa ses yeux cernés sur l'amie qui l'accompagnait dans sa quête pour retrouver sa fille – ce qu'il en restait : une dépouille, un témoignage, un souvenir…

« Vous, les Occidentaux, vous découvrez ces drames que nous supportons depuis huit ans. Vous êtes optimistes, je ne le suis pas, poursuivit-elle. Je suis en colère parce que nous avons échoué à préserver nos frontières, notre indépendance et, surtout, nous avons échoué à intégrer, apaiser les russophones qui se sont sentis méprisés, exclus, apatrides. Je n'ai plus d'espoir car rien de bon ne peut sortir de cette guerre, comme de toutes les guerres, c'est un leurre, la guerre propre, juste. Du romantisme d'adolescent, dirait Marianne. J'aimerais pouvoir me disputer avec ma fille, moi aussi. À moins que… Peut-être serions-nous d'accord… La guerre ne fait que stimuler la production d'adrénaline de ceux qui sont loin de la zone de conflit, les théoriciens, voire les psychopathes…

— « Que reste-t-il des idéaux sous la mitraille… » ne put s'empêcher de marmonner Stéphanie, songeuse.

— « Quand leurs prêcheurs sont à l'abri de la bataille / La vie des morts n'est plus sauvée par des médailles », soupira Olena. Et aussi : « Les lois ne font plus les hommes mais quelques hommes font la loi… » Oui, je connais Balavoine *La Vie ne m'apprend rien*. Je l'adore, cette chanson, et pourtant, je ne suis pas pacifiste, je ne le suis plus. Parfois, j'ai des envies de destruction, d'éradication, d'anéantissement. Mais où ça va nous mener, dis-moi ? Vous y avez réfléchi avant de nous soutenir, de vous laisser emporter par l'illusion lyrique ? Cette expression n'est pas de moi, je l'ai empruntée à André Malraux dans *L'Espoir*, à son expérience du combat durant la guerre civile espagnole dont il a été le témoin. Il sait de quoi il parle, ce n'est pas un jeu vidéo, pour lui. Ça n'existait d'ailleurs pas, et la bombe atomique, non plus. Dès que les Américains l'ont eue, ils l'ont balancée sur Nagasaki et Hiroshima au Japon. Même la Seconde Guerre mondiale s'est mal terminée. On a tous fait en sorte que ne restent que les images de liesse lors de la Libération de l'Europe. Ensuite, il n'y a pas de pays, de peuples, que les Américains prétendaient défendre au nom de la liberté, pour lesquels il y ait eu une issue heureuse : Corée, Vietnam, Afghanistan, Irak…

L'Irak, si ce n'était pas si tragique, ce serait à mourir de rire. »

Olena semblait ivre de désespoir. Elle eut un rire nerveux tout en touchant son front avec sa main qui séparait ses cheveux humides. Elle avait repoussé Stéphanie. Elle transpirait, malgré la climatisation qui rafraîchissait l'habitacle. Elle se rongeait à nouveau les ongles.

« Mariam, la compagne d'André, sa belle Irakienne, ne me contredirait pas, j'en suis persuadée… La question que je me pose maintenant, c'est qui balancera le premier sa bombe atomique ou sa nouvelle arme supersonique, ou hyper, méga, je ne sais plus exactement, qui pourrait tout raser en trois secondes, et où, sur qui, larguera-t-on ces jouets de l'humanité ? »

Elle se mordit le doigt à la perspective d'un nouveau champignon atomique sur une ville dont l'identité était un des mystères épouvantables de l'avenir. Sur cette vision cauchemardesque, elle parut se calmer, elle se réveillait, l'épouvante se dissipait, la réalité revenait. Ce rendez-vous…

« Je voudrais au moins retrouver sa dépouille, l'enterrer dans ce qu'il restera de la terre d'Ukraine. Ma Maryna… Mon cœur de mère sent qu'elle n'est plus de ce monde… Je suis prête à faire face. Allons-y. Allons rencontrer ces filles de *L'Amicale du Nid*… Peut-être qu'elles sauront… Merci de venir… »

Stéphanie ne savait que répondre, surtout pas : « Ce n'est que mon travail. » Parce que c'était plus… C'était de l'amitié. Elle aurait très bien pu laisser de côté ce dossier, déjà classé « sans suite », faute d'éléments nouveaux probants.

Tandis qu'elle démarrait et rejoignait l'autoroute, Olena allumait la radio. Elle choisit une station musicale pop rock. Ce choix les rapprochait encore, elles avaient les mêmes refuges : littérature, cinéma, art et musique. Marianne aurait opté pour du classique : Mozart, Beethoven, Bach.

I Want It All du groupe britannique Queen résonnait dans la 207 Peugeot et Stéphanie se sentit vibrer. Elle avait remplacé Mylena au volant, elle respectait les limitations de vitesse mais, soudain, le temps revenait en arrière, l'été 1998 redevenait réel, l'espace d'une seconde. Olena vibrait, elle aussi.

« On ne peut pas s'imaginer ce que c'était pour nous, pour nos parents, citoyens de l'Union soviétique, de pouvoir écouter cette musique occidentale, confia-t-elle. D'aller aux concerts de Tina Turner, de Michael Jackson, de Freddie Mercury ! » Elle haussait la voix. « Il faut revoir les vidéos sur YouTube et regarder ces jeunes, aujourd'hui des seniors, pour comprendre quels moments intenses, uniques, ils vivaient, lorsque les tournées de ces chanteurs passaient dans les pays de l'Est. C'étaient l'excitation, l'espoir, la liberté, durant une soirée, le sentiment d'un miracle, et c'est justement le titre de l'album sorti en 1989 : *The Miracle* ! Sauf que la dislocation de l'Union soviétique et, avec elle, celle des républiques socialistes, l'U.R.S.S., a été terrible, la guerre de Tchétchénie, le conflit dans les Balkans, la destruction de la Yougoslavie. La liberté est devenue le capitalisme effréné, sans foi ni loi autre que celle du plus fort, la drogue, le Sida… Oui, le Sida… Ç'a été atroce… Cette liberté n'était qu'un miroir aux alouettes qui a fait resurgir un désir de retour aux traditions, de conservation, de préservation de l'ancien monde… Mais quel est-il, dis-moi, l'ancien monde ? Le Tsar ? Le communisme ? L'orthodoxie ou l'islam ? Le tout mêlé ? Katia, ma chère Katia, a essayé de m'expliquer que, pour son fiancé, c'était préserver les acquis de la révolution pour les prolétaires, les ouvriers, comme ses parents, dans le Donbass, un bassin houiller. Elle prétend qu'en réalité il ne désire pas se battre contre nous, contre mon mari, enseignant comme lui, mais contre l'hégémonie américaine et la manière sauvage des Américains de pratiquer le capitalisme. Il est persuadé que les Américains sont prêts à tout pour faire main basse sur les richesses de l'Ukraine et de la Russie, qu'ils n'en ont rien à foutre de la souffrance des peuples dans une tyrannie, que ce n'est qu'un prétexte pour pouvoir envahir des pays, l'Irak, l'Afghanistan… Je m'en veux d'avoir repoussé

271

Katia… Je l'ai écoutée pourtant… et maintenant, tu vois, Stéphanie, je réfléchis et je me dis qu'elle n'a pas entièrement tort… En Irak, il y avait du pétrole, en Afghanistan des terres rares pour faire des smartphones et, en Russie, avec le réchauffement climatique, de nouvelles ressources deviennent exploitables dans l'Arctique… Oui… le peuple ukrainien, ils s'en foutent… Ce qu'ils veulent, c'est pouvoir trouer l'Arctique… On s'est disputées… Heureusement que tu n'étais pas là… J'étais excédée, ce sont nos alliés, ils nous fournissent des armes pour récupérer notre souveraineté ! Et pourtant, tout ça c'est du business qui fait vivre le complexe militaro-industriel. De quoi vivraient-ils s'il n'y avait plus de guerres ? Alors maintenant, à tête reposée… » Elle se mit à rire, un rire jaune et amer. « Je me demande si ce n'est pas moi qui ai eu tort de crier après une amie parce qu'elle est russe et que son fiancé se bat dans le Donbass… Ah ! Quand tu comprends le sens de l'histoire, tu deviens fou ! Je crois que c'est une citation du poète roumain Eminescu. Lui aussi, il avait bien raison !

— Oui… Et si tu ne veux pas devenir folle, je ne te conseille pas de regarder *The Vice*, suggéra Stéphanie, le film biographique sur Dick Cheney, le vice-président de Bush fils, jeu de mots avec le vice ou la prédisposition à faire le mal, et je te déconseille aussi fortement de te renseigner sur les Pandora Papers. Si tu ne suis pas mes conseils, tu pourras toujours intégrer le nouveau club de Marianne : les quadras désabusés et cyniques qui provoquent la colère de ceux qui ont précieusement conservé le romantisme adolescent… »

Olena éclata de rire.

« Je l'adore, ce club ! Je m'inscris tout de suite. Je partage la vision de Marianne. Le cynisme est un courant philosophique. En ce sens uniquement, je le revendique. Cet état d'esprit, associé à l'amour de la sagesse, de la philosophie, ne peut pas faire de mal, lui, bien au contraire. Il aide à y voir plus clair. Oh, je ne suis pas naïve, tu sais. J'ai entendu parler de ces documents, de la corruption, de l'évasion fiscale, de la fraude. La fin justifie les moyens… Sauf que la fin vaut rarement les moyens employés… C'est la naissance de toute tragédie… La faute tragique… »

La voix d'Olena était saccadée, elle était songeuse, plongée dans ses réflexions, ses réminiscences de son ancien métier à Kiev. Avant d'être une réfugiée, hôtesse de caisse pour subvenir à ses besoins en attendant un autre poste, elle avait été professeur d'Histoire, à l'instar de Marianne, et elle avait étudié la littérature de l'Antiquité gréco-romaine. Elle avait baissé le son de la radio. Stéphanie s'approchait du péage.

« Je ne pourrai pas venir à Perros-Guirec…balbutia Olena. Je me sens fautive chaque fois que le hasard me surprend à rire,

273

m'amuser, prendre du plaisir, à oublier, l'espace d'une seconde. Je m'en veux... Je me réprimande : je me dis que je suis une mère et une épouse indignes, j'ai honte. Je culpabilise en permanence.

— Je comprends... J'ai eu pendant longtemps le même sentiment... le sentiment d'avoir laissé tomber ma sœur pour gagner ma vie, et aussi, pour aimer, être heureuse. Elle me l'avait demandé, juste avant de partir, la dernière fois que je l'ai vue, de m'éclater avec Matthias, c'était sa façon de formuler les choses... Je veux lui rendre justice, je veux rendre justice à Mylena... C'est pour ça que je vais là-bas. Peut-être que j'échouerai... Mais, au moins, j'aurai tout tenté... Parce que non, je n'ai pas oublié, même si j'ai pu en avoir l'air par moments. C'est un mécanisme naturel, incontrôlable... C'est être encore vivant... Cela n'a rien de honteux... »

Olena réfléchissait. Des coups de klaxon retentissaient derrière. La barrière du péage était en panne et refusait de se lever. Stéphanie appuya sur un bouton et elles attendirent qu'une personne vienne la soulever. Stéphanie se remémorait l'été 98 quand Mylena avait essayé de parler l'espagnol avec le guichetier catalan, à Barcelone, avant l'automatisation et la disparition de ce travail. Elle l'avait rendu maussade en massacrant les deux langues. Elles avaient ri à gorge déployée sans se rendre compte du malaise qu'elles avaient suscité chez leur interlocuteur, comme deux jeunes filles presque innocentes qui découvrent le monde et sa complexité.

Stéphanie et Olena, après avoir garé la voiture sur un parking sécurisé, prirent le métro jusqu'à la station Esquirol. Elles descendirent la rue Saint-Rome jusqu'à la place du Capitole où les deux responsables de *L'Amicale du Nid* les attendaient au *Bibent*, un café-restaurant. L'une d'entre elle venait de Paris. Elle était ravie de découvrir la région et cette brasserie rénovée où, au début du XXe siècle, Jean Jaurès, alors conseiller municipal et adjoint au maire, écrivait ses articles pour *La Dépêche*.

« J'ai lu le guide touristique, expliqua-t-elle. Il paraît que c'est à la terrasse du *Bibent* que trois étudiants serbes, inscrits à la faculté de lettres et affiliés à la société secrète panslave *La Main noire*, ont conçu au début de l'année 1914 les plans de l'assassinat de l'archiduc d'Autriche François-Ferdinand, le 28 juin, à Sarajevo. Cet attentat a déclenché une des pires boucheries du XXe siècle : la Première Guerre mondiale. Ironie de l'histoire : il se peut qu'ils y aient croisé, à la table d'à côté, le pacifiste Jaurès, qui est d'ailleurs mort assassiné, lui aussi, à cause de ses convictions. »

La responsable parisienne était heureuse de déjeuner dans ce lieu dont le décor intérieur était classé « monument historique ». Elle le trouvait sublime avec ses boiseries, ses moulures, ses miroirs, ses lustres Murano, ainsi que ses couleurs vert, rouge et or.

« Je suis attristée d'apprendre la disparition de Maryna. Je regrette que nous nous soyons perdues de vue. Je crois qu'elle a quitté Paris, comme beaucoup d'entre nous, pendant le confinement en mars 2020 mais elle n'est pas revenue. Son compagnon avait des racines dans la région, il me semble. » Elle réfléchissait. « À Montauban...

— Oui, nous savons tout ça, la coupa Olena. Ce que nous ignorons, en revanche, c'est l'identité précise de cet homme, il était directeur de la société de production pour laquelle elle écrivait des scénarios.

— Elle parlait peu de sa vie privée. Elle se concentrait sur son travail de bénévole à l'association, elle était très active, très engagée dans la lutte contre la prostitution forcée, des mineures notamment. La traite humaine est malheureusement devenue un business auquel il peut être dangereux de s'attaquer, des intérêts financiers sont en jeu. Maryna partageait la philosophie de notre association qui est abolitionniste et considère la prostitution comme une violence. Nous sommes favorables à la pénalisation des acheteurs d'actes sexuels et nous aidons les prostituées à sortir de cet enfer. Nos moyens sont faibles. Pourtant, nous sommes présents dans de nombreuses villes de France, et en Bretagne depuis 2020.

— Maryna recherchait une jeune Vénézuélienne qui l'avait appelée au secours, précisa Stéphanie. Elle était prisonnière d'un réseau qui lui avait pris ses papiers en la faisant venir en France sous de faux prétextes : des études, une vie meilleure, une carrière. Au lieu de cela l'enfermement dans une chambre et des viols à répétition… Le capitaine Matthias Martinez collabore avec l'OCRTEH, l'Office central pour la répression de la traite humaine, et la cellule toulousaine de *L'Amicale du Nid* pour tenter de démanteler ce réseau.

— Nous avons d'ailleurs eu une belle réussite récemment, enchaîna la responsable toulousaine. La police a fait une descente dans un immeuble où des filles, souvent mineures, étaient retenues prisonnières. Parmi elles, il y avait une Vénézuélienne. J'avais rencontré Maryna pendant le confinement, malgré les interdictions de se déplacer, et nous avions exfiltré plusieurs jeunes filles, dont l'une d'entre elles avait un bébé. Elles parlaient un peu l'espagnol, le français, l'anglais. Je ne sais pas d'où elles étaient originaires. Maryna était très courageuse. On a caché ces filles dans un village breton et dans les environs, grâce à la générosité de bénévoles. Un peu comme les réseaux qui aident les femmes battues à échapper à leur mari violent qui les pourchasse. Désormais, certaines ont un logement et un travail. Je me souviens du nom d'un village : Ploumanac'h. Un endroit magnifique avec un phare, idéal pour se ressourcer quand on a beaucoup souffert. Il y a une ancienne prostituée qui a accepté d'accueillir ces évadées, c'est une artiste locale. L'art est un moyen de mettre à distance la souffrance, de s'en libérer. À l'issue de mes pérégrinations illicites, je suis tombée malade, j'ai survécu au virus mais je n'ai plus eu de nouvelles de Maryna. Elle avait peur pour sa vie, pas à cause de l'épidémie, qui aurait pu la terrasser. Non, elle craignait que les bourreaux de ces jeunes filles ne les rattrapent. Je pense qu'ils se connaissaient, d'une manière ou d'une autre.

— Maryna soupçonnait en effet une collègue, directrice de casting.

— Ivanka, acquiesça la responsable parisienne. Je me souviens d'avoir surpris une dispute assez virulente, en 2019. Maryna a giflé Ivanka. Dès que je suis entrée dans la pièce, elles se sont calmées. Le regard froid d'Ivanka m'a effrayée. Je n'ai pas entendu grand-chose. Elles avaient élevé la voix. Ivanka a dit : « Au moins, ils auront été utiles à quelque chose. » C'est là que le coup est parti. Ce n'était pas le genre de Maryna de frapper les gens. Je crois qu'Ivanka parlait d'enfants abandonnés. J'ai demandé à Maryna ce qu'il se passait mais elle n'a rien voulu me dire. Ivanka semblait avoir besoin d'argent pour des motifs politiques. Aujourd'hui, les propos que j'ai perçus me semblent plus clairs. Elle voulait acheter des armes pour se battre, elle traitait Maryna d'idiote qui refusait de voir la réalité en face. Maryna s'est énervée et a riposté que les moyens employés étaient inacceptables, peu importe la cause défendue. Maintenant, avec le recul, je comprends qu'Ivanka prostituait des mineures et des majeures grâce à son métier, qui dissimulait ses véritables activités, et qu'elle achetait des armes afin de lutter contre la domination russe. Elle organisait une forme de résistance.

— C'est absurde, d'autant plus qu'il y a un consensus pour fournir un soutien militaire et logistique, depuis l'invasion de l'Ukraine par la Russie, répliqua sa collègue toulousaine. Les criminels se trouvent toujours de faux motifs pour excuser leurs ignominies.

— Vous ne pouvez pas comprendre, l'interrompit Olena. Quand on commence à toucher le fond, on ne remonte plus, on ne fait que s'enfoncer, c'est un cercle vicieux. J'en ai vu tellement comme ça, qui essayaient de s'en sortir en faisant les pires choix possibles. Par ailleurs, cet emballement généreux est récent et le trafic d'armes a toujours existé. Je n'y connais rien mais je me demande parfois si ces armes que nous recevons sont gratuites et qui paie. Que valent-elles, sont-elles adaptées à la puissance de l'ennemi ? … »

Olena se triturait nerveusement les mains.

« J'en ai assez, je n'en peux plus d'attendre sans rien faire ! Il faut retrouver cette

Ivanka. Et quel est le nom de cette société de production, de son propriétaire, de son directeur ? Ça ne doit pas être trop difficile à trouver, non ? Katia… Katia… Suis-je bête, pourquoi n'y ai-je pas pensé plus tôt, au lieu de me disputer avec elle, comme si c'était sa faute alors qu'elle n'y est pour rien ? Elle doit savoir… Je veux aller voir ces filles en Bretagne, je veux leur adresse. Maryna a contribué à les sauver, elles pourront peut-être m'en dire plus… Comment s'appelle ce village, déjà ? … Ploumanac'h ? …

— Oui, Ploumanac'h… Mais nous ne pouvons pas dévoiler leur cachette.

— Si, la coupa Stéphanie. Vous le devez ! C'est une enquête officielle, je serai là et nous serons discrètes. Nous ne les mettrons pas en danger, je vous le garantis. Elles peuvent détenir des informations cruciales. »

La responsable toulousaine hocha la tête, sceptique.

« Vous serez en relation avec l'antenne bretonne de notre association, sa responsable vous donnera toutes les coordonnées nécessaires. J'espère que vous trouverez enfin ce que vous cherchez sans compromettre notre système de protection. »

Stéphanie régla l'addition et ramena Olena, qui était exténuée, à la voiture. Sur l'autoroute, elles s'arrêtèrent pour faire le plein d'essence et acheter des boissons fraîches. La chaleur estivale était suffocante. Dans la boutique, sur un tourniquet, Stéphanie remarqua des aquarelles dont une intitulée *Le Phare de Ploumanac'h*. Elle la prit et la regarda longuement avant d'apercevoir, en bas à droite, une signature : M. Ferrer.

Une artiste locale… Une ancienne prostituée… Elle avait accepté d'accueillir ces évadées, avait dit une des responsables de l'association. Peut-être était-elle aussi une évadée qui se cachait… Et si ?... Mylena Ferrer. M. Ferrer.

Stéphanie se sentit mal tout d'un coup. Son cœur battait la chamade. Il y avait d'autres aquarelles avec le même nom. *Le Ponte Vecchio sur l'Arno à Florence*, *Le Massif des Dolomites* en Italie, *L'Ile de Sein* en Bretagne. Elles étaient toutes magnifiques. Stéphanie les acheta et rejoignit Olena, qui se désaltérait à une table. Elle lui montra sa découverte.

« Elles sont splendides ! »

Stéphanie était fascinée. Elle réfléchissait.

« Le Phare de Ploumanac'h », lut-elle.

Elle contemplait le dessin, les couleurs. « Cette nature luxuriante, sauvage ; cette maison de maître, presque un château et ce phare en face, le ciel bleu, le vol des mouettes… Cela pourrait être elle, cela pourrait lui ressembler…, à ce qu'elle aurait pu devenir… »

Elle méditait, elle avait oublié la présence d'Olena qui l'écoutait pourtant avec intérêt.

« *Le Massif des Dolomites…* J'adore ce mélange de bleu, de vert et de blanc. Ce bleu ciel… ces nuances de vert, du clair au foncé… *Le Ponte Vecchio sur l'Arno à Florence…* Peut-être a-t-elle réalisé cette aquarelle à partir d'une photo. C'est beau, ce rouge, ce vert, ce blanc… Et *L'Ile de Sein…*

— Il faut qu'on aille là-bas, la coupa Olena. Tu auras peut-être plus de chance que moi dans ta quête… Je te le souhaite. »

Leurs regards se croisèrent.

« On va les retrouver, certifia Stéphanie, galvanisée par ces peintures.

— Oui… D'une manière ou d'une autre… J'en suis certaine… », approuva Olena. Il ne fallait pas briser cette dynamique positive.

Stéphanie la raccompagna chez Marianne qui écoutait de la musique classique pour se détendre. *L'Hymne à la joie* de Beethoven.

« C'est efficace aussi… », déclara Olena. Elle échangea un regard complice avec Stéphanie en souvenir de leur discussion, dans la voiture, à propos de leurs goûts musicaux.

« C'est l'hymne européen, dit Marianne, les pieds nus sur la table du salon. J'adore ! Ce poème de Schiller *L'Ode à la joie* exprime l'idéal de fraternité qu'il avait pour la race humaine, vision partagée par Beethoven.

— Pas par les nazis…, laissa échapper Olena. Je suis désolée, pardon de gâcher ce moment de détente…

— Non, tu as raison, la musique est allemande et la Shoah aussi. On confond trop souvent la politique et les peuples. Les nazis étaient allemands mais les Allemands n'étaient pas tous nazis. Ce ne fut qu'une parenthèse atroce de douze ans. Rien à l'échelle de l'Art qui est éternel. Et pourtant… impossible de ne pas y songer… »

La musique classique faisait vibrer Marianne et elle aimait partager son enthousiasme, sa passion. Stéphanie se souvenait qu'elles étaient allées voir ensemble *Casse-Noisette*, le ballet-féerie de Tchaïkovski, un compositeur russe de l'époque romantique. Stéphanie avait été éblouie par toute cette magie, ces sons. C'était un spectacle merveilleux. Le soir de Noël, Clara recevait de son oncle un casse-noisette. Pendant la nuit, dans le salon, les jouets s'animaient et le casse-noisette se transformait en prince. Le livret expliquait que, depuis sa création en décembre 1892, ce ballet était devenu un véritable symbole musical. Il s'agissait d'une adaptation de la version d'Alexandre Dumas du conte allemand *Casse-Noisette et le Roi des souris* d'Hoffmann, publié en 1816. Au terme de ce rêve merveilleux, Clara se réveillait sous l'arbre de Noël avec un casse-noisette dans ses bras et le rideau tombait.

Stéphanie avait remercié son amie de lui avoir offert un si beau cadeau de Noël, qui leur avait permis de rompre leur solitude.

283

« Dans la version de George Balanchine, elle ne se réveille pas, avait constaté Marianne. Clara et le Prince Casse-Noisette s'envolent dans un traîneau tiré par des rennes, laissant le rêve se réaliser, comme dans le conte d'Hoffmann.

— J'aime cette idée qu'il y ait deux versions, deux possibilités. L'une réaliste, l'autre romantique, onirique », avait répondu Stéphanie.

Marianne, Stéphanie et Olena planifièrent leur périple breton et se mirent d'accord : Katia ferait partie du voyage, il ne pouvait en être autrement. Lorsque Stéphanie les quitta, un vent d'orage se levait et commençait à rafraîchir l'atmosphère caniculaire. Des éclairs zébraient le ciel dans le lointain. Elle n'avait pas démarré que son téléphone sonna. Katia.

« Katia ?

— Oui, j'ai des nouvelles d'Ivanka, annonça-t-elle sans préambule. Elles ne sont pas bonnes. Un ami britannique m'a envoyé un article de *The Guardian* où il est question d'un producteur de cinéma et d'une directrice de casting retrouvés morts dans un entrepôt qui a brûlé. Leur identité est mentionnée, c'est Ivanka et le directeur de la société de production qui m'avait embauchée, ainsi que Maryna.

— Un entrepôt qui a brûlé ?

— Oui, un acte criminel, pas un accident. Une piste mafieuse est évoquée. En fait, ils avaient une double vie, une activité légale qui servait de couverture à du trafic d'êtres humains et d'armes. Je ne me suis doutée de rien. La duplicité et l'aptitude au mensonge sont sans limites. Maryna a dû voir ou deviner quelque chose qui lui a coûté la vie ou qui l'oblige à se cacher, si on veut être optimiste. Maintenant, ces deux-là sont hors d'état de nuire.

— C'était lui, l'amant de Maryna ?

— Ça m'étonnerait beaucoup que Sergueï ait eu des racines dans le Tarn-et-Garonne… Ou alors pour blanchir de l'argent… Il se faisait appeler Serge, en France.

— On doit pouvoir vérifier la liste de ses propriétés pour lancer des recherches, effectuer des fouilles. J'ai plusieurs idées en tête, dont une qui ne me plaît pas parce qu'elle est trop affreuse. Je ne veux rien négliger.

— Tu m'intrigues.

— Je ne peux pas t'en dire plus pour l'instant. L'orage monte, je vais me dépêcher de rentrer chez moi. Tu peux faire tes bagages, nous partons poursuivre notre enquête en Bretagne. Marianne te racontera, elle va nous réserver des chambres d'hôtel ! »

Le tonnerre grondait quand Stéphanie poussa la porte d'entrée. Elle n'avait pas terminé de fermer les volets roulants que la sonnette du vestibule retentissait. Matthias cherchait à s'abriter de la pluie diluvienne. Il tenait, serrée contre lui, une chemise qui contenait des documents. Comme il était mouillé, Stéphanie lui proposa de changer de tee-shirt. Elle était heureuse de cette visite impromptue. Elle s'était souvent demandé s'il l'avait oubliée. Son empressement à son égard lui permettait d'envisager une réponse négative.

« Un tee-shirt rose ? » s'insurgea Matthias.

Stéphanie se mit à rire, elle était soudain de bonne humeur. Il rit lui aussi, de bon cœur.

« C'est un tee-shirt d'homme, le rassura-t-elle. Ils me servent de pyjama, ils sont très confortables ! Tu n'as pas à t'inquiéter : le rose est la nouvelle tendance de la mode masculine. Tous les rugbymen en ont ! »

Elle lui tendit une serviette pour qu'il se sèche, on aurait dit qu'il avait pris la douche. La tempête faisait rage à l'extérieur, elle détestait ces violents orages qui l'effrayaient. Les tuiles du toit ou les volets roulants n'allaient-ils pas céder, s'écrouler sous les ravages de ces catastrophes naturelles ? Tant de reportages évoquaient ces dramatiques situations qu'il était difficile de ne pas paniquer. Stéphanie était ravie de ne pas être seule. Malgré ses quarante-sept ans, Matthias était toujours aussi beau et charismatique, jugeait-elle. Mais, après tout, il n'était pas si vieux, et elle non plus. Quel était l'abruti qui avait osé avancer que la femme a une date de péremption ? Pour la procréation, peut-être. Et alors ? Une femme n'est pas qu'un utérus sur pattes.

La lumière vacilla plusieurs fois. Il y avait de l'électricité statique dans l'air. Le coup de foudre n'était pas loin, plaisanta Stéphanie dans son for intérieur. N'avait-il pas déjà eu lieu sur une plage de Port-la-Nouvelle, en 1998 ? Elle se sentait détendue, en dépit des intempéries, même quand ils se retrouvèrent plongés dans l'obscurité à tâtonner pour trouver une pile et des bougies. Un dîner aux chandelles ? Quoi de plus romantique ? Une nuit torride ? Non. Il n'était pas si évident d'effacer tous les non-dits, les désaccords, les paroles blessantes, les abandons, le sentiment d'avoir été trahi, bien qu'il soit faux. Il ne l'avait jamais trahie. Ils s'étaient juste éloignés parce qu'ils ne se comprenaient plus, ne parlaient plus la même langue, n'avaient plus les mêmes aspirations. Comment y remédier ? N'avait-il pas fait une partie du chemin qui les séparait ? L'amitié brisée se répare rarement, avait dit Katia. Sauf si on accepte que le résultat de cette réparation ne soit pas parfait, qu'il y ait des traces, des cicatrices… L'amour brisé est un peu similaire…

S'il y avait de l'espoir pour Katia et Olena, alors il devait y en avoir aussi pour Matthias et Stéphanie. Cette nuit agitée était magique, comme celle qui les avait unis, sur fond musical, des années auparavant, lorsque Stéphanie s'était enfin décidée, n'écoutant que son cœur et non les exhortations de Mylena.

« Fais-moi plaisir, éclate-toi avec Matthias ! » Se cachait-elle en Bretagne ?

Stéphanie était songeuse. Ce soir, elle avait pensé au cadeau de Noël de Marianne, ce ballet-féerie adapté du conte allemand *Casse-Noisette et le Roi des souris* d'Hoffmann et, dans la pénombre, Matthias avait surgi, tel le prince Casse-Noisette, rendant réels le songe, le fantasme. Marianne avait fait lire à Stéphanie ce récit, dont l'issue était différente du ballet qu'elles venaient de voir. Stéphanie n'avait pas envie de se réveiller, elle désirait que son prince ne redevienne pas un casse-noisette et qu'après avoir vaincu le roi diabolique, il l'emmène sur son bateau magique dans un royaume peuplé de poupées où ils se marieraient.

Un coup de tonnerre assourdissant dissipa le rêve et la ramena à la réalité, plus prosaïque. Dans le salon éclairé par deux bougies, Matthias ouvrit la chemise qu'il avait protégée de la pluie et qui contenait des aquarelles.

« Regarde ! Et si Mylena était l'artiste qui a dessiné ces œuvres ? M. Ferrer… »

Stéphanie posa sa main sur son bras et l'interrompit.

« Dans la boutique de la station-service ? Toi aussi ? »

Il acquiesça.

« Nous partons en Bretagne poursuivre notre enquête. Viens avec nous… Mylena,

Maryna. Le passé, le présent... » balbutia Stéphanie.

Matthias la regarda.

« Je n'aurais pas dû te laisser t'en aller… J'aurais dû… »

Les mots ne venaient pas.

« Tu crois que c'est parce que nous n'avons pas eu d'enfants… mais tu te trompes. Ce boulot me prenait tout mon temps, c'était un challenge permanent et j'adorais ça. Je ne pensais qu'à mon entraînement, à être à la hauteur pour ne pas être blessé, mutilé, handicapé voire mourir au combat. J'étais sûr de moi, il n'y avait que très peu de place pour toi, je m'en rends compte. Tu n'y prêtais pas attention, tu étais tellement occupée par tes objectifs, tes défis personnels…

— Je tremblais à chaque fois que tu partais en mission, je n'en dormais plus. Je voulais qu'on ait une vie plus paisible, tant pis si elle était moins intense, plus casanière… »

Ils eurent un sourire complice. Il lui prit la main.

« J'ai l'impression d'avoir bêtement gâché des années… avoua-t-il.

— Non… Pourquoi ? Pourquoi tu as quitté l'armée ?

— Je ne voulais pas faire l'intervention de trop. J'ai vu des gars atteints de troubles de stress post-traumatique, il n'y a pas que le physique. Quand le mental, l'esprit, est endommagé, c'est parfois pire… Quant au haut commandement, je

289

n'aime pas la langue de bois, je n'ai pas l'âme d'un politicien. Je suis brut de décoffrage ! Finalement, je me suis reconverti. Comme toi… Je ne traque plus l'ennemi ou le terroriste mais les pervers qui font de la traite humaine, de l'esclavage sexuel. C'est utile aussi. Enfin, je l'espère. »

Stéphanie et Matthias évoquèrent les fantômes du passé et les mirages de leur avenir jusqu'à minuit. Après le départ de son chéri, elle regagna sa chambre où l'attendait, posé sur la table de chevet, *La Garde blanche,* le roman de Boulgakov que Katia lui avait offert, et elle reprit sa lecture, l'esprit apaisé, malgré les vicissitudes de l'existence.

« Mais pourquoi ? Personne ne peut le dire. Quelqu'un paiera-t-il pour le sang versé ?

Non. Personne.

Simplement, la neige fondra, la verte herbe ukrainienne sortira et flottera comme une chevelure sur la terre… les épis splendides mûriront… l'air brûlant vibrera sur les champs, et toute trace de sang aura disparu. Le sang ne coûte pas cher sur les terres rouges, et personne ne le rachètera.

Personne. »

Benjamin Aznar

Août 2022.

« Si Benjamin Aznar est coupable de la disparition de Mylena, il en a été tellement traumatisé qu'il n'a jamais récidivé… »

Matthias roulait sur l'autoroute qui les conduirait à Perros-Guirec. Katia, à l'arrière, et Stéphanie, sur le siège passager, l'accompagnaient. Marianne et Olena étaient parties de leur côté.

« Tu as effectué des recherches ? s'enquit Stéphanie.

— J'ai des indices un peu partout ! acquiesça Matthias. Il est discret, il fréquente un groupe réservé aux drogués anonymes. Selon mes sources, son sevrage serait un succès. Il assiste régulièrement aux réunions et il s'est marié avec une fille qui est membre de la même organisation. Elle, c'est une alcoolique. Ils ont un fils de douze ans. Pas de plainte, pas de comportement suspect, pas de soupçon de relations avec des mineures. André m'a certifié que Benjamin Aznar n'était pas venu depuis longtemps au *Club Aphrodite* et qu'il ne s'amusait qu'avec des adultes consentantes. J'ai l'impression que, depuis qu'il a rencontré sa femme, il mène une vie stable.

— C'est le pouvoir de l'amour ! » railla Katia.

Stéphanie était mal à l'aise à cause de l'article paru dans la presse nationale qui accusait sans preuves Benjamin. Telle n'était pas sa conception de la justice, encore moins du journalisme. Elle n'avait pas eu le temps d'appeler le journaliste local qui n'avait pas respecté sa promesse de ne pas publier.

Le voyage avait été agréable, festif, émaillé de moments d'humour, de nostalgie, de tendresse, une sorte de pèlerinage en mémoire de Mylena, comme s'ils allaient éparpiller ses cendres dans un endroit qui lui aurait plu, pour qu'elle y repose en paix.

Vingt-quatre ans s'étaient écoulés entre l'été 1998 et l'été 2022. Cette fois-ci, Matthias, et non Mylena, était au volant, le pied appuyé sur l'accélérateur, roulant à vive allure sur la voie de gauche mais sans excès de vitesse. Il leur faisait partager ses goûts musicaux, pour leur plus grand plaisir. Le paysage défilait rapidement, Stéphanie avait posé ses jambes sur le tableau de bord. Elle était détendue et heureuse.

« Un iPod, un baladeur numérique ? Tu sais que la marque à la pomme vient d'annoncer en mai la fin de sa production, après vingt et une années d'existence. Ils seront bientôt aussi obsolètes que mes cassettes et rejoindront le musée des curiosités technologiques ! »
Elle riait.

« Tu écoutes encore des cassettes ?! plaisanta-t-il.

— Non ! Le lecteur ne fonctionne plus et la bande non plus, d'ailleurs, avoua-t-elle, dépitée. C'est dommage… J'adorais ta cassette de Tina Turner et celle que nous avions enregistrée, Mylena et moi, une compilation de nos chansons préférées. Nous la passions en boucle dans la 306… »

Tandis qu'elle disait cela, le baladeur numérique jouait : *Oh ! Ma jolie Sarah* de Johnny Hallyday : « Car tout change et tout casse et tout passe et tout lasse / Le désir, le plaisir se diluent dans l'espace […] Et je n'y suis pour rien. »

« On a failli aller voir le concert à la tour Eiffel… Tu te souviens ? ... »
Matthias hocha la tête.

« Il ne faut pas avoir de regrets, la consola-t-il. Ce n'était pas le moment, c'était une période difficile… »

Stéphanie ferma les yeux et se laissa emporter par la musique pendant que le rockeur enchaînait avec un autre de ses tubes *Gabrielle*. Katia leur demanda de monter le son et se mit à chanter le refrain : « Dix ans de chaînes sans voir le jour, c'était ma peine, forçat de l'amour/ j'ai refusé d'mourir d'amour enchaîné. » Peut-être ces phrases trouvaient-elles un écho dans son histoire personnelle compliquée, son fiancé qui l'avait quittée. Elle l'aimait et pourtant elle désirait s'émanciper, se libérer de sa douleur.

L'ambiance était bonne. Stéphanie espérait que Marianne et Olena arrivaient elles aussi à faire abstraction du stress, de l'angoisse, de la souffrance, du malheur, le temps d'un trajet, à ne pas culpabiliser d'être encore vivant et capable d'en profiter, en dépit du chaos qui régnait partout dans leur univers intime. Pour Olena, le problème n'était pas que personnel, individuel, à cause de la guerre qui ravageait son pays.

Dans sa liste de lecture, Matthias avait une chanson qui fit l'unanimité du trio : Gala *Freed From Desire*.

« J'ai entendu dire que ce serait l'hymne des Bleus pendant la Coupe du monde au Qatar ! » précisa-t-il.

Impossible de ne pas penser à leur rencontre à Port-la-Nouvelle en juillet 1998, quand tout le monde fêtait la victoire de l'équipe de France de football au son de *I Will Survive* de

Gloria Gaynor. En revanche, il fallait effacer la présence exécrable du pervers, Benjamin Aznar, qui avait traqué Stéphanie jusqu'à l'appartement et qui avait gâché sa joie, sa sérénité.

Il y avait un autre souvenir ambigu : Mylena qui dansait sur le rythme de *Freed From Desire, Libéré du désir*, en regardant l'émission musicale *Dance Machine*, le mercredi à dix-huit heures. Un exutoire, un moyen agréable de se défouler, entre les devoirs, la pression des examens, d'autant plus forte que leur environnement était détestable et compromettait leurs chances d'avoir un avenir positif. Ces concerts géants intitulés *La Plus Grande Discothèque du monde*, organisés au Palais omnisports de Paris-Bercy et diffusés à la télévision, étaient le seul moment de bonheur de leurs semaines. Elles ne vivaient que pour eux, ils les aidaient à tenir le coup, à être fortes. Ils avaient probablement aussi donné à Mylena le goût de la vie nocturne qui l'avait menée à sa perte. Benjamin Aznar l'avait entraînée dans ce monde de la nuit, à la vitrine attirante, fantastique, euphorisante, qui dissimulait des aspects glauques, dangereux, parfois fatals.

Que faire de ce souvenir ? Le conserver intact, même s'il réveillait la tristesse de Stéphanie, son chagrin d'avoir perdu son amie d'enfance, une sœur, sa sœur ? Elle n'avait plus de relations avec la sienne, sa sœur biologique, Camille, depuis bien longtemps.

Katia saisit son smartphone.

« Je vais vous faire écouter ma playlist, pour parler comme les « djeunes », plaisanta-t-elle. Personne ne dit « Liste de lecture ». Élodie, la fille de Marianne, me l'a confirmé. Elle a la bouche pleine d'anglicismes. Elle est une « Global Citizen », m'a-t-elle expliqué, elle a l'application sur son « smartphone », elle est membre de « Power our planet », une association pour agir dès aujourd'hui, bâtir un monde meilleur et des lendemains profitables à tous. Ils préparent un « live » à Paris, le 22 juin 2023. Ce sera un concert mêlant musique et engagement. Des artistes, des activistes, des dirigeants et des « Global Citizens » se réuniront sur le Champ de Mars, au pied de la tour Eiffel. Élodie a aussi les applis « Spotify » et « Deezer » où elle m'a fait écouter ses « playlists ». Ce fut une conversation très intéressante ! Quant à moi, je vais lancer la mienne ! »

Katia s'exécuta.

« Ça, c'est une pub ! décréta Matthias.

— Oui et non ! »

Katia riait.

« C'est une valse de Dmitri Chostakovitch, elle a été popularisée grâce au petit écran par la compagnie d'assurance CNP, dans les années quatre-vingt-dix. On y suit l'histoire d'un enfant qui traverse différentes étapes de sa vie : de l'adolescence au mariage jusqu'à ce qu'il devienne lui-même grand-père. Il lègue son violon à son petit-fils qui s'élance à son tour dans la vie. L'éternel recommencement. Je n'ai pas voulu doucher l'enthousiasme d'Élodie en lui disant qu'un jour ses applis ultra modernes rejoindraient nos cassettes au musée des antiquités technologiques !

— Oui, et ses enfants et petits-enfants la regarderont avec le même air abasourdi qui signifie : « Mais c'était à quelle époque, ça ? Les dinosaures, non ? ». Le même air qu'elle a quand elle dit : « Des cassettes ?!!! » Ils prononceront : « Un smartphone et des applis ?!!! » C'est tout le malheur que je lui souhaite ! se moqua Stéphanie en songeant qu'elle n'aurait jamais d'enfants et donc pas de petits-enfants éberlués par ces objets d'un autre siècle.

— Tout ce temps déjà écoulé… soupira Katia. Dans les années quatre-vingt-dix, j'étais encore dans ma Sibérie natale et je rêvais de découvrir Saint-Pétersbourg et Moscou. J'y suis allée, ce n'était pas le paradis. La corruption, la drogue, plutôt *L'Enfer* de Dante ! Je voulais étudier et enseigner la littérature, voyager. Je l'ai fait grâce à un de vos présidents, Jacques Chirac, et à l'alliance franco-russe qu'il avait créée à Samara. J'ai pu venir en France et je me suis débrouillée pour y rester, jusqu'à aujourd'hui. Cela fait vingt ans… Mes parents me manquent et je leur manque. Ils vieillissent eux aussi, puis ils disparaîtront définitivement. J'aimerais les voir davantage… Que dites-vous de mes concertos ? J'ai plusieurs cordes à mon arc pour une hôtesse de caisse, j'ai fait le conservatoire et je suis pianiste, entre autres !

— J'en dis que la musique classique me file des boutons ! Je la supporte pas, rétorqua Matthias. Je suis désolé !

— Il ne faut pas ! Ça ne s'explique pas, la musique provoque des réactions épidermiques, viscérales, incontrôlables, certains sons nous font vibrer, d'autres sont insupportables. L'amour est pareil. Mon ex m'a fait du mal et, pourtant, je ne peux pas m'empêcher de l'aimer. J'ai beau essayer, les autres ne m'intéressent pas, ça ne fonctionne pas ainsi. Tant pis ! Ou alors… »

Stéphanie hocha la tête en signe de complicité.

« J'adore Beethoven ! s'extasia Katia. Il paraît que c'était un obsédé sexuel, comme ton pervers !

— En tout cas, je vous remercie de m'accompagner dans ce périple douloureux et angoissant, de me faire rire, de me détendre. J'ai l'impression que je me prépare pour aller passer un examen ou un concours et que mes amis me soutiennent. Pour moi qui n'ai pas de famille, c'est très important...

— Si, tu as une famille ! la coupa Matthias d'un ton sans réplique qui lui fit chaud au cœur.

— Je plussoie ! affirma Katia. Serrons-nous les coudes, même si rien n'est éternel, justement parce que rien n'est éternel et que notre pauvre espèce humaine rejoindra sans doute celle des dinosaures, malgré l'énergie d'Élodie et de ses « Global Citizens ». Il ne faut pas la décourager, elle a dix-huit ans…

— Presque dix-neuf, rectifia Stéphanie.

— Après tout, peut-être a-t-elle raison d'être optimiste et moi tort d'être pessimiste…

— J'ai lu quelque part que c'est la chute d'un astéroïde géant qui a provoqué l'anéantissement des dinosaures, une glaciation et un hiver nucléaire. Leur espèce avait vécu des millions d'années sur terre avant de disparaître et de laisser la place à d'autres. D'après moi, nous n'aurons pas besoin de l'intervention d'une roche de l'espace : entre la bombe atomique et les nouvelles armes supersoniques, renchérit Matthias.

— Je suppose que c'est ce qui fonde notre supériorité, n'est-ce pas ? Nous sommes des « roseaux pensants », comme disait le célèbre philosophe[16], et la pensée mène à tout, le meilleur et le pire : la destruction, railla Stéphanie, de l'amertume dans la voix.

— Et cette chanson ? Vous aimez ? enchaîna Katia, désireuse d'effacer la tristesse et de profiter pleinement du moment présent. J'ai pitié de Matthias, j'arrête le classique. »

---

[16] Pascal *Les Pensées.*

Don't You Forget About Me de Simple
Minds résonna dans l'habitacle. Stéphanie l'avait
entendue lorsqu'elle attendait Matthias au café et
relisait les carnets de Thérèse, la jeune fille de
dix-huit ans, couturière à l'Arsenal, dont le corps
venait d'être déterré. Ce journal intime se
terminait en 1957, quand Thérèse avait offert à
son fiancé Miguel, pour son anniversaire, *Qui
j'ose aimer* d'Hervé Bazin. Miguel était le père
de Benjamin Aznar. Des réminiscences du séjour
de Stéphanie en Espagne, durant l'été 1998, et des
fragments épars du passé l'avaient menée à cette
conclusion. Ces coïncidences la troublaient. À
nouveau, il lui semblait entendre Thérèse, par-
delà les décennies, lui susurrer *Don't You Forget
About Me, Ne m'oublie pas*. Sa quête personnelle
rejoignait celle de cette jeune fille que tout le
monde, en effet, avait oubliée.

Marianne avait réservé des chambres à
l'hôtel Ker Mor de Perros-Guirec. Le cadre était
idéal pour des vacances agréables. Stéphanie
défit ses bagages tout en regrettant de ne pas être
une simple touriste en compagnie de ses amis.
Marianne et Olena les attendaient dans un vaste
jardin qui surplombait une belle plage de sable
fin. À l'accueil, une brochure annonçait qu'il n'y
avait qu'un pas à franchir pour découvrir les
nombreuses animations et activités de Trestraou,
ainsi que les restaurants et boutiques du centre-
ville.

Le smartphone de Stéphanie ne lui permit pas de respirer une seconde l'air frais et apaisant du lieu. Il se mit à sonner et elle frissonna car Benjamin Aznar venait de lui envoyer un message. Il l'attendait ce soir, pressé d'en finir. « Je ne pensais pas que tu avais tant de rancœur, que tu étais capable de telles calomnies », avait-il écrit, entre rage et désespoir, faisant allusion à l'article paru dans la presse nationale.

« Je viens avec toi, proposa Matthias. Son ressentiment m'inquiète, il pourrait être agressif, voire dangereux.

— Non. Si tu es là, je crains que ça ne tourne à la baston et nous n'obtiendrons aucune information, objecta Stéphanie d'un ton véhément. Je n'ai pas attendu toutes ces années pour rentrer bredouille !

— Je t'accompagne, décida Marianne. Toutes les deux, on saura le calmer et lui tirer les vers du nez !

— Je l'espère, soupira Stéphanie. Et je le redoute… La vérité fait peur parfois… La cruelle vérité… »

Marianne posa sa main sur la sienne.

« Tout ira bien. »

Stéphanie et Marianne partirent de l'hôtel et se dirigèrent vers la grande plage de Trestignel. Le vent fouettait leur visage tandis qu'elles marchaient pour atteindre une des villas du bord de mer, en granit rose, que Benjamin Aznar avait louée ou qu'un ami lui avait prêtée pendant ses vacances. Stéphanie trouvait ce panorama magnifique et en harmonie avec les émotions chaotiques qui l'agitaient. Les nuages s'amoncelaient, l'atmosphère était fraîche, sauvage, les embruns mouillaient son visage et elle ne pouvait s'empêcher de contempler ces blocs rocheux aux formes insolites que le temps avait sculptés.

La maison avait un jardin clos et une terrasse abritée où le « pervers » les attendait, maussade. Stéphanie l'aperçut sans reconnaître vraiment ce quinquagénaire séduisant à la fine barbe grisonnante et aux cheveux poivre et sel. Que restait-il en lui du jeune homme qu'elle avait côtoyé quand il était âgé de vingt-trois à vingt-huit ans, dans les années quatre-vingt-dix ? La manière péjorative et haineuse dont Stéphanie le nommait n'était-elle pas liée à ce qu'elle estimait être sa clairvoyance : cette douloureuse sensation d'être une fille abandonnée, perdue, sans famille, sans amis véritables, sans soutiens, proie potentielle des proxénètes, de ceux qui transforment les êtres humains en marchandises à vendre et acheter ? Quel était le rôle exact du « pseudo-compagnon de Mylena » dans ce trafic ? Elle l'ignorait en réalité.

« Nous n'allons pas faire semblant d'être des amis de longue date qui se retrouvent vingt ans après. Plus vite nous terminerons, mieux ce sera. Je dois rentrer à Paris. »

Benjamin Aznar laissa d'emblée éclater sa hargne.

« Je ne suis pas responsable pour l'article au titre éloquent : « Un magistrat impliqué dans la disparition d'une jeune fille. » De simples confidences à un chroniqueur local ont pris des proportions que je n'imaginais pas, persifla Stéphanie.

— Tu as beaucoup changé. Si je t'avais croisée dans la rue, je ne suis pas sûr que je t'aurais reconnue. Tu peux être fière de ton parcours.

— Tes flagorneries ne m'intéressent pas.

— Si tu t'adresses ainsi à tes prévenus, ils doivent avoir du mal à comprendre ton langage…

— Il n'y a pas d'âge pour s'instruire.

— Je vois que tu as amené un garde du corps. »

Il désigna Marianne avant que son regard ne se perde dans le vide.

« Elle ressemble à Mylena, c'est étrange… À ce qu'elle aurait pu devenir…

— Ah ! Je te prends en flagrant délit d'aveu de culpabilité ! Tu sais qu'elle n'est rien devenue…

— Non, je suis comme toi, je ne sais rien. Je n'ai qu'un tort : j'aurais dû te le dire au lieu de m'enfuir…

— Qu'un seul tort ! l'interrompit Marianne. Qu'est-ce qu'il ne faut pas entendre !

— Ne jugez pas sans savoir.

303

— Mais nous savons, riposta Stéphanie. JE sais ! Je t'ai vu à l'œuvre pendant cinq ans, jusqu'à ce que la honte et la peur de la justice, dont tu étais pourtant un des fonctionnaires zélés, te rattrapent ! Que s'est-il passé lors de cette ultime soirée à laquelle tu l'as conduite ?

— Je suis désolé, ce n'était pas moi, je ne suis pas au courant.

— Je ne te crois pas !

— Il faudra bien, c'est la vérité.

— N'emploie pas ce mot, ta bouche le salit !

— Non. Ta colère, ton désir de vengeance t'aveuglent. Tu devrais reconsidérer les événements avec un regard neuf, moins impliqué, objectif et alors tu verras, tu comprendras mieux. Aujourd'hui, la haine t'empêche d'y voir clair ; hier, c'étaient la peur, l'angoisse et peut-être que la colère, la haine étaient déjà là, elles aussi. »

Cette façon qu'il avait de la cerner, de lire en elle comme dans un livre ouvert, lui déplaisait profondément.

« Mylena fréquentait d'autres hommes, qu'elle a rencontrés grâce à moi, je te l'accorde. Notamment un flic ripou, il vendait sous le manteau la drogue des saisies et fréquentait des prostituées qu'un maquereau lui présentait. J'étais client… Pour la cocaïne et les filles, addictions inavouables quand on a mon statut social. »

Stéphanie réfléchissait, essayait de se souvenir. Elle était en plein désarroi à cause de ces révélations qui perturbaient ses certitudes. Elle s'assit sur une des chaises de la terrasse couverte.

« Ça vous intéresse d'en apprendre davantage ou vous préférez continuer à m'invectiver et me traîner dans la boue ?

— Ma présence ici n'a pas d'autre but que de découvrir enfin ce qui est arrivé à mon amie d'enfance.

— Je ne détiens pas toutes les clés du mystère. Je ne pense pas qu'elles existent. Trop de temps s'est écoulé et le monde de la nuit, de la prostitution peut être glauque, violent. Ce collègue véreux m'a entraîné dans cet univers dangereux que je trouvais excitant, à vingt-trois ans. La transgression, le mépris des conventions sociales et morales m'attiraient. Après ces années passées à étudier, j'avais besoin d'un exutoire, de me sentir libre, de jouir sans entraves. La coke me stimulait, m'aidait à être en forme. Quant aux prostituées, elles me permettaient de ne pas être seul. Je ne savais pas séduire, les filles ne s'intéressaient pas à moi. Elles me fuyaient, dès qu'elles apprenaient le suicide de mon père, sa maladie mentale. Je ne devais pas être un beau parti du point de vue de la génétique, railla-t-il, amer. Pourtant, sa mort n'avait rien à voir avec un gène défectueux…

— Je sais… balbutia Stéphanie.

305

— Tu sais ?! »

Il n'en croyait pas ses oreilles.

« C'est un autre sujet. Nous en parlerons plus tard, je t'expliquerai…

— Je l'espère bien ! Bref, j'ai rencontré la mère de Mylena qui vendait ses charmes pour se payer sa dose. Ou plutôt ses doses. Entre cocaïne et héroïne, elle était loin d'être clean, malgré ses efforts pour se sevrer. Le flic savait la persuader. Encourager le vice et le crime, ça rapporte plus que la vertu ! Surtout avec un tel business. Les profits n'ont fait que croître au fil des ans. Tous ces rails de coke décuplaient mes pulsions, mes besoins physiques. Pardonnez-moi de choquer vos chastes oreilles ! »

Il eut un regard lubrique en direction de Marianne puis de Stéphanie. Sa vue lui fit baisser les yeux. Avait-il honte de son ancienne passion, ses flammes n'étaient-elles pas entièrement éteintes ?

« J'aurais pu baiser un arbre et Mylena était un bel arbre, déjà à treize ans… Un corps magnifique, pulpeux, un mètre soixante-dix de chair parfaite, presque vierge et à la fois experte, expérimentée, naïve, sans tabou, des seins énormes, fermes et bien ronds…

— Nous ne souhaitons pas en savoir plus, le stoppa Marianne. Ayez la décence de taire vos fantasmes !

— De les garder secrets ? s'insurgea-t-il. N'est-ce pas un peu hypocrite et puritain ?

— Poursuis, ordonna Stéphanie. Et sois factuel, pas lyrique. Tu écriras plus tard ton roman érotique, même si je doute fort qu'il soit publié.

— Les aventures de Casanova ou Don Juan seraient-elles passées de mode ? »

Il se calma et continua son récit :

« Mylena était aussi belle que sa mère. Point. Je ne te dirai donc pas ce que j'ai ressenti quand elle a dansé et chanté pour moi à cette fête que j'avais organisée. Ma mémoire me trahit. Était-ce chez moi ou à l'association dont j'étais un bénévole… Elle ne se droguait pas, elle était charismatique, intelligente. Enfin… J'ai fini par comprendre que l'intelligence venait de toi. Tu la formais, tu lui enseignais à s'exprimer d'une façon policée, tu la faisais lire, étudier, tu lui donnais des cours. La dame, c'était toi et non elle. Tu me rendais fou. Oui, fou, amoureux fou, d'autant plus que tu me résistais d'un air impérieux, hautain. Tes sarcasmes, ton esprit étaient irrésistibles et compensaient les légères imperfections de ton corps… »

Stéphanie fronça les sourcils.

« Oui, je sais, j'ai promis de ne pas m'engager sur ce terrain interdit. *Qui j'ose aimer* était pour toi. La femme de sa vie l'avait offert à mon père. Elle s'appelait Thérèse. Ce n'était pas ma mère. Son amour pour Thérèse l'a rendu fou. Je me suis enfui sans te donner de nouvelles pour échapper à cette hérédité fatale. Je me suis trompé, je n'aurais pas dû.

— Comme c'est étrange de t'entendre prononcer son prénom alors que j'ai dans mon cartable de magistrate ses carnets, déterrés avec sa dépouille dans une propriété où mon grand-père Eliseo a vécu. Tu n'as pas lu l'article qui m'a rendue célèbre « L'Inconnue de la gare » ? ironisa Stéphanie.

— Cela fait longtemps que je ne lis plus la presse locale, fit-il, dédaigneux. Je ne m'intéresse qu'à l'actualité parisienne.

— Les mondanités ? répondit-elle, d'un ton qui lui renvoyait son mépris. Je crains que tu n'en sois bientôt exclu…

— Si ma chute, ma détresse t'amusent… Tu n'étais pas digne de mon amour…

— Je le redis encore et encore : qu'est-ce qu'il ne faut pas entendre, intervint à nouveau Marianne. J'adore le vieux proverbe, quel est-il, déjà : « Il vaut mieux entendre ça qu'être sourd » ou « vaudrait mieux être sourd qu'entendre ça » ? »

Elle s'était assise, elle aussi, sur une des chaises de la terrasse et tenait son visage dans sa main en signe d'ennui profond. Stéphanie ne s'ennuyait pas. Tel un fin limier, elle flairait une piste et les bribes du passé l'assaillaient, l'accablaient sans qu'elle puisse l'empêcher. Il y avait toujours eu un lien mystérieux entre elle et Benjamin Aznar. *Qui j'ose aimer*, le cadeau de

Thérèse à Michel, Miguel, son fiancé espagnol, avait terminé son existence dans une poubelle, après avoir trôné dans la bibliothèque familiale des Aznar pendant plusieurs décennies. Ultime trace – ô combien précieuse – d'un amour tragique.

« Ton père a tué Thérèse, affirma Stéphanie d'un ton péremptoire. La culpabilité l'a poussé à fuir et à s'installer à Paris où il a tissé des liens d'entraide avec la communauté des réfugiés politiques espagnols, les républicains qui ont perdu la guerre contre Franco, n'est-ce pas ?

— N'est-ce pas quoi ?!!! Les républicains ont perdu la guerre contre Franco ? » railla-t-il. Il eut un rire dément.

« Non ! Ton père a tué Thérèse », répéta Stéphanie.

Perplexe, Benjamin Aznar observa Marianne puis Stéphanie.

« Tu me prends au dépourvu, bredouilla-t-il. Tu ne t'imagines quand même pas que je vais te révéler des secrets de famille devant celle-ci, là… »

Il désigna Marianne d'un geste dédaigneux qui dissimulait aussi un sarcasme, un désir de vengeance, de rabaisser, humilier cette visiteuse inopinée. Elle avait l'audace de lui faire la morale et adoptait une tenue désinvolte, empreinte de morgue. Se croyait-elle chez elle dans sa somptueuse villa ? Il rêvait de la congédier. Stéphanie lui en donnait l'opportunité.

« Viens à l'intérieur. Je t'en dirai plus. Vous, vous restez dehors ! »

Elle regrettait d'être tombée dans ce piège mais elle devait savoir ce qui était arrivé à Thérèse afin d'innocenter son grand-père. C'était important.

« Ne t'en fais pas, tout ira bien. Je n'en ai pas pour longtemps. C'est une vieille histoire, dit-elle à Marianne. Je te raconterai plus tard.

— Ah, non ! Je ne le permets pas. Si tu ne me jures pas de garder le silence, je ne dévoilerai pas mes secrets… Tous mes secrets ! … »

Il ricana. Il ressemblait à un aliéné. À ce qu'avait probablement été son propre père Michel, avant de se suicider.

Stéphanie rejoignit Benjamin à l'intérieur, dans une pièce aux murs blancs, entièrement rénovée aux standards contemporains.

« Alors ?

— Alors quoi ? »

Il déambulait, perdu dans ses pensées.

« Pourquoi Michel a-t-il tué l'unique amour de sa vie ?

— L'unique, c'est peut-être une vision un peu trop romanesque des choses. Il a été heureux grâce à ma mère, bien qu'elle se soit très vite rendu compte qu'il n'avait pas toute sa raison… Entre le poids de la culpabilité qui le hantait et les troubles de stress post-traumatique dus à la guerre civile espagnole, à la mort de ses parents, les massacres, les fosses communes, les tourments du rescapé qui se demande pourquoi il est vivant et pas les autres… Était-ce lâcheté de sa part ? A-t-il su s'échapper au bon moment, au lieu d'aller courageusement affronter l'ennemi ?

— Il n'avait que quatorze ans à la fin des années trente. Il n'était pas responsable de la débâcle des républicains, de leur incapacité à vaincre Franco et à enrayer le coup d'État qui a chassé du pouvoir le président de la République.

— Il n'y a pas d'âge pour avoir des scrupules. Il en a noirci des pages entières. Je t'épargnerai leur lecture. J'aurais dû ne pas les lire… » Il réfléchissait, cherchait ses mots. « Cependant, j'étais comme toi : je voulais avoir des réponses… Surtout quand j'ai décroché son cadavre, après sa pendaison. Je souhaitais protéger ma mère de cette vision atroce. Tu vois, à douze ans, j'étais un gentleman… »

Il se déplaçait, tel un avocat qui réussit avec brio sa plaidoirie.

« Dommage que la puberté, les hormones et la drogue, la luxure aient tout gâché… Thérèse… Thérèse… Il n'y en avait que pour elle… Elle l'obsédait, cette créature féminine magnifique, éblouissante. J'ai trouvé une photo dans ses affaires, je dois reconnaître qu'elle était superbe…

— Pourquoi l'a-t-il tuée ? s'énerva Stéphanie.

311

— Patience ! J'y viens ! Il ne l'a pas fait exprès, ce n'était pas son intention, le coup est parti tout seul… Ça n'aurait jamais dû se produire…

— Un coup ?

— Oui ! De fusil ! Le fusil était pour ton grand-père, un menteur, un hypocrite ! Il prétendait appartenir au camp républicain. C'était un mensonge, il avait une carte de membre de la Phalange !

— La Phalange ?

— Oui ! Une organisation politique nationaliste et fascisante qui s'inspirait du fascisme italien et qui a joué un rôle important dans la guerre civile de 36-39 face aux républicains. Tu l'ignorais ?!!! »

Il jubilait, ravi de la prendre en défaut. Stéphanie réfléchissait :

« Thérèse l'évoque dans ses carnets, non ? Miguel le lui explique. J'ai lu *L'Espoir* d'André Malraux pour le bac de français, son roman était au programme parce que le gouvernement français transférait ses cendres au Panthéon. En revanche, je ne me rappelle pas s'il aborde ces points historiques, si ma prof de l'époque l'a fait. J'avais tellement de problèmes et j'étais trop jeune pour saisir toutes ces subtilités…

— Thérèse n'y comprenait rien non plus. En faisant le ménage, elle a trouvé la carte de membre du syndicat des phalangistes. Elle l'avait dans sa poche en allant chez son fiancé, la carte a glissé sur le sol… Le hasard… un mauvais génie… ou la précipitation des amants quand ils enlèvent leurs vêtements. Ce bout de papier a gâché leurs ébats. Miguel et Eliseo se sont disputés, Miguel a menacé Eliseo, qui possédait un fusil. Miguel le lui a pris, Thérèse est intervenue, elle les a suppliés de se calmer, de discuter de ce malentendu : Eliseo était anarchiste et militait au sein du POUM, le Parti ouvrier d'unification marxiste, pas de la Phalange. Miguel l'a écoutée, il a posé le fusil et c'est là que le coup fatal est parti. Cette guerre a généré tant de drames…

— Tes révélations suscitent plus de questions qu'elles n'apportent de réponses, songea Stéphanie.

— Pourquoi ? Non. Tout est clair, même si la vérité te déplaît. Ton grand-père n'allait pas avouer qu'il avait été un des soutiens de Franco.

— Franco a gagné, mon grand-père n'avait pas besoin de se réfugier en France. Je pense qu'il était réellement membre de ce syndicat marxiste qui était antistalinien et a lutté contre la dictature franquiste.

— Tu crois ce qui t'arrange. De toute façon, ton grand-père a emporté son secret dans sa tombe, pas mon père. Il avait besoin d'écrire, sa thérapie n'a pas fonctionné, malheureusement… J'aurais aimé que ce soit différent… »

Stéphanie hocha la tête. Cet homme qui avait été le monstre, le pervers de son enfance prenait soudain des contours flous et indéfinissables.

« Et Mylena ? » chuchota-t-elle, épuisée.

Benjamin Aznar s'assit et toucha sa main sans qu'elle lui oppose la moindre résistance.

« Je ne l'ai pas conduite à cette soirée, confia-t-il. Elle ne quittait plus son mac et l'autre, là, le flic véreux. Ils lui offraient une protection et, en échange, elle devait verser une partie de ses gains. Tu n'étais pas au courant, elle ne te l'avait pas dit ? La honte, la peur. Une protection... Quelle blague ! Ce n'était pas elle qui ne les quittait plus, c'étaient eux qui la surveillaient, ils n'avaient pas confiance, elle n'était pas fiable. Elle avait des goûts de luxe et de liberté, la pauvre. Elle rêvait... Elle était capable de tout, elle aurait pu les dénoncer... ou pire... Devenir mère maquerelle ! »

Il eut un rire sardonique.

« Y a moyen de se faire beaucoup de fric en formant les jeunettes ! Elle était douée pour manier le fouet ! »

Stéphanie le repoussa et se leva à son tour. Elle se sentait fébrile.

« J'ai l'impression que tu détestes cette possibilité, pas plus agréable que le grand-père fasciste...

— Je veux du concret ! Tu étais à cette soirée : que s'est-il passé ?

— Non, je n'y étais pas.

— Tu mens.

— Non. Et puis, tout le monde ment. Je ne suis pas le clone de mon père, je n'écris pas de confession et je n'ai pas tous les torts. Désolé.

— Mylena prétendait que tu finançais les appartements à Toulouse, à Port-la-Nouvelle.

— À Port-la-Nouvelle, c'était moi. Il fallait bien vous loger quelque part, j'espérais avoir un peu d'intimité pour nous deux. On sait comment tu as réagi. La villa, c'était une colocation, moi et mon pote flic.

— Le bébé ?

— Quel bébé ?

— Mylena était enceinte en Espagne.

— Ah, oui. Ça... J'ai mal réagi, je n'étais pas sûr d'être le père. Je l'ai contrainte à avorter. De toute façon, les services sociaux le lui auraient enlevé et il y a assez de malheureux sur terre sans en rajouter. Tu as pu te rendre compte de l'état désastreux de l'aide sociale à l'enfance, aucun moyen, que des tragédies. J'ai épargné à cette créature à peine conçue de lourdes souffrances. »

Stéphanie avait envie de vomir.

« Et l'oligarque russe qui a tenté de me violer ? »

Elle attendit un instant. Il fut lent à réagir.

« Ça y est ? La mémoire te revient ?

— Je suis désolé, j'étais bourré et sous l'emprise de stupéfiants. Il a dérobé mon double des clés de l'appartement. Je te gardais pour moi,

315

je n'aurais jamais eu l'idée de t'offrir sur un plateau à ce pervers lubrique… »

Stéphanie l'interrompit.

« Tu as revu Maribel et Isabel, ta famille espagnole ?

— Non, je ne suis plus le bienvenu. Isabel est une bigote, une religieuse, une puritaine insupportable. Je crois que Maribel a vendu le restaurant. Soit elle est morte, soit elle est à la retraite. Je n'en ai rien à cirer.

— Je plains ta femme et ton fils, soupira Stéphanie.

— Pourquoi ? Et s'ils étaient pires que moi…

— Tu me fatigues, je vais rentrer. J'en ai assez appris. Bon vent ! »

Elle se leva et se dirigea d'un pas vif vers la sortie.

« Non, vent mauvais… » murmura-t-il, les yeux vitreux, affalé sur une chaise.

Stéphanie se retourna un instant, troublée. « Vent mauvais », allusion au poème de Verlaine et à la chanson de Gainsbourg qui s'en inspire. Elle avait répondu ainsi vingt ans auparavant à la vieille dame qui lui louait l'appartement, l'ancienne prostituée devenue mère maquerelle. Comment cet homme pouvait-il être à la fois si raffiné, cultivé et vulgaire, infâme ?

Stéphanie claqua la porte et récupéra Marianne sur la terrasse.

« J'en ai assez, on s'en va. »

La nuit fut agitée. Stéphanie ne parvenait pas à s'endormir, malgré l'épuisement qu'elle ressentait. Des rafales à plus de cent trente kilomètres à l'heure cognaient contre sa fenêtre. L'océan en furie était effrayant, de gigantesques vagues submergeaient le littoral. Elle s'évertuait à chasser Mylena de son esprit. Son grand-père la remplaçait.

« Un menteur, un traître, un partisan de Franco qui avait intégré le camp républicain… Pourquoi ? Cela n'avait aucun sens… » Quelle importance ? Elle ne l'avait jamais connu, c'étaient de vieilles histoires qui n'intéressaient plus personne. Elle tentait de se convaincre, elle tournait et retournait dans son lit, essoufflée, puis elle se calma, repoussa le drap, s'assit à son chevet, alluma la lumière. Il y avait encore de l'électricité.

Elle saisit sa tablette, se connecta au Wi-Fi de l'hôtel et trouva refuge dans la littérature qui occuperait son esprit tourmenté. Et si elle téléchargeait un livre numérique ? Elle se souvint de sa conversation avec Benjamin Aznar à propos d'André Malraux. Malraux et Camus étaient les deux écrivains qui avaient marqué sa jeunesse studieuse parce que leurs œuvres étaient énigmatiques et qu'elles suscitaient la réflexion, elles apportaient plus de questions que de réponses. Elles rendaient possibles plusieurs lectures ou relectures, interprétations. La guerre et l'illusion lyrique dans *L'Espoir* ; l'homme parfait, l'avocat, le plaideur, le prêcheur, le sauveur de la veuve et l'orphelin, qui tombe de son piédestal dans *La Chute*, qui cache sa lâcheté, sa vilenie, son hypocrisie, son indifférence face à la noyade, au suicide d'une jeune femme, il ne s'est pas retourné, il a continué sa route, comme nous le faisons tous, comme nous l'aurions probablement fait à sa place... La culpabilité de tous, et donc de personne.

Recroquevillée dans son lit, Stéphanie se mit à lire les discours du président de la République Jacques Chirac et de Maurice Schumann, Compagnon de la Libération, prononcés le 23 novembre 1996, lors du transfert des cendres au Panthéon d'André Malraux, écrivain et ancien ministre de la Culture, lui aussi Compagnon de la Libération, resté célèbre pour le vibrant hommage qu'il avait rendu au résistant Jean Moulin :

« Le Panthéon n'est pas seulement un lieu de recueillement et de souvenir. C'est un lieu de vie, car les valeurs qui sont honorées ici, à travers celles et ceux qui reposent sous ses voûtes, sont d'abord des valeurs vivantes (...) C'est la passion de la liberté et le refus de l'oppression qui portent (…) Jean Moulin et son armée des ombres, et qui donnent à la plume de Victor Hugo sa violence et sa force... (…)

« André Malraux, vous nous avez appris à nous défier des réponses toutes faites, de l'esprit de système qui dénie aux individus leur part d'influence sur leur propre histoire. Vous êtes l'homme de l'inquiétude, de la recherche, de la quête, celui qui trace son propre chemin...

« Parce que vous avez su faire vivre vos rêves et les faire vivre en nous, prenez place, André Malraux, dans le Panthéon de la République. »

Le Phare de Ploumanac'h

« Vous êtes l'homme de l'inquiétude, de la recherche, de la quête, celui qui trace son propre chemin... »

Cette phrase plaisait à Stéphanie. Elle se la répétait tandis qu'elle regardait à travers la fenêtre le paysage nocturne. Elle était cette femme, elle se reconnaissait dans ces mots. Sa chambre avait un balcon face à la mer et la tempête lui faisait penser aux phares qui éclairent les marins perdus, les aident à retrouver la direction qu'ils doivent prendre, leur sauvent la vie. Oui, Mylena aurait pu vivre ici. Le phare de Ploumanac'h n'était pas loin. Comme celui de Port-la-Nouvelle qu'elles avaient contemplé vingt-quatre ans auparavant, il était une lumière dans l'obscurité.

Stéphanie entendit frapper timidement à la porte. Des petits coups dont l'orage couvrait le bruit. Son instinct parvint à les percevoir au milieu du vacarme.

« Qui est là ? demanda-t-elle.

— Tu ne dors pas ? » chuchota une voix aimée.

Elle le fit entrer, inquiète à l'idée que ce ne soit qu'un rêve et non une réalité.

« Je ne te dérange pas, au moins ? »

Elle rit devant cette inquiétude, cette maladresse qui faisait écho à la sienne. Elle l'attrapa par son tee-shirt, le rose, celui qu'elle lui avait prêté et qu'il ne lui avait pas encore rendu. Elle l'entraîna vers la fenêtre en se lovant dans ses bras.

« C'est devenu une manie de me rendre visite les nuits d'intempéries ! plaisanta-t-elle.

— Les orages me font peur, renchérit Matthias. Le toit pourrait être arraché, l'hôtel englouti par une énorme vague…

— … un tsunami…

— Je n'aime pas être seul pendant ces tornades…

— Personne n'aime être seul quand l'ouragan détruit tout sur son passage… Mieux vaut mourir à deux…, susurra-t-elle, l'air sombre.

— … ou vivre tout simplement…

— Elle est ici, j'en ai l'intime conviction », murmura-t-elle, suivant le cours anarchique de ses pensées.

Matthias resserra son étreinte.

« Je voulais venir te voir plus tôt… »

Lui aussi était dans sa logique. « … pour la fête des mères… mais je n'ai pas osé… je craignais d'être maladroit, je n'aurais pas dû te laisser partir… j'aurais dû te rattraper, insister… je ne voulais pas que tu te sentes prisonnière…

— Chut… »

Elle colla ses lèvres sur les siennes et elle retrouva avec simplicité et naturel les gestes de leur ancienne intimité, de leur complicité qui ne s'était pas effacée au fil du temps, elle continuait à terminer ses phrases et lui les siennes. Le spectre de la fête des mères et du dessert qu'elle avait acheté en double s'envolait. Katia, sa sœur dans le chagrin, la fiancée malheureuse, lui avait tenu compagnie. Envolées aussi les années de solitude où elle avait en vain cherché à combler le vide qui l'habitait et qui n'avait rien à voir avec le deuil d'un enfant. Elle ne pleurait pas cet être imaginaire, virtuel, qui ne naîtrait jamais, qui ne lui manquait pas, elle ne le regrettait pas. Elle souffrait de la perte de son alter ego qui avait cheminé à ses côtés durant presque dix-sept ans avant que l'incompréhension et les non-dits ne les éloignent irrémédiablement…

Irrémédiablement… Ce soir-là, dans cet hôtel de vacances, refuge des amoureux enlacés, ce mot disparaissait lui aussi, ainsi que la réalité qu'il désignait. Ne restait que le désir d'être deux pour un instant d'éternité. Stéphanie se rendit compte que, malgré ses quarante-deux ans et la tristesse qui la tourmentait, elle avait toujours soif de jouissance, de bonheur, de plaisir, loin des soucis du quotidien, qu'il faudrait pourtant gérer, lorsque la nuit, le rêve, le fantasme, feraient place au jour, à la sordide vérité…

En attendant, elle avait l'impression d'être vivante, elle ressentait des émotions nouvelles qui se superposaient aux anciennes, cette sensation agréable et fausse à la fois de se correspondre parfaitement, physiquement, intellectuellement, d'être nécessaire à la joie de l'autre, d'être une partie d'un tout fort et soudé dans un univers chaotique, hostile. Le refrain d'une chanson tournait en boucle dans sa tête : « Oh, baby, baby, it's a wild world [17]», Oh, bébé, bébé, c'est un monde sauvage, tandis qu'elle tenait serré dans ses bras son cher et tendre, l'élu de son cœur et de son corps, l'amant retrouvé par-delà les années de séparation. Elle ne pleurait pas, elle ne pleurait plus, elle ne pleurerait plus jamais… Elle était heureuse…

À l'aube, Matthias descendit discrètement chercher des croissants et du café. Ils n'avaient pas envie de rejoindre leurs amis dans la salle commune pour le petit-déjeuner, ils n'avaient envie de voir personne, pas encore. Combien de temps serait-il possible de fuir la réalité, la

---

[17] *Wild World* Chanson de Mr. Big.

société, de demeurer loin du tumulte, des questions sans réponses, du regard effrayé, accablé d'Olena ? Leur bonheur se lirait-il dans leurs yeux ? N'était-il pas une insulte, un manque de respect par rapport à la souffrance d'Olena ? Devaient-ils le cacher ? Devaient-ils se cacher pour se préserver ?

Stéphanie, allongée dans les draps froissés de ce lit qu'elle n'aurait pas à refaire, libérée du poids du quotidien, du travail, des corvées ménagères, se sentit, de manière éphémère, comblée. Elle observait le ciel. Les nuages et le soleil se livraient un combat de titans. Le soleil tentait de percer les nuages, d'apporter sa lueur, sa chaleur ; les nuages refusaient de se laisser dominer et se déplaçaient, afin de dissimuler l'astre que les Incas vénéraient tel un dieu. Tel un dieu qui déciderait de la vie et de la mort.

Stéphanie se leva, ouvrit la fenêtre et s'installa sur le balcon, vêtue d'une fine robe de chambre. Elle avait essuyé la table et les deux chaises qui gardaient les stigmates de la tempête nocturne. Il fallait plus qu'un peu de pluie pour l'arrêter dans ce moment contemplatif. Elle espérait y puiser l'énergie et le courage nécessaires à la poursuite de son chemin escarpé.

Cet après-midi, elle avait rendez-vous avec la responsable bretonne de *L'Amicale du Nid* qui leur permettrait peut-être de retrouver la jeune Vénézuélienne que Maryna avait aidée à fuir. Elle accompagnerait Olena dans cette quête tragique qui était censée les mener jusqu'à sa fille disparue.

« Tu vas prendre froid, dit Matthias tout en posant l'assiette des croissants et les cafés sur la table nettoyée.

— Tu crains la fraîcheur, maintenant ? le taquina-t-elle. C'est vrai que tu es un vétéran perclus de rhumatismes et que tes entraînements d'apprenti commando marine à Lorient ont deux décennies ! Regarde : le soleil a gagné, il nous réchauffe, nous aurons une belle journée !

— Et ton entretien avec Benjamin Aznar ? »

Elle fit la moue, les mauvais souvenirs refaisaient surface plus vite qu'elle ne l'aurait souhaité. Elle le lui raconta.

« Je regrette de ne pas lui avoir demandé l'identité précise de ce flic véreux. Je n'arrive pas à me le rappeler. Ce type est si énervant, exécrable… Marianne et moi étions excédées.

— Il ne te l'aurait pas donnée, de peur de potentielles représailles. Il est lâche. Je pense qu'il est possible de se débrouiller sans ce cinglé.

— Maître Benjamin Aznar, avocat général à la Cour d'appel, railla Stéphanie. Un peu de respect pour nos institutions et les grands hommes qui les servent…

— Avocat général à la Cour d'appel… » Matthias avait adopté un ton pontifiant avant de conclure : « Plus pour très longtemps, selon mes informations.

— Ce ne sera pas une grosse perte pour la justice », décréta Stéphanie. Elle changea délibérément de sujet : « Mon grand-père n'était pas ce qu'il prétendait être. Cela m'est égal. Mes parents ne le fréquentaient pas, c'est un inconnu, ces histoires sont anciennes… Pourtant, je me dis qu'il y a là une probable raison au sort funeste de ma mère, une piste à creuser… Elle avait de la famille dans le coin, une demi-sœur. Mon grand-père a divorcé, il s'est remarié… Disputes, éloignement, j'ignore pourquoi maman et lui n'avaient plus de relations. Savait-elle ? Pour la Phalange, pour Thérèse… Est-ce que la découverte de la vérité lui a coûté la vie ? Est-elle, elle aussi, enterrée quelque part ? À l'instar de cette jeune fille de dix-huit ans dont tout le monde pensait qu'elle était partie à Paris faire carrière dans la mode… »

Matthias hocha la tête.

« Ton père s'en foutait, ta mère n'avait plus de famille. Si, une fille adorable, courageuse, prête à affronter l'adversité, des conditions d'existence difficiles, mais nous étions tellement pris par la rudesse de ces conditions, l'obligation de gagner sa vie, de payer les factures, que nous n'avons pas pu mener une enquête digne de ce nom. Personne ne l'a fait d'ailleurs, parce qu'un majeur est libre de disparaître, de ne plus donner de nouvelles à ses proches. Donc tout le monde s'en fichait. Et si on essayait de rattraper le temps perdu ? »

Stéphanie lui sourit et mit sa main dans la sienne à travers la table. Il lui rendit son sourire tout en caressant cette main chérie.

« Il y a une galerie d'art en ville, dans la zone touristique, le ministère de la Culture la finance. Elle est tenue par Mireille et Aurélie, annonça-t-il. M. Ferrer. Mireille Ferrer.

— La maman de Mylena s'appelait Mireille, se souvint Stéphanie. Et si mon intime conviction était vraie ? Et si elle vivait près de sa mère ? »

Elle avait foi en cette possibilité teintée d'irrationnel, de mysticisme. Elle avait toujours eu un rapport ambigu à la religion. Elle en avait parlé à Isabel, la religieuse, sœur de Maribel, à Peñíscola. Elle avait fréquenté une église en compagnie d'une enfant placée, qui n'était pas restée longtemps dans la maison d'accueil et dont elle avait oublié le nom. Elle était croyante avec les athées, athée avec les croyants. Elle aimait la contradiction, le débat d'idées, elle avait le même esprit rebelle, critique, que Katia.

Celle-ci lui avait confié avoir un fonctionnement similaire qui n'était pas toujours compris ou apprécié, qu'elle devait parfois modérer, ajuster, afin d'éviter les malentendus. Katia lui avait avoué le secret de son cœur, elle avait une foi mystique inspirée de l'orthodoxie et du personnage d'Aliocha dans *Les Frères*

Karamazov de Dostoïevski. Elle aurait voulu incarner, comme Aliocha, le pouvoir de la bonté, de l'amour, elle regrettait son impuissance. Elle avait fait visiter à Stéphanie l'église orthodoxe Saint Nicolas Le Thaumaturge, à Toulouse, où elle se rendait dès que son emploi du temps le lui permettait. Elle aimait cette pause hors du temps, cette confrontation avec l'invisible, l'idée d'une transcendance, d'un mystère impénétrable au-delà de la matière qui compose notre univers.

Stéphanie avait souvent ressenti un sentiment de faiblesse et d'ignorance face à l'immensité à la fois chaotique et harmonieuse du monde, de l'existence. Sur le balcon de l'hôtel, elle songeait à Katia, elle la voyait comme un ange gardien et s'imaginait Mylena dans le jardin d'Éden, situé en Bretagne, où elle était devenue une nouvelle Marie-Madeleine, pas une vulgaire prostituée, une sainte. Le passé était effacé.

Stéphanie se rappela que, dans cette église orthodoxe russe, elles avaient été stupéfaites de croiser Olena. Celle-ci était gênée. Que faisait une athée dans un tel lieu ? Le hasard les avait poussées à se rencontrer. S'était-elle réfugiée là parce qu'elle ne maîtrisait plus rien, dépendait entièrement d'autrui et avait besoin de réponses à ses questions, ainsi que d'un soutien surhumain, spirituel, métaphysique, magique ? Il n'était pas nécessaire de se justifier, elle était libre de brûler un cierge, de prier un dieu auquel elle n'avait jamais rationnellement cru, de déposer un ex-voto, de faire un vœu, d'anticiper des remerciements. Stéphanie ignorait si c'était le genre de choses que des chrétiens orthodoxes étaient susceptibles de faire.

Olena s'expliqua en balbutiant. Peut-être craignait-elle d'être taxée de superstition.

« Maryna est venue ici. Des fidèles m'ont dit qu'elle y avait caché une jeune Vénézuélienne avant de lui trouver une autre cachette. »

Elle avait les yeux humides.

Stéphanie se demandait pourquoi elle n'était pas retournée, après le départ de sa camarade du foyer, dans cette église évangélique, à l'ambiance afro-américaine inspirée du film *Sister Act* avec Whoopi Goldberg, où les pratiquants chantaient du gospel et du negro spiritual sur des rythmes endiablés. La pancarte « Bienvenue » était affichée à la porte, personne ne semblait remarquer que Stéphanie était la seule à ne pas être noire et tout le monde répétait à l'envi : « Jésus t'aime ! Jésus aime tout le monde ! » Elle était ravie de l'apprendre, cependant elle avait aussi besoin de solutions concrètes à ses problèmes, elle avait œuvré pour les construire seule, elle y avait consacré toute son énergie et maintenant elle était fière du travail accompli, du chemin parcouru, de son esprit d'indépendance, de sa force morale. Ces qualités seraient indispensables pour affronter la dure réalité à la galerie d'art.

Dans la fraîcheur matinale, Stéphanie et Matthias se dirigèrent vers la plage de Trestraou où de nombreux touristes profitaient des premiers rayons de soleil pour partir en excursion, en randonnée ou s'adonner à des activités nautiques. Des surfeurs se préparaient à rejoindre les vagues géantes, les commerçants ouvraient leur boutique, leur restaurant.

Stéphanie la reconnut dès qu'elle l'aperçut : Mireille, la maman de Mylena, avait toujours cet air hagard qui faisait douter de sa santé mentale. Les ravages d'une longue addiction à la drogue qu'elle avait apparemment réussi à soigner... Elle installait ses œuvres d'art, ses aquarelles. Elle n'avait pas beaucoup changé, elle avait des cheveux blonds grisonnants et quelques rides au coin des yeux, sur les joues, mais c'était elle.

De qui Mylena tenait-elle sa chevelure brune ? De son géniteur ? Un coup d'un soir ? Un client pour s'acheter sa dose ? Ou... Des bribes du passé, à la lueur d'un nouvel éclairage, resurgissaient... « Lionel, le pote de Benji » à la tignasse noirâtre. Le flic véreux ? Oui, peut-être... Il était flic... Peut-être. Comment se souvenir ? De toute façon, cela n'avait plus d'importance.

Le regard de Stéphanie croisa celui de Mireille. Elle lui sourit. Mireille lui rendit son sourire. Stéphanie ne réfléchit pas : elle devait se jeter à l'eau et non laisser la peur lui dicter sa loi.

Tant pis pour les conséquences. Et si elles étaient positives ? Elle voulait y croire.

« Bonjour Mireille, je suis Stéphanie, une amie de Mylena. Nous avons partagé la même chambre à Pamiers dans une maison d'accueil où nous avions été placées. »

Le sourire de Mireille s'amplifia, chassant un instant cet air hagard caractéristique.

« Elle aurait été tellement contente de te revoir ! »

Elle semblait se rappeler.

« Je n'ai pas de nouvelles depuis septembre 1998, elle était allée à une soirée et elle n'est pas revenue… » osa dire Stéphanie. Il fallait jouer cartes sur table.

« Ma pauvre, tu as dû beaucoup t'inquiéter. Je sais que vous étiez très liées. »

Mireille lui prit les mains dans un geste d'affection spontané.

« Elle ne pouvait pas te prévenir, sa sécurité était menacée », affirma-t-elle.

Le cœur de Stéphanie battait la chamade. Était-elle enfin, après toutes ces années, près du but ? Allait-elle enfin savoir ?

« Que s'est-il passé ? demanda-t-elle en regardant Mireille droit dans les yeux, sans lâcher ses mains.

— Viens à l'intérieur de la boutique. Nous serons plus tranquilles. »

Mireille désigna Matthias.

« C'est ton ami ? » s'enquit-elle.

Stéphanie acquiesça et ils entrèrent dans les locaux de la galerie d'art : une pièce modeste aux murs peints en blanc et décorés grâce aux aquarelles. Dans un coin, une table et un ordinateur portable derrière lequel était installée une femme noire à la coupe afro. Aurélie.

Aurélie… Stéphanie comprit d'emblée qui elle était. Son prénom était ressorti de son cerveau, de son inconscient ou subconscient, peu importait. C'était Aurélie, la fille qu'elle avait accompagnée à l'église évangélique et qui n'était pas restée longtemps dans la maison d'accueil de Pamiers. Aurélie ne leva pas les yeux de son ordinateur. Faisait-elle mine d'être occupée ?

« Elle est au courant, précisa Mireille. C'est grâce à elle que je suis ici. Je lui dois beaucoup. Je n'ai pas été une bonne mère, je ne m'intéressais qu'aux hommes. Un de mes mecs, Lionel, était flic, il piquait la drogue des saisies, il la revendait afin d'accroître son salaire et il payait des professionnelles… Des putes, quoi… Il organisait des fêtes, il m'a initiée, la beu, la coke, l'héro etc. J'avais pas de boulot, j'ai pas fait d'études, j'ai été vendeuse, secrétaire, serveuse. Il me fallait du fric pour mes doses, sinon ça me manquait, j'étais mal, je tremblais, je tenais plus debout, j'avais plus envie de vivre. Il m'a proposé le sexe tarifé. C'était pas honteux, qu'il disait, j'étais libre d'utiliser mon corps comme je le souhaitais, j'étais douée, sans tabou, bla-bla… Je l'écoutais, je lui obéissais, j'étais sous son emprise. Quand je suis tombée enceinte de Mylena, il a pas voulu la reconnaître, parce qu'avec tous les mecs que je me tapais, il était pas sûr d'être son géniteur. Il se contentait de continuer à subvenir à mes besoins. Son pote Benji était auditeur de justice, un vrai gentleman… »

Stéphanie se rendit compte qu'Aurélie venait d'avoir une brève réaction, même si elle conservait un visage de marbre. Benji était un des surnoms de Benjamin Aznar.

« Il était bénévole dans une association qui aidait les toxicomanes. Il m'a conseillé un parcours de sevrage, il avait une addiction similaire qu'il ne pouvait avouer à cause de son statut social, sa carrière de magistrat dépendait du silence, il n'aurait pas été titularisé. Je l'aimais, il s'est occupé de Mylena quand j'en étais incapable, il était tellement gentil. Mais notre amour n'était pas possible… Toujours pareil, à cause de son statut social… »

Elle soupira.

« Il ne pouvait pas me présenter à ses amis, ses collègues, d'autant plus que certains d'entre eux avaient été mes clients. Lui-même, je l'ai rencontré ainsi. Malgré tous ses efforts, Mylena était sur la mauvaise pente. Elle me ressemblait trop, elle avait mes défauts : le goût des mecs et du fric. Elle s'imaginait ferrer un homme riche et puissant qui l'entretiendrait, elle se servirait de lui, de son carnet d'adresses pour faire carrière, le faire chanter, obtenir des avantages. Y avait un autre type, là, je me rappelle plus son nom. C'était un mac, il bossait en partenariat avec Lionel, ils se partageaient les bénéfices. Lionel a chargé Mylena de le seconder, elle formait les nouvelles recrues, les jeunes filles sans famille qui travaillaient sur le trottoir, ils faisaient des « essayages ».

— Des « essayages » ?

— Ouais, faut s'assurer que les clients qui ont du blé et des goûts spéciaux seront satisfaits.

— Des goûts spéciaux… marmonna Stéphanie d'un ton rogue.

— Ouais, pour ceux qui ont pas l'habitude, comme dans *Cinquante nuances de Grey* mais en beaucoup plus hard. Le SM, quoi, sado-maso et surtout sado, sadique. Mylena a été gravement blessée à la tête en portant secours à une collègue victime d'un pervers, et d'une perverse, ajouta-t-elle, un rire narquois sur les lèvres. De leurs jeux qui ont dérapé. Trop de produits stupéfiants. Une horreur…

— Vous y étiez ?

— Non. Aurélie m'a tout raconté. »

Celle-ci ferma son ordinateur et les écouta sans se dissimuler derrière ce paravent technologique.

« Mylena en est ressortie handicapée, atteinte de surdité. Nous avions rompu toute relation, c'est ma faute si elle a croisé la route de tous ces cinglés, j'ai été incapable de lui offrir le foyer protecteur qu'elle aurait mérité, que tout enfant mérite. J'en suis profondément désolée, j'ai demandé pardon à notre Seigneur, j'expie mes péchés, je me suis confessée et désormais j'essaie de bien faire au quotidien. J'ai appris par cœur ma devise : « Dieu, donne-nous la grâce d'accepter avec sérénité les choses qui ne peuvent être changées, le courage de changer celles qui devraient l'être et la sagesse de les distinguer l'une de l'autre. » Aurélie est ma marraine. »

Stéphanie en déduisit que Mireille accompagnait Aurélie à l'église évangélique.

« Mylena vit en Bretagne ? »

Le regard de Mireille s'assombrit.

« Oui et non… Elle est décédée d'un cancer il y a quelques années. Elle n'a jamais voulu me revoir… mais des gens l'ont aidée à quitter l'enfer de la prostitution et des réseaux criminels qui exploitent le corps des femmes, le traitent comme une marchandise susceptible de rapporter beaucoup d'argent. Aurélie était son amie, elle lui a indiqué une association qui s'occuperait de son insertion professionnelle malgré son handicap, Mylena a appris la LSF : la langue des signes française et elle a même fini par l'enseigner à des enfants. Si ce n'était sa maladie, elle a eu une belle vie. Sa tombe n'est pas loin, je vais souvent m'y recueillir. Aurélie m'a apaisée en me disant qu'être maman, c'est élever son bébé pour qu'il soit heureux sans nous et que donc, de ce point de vue-là, c'est une réussite, que je ne dois pas être malheureuse… »

Les voies du Seigneur sont impénétrables, etc. Quel était ce conte de fées ? s'interrogeait Stéphanie sans rien laisser paraître de son scepticisme. Si elle en avait eu l'intention, la posture autoritaire d'Aurélie, qui la scrutait sans aménité, l'en aurait dissuadée.

« Reviens en fin de journée, Stéphanie, j'irai au cimetière porter des fleurs. Je suis toujours tellement contente de parler d'elle. En plus, tu as été sa meilleure amie pendant cinq ans et cette amitié était réciproque, elle t'appréciait énormément.

— Pourquoi ne m'a-t-elle pas donné de nouvelles, alors ?

— Le secret… Pour ne pas te nuire… Tu comprends, elle devait fuir ces criminels, Lionel, ses macs, ses gros bras qui tabassaient les filles récalcitrantes dans son genre, « les fouteuses de merde » comme il les appelait, celles qui auraient pu se plaindre au commissariat, le dénoncer. Il aurait pu commanditer son assassinat. Qu'on croie qu'elle était morte, disparue, ça l'arrangeait. Elle a pu refaire sa vie. Je suis désolée… »

Aurélie se leva et l'interrompit.

« Des touristes veulent acheter des aquarelles. Va à la caisse. Vous vous verrez ce soir au cimetière, je vais vous indiquer où il se trouve. D'accord ? »

Son ton était sans réplique. Elle mit dehors Stéphanie et Matthias sans oublier d'être courtoise. Perplexes, ils ignoraient ce qu'ils devaient penser de cette entrevue.

Stéphanie avait un message de Marianne. La responsable bretonne de *L'Amicale du Nid* ne pourrait pas les rencontrer avant le lendemain après-midi. La jeune Vénézuélienne avait peur que sa cachette ne soit révélée et elle était réticente. Il fallait davantage de temps pour la persuader que le protocole de sécurité ne serait pas compromis, qu'il n'y avait rien à craindre. Stéphanie était une magistrate fiable et Olena une maman désespérée. Les derniers éléments de l'enquête prouvaient que les chefs du réseau criminel étaient décédés au Royaume-Uni : Ivanka, la directrice de casting, et le directeur de la société de production. Quant aux mafieux qui les avaient éliminés parce que leur couverture légale avait été torpillée à cause de Maryna, ils avaient mieux à faire que de traquer une gamine devenue inutile. De nouveaux chefs émergeraient, qui exploiteraient de nouvelles filles perdues, qu'elles soient sans famille ou victimes d'un mensonge, d'une promesse de vie meilleure à l'étranger, en Europe ou aux États-Unis.

Stéphanie et Matthias décidèrent d'occulter un instant les laideurs de l'humanité. Tels deux amoureux qui partent en vacances ensemble pour la première fois, ils profitèrent de la beauté des lieux et de la journée qui s'annonçait radieuse. Durant leur vie commune, il n'y avait eu de place que pour le travail, les études, la carrière, l'entraînement, les défis à relever. Ils n'avaient jamais savouré pleinement le bonheur d'être deux, de se reposer, de se détendre, d'observer le paysage sans but particulier. Ils marchèrent jusqu'à la plage de Saint-Guirec avec son oratoire et sa chapelle. L'oratoire abritait une statue à l'effigie du moine gallois Saint-Guirec.

« La brochure n'a pas tort : c'est pittoresque et ça vaut le détour, déclara Matthias. Dommage que les circonstances qui nous y amènent soient si négatives. Selon la légende, ce moine aurait débarqué à Ploumanac'h pour évangéliser la région. Il y a une coutume locale qui devrait t'intéresser, ajouta-t-il, l'air taquin, une jeune fille qui souhaite se marier doit piquer une épingle à cheveux dans le nez de la statue. Si celle-ci tient le temps d'une marée, la demoiselle sera mariée dans l'année. Il paraît qu'à force d'être sollicitée, la statue de Saint-Guirec en a perdu son nez !

— Une jeune fille... » murmura Stéphanie, songeuse.

Rien ne lui faisait plus plaisir que d'être encore associée à cette jeune fille qui lisait *Illusions perdues* de Balzac sur la plage de Port-la-Nouvelle pendant qu'un jeune athlète amateur de plongée sous-marine tentait de la séduire.

« Une jeune fille qui aime la mer et les grands espaces sauvages, solitaires. »

Ainsi se décrivait-elle. Ses yeux croisèrent ceux de Matthias qui proposa :

« Et si on revenait l'été prochain ? Je t'apprendrais le surf ? »

Un sourire radieux remplaça le masque professionnel inexpressif, qu'elle avait aussi appliqué dans sa vie privée afin d'effacer sa tristesse, de paraître forte.

« Pourquoi pas ? C'est une excellente idée ! »

Elle se sentait revivre alors que la mort l'encerclait et que, ce soir, elle avait un rendez-vous macabre dans un cimetière.

« Depuis le phare, on a une vue directe sur le château de Costaérès, l'île Renote et l'archipel des Sept-Îles, expliqua Matthias. C'est une des plus grandes réserves ornithologiques de France, un ensemble d'îlots rocheux où vivent de nombreuses espèces d'oiseaux nicheurs. On peut y aller en bateau, comme les touristes qui partaient, ce matin, en excursion. Ce voyage est magnifique, extraordinaire. Je l'ai fait, tout seul, à mon retour de mission, après avoir effectué l'expérience de la guerre, la vraie, sur le terrain, pas dans les jeux vidéo ou l'entraînement, pas la théorie dans les bureaux du haut commandement, des grandes écoles, celle avec du sang, des morts, de la violence extrême qui pousse à la folie, qui change à jamais un homme ou une femme. Tu n'étais pas là. Sans toi, ce n'était pas pareil. Pas aussi beau que ça aurait pu l'être. J'ai compris ce qui me manquait. Pas les challenges, les défis, l'adrénaline, le risque permanent ou la paternité d'un fils, d'une fille qui me ressemblerait et à qui je transmettrais le peu que je possède. Non. Toi. Juste toi. Toi et moi loin de la société. Il fallait que je te retrouve. C'était mon dernier défi… Avant la maturité. »

Il se mit à rire. Un rire franc, joyeux et communicatif. Il avait pris la main de Stéphanie dans la sienne.

« La guerre détruit tout, poursuivit-il, perdu dans ses pensées, et je me demande si cela en vaut la peine, la douleur, la souffrance, si cela a vraiment un sens ou si c'est simplement un travers inévitable de l'espèce humaine, la colère, la haine, le besoin de tuer, d'éradiquer celui qui n'est pas d'accord, qui est différent, qui est sur ce que tu estimes être ton territoire ou sur un territoire que tu convoites pour ses richesses. C'est un de nos plus vieux défauts, toutes civilisations confondues, une constante historique. Nous détruisons, nous reconstruisons… Et parfois il n'est plus possible de reconstruire. C'est l'anéantissement, la disparition éternelle…

— Ne soyons pas pessimistes, le coupa Stéphanie, émue par ces confidences. Le phare est toujours là, comme à Port-la-Nouvelle. Les troupes allemandes l'ont détruit en août 1944 mais il a été rallumé quelques années plus tard. »

Ils continuèrent leur promenade, se baignèrent dans la mer puis achetèrent un sandwich avant de suivre les randonneurs sur le sentier qui menait au phare de granite rose. Son nom officiel breton « Mean Ruz » signifiait « Pierre Rouge ». Stéphanie avait l'impression d'avoir devant les yeux l'aquarelle de Mireille intitulée *Le Phare de Ploumanac'h*. Elle avait cru que Mylena l'avait peinte mais c'était une erreur. M. Ferrer. Les apparences sont trompeuses.

Elle n'avait pas envie de rentrer à l'hôtel, elle préférait vivre pleinement ce moment romantique qui ne durerait pas car tout est voué à disparaître. L'ultime étape de cette journée particulière, à la fois éprouvante et heureuse, aurait lieu au cimetière.

Au crépuscule, Matthias et Stéphanie se rendirent au rendez-vous qui leur avait été fixé. Mireille n'était pas là. Seule Aurélie faisait face à la tombe : « Mylena Ferrer : 1980-2015. » Un oiseau avait été gravé dans le marbre à la place de la traditionnelle croix.

Stéphanie revoyait la jeune fille, à la stature déjà imposante, qui chantait *Amazing Grace* à l'église d'une voix puissante, émouvante. Elle avait presque seize ans. Elle était partie parce qu'elle avait obtenu son émancipation, elle était capable de subvenir seule à ses besoins, avait décrété le juge à sa demande. Jusqu'à ce jour, Stéphanie ignorait ce qu'elle était devenue et n'y avait plus pensé. Elle avait ses propres problèmes.

« Tu te souviens de moi ? » s'enquit-elle.

Aurélie la fixa avec attention.

« Maintenant, oui. J'avais oublié ton nom. »

Stéphanie eut un faible sourire.

« Moi aussi. J'avais tant de soucis… »

Aurélie hocha la tête en signe d'acquiescement pour signifier qu'elle comprenait.

« Je ne savais pas que toi et Mylena vous aviez été si proches. Ce n'était pas le cas quand j'ai quitté la maison d'accueil. Je regrette. Sinon, je t'aurais contactée. Tu as dû morfler. »

Ce fut au tour de Stéphanie d'acquiescer en silence.

« Elle est vraiment là ? »

Stéphanie désigna la tombe.

« Ah ! Ça, c'est une grande question métaphysique à laquelle je n'ai pas de réponse, railla Aurélie.

— Tout s'est passé exactement comme Mireille me l'a raconté ? »

Aurélie fronça les sourcils.

« Je n'aime pas le mensonge. Et pourtant, parfois, il est nécessaire. Quand j'ai vu comment Magali, l'assistante sociale, s'était défenestrée parce qu'elle avait pas pu supporter la cruelle vérité, la dure réalité de son métier, l'envers du décor, je me suis dit que je devais tout faire, sans hésiter, pour protéger Mireille. »

Les paroles de la directrice de la maison d'accueil resurgissaient du lointain passé de Stéphanie. « Je sais, c'est rude, tout le monde n'a pas le mental suffisant pour encaisser, d'ailleurs une des monitrices s'est défenestrée. Celle qui était gentille, Magali… Je n'aurais pas dû te le dire, pardon, ça m'a échappé. Sois forte ! » Aurélie parlait sans doute de cette monitrice.

« Mylena avait le rythme dans la peau. Nous avions en commun ce potentiel qui nous a donné l'occasion de nous croiser à de multiples reprises et d'avoir des parcours similaires, ou plutôt de fréquenter les mêmes cinglés dans des bars, des discothèques. Je travaillais comme serveuse, j'ai commencé à faire des extras parce que j'étais douée pour le chant, la danse, j'assistais à des soirées privées qui me rapportaient beaucoup d'argent. Un mec qui s'appelait Lionel m'a proposé d'accepter des trucs spéciaux pour une rémunération encore plus élevée. J'ai refusé. Ce soir-là, j'étais occupée à repousser les avances d'un client adepte du triolisme. Il voulait qu'on baise à trois : lui et deux négresses. C'était le genre de type raciste dans la vie quotidienne et qui n'avait qu'une obsession dans l'intimité : se taper des femmes noires. Faut pas chercher à comprendre. Mylena était une artiste complète : elle chantait, dansait, et elle était ambitieuse. La partie sur le SM, les « essayages », la fille victime des jeux d'un pervers et d'une perverse qui ont dérapé, est vraie. Pour le reste… Grâce à mes activités nocturnes inavouables, je me suis payé des études de sociologie. J'ai eu l'idée de les rendre utiles. Je me suis inspirée de la théorie d'un sociologue, du théorème de Thomas, pour ne pas ajouter du malheur à l'horreur. D'après ses travaux, si les hommes définissent des situations comme réelles, alors elles sont réelles dans leurs conséquences. J'ai pas pu sauver Mylena mais j'ai pu aider sa mère à sortir de cet enfer.

« Jusque-là, ça a marché. Mireille ne viendra pas. Je lui ai dit que je te montrerais la tombe. Elle tient la boutique que des subventions culturelles financent : la mairie, le conseil général, le ministère de la Culture etc. Il fait beau et les touristes seront d'humeur à acheter ses belles aquarelles. Là aussi, il suffit de persuader quelqu'un qu'une croûte a de la valeur et il sera prêt à y mettre le prix. À plus forte raison si la croûte est superbe ! L'art-thérapie, ça mène à tout, si on s'en donne les moyens et c'est bien mérité.

« Mireille a morflé, plus encore que toi. D'accord, elle a fait des mauvais choix et fréquenté des personnes peu recommandables. Sauf que… Lionel était flic quand elle a croisé sa route, un jour funeste. Elle était serveuse dans une cafétéria lorsqu'il l'a draguée : le début de sa perte. Le mec avait l'air bien sous tous rapports, c'était pas écrit sur sa tronche que c'était un ripou. Ah ! Les apparences. S'il avait été chômeur, elle se serait peut-être pas laissé embobiner. Elle aurait mieux fait de rester chez elle et de pas aller travailler… Tant pis pour les factures et la nourriture ! On en est toutes là. Moi aussi, j'ai accumulé les conneries… Pardon pour mon langage, madame la magistrate. Tu t'en es pas trop mal sortie. Ma mère était pauvre et faisait déjà la pute, enfin, elle vendait son corps. Tant que t'es jeune et belle, il a de la valeur, plus que les aquarelles de Mireille qui n'est pas une peintre renommée. J'ai suivi l'exemple de ma mère jusqu'à ce fameux soir qui a tout changé : pour le meilleur et pour le pire.

— La messe, la religion, c'était pour confesser tous tes péchés ?

— Ne te moque pas !

— Je n'en ai pas l'intention, je suis sérieuse.

— Ça m'aidait à tenir le coup. Tu t'imagines pas le nombre d'esclaves qui résistaient ainsi dans les plantations à des conditions de vie insoutenables : les femmes se faisaient violer, elles étaient enceintes et le maître leur enlevait l'enfant, le vendait à un autre propriétaire, elles ne le revoyaient jamais et il endurait les mêmes souffrances toute son existence. *Amazing Grace* est le plus beau des chants. John Newton l'a écrit. Il était négrier, il a

345

été touché par la grâce au cours d'une tempête, il est devenu abolitionniste et pasteur anglican. Le texte est magnifique, j'en pleure chaque fois que je l'entends ou que je le chante à la chorale. J'ai eu ma tempête, ce soir-là, et j'ai changé, j'ai entraîné Mireille. Pour une fois, c'était vers un chemin positif, pas une chute. Je pouvais pas lui dire la vérité.

— Et quelle est-elle, la vérité ?

— J'ai vu le cadavre de Mylena. J'ai entendu des cris affreux, elle a voulu aider, je crois, une fille. Elles sont mortes toutes les deux. Pas de doute sur la question. Qui l'a fait ? C'est pas possible de le savoir, je regrette et, au fond, après toutes ces années, ça n'a pas beaucoup d'importance. Parfois, des innocents sont en prison et des meurtriers en liberté, tu n'es pas niaise, naïve, je ne t'apprends rien. La fille, je sais pas qui c'était, si elle avait ou pas une famille, des amis qui la recherchent, comme toi avec Mylena.

— Benjamin Aznar participait à cette soirée ?

— Le pote de Lionel qui a accompli le notable exploit de se taper la fille après la mère, Mylena après Mireille ? Ou les deux en simultanée sans qu'elles soient au courant. Bien sûr, il était de mèche avec Lionel et son mac, ils se refilaient la marchandise, la chair fraîche. C'est comme ça qu'ils percevaient les filles, les femmes… Cupidité, drogue et folie. Je ne sais pas qui était le plus fou des deux ou des trois. Grâce à la parution de l'article qui incrimine ce type, dans la presse nationale, « Un magistrat impliqué dans la disparition d'une jeune fille », tu les as toutes vengées. Je te remercie en leur nom. Je suis à la fois fière, contente et émue que désormais la magistrature, la justice aient ton visage et non celui de cette pourriture qui me débecte ! On s'est pas beaucoup fréquentées, madame la magistrate, mais y a une chose dont je suis certaine, c'est que tu es une personne intègre. J'espère ne pas me tromper.

— Je fais de mon mieux, balbutia Stéphanie. Ce n'est pas toujours évident. Il m'arrive de naviguer en eaux troubles.

— On en est tous là.

— Que sont devenus Lionel et son mac ? Qu'est-ce qu'ils ont fait des corps ?

— J'ai pas cherché à savoir, je me suis barrée. Le mac avait la réputation de couler les pieds dans du béton et de jeter la dépouille à la flotte, dans un lac ou la mer. Les chantiers d'autoroute aussi, tu regarderas plus jamais les autoroutes de la même façon… Faut pas y penser. La seule chose qui compte, c'est l'âme, elle s'envole vers un autre monde, elle veille sur nous. La spiritualité amérindienne émet cette possibilité qui me plaît bien. J'ai fait construire ce lieu de recueillement pour que l'esprit de Mylena repose en paix. C'était une fille, celle de Mireille, et une amie, la mienne, et la tienne. Je l'ignorais. Je suis contente que tu sois venue. J'ai

347

confiance en toi, tu garderas le secret. Pour Mireille…

— Pour Mireille… balbutia Stéphanie, les larmes aux yeux. Et pour Mylena. »

Les deux femmes joignirent leurs mains et firent face au coucher du soleil qui donnait au ciel une teinte rose, rouge orangée. Stéphanie regarda l'oiseau sur la tombe. Elle imaginait qu'une partie de Mylena avait rejoint un monde inconnu aux êtres humains et qui pourtant ne contredisait pas la science. Andreï Sakharov, physicien nucléaire soviétique d'origine russe, père de la bombe H soviétique, militant pour les droits de l'homme, les libertés civiles et la réforme dans son pays, prix Nobel de la paix en 1975, n'avait-il pas évoqué la théorie des univers jumeaux avec la flèche inversée du temps ? Peut-être Mylena avait-elle vu le jour dans cet univers jumeau, sous la forme d'un bébé de dix-huit ans, âge auquel elle avait quitté notre univers. Peut-être avait-elle parcouru son chemin en sens inverse, en espérant que ce parcours-là fût heureux. Peut-être était-elle déjà ailleurs, vingt-quatre ans après. Dans les teintes splendides du crépuscule, cette infime et indéfinissable partie d'elle, que certains appellent l'âme, avait fusionné avec la beauté immense et infinie de l'univers ou des multivers…

Séparations

5 mai 1992 – 20h23.

« Alors, c'est ça, ton nouveau stage ? Faire des parties de jambes en l'air ? Faire la pute ? »

Ce mot « pute » était tombé à 20h23, en même temps que la tribune sud du stade Armand-Cesari à Furiani, une commune française de la banlieue sud de Bastia, en Corse. Ce soir-là, qui était censé être festif, de nombreuses vies avaient été ruinées. Dix-neuf personnes étaient mortes et plus de deux mille avaient été blessées.

Stéphanie et sa sœur Camille, âgées respectivement de douze et sept ans, étaient assises sur le canapé. Stéphanie ne s'intéressait pas au football et à la demi-finale de la coupe de France qui opposait le SC Bastia à l'Olympique de Marseille. Elle écoutait la conversation de ses parents. Camille avait été happée par les images. Avant le drame, la tension, l'excitation étaient allées crescendo sur la tribune temporaire. Les supporters exultaient et produisaient de nombreuses vibrations qui avaient fini par leur être fatales.

« Je t'interdis de me parler comme ça ! Devant les enfants, en plus ! » avait riposté Anne, la maman de Stéphanie.
Elle avait baissé le ton et s'était rapprochée de son mari, dans l'espoir de préserver ses filles de cette violence psychologique qu'elle subissait.

« Qu'est-ce que tu faisais dans ce club de divertissements pour adultes ? s'énervait Papa.

— Tu me suis maintenant ? Je n'ai pas de comptes à te rendre !

— Qui c'est ce Lionel ? C'est ton nouveau mec ? Ton amant ?

— Ça ne te regarde pas. Tu as perdu ton droit à me poser des questions, à exiger des réponses, le jour où tu as renoué avec ton ex. Ne me prends pas pour une idiote ! »

Le lendemain, Anne avait annoncé à ses filles que leurs parents se séparaient. Elle avait aidé Stéphanie et Camille à faire leurs bagages en leur expliquant que désormais elles vivraient toutes les trois dans un appartement, à Toulouse.

Stéphanie avait gardé en mémoire les railleries de son père :

« Avec quel argent ? Celui de tes parties de jambes en l'air ? Tu n'as pas de travail, tu es mère au foyer.

— J'ai touché ma part de l'héritage. Elle est à moi, tu ne me la prendras pas. Je l'ai mise sur un compte séparé. J'ai un avocat qui saura défendre mes intérêts.

— J'espère pour lui que tu baises mieux qu'avec moi. »

Stéphanie avait protégé Camille pour qu'elle n'entende pas ces échanges policés. Elle n'avait jamais rien su, elle n'avait jamais rien compris. Elle était trop jeune.

*   *

*

Juin 1993 – Toulouse, Palais des sports.

La dernière fois que Stéphanie avait partagé un moment joyeux avec sa mère et Camille. Avant leur séparation définitive. Avec quel argent Anne avait-elle payé les trois billets de ce concert qui célébrait les cinquante ans de Johnny Hallyday ? Avait-elle un petit ami ? Ou un homme qui espérait le devenir, tentait de la séduire par tous les moyens, de lui montrer à quel point il était riche, que sa vie serait parfaite si elle le choisissait ? Avait-elle refusé, provoquant son courroux ? Était-ce Lionel ? Un simple prénom passé inaperçu prenait soudain une autre dimension.

Trente ans après, les souvenirs de Stéphanie étaient flous. Était-ce au concert qu'elle avait surpris une larme sur la joue de Maman ou juste avant que les services sociaux ne frappent à la porte et signent l'arrêt de mort de leur famille ? Anne écoutait en boucle cette chanson, *Tes Tendres Années*, duo sensuel de Johnny Hallyday et Sylvie Vartan. Stéphanie entendait encore les paroles dans sa tête : « Je serai dans ton avenir / Loin des souvenirs / Pour te faire oublier / Tes tendres années. » Pourquoi Anne pleurait-elle ? Personne ne s'était soucié de son sort, de sa souffrance. Elle avait été effacée comme si elle n'avait jamais existé.

Stéphanie écoutait, pour sa part, la dernière chanson de Freddie Mercury, chanteur du groupe de rock britannique Queen, que le virus du sida et une broncho-pneumonie avaient anéanti : *The Show Must Go On*, le spectacle doit continuer. Elle l'avait enregistrée à la radio sur une cassette, elle ne comprenait rien à l'anglais, elle essayait de se vider la tête, d'occulter son environnement néfaste.

Oui, le théâtre du monde devait continuer, malgré la douleur. Ainsi percevait-elle les simagrées du juge, ses manières affectées, telle une mise en scène oscillant entre le tragique et le comique, une illusion de protection dont elle n'avait pas été dupe. Elle n'avait pas accepté le mensonge, elle n'avait pas accepté de renier la vérité, de renier sa mère, de mimer l'ignorance. Elle avait vu et entendu. Elle n'effacerait pas cette réalité de sa mémoire. Elle avait enlevé les écouteurs de son Walkman, cessé de mâcher son chewing-gum et, du haut de ses treize ans, elle avait craché sa hargne, son refus. Non, elle n'irait pas chez son père et sa nouvelle copine, qui était l'ancienne, un amour de jeunesse. Non, Maman n'était pas une « pute », pas plus que l'autre, celle qui l'avait déjà remplacée et qui était enceinte. Non, elle ne pouvait supporter les insultes injustes de son père. Non, elle ne changerait pas d'avis. JAMAIS. Où irait-elle vivre, alors ? Ça, ce n'était pas son problème. Mais pas chez ces deux-là, en tout cas. Et elle avait remis ses écouteurs et poursuivi la réduction de son chewing-gum en une boule informe qui avait perdu son goût très frais et n'inspirait plus du tout la fraîcheur de vivre, ainsi que le promettait pourtant la publicité : « Hollywood Chewing-gum, fraîcheur de vivre, chewing-gum au goût très frais. »

*   *

*

Septembre 1993 – Maison d'accueil à caractère social de Pamiers.

« Regarde l'idiote qu'ils m'ont collée comme voisine de chambre. Elle fait ses devoirs de maths, comme si ça servait à quelque chose. »

353

Mylena, longs cheveux bruns, treize ans, un mètre soixante-dix, décolleté plongeant, soutien-gorge rembourré réhaussant son énorme poitrine, venait d'entrer avec son acolyte : Aurélie, bientôt seize ans. Elle ricanait sans la moindre retenue, désireuse de marquer son territoire, de montrer que les lieux lui appartenaient, que ce n'était pas la nouvelle qui allait faire sa loi. Non, la nouvelle subirait sa suprématie, elle lui obéirait, sinon Mylena ferait de sa vie un enfer. Qu'elle lui obéisse ou pas, elle était décidée à faire de sa vie un enfer, de toute façon.

Elle saisit le cahier de Stéphanie et le promena dans toute la pièce en le feuilletant.

« Des additions, encore des additions, des multiplications… On s'en fout, tu prends la calculatrice. Thalès, Pythagore… Qui c'est qui utilise ces théorèmes dans la vie quotidienne ? Personne. Que du temps perdu… N'importe quoi… », soupira-t-elle avant de balancer le cahier sur le bureau.

Son attention fut attirée par un livre qu'elle attrapa.

« Elle lit, marmonna-t-elle avec dédain, comme si elle avait déniché une preuve d'imbécillité patentée. Qu'est-ce que c'est ? *Germinal* de Zola. »

Elle déchiffra lentement le titre. Elle semblait ignorer complètement l'existence de cet ouvrage et avoir des difficultés à lire sans ânonner.

« Le film vient de sortir, l'informa Aurélie. J'aime bien Renaud.

— C'est pas un chanteur ?

— Si.

— De toute façon, ça m'est égal, j'ai pas de thune pour aller au cinoche.

— T'iras avec l'école, t'en fais pas.

— Ça m'étonnerait. On va voir que des films sous-titrés. »

Aurélie se mit à rire. Mylena jeta le livre sans porter la moindre attention à Stéphanie.

« Tu vas bientôt partir. C'est pour quand ? Ça me fout le cafard. Mon mec s'est tiré lui aussi, il a fait son service militaire et il s'est engagé dans l'armée. Il me donne pas souvent des nouvelles.

— Tu verras, toi aussi, quand t'auras seize ans, tu feras tout pour obtenir ton émancipation. Personne a envie de rester ici.

— À part les nazes. Tu te rends compte qu'elle avait le choix entre s'installer chez son père et dans ce foyer et qu'elle a choisi ce foyer ! Elle croyait peut-être que c'était un hôtel trois étoiles…

— Faut pas juger sans savoir.

— Tu m'emmerdes ! T'es pire que l'autre connasse ! »

Et Mylena claqua la porte tandis que Stéphanie remettait les écouteurs sur ses oreilles et mâchonnait son chewing-gum. Soudain, quelqu'un lui tapa sur l'épaule. Elle sursauta.

« Je vais à la messe, dimanche. Tu veux venir avec moi ? Si t'aimes la musique, on chante du gospel à la chorale », proposa Aurélie.

Stéphanie ouvrit grand les yeux, stupéfaite. C'était la première fois depuis qu'elle avait défait ses bagages qu'aucune phrase violente n'était prononcée devant elle. Elle s'empressa d'accepter cette insolite proposition. La solitude commençait à lui peser. Elle avait envie de parler à des êtres humains à peu près normaux. Peut-être en avait-elle enfin trouvé une. Il ne fallait pas être trop exigeant.

Aurélie ne tarda pas à boucler définitivement sa valise. Elle promit qu'elle reviendrait les saluer. Mylena et Stéphanie se doutaient qu'elle mentait. Elles firent mine de ne pas s'en apercevoir.

Germinal s'avéra fort utile. Stéphanie rentrait du collège et réintégrait sa chambre quand elle entendit des bruits suspects, des cris, une bagarre, avant de découvrir un garçon à moitié nu qui tentait d'imposer un rapport sexuel à sa camarade de chambrée. Elle saisit le pavé et frappa l'intrus à plusieurs reprises à la tête, au visage, à la poitrine, jusqu'à ce qu'il retrouve le chemin de la sortie : la porte.

« Casse-toi, connard, ou je te coupe la bite avec du papier ! » hurla-t-elle.

Mylena, hagarde et pathétique, les cheveux emmêlés, la culotte déchirée entre les jambes, commenta :

« Ben dis donc, t'as amélioré ton vocabulaire depuis ton arrivée. La meuf est efficace quand elle l'a décidé. Va pas raconter que je me suis jamais fait de mec. J'm'en suis déjà fait, ajouta-t-elle comme si le contraire eût été révélateur d'une anormalité irréparable. C'est juste que je veux pas avec lui, OK ? Il est trop moche, c'est un puceau. J'ai déjà un copain. Il vient me voir ce soir d'ailleurs. Tu le verras à la fenêtre quand il viendra me chercher en voiture. Ton bouquin nous a rendu service. »

Stéphanie acquiesça.

« Il y a beaucoup de violence aussi dans ce livre. Il est le reflet de la réalité.

— Tu l'as vraiment lu ?

— Oui.

— Le film m'a suffi.

— Tu l'as vraiment regardé ? railla Stéphanie.

— Ouais. C'était pas mal. J'aime bien Renaud, il a du cran, du tempérament, c'est un anar qui a réussi.

— Je croyais que t'étais plutôt le genre de fille à se mettre au fond avec les abrutis pour se rouler des pelles dans l'obscurité…

— Tu te fous de moi ! Tu les as vus, les bébés de la classe ? En plus d'être des abrutis moches, c'est des puceaux, comme l'autre crétin.

Mon copain, c'est un vrai mec : il a dix-huit ans et il travaille, il est militaire. C'est pour ça que je le vois pas souvent depuis qu'il a quitté le foyer pour s'engager dans l'armée. »

Mylena, tout en bavardant avec désinvolture, avait enfilé une nouvelle culotte et était en train de s'habiller avant de se maquiller : rouge à lèvres, mascara, fond de teint.

« Et toi, t'as un copain ?

— Non, ça m'intéresse pas.

— Tu préfères les filles ?

— Non plus. Personne. Je préfère lire ou tout ce qui me permet de m'évader de ce monde de pourris. La musique, par exemple. Le rock : Tina Turner, U2, Michael Jackson…

—Metallica !

— Nirvana.

— J'te savais pas fan de hard rock !

— Ça déménage et je comprends rien à ce qu'ils braillent, c'est parfait pour se détendre et se vider la tête. J'adore AC/DC *Highway to Hell*.

— Moi aussi ! *Autoroute vers l'enfer*. T'as vu, j'suis bonne en anglais ! L'an dernier, la prof de technologie a dit qu'on avait des goûts musicaux de merde.

— Je suis pas certaine qu'elle ait exactement dit « de merde », objecta Stéphanie.

— T'en sais rien puisque t'étais pas là. Elle a ajouté qu'elle espérait que ça nous passerait avec l'âge.

— Elle devait parler de la dance, de la techno, parce qu'elle déteste. Si ça se trouve, elle adore AC/DC. C'est plus ancien et, elle aussi, elle hurle dans les concerts « Highway to Hell ! » avec la chevelure longue qui s'agite dans tous les sens.

— C'est possible… Ses parents et ses profs lui disaient qu'elle avait des goûts de merde, plaisantait Mylena en riant. Ils préféraient Bach ou Mozart, le classique. Maintenant elle se venge. Et le week-end, elle va danser en boîte. Il existe des discothèques pour tous les genres, même pour les vieux.

— Tu m'as l'air bien experte…

— Mon copain me fait entrer quand il va en boîte, chuchota-t-elle. Il est pote avec le vigile. Et puis, en apparence, je ressemble à toutes les autres filles.

— Peut-être qu'elles aussi ont moins de dix-huit ans », rétorqua Stéphanie.

Mylena était presque prête. Elle enfila sa veste de jean recouverte de pin's puis demanda :

« Pourquoi t'es pas allée vivre chez ton père ?

— Ma mère est pas une pute », s'énerva Stéphanie. Elle en avait assez que personne ne la croie et que son jugement, ses décisions soient en permanence remis en cause.

« La mienne, si. C'est une manière comme une autre de gagner sa vie, ou de payer sa dose, les deux pour ma mère. Ton corps t'appartient, tu baises avec qui tu veux. Si, en plus, ils sont d'accord pour que tu leur fasses les poches... »

Mylena eut un air sarcastique qui stupéfia Stéphanie.

« Le sexe et la drogue mélangés, c'est comme le rock : tu te vides la tête et tu oublies ce monde pourri, poursuivit Mylena. Les rockeurs font pareil : ils se droguent et ils baisent. Si tu traduis les textes, derrière le rythme de folie, ça parle de leurs souffrances, de cette vie atroce. En général, ils finissent mal : suicide, overdose.

— T'es une rockeuse, alors ?

— Ouais, tu me verrais sur scène : je déchire ! »

Une voiture klaxonna sous la fenêtre.

« Bon, là, je peux pas te faire une démonstration, mon copain m'attend. »

Elle défit son lit et l'arrangea de telle manière qu'une bosse se forme et donne l'impression qu'elle dormait sous les couvertures.

« Au cas où Magali, la monitrice, viendrait faire un tour. Tu vendras pas la mèche, hein ? Je compte sur toi. »

Elle cligna de l'œil et s'en alla, toute joyeuse.

Ce soir-là, elle rentra de bonne heure après avoir appelé Magali et l'avoir suppliée de garder son secret. Nul ne pouvait résister à ses supplications tant elle savait être attachante, attendrissante. Elle était maussade, son mascara avait coulé et elle avait mauvaise mine. Stéphanie n'eut pas besoin d'une explication de texte pour deviner que le rancard de Mylena s'était mal terminé.

« Il a cassé, annonça-t-elle avant de disparaître dans la salle de bains. Faut pas s'attacher. »

* *

*

Été 1994.

« Accompagne-moi voir ma mère. Je veux pas y aller toute seule. Je te l'ai dit : c'est une pute et une droguée. Ça m'est égal qu'elle essaie d'arrêter. Je comprends pas ce que ça peut m'apporter ces rendez-vous mais tout le monde insiste, alors… »

Stéphanie n'avait pas envie, elle non plus, de rencontrer cette femme. Pourtant, elle accepta l'invitation car Mylena était la seule à l'écouter quand elle parlait de sa mère, de son inquiétude, de ses angoisses. Pourquoi Anne ne donnait-elle pas signe de vie ?

« Et ton père ? s'informa Stéphanie. Tu le connais ?

— Non. Ma mère est pas sûre. Ce serait Lionel, un de ses ex. Un flic ripou qui vole la drogue des saisies et la revend. Il a de la suite dans les idées, le gars. »

361

Benjamin Aznar était bénévole dans une association qui s'occupait des toxicomanes et accueillit Mylena et Stéphanie. Il serait le médiateur de cette rencontre entre la mère et la fille destinée à rétablir ou préserver le lien de filiation. La mère avait un air hagard et peu de conversation. Mylena et Stéphanie s'ennuyèrent très vite.

En revanche, M. Aznar était sympathique, agréable, il excellait dans l'art de détendre l'atmosphère. Stéphanie remarqua que ce jeune homme de vingt-trois ans avait su capter l'attention de Mylena. Il était étudiant en droit, auditeur de justice. Dissimulée derrière le livre qu'elle avait apporté pour patienter, Stéphanie n'avait pas tout saisi. Il avait l'air de se vanter : il voulait être magistrat, juge pour enfants, aider l'enfance en danger, le moment où il est encore possible de changer un destin, d'être utile, lui-même avait souffert du suicide de son père. Il n'avait que douze ans à l'époque.

Même Stéphanie était séduite, il était beau, attachant, il n'y avait pas une once de snobisme, de condescendance dans son comportement. Il incarnait à merveille la façon dont elle se représentait la notion de justice. Il était sincère, convaincu et convaincant. La mère et la fille étaient sous son charme. Stéphanie perçut des gestes intimes discrets entre Benjamin et la mère de Mylena. Elle devina qu'ils avaient une relation qui dépassait probablement le cadre professionnel et associatif.

Benjamin finit par l'observer. Elle était la seule à ne pas sembler totalement prise dans ses filets de séducteur. Stéphanie sentit une peur étrange et inconnue l'envahir : elle était une proie qu'un mâle dominant s'était mis en tête de chasser sans oublier pour autant les deux autres, dont la conquête était presque déjà faite, achevée, voire définitivement périmée.

« *Vipère au poing* d'Hervé Bazin ? »

L'approche initiale était parfaite en apparence. Stéphanie ne broncha pas. Que répondre ? Il continua.

« C'est un bon choix. J'aime aussi cet écrivain. Il y a une suite : *La Mort du petit cheval* et *Le Cri de la chouette*. Quand tu l'auras lu, si tu veux, je t'apporterai les deux autres tomes. Ils devraient te plaire. Mon père avait *Qui j'ose aimer* dans sa bibliothèque. Ce sera pour plus tard. D'accord ? »

Stéphanie hocha la tête, mal à l'aise. Il était si gentil et elle n'avait plus de père, depuis qu'elle avait préféré vivre dans un foyer plutôt qu'avec lui et sa nouvelle copine, leur bébé et sa sœur, Camille. Il n'y avait pas, dans leur cas, de médiation possible. Stéphanie n'était pas une girouette, elle n'était pas malléable, influençable, elle ne changerait pas d'avis. Non, Maman n'était pas une prostituée. Non, elle n'avait pas abandonné ses deux filles. Stéphanie ne pouvait habiter sous le même toit qu'un couple qui propageait, sans la moindre preuve tangible, de tels mensonges.

Elle aurait aimé ne voir dans les propositions de Benjamin que des cadeaux paternels ou fraternels, vu qu'il n'avait pas l'âge d'être son père, ils n'avaient que dix ans d'écart, mais son instinct l'avertissait qu'il s'agissait de présents ambigus qu'elle ne devrait pas accepter. Elle n'osa pas refuser, de crainte d'avoir l'air impoli, d'être cataloguée « adolescente à problèmes », en pleine crise de rébellion.

Benjamin les invita toutes les trois à une fête d'anniversaire chez lui. Là non plus, elle n'osa pas refuser. Mylena était si enthousiaste. Stéphanie n'avait qu'elle et leurs relations s'étaient notablement améliorées. Elles comblaient ensemble leur solitude. Elles étaient devenues « meilleures amies ». Cela était important car, ainsi, nul ne s'autorisait à les embêter, les harceler, les agresser. Elles formaient un groupe soudé de deux.

Lors de cette journée festive, Mylena eut l'occasion de démontrer l'ampleur de son talent scénique, même si ce n'était pas en chantant du rock. Il y eut un karaoké et elle n'avait même pas besoin des paroles. Elle entonna *Il me dit que je suis belle* de Patricia Kass puis *L'Aigle noir* de Barbara et les convives furent enchantés par sa prestation.

Pensait-elle déjà à Benjamin quand elle prononça le couplet : « Il me dit que je suis belle/ Et qu'il n'attendait que moi / Il me dit que je suis celle / Juste faite pour ses bras / Des mensonges et des bêtises / Qu'un enfant ne croirait pas / Mais les nuits sont mes églises / Et dans mes rêves j'y crois » ? Elle le regardait d'un air suggestif tandis qu'elle livrait au public son interprétation. S'en rendait-elle compte ? Benjamin, lui, n'avait d'yeux que pour elle et la mère de Mylena en semblait troublée, malheureuse, jalouse, blessée en plein cœur.

Une ombre énigmatique et tragique plana sur cette fin d'après-midi quand Mylena chanta *L'Aigle noir* : « Dis l'oiseau, oh dis, emmène-moi / Retournons au pays d'autrefois / Comme avant, dans mes rêves d'enfant / Pour cueillir en tremblant / Des étoiles, des étoiles. »

*   *

*

1994 – 1995.

« Benji, c'est mon nouveau mec ! » lâcha Mylena tandis qu'elles écoutaient et enregistraient sur des cassettes les nouveaux tubes à la mode.

Mylena dansait sur *What Is Love* d'Haddaway, dont le titre *Qu'est-ce que l'amour* était parfaitement adapté à cette révélation stupéfiante, et *The Rhythm of the Night* de Corona. Elle avait succombé au charme du *Rythme de la nuit*, de la musique électronique et de la Dance music qui enflammaient les parquets des discothèques chaque samedi soir.

« Benji ?

— Ouais, le pote de Lionel.

— Ton père putatif ?

— Putatif ? Comment tu causes ?

— Mieux que toi !

— Bof…

— Tu le trouves pas un peu vieux pour toi ?

— Non. Il est parfait ! Fais pas la coincée. Ça me gonfle ! Il est super. J'ai des ambitions, moi ! Je veux faire carrière, pas moisir dans ce trou ! Il va m'aider.

— Moi aussi, j'ai des ambitions ! Je veux être Dr Quinn[18] ou Angela Bower !

— Médecin ou présidente d'une grosse entreprise ?

— Pourquoi pas ?

— Moi, je veux être comme Benji, magistrate, au service de la justice. J'ai lu dans la brochure d'orientation de l'Onisep qu'il fallait faire des études de Droit, que c'était un métier de

---

[18] Séries des années 1980, 1990 : *Dr Quinn, femme médecin* et *Madame est servie* (titre original : *Who's the boss* ?)

littéraire. Je suis nulle en maths, je suis une littéraire, je vais aller au lycée, comme toi, et faire une série littéraire. OK ? Tu m'aideras ?

— Je croyais que c'était B…, comment tu l'appelles déjà ? Benji qui allait t'aider…

— T'es jalouse parce que t'as pas de mec. Je vais t'en trouver un, moi, tu verras. T'es difficile mais on va y arriver !

— Mon objectif premier, c'est d'avoir le Brevet. Le reste ne m'intéresse pas, je te l'ai dit.

— Menteuse ! »

L'objectif du Brevet fut atteint. Mylena arriva sur un scooter et invita Stéphanie à s'asseoir derrière elle pour aller contempler les résultats de l'examen sur la porte du collège. Elle avait pensé à tout, même au casque. Stéphanie n'osa pas interroger son amie. Qui avait payé ? Mylena devina dans son regard la question qui lui mordait les lèvres.

« Ma mère et Benji se sont cotisés pour m'offrir ce beau cadeau ! Sans toi, j'aurais jamais eu le Brevet ! C'est mon premier diplôme. T'es comme une sœur pour moi, maintenant ! »

Elles s'embrassèrent et partirent sur la route en riant. Stéphanie se sentait joyeuse et libre, l'air fouettait son visage, elle avait les écouteurs de son baladeur à cassettes dans les oreilles et elle entendait une musique rythmée, la chanteuse répétait *Sleeping in My Car[19], Dormir dans ma voiture*. Cela suffisait à son bonheur du moment. Un chapitre se refermait, une nouvelle page commençait, pleine de promesses, le monde s'ouvrait devant elle, il avait le délicieux parfum de la liberté associée aux vacances d'été.

Dans la cour du collège, Mylena fit un doigt d'honneur à deux crétins de sa classe qui s'étonnaient qu'elle soit reçue.

« T'as 8 ou 7 de moyenne dans toutes les matières !

— Et alors ? Avant, j'avais deux. Comme toi, connard ! Va te faire foutre ! »

La joie de l'instant était gâchée par ces échanges de politesse. Elles retournèrent dans leur chambre se préparer à sortir. Elles avaient rendez-vous avec « Benji » dans une discothèque toulousaine, l'*Aposia*, qui était, selon la rumeur, la plus grande d'Europe. Le « copain » de Mylena avait aussi payé les billets du bus Eurolines qui les amènerait sur le parking de la boîte de nuit.

« J'veux pas y aller, j'ai pas envie de tenir la chandelle, dit Stéphanie.

— Je te promets que tu la tiendras pas. Il nous fait entrer et puis on va s'éclater entre filles. On va faire la fête tous ensemble. Tu verras, c'est la folie ! »

---

[19] Chanson de Roxette.

Stéphanie se laissa convaincre. Elles revinrent à l'aube de cette nuit agitée. Mylena avait plein d'étoiles dans les yeux et avait entraîné son amie dans les quatre salles, chacune dédiée à un style musical. Elles ne s'étaient pas quittées et avaient dansé au son des tubes à la mode. « Benji » leur avait apporté des cocktails. Le bruit était trop fort pour avoir une conversation. La musique résonnait dans la poitrine de Stéphanie et la faisait vibrer. Cette sensation perdura une fois qu'elle était rentrée au foyer. Dans la douceur matinale de juillet, elles étaient montées sur le toit pour voir le lever du soleil, dont la lumière inondait la ville encore endormie de Pamiers.

« C'est super, l'an prochain, on se tire au lycée et ça, c'est grâce à toi, je te le répéterai jamais assez, ma sœur. T'es ma famille, mieux encore que ma famille. J'en ai pas, ou alors elle vaut rien. Ma mère est constamment à l'ouest et mon père « putatif », comme tu dis, c'est un tordu. Je suis contente : je verrai plus ces connards de profs ! »

Mylena semblait tout excitée, ses pupilles étaient dilatées, elle exultait. Stéphanie tenta de la calmer.

« Tu sais, au lycée aussi, il y aura des « connards de profs », comme tu dis… se moqua-t-elle.

— Tu comprends pas. J'en ai assez d'être vue comme une cassos, une fille à problèmes. J'ai

369

envie d'un changement, de nouvelles têtes. Tu es ce qui m'est arrivé de mieux…

— Que ça te plaise ou non, on a des problèmes. Il y a ceux qu'on n'a pas cherchés et qui nous sont tombés dessus et ceux qu'on pourrait éviter. Je n'aime pas le monde de la nuit, la drogue, l'alcool… Ce n'est pas mon truc.

— Moi si. J'ai besoin de me sentir vivante, de vibrer, j'ai horreur de ces journées vides et sans intérêt, le cul assis sur une chaise dans une salle de classe, à perdre du temps avec des exos de maths auxquels je capte rien, des conjugaisons de français, d'anglais. Je suis même pas capable de tenir une conversation, quelle que soit la langue. Mon mot préféré, c'est « putain » ou « merde », c'est ma ponctuation. Et puis, je m'en fiche ! Je veux être Tina Turner, elle a une vie passionnante, cette meuf !

— Il paraît que son mec la tabasse.

— C'est le risque à prendre. Quand tu as une vie intense, tu es forcément attirée par les bad boys. Les autres t'ennuient… »

Elle était songeuse.

« Moi, ce que je voudrais, c'est retrouver ma mère. Elle me manque », confia Stéphanie.

Dans sa tête résonnaient encore les paroles d'une chanson de Tonton David *Ma number one* : « Elle a travaillé dur, oui ça, j'en suis certain / Elle a trimé et subi, oui ça, j'en suis témoin / Oh je l'aime, oh je l'aime tant / Laisse-moi dédier cette chanson pour maman. »

« Il ne me reste rien d'elle, à part un livre : l'histoire d'Helen Keller qui était sourde, muette et aveugle. Grâce à son enseignante, qui portait le même prénom que ma mère, elle s'est instruite et est devenue une grande dame célèbre.

— Ça a l'air bien ! Tu me le feras lire ? »

Mylena, qui ne lisait jamais, était soudain obsédée par ce livre. Était-il, pour elle, le symbole d'un nouveau départ, de nouvelles perspectives ? Elle ne percevait pas la détresse de Stéphanie. Le bruit assourdissant, le souvenir des spotlights ancrés dans leur corps, leur cerveau, la fatigue d'une nuit blanche les empêchaient de réfléchir. Seules des sensations négatives ou positives dominaient.

Ce fut ce matin-là que Stéphanie se mit à percevoir « Benji » sous un angle différent, sombre, obscur, inquiétant. Il devint « le pervers », « le pseudo-compagnon de Mylena » car cette nuit en discothèque avait tout changé et elle ne savait pas comment le dire à sa « sœur » d'adoption. Sur la piste de danse, « Benji » s'était collé à elle et, le sexe en érection, avait voulu lui toucher les seins et les fesses, l'embrasser au son de *Be My Lover* de La Bouche, un des tubes du moment, *Sois mon amant*. Non ! Elle l'avait repoussé, elle ne désirait pas cette étreinte. Comment se débarrasser de cet homme dont la présence était de plus en plus envahissante, néfaste ? Pour la première fois, elle eut le sentiment d'être seule, abandonnée près d'un gouffre, un abîme. Elle avait peur. Une peur indicible et sans solution.

*   *

*

Juin 1997.

« *L'Espoir*, c'est pas aussi chiant que ça en a l'air, finalement. J'aimerais bien avoir une vie aussi excitante que celle d'André Malraux. »

Mylena, assise à son bureau, lisait des extraits que leur professeur de français avait choisis, ainsi que des éléments biographiques.

« Être reporter de guerre ? demanda Stéphanie.

— Non, aventurière, chuchota Mylena, comme si elle révélait un secret de la plus haute importance. Me balader dans le monde entier, être au cœur des conflits, de l'agitation, m'en inspirer pour écrire des romans ou des articles. Au lieu de ça, on est enfermé toute la journée à gratter du papier, à être angoissé à cause des épreuves du Bac. C'est ridicule.

— Malraux n'était pas qu'un aventurier ou un voyageur international. Il faut nourrir l'esprit pour qu'il soit apte à penser avant de rendre compte d'une situation, quelle qu'elle soit : la guerre civile espagnole, la Seconde Guerre mondiale...

— J'ai pas l'impression qu'on le nourrisse beaucoup.

— C'est sûr… Avec toutes tes fugues… Tu passes plus de temps à copier mes cours qu'à écouter toi-même en classe.

— Je te manque ou tu es jalouse ? Les deux peut-être. »

Mylena saisit le carnet de citations de Stéphanie et en lut une au hasard : « L'amitié, ce n'est pas être avec ses amis quand ils ont raison, c'est d'être avec eux même quand ils ont tort. »

« Ah, ça, c'est rudement beau et vrai ! C'est dans *L'Espoir* ? Je l'avais loupée, celle-là. Tu m'autorises à l'utiliser ? Ça fait intelligent dans une copie ou à l'oral, non ? Ça donne l'impression, l'illusion que j'ai compris quelque chose.

— Elle ne m'appartient pas, elle appartient à tout le monde. Libre à toi de l'utiliser à ta guise. »

Mylena poursuivit ses investigations littéraires et culturelles.

« Celle-ci est splendide ! C'est profond ! Avec elle, j'aurai tout de suite l'air intelligent. « Ou nous ne sommes pas libres et Dieu tout-puissant est responsable du mal. Ou nous sommes libres et responsables mais Dieu n'est pas tout-puissant. » Elle a lu Camus *Le Mythe de Sisyphe*. »

Stéphanie lui arracha le cahier des mains. « Là, c'est toi qui es jalouse !

— Non ! Éblouie ! J'ignorais qu'il y avait des gens capables de réfléchir autant…

— Tout en ayant parfois une vie très agitée aussi. Verlaine, Rimbaud etc.

— Mais ça, il est interdit de le dire pendant les cours ou les examens !

— De même que : « *L'Espoir*, c'est pas aussi chiant que ça en a l'air. » Un franc dans la boîte à gros mots, vulgarités etc. À ce rythme-là, bientôt, on sera riche, plaisanta Stéphanie.

— Oui, on pourra se payer le permis de conduire et une voiture neuve. Sans oublier le loyer d'un appartement, répliqua Mylena, sarcastique.

— Pourquoi pas le BAFA : le Brevet d'aptitude aux fonctions d'animateur ?

— Et sans voiture et sans permis, tu feras comment pour y aller, à ton job ?

— Le bus Eurolines. Si on l'a utilisé pour aller en boîte, on peut bien l'utiliser pour se rendre à son travail.

— Ouais, c'est ce que je fais jusqu'à présent, pendant ce que tu appelles mes « fugues ». Je vais bosser.

— Bosser ?!

— Oui, madame. Je vais te choquer, tu vas faire la vierge effarouchée. Je te préviens : bouche-toi les oreilles si t'es pas prête à entendre ce que je vais te dire.

— Qu'est-ce que tu racontes ?

— Je raconte que j'ai trouvé un moyen alternatif et agréable de gagner du fric. J'aime le sexe et certains hommes sont d'accord pour que je les accompagne dans des soirées et plus si affinités.

— Et Benji ? railla Stéphanie, à peine surprise.

— Il est pas jaloux. Lui aussi, il va dans ces soirées. Il me conseille, il m'aide…

— Il t'aide ?!

— Oui, il a des relations et de l'argent. Il est généreux, il n'est pas avare.

— Dans quel merdier tu es allée te fourrer ?

— Là, c'est toi qui deviens vulgaire, ma sœur. Tu es quasiment certaine d'avoir ton Bac grâce aux notes de l'année. Reste à savoir si tu auras la mention « Assez Bien » ou « Bien », et pourquoi pas « Très Bien » ? Tu la mériterais ! Moi, j'ai peur d'échouer au repêchage.

— Tes absences répétées t'amèneront directement à cet échec.

— Non, tu ne comprends pas. Je ris quand je dis que je me vois en magistrate ou en écrivain. Benji est toujours ivre quand il me promet une belle carrière, un appartement où je pourrai étudier, réaliser mes ambitions. Je sais bien que tout ça, ce n'est pas moi. C'est toi par contre, tu es faite pour ce genre de vie. Moi, j'aime danser et chanter dans des boîtes de nuit et si ça peut nous rapporter de l'argent, c'est une bonne chose. Au moins, je pourrai t'aider, comme une vraie sœur… On est un peu une famille, non ? Ça va être dur de payer tes études mais je te promets

375

qu'on va y arriver. Et ne me dis pas qu'on nous aidera, parce que personne nous aidera. On s'en fout, on se débrouillera ! »

Stéphanie était émue. Pour la première fois depuis longtemps, son sentiment de solitude, d'isolement lui semblait moins dur à supporter. Il s'effaçait presque pour laisser place à un embryon de solidarité féminine, une sororité authentique, sincère.

« Oui, on se débrouillera ! Et on l'aura du premier coup toutes les deux, ce Bac, tu verras.

— Si on parvient à réaliser cet exploit, alors on pourra enfin commencer vraiment notre vie et on aura plus qu'à faire mieux que nos prédécesseurs ! »

Mylena eut un rire tragique. Peut-être songeait-elle à sa mère, cette loque humaine. Stéphanie voyait ses parents : son père traiter sa mère de putain, sa mère et ses larmes discrètes, sa disparition dans l'indifférence de tous.

Mylena se mit à déclamer des textes d'André Malraux d'un ton que l'auteur des mots célèbres : « Entre ici, Jean Moulin ! » n'aurait pas renié. Elle aimait jouer la comédie. C'était pour elle un exutoire. Elle s'amusait à créer une illusion.

Stéphanie s'allongea sur son lit et se mit à lire *Le Troisième Bonheur* d'Henri Troyat, son exutoire à elle. Cet octogénaire était doué pour décrire les tourments du passage de l'enfance à l'adolescence puis à l'âge adulte. Sylvie n'était plus la petite Viou de huit ans, ni non plus la jeune fille de quinze ans qui avait dû renoncer à la danse, sa passion, son ambition secrète. Elle avait découvert que l'amour pouvait être à la fois intense et fragile. Parfois, il ne durait pas, il n'en restait rien. Elle avait désormais vingt et un ans, elle entrait dans le monde des adultes. Dur apprentissage qui la laisserait meurtrie, mais enfin libre, enfin femme.

Plongée dans sa lecture et ce tourbillon d'émotions, Stéphanie avait mis en sourdine une chanson du groupe punk américain Green Day *Basket Case*. Elle avait traduit le texte en français avec l'aimable contribution de sa jeune prof d'anglais. Le titre signifiait « cinglé » ou « cas désespéré » et un passage lui plaisait particulièrement :

« La maîtrise de moi-même est à portée de main

Alors je ferais mieux de tenir le coup. »

Quand septembre s'achèvera

Août 2022.

« Il faudrait que tu songes à te reposer, tu as écrit presque toute la nuit. »

Stéphanie venait de fermer son ordinateur portable quand elle sentit deux mains vigoureuses et douces à la fois lui masser les épaules, la nuque, ainsi qu'une voix aimée murmurer ces quelques mots.

Elle frotta ses yeux fatigués avant de répondre à celui qui était resté allongé dans le lit en faisant semblant de dormir pendant que, incapable de sombrer dans les bras de Morphée, elle poursuivait l'écriture ou la réécriture de son manuscrit inachevé, devenu *L'Été de nos dix-huit ans*.

« Les idées doivent être mises en ordre quand elles sont fraîches et te viennent à l'esprit. Hier soir, j'ai écouté ta liste de lecture dans ton baladeur numérique. Il y avait *Tes Tendres Années* de Johnny Hallyday. Cette chanson a fait resurgir de nombreux souvenirs liés à ma mère et à mon enfance. Et puis, de toute façon, je n'arrivais pas à trouver le sommeil, la paix de l'âme, après notre soirée au cimetière… Toutes ces révélations à propos de Mylena… C'est dur à encaisser… »

Matthias hocha la tête en signe d'approbation tacite.

« Et puis, nos retrouvailles… balbutia Stéphanie. Tu m'as manqué… Mais je me demande… Qu'est-ce qui a changé entre nous ? Je veux dire : depuis nos désaccords et notre séparation… Est-ce qu'on est fait pour supporter la monotonie de la vie quotidienne, en dehors des étreintes passionnées des vacances, loin du monde, de ses horreurs ? Nous resterons un couple sans enfants, d'ailleurs je n'ai jamais vraiment souhaité en avoir, je suis bien ainsi, ma carrière me prend beaucoup de temps et je suis fière d'avoir atteint ce niveau. Et toi, tu t'ennuierais à la maison, il te faut des défis, des challenges, des poussées d'adrénaline. Tu auras bientôt une nouvelle affectation avec l'Office central pour la répression de la traite humaine, une autre mission et, comme avant, on ne se verra jamais, on finira par ne plus rien partager et par s'en vouloir... »

Quelqu'un frappait à la porte. Matthias n'avait pas de réponses à toutes ces questions, ces douloureux constats. Il alla ouvrir. Marianne les invitait à prendre le petit-déjeuner tous ensemble dans la salle à manger.

« Ce sera sans moi, je suis désolée. Je ne me sens pas le courage de descendre. Je vais juste boire un café sur le balcon. Matthias te racontera pour Mylena... »

Il acquiesça. Marianne prit Stéphanie dans ses bras, aucune explication n'était nécessaire. Ce fut Katia qui lui apporta un plateau avec des biscottes, du beurre et de la confiture de fraises, ainsi qu'un jus d'orange et un café au lait.

« Tiens, voilà de quoi te sustenter, après la rude journée d'hier.

— Merci...

— Matthias tient compagnie à Olena qui, elle aussi, va devoir faire face à des moments difficiles. Marianne vient de recevoir un appel de sa fille qui lui demande de rentrer le plus vite possible. Élodie a dit qu'il y avait un problème avec son père dont elle ne peut pas parler au téléphone. Je crois deviner ce que c'est et ça ne me fait pas plaisir du tout, je ne m'attendais pas à... Je m'en veux... J'ai l'impression d'avoir manqué de vigilance, de ne pas avoir su protéger Maryna.

— Tu n'as rien à te reprocher. Nous en parlerons plus tard. Pour l'instant, je ne me sens pas apte à avoir une telle conversation. Il faut soutenir Olena… Et Marianne et Élodie.

— Tu as raison : je vais rentrer avec Marianne et tu accompagneras Olena cet après-midi. Vous avez rendez-vous avec la responsable de *L'Amicale du Nid* et la jeune Vénézuélienne que Maryna voulait aider. Ne perdons pas de vue l'essentiel.

— D'accord. Je compte sur toi.

— Et réciproquement. »

Stéphanie et Katia se sourirent d'un air entendu après avoir scellé ce pacte d'entraide. Dans la chambre d'hôtel résonnait *Wake Me Up When September Ends*, *Réveille-moi quand septembre prendra fin*, une des chansons préférées de Stéphanie, du groupe américain de punk rock Green Day.

« J'adore ce groupe ! déclara Katia, enthousiaste.

— Cette chanson m'émeut à chaque fois que je l'entends, expliqua Stéphanie. Elle fait référence au décès du père du chanteur Billie Joe Armstrong, en septembre 1982, alors qu'il n'avait que dix ans. Je ne peux pas m'empêcher de penser à ma mère disparue quand j'avais treize ans. « Comme mon père vint à s'éteindre, sept années se sont si vite écoulées, réveille-moi quand septembre prendra fin. » J'avais traduit les paroles pour mieux m'en imprégner. Le fils s'est enfermé dans sa chambre et a demandé à sa mère de ne le réveiller que lorsque le mois de septembre se serait écoulé. Dans son malheur, il a eu la chance d'être fixé et non baigné de faux espoirs illusoires, l'illusion que Maman vivait peut-être ailleurs, quelque part, loin… Mais alors, elle m'aurait vraiment abandonnée. Il y a une phrase où il dit : « sept années s'écoulant si vite », l'écart de temps qui sépare l'été 1982 et l'année 1989 où il a fondé son groupe. Pour moi, presque trente ans depuis la perte de Maman… Cette chanson appartient à l'album *American Idiot*, sorti en septembre 2004, trois ans après les attentats du 11 septembre 2001. Le clip montre un jeune couple séparé à cause d'une intervention militaire au Moyen-Orient. Le jeune homme décide de s'engager dans le Corps des Marines des États-Unis. Matthias, mon chéri, mon amour, jamais oublié malgré une longue séparation, est un vétéran des commandos de la Marine française.

— Je comprends ce que tu ressens. Mes parents ne sont pas morts mais la Sibérie est à l'autre bout du monde et ils me manquent. Je suis partie en septembre, un libre choix désiré, pourtant difficile car j'étais censée reprendre l'entreprise familiale. C'est un mois associé à un souvenir douloureux, malgré deux décennies qui se sont écoulées. Quant à mon chéri, mon amour, jamais oublié malgré… Je n'en dirai pas plus. Tu connais l'histoire de mon ancien fiancé parti combattre dans le Donbass pour protéger sa famille… Enfin… C'est ce que j'ai compris… Je ne veux pas en parler sinon je vais me mettre à pleurer et ce n'est ni le lieu ni le moment. Je préfère plus de légèreté… donc je constate que nos goûts musicaux se rejoignent parce que j'ai découvert Green Day avec cet album. Je n'étais pas en France depuis très longtemps. »

Stéphanie accepta le jeu de la légèreté qui les rendrait fortes pour affronter la suite de la journée.

« Ah ! Je suis une fan de la première heure, depuis 1994 et *Basket Case*, répliqua-t-elle d'un ton enjoué.

— Connais pas, dit Katia, le sourire aux lèvres. Faudra que j'écoute. En 1994, j'étais une petite Sibérienne qui rêvait de voir le monde occidental dont la découverte nous avait été interdite pendant si longtemps : le fameux rideau de fer ! L'Amérique, le symbole de la liberté ! »

Son ton était devenu railleur.

« Si tu continues, rétorqua Stéphanie, je vais te chanter le générique du dessin animé *Tom Sawyer* que tout enfant des années 1980 a forcément en tête : « Tom Sawyer, c'est l'Amérique, le symbole de la liberté ! » Sauf pour les esclaves du Sud. C'est aussi un roman de Mark Twain.

- Jusqu'en 2001 et les attentats du 11 septembre, j'idéalisais tellement l'Amérique, peut-être plus que la France encore. Et puis… Je vais être franche. C'est quand même les premiers à avoir balancé la bombe atomique sur Hiroshima et Nagasaki en août 1945. Quant à l'invasion et la destruction de l'Irak, un pays souverain, selon le Droit international, en 2003, pays qui n'avait rien à voir avec les attentats et n'avait pas d'armes de destruction massive, cette invasion a créé un précédent impuni : le plus fort a tous les droits. Cet acte a changé la face du monde et nous en payons le prix aujourd'hui. C'est en tout cas mon interprétation personnelle de la situation actuelle qui, bien sûr, n'engage que moi.

— La loi du plus fort est une constante de l'espèce humaine. Je crois que je l'ai toujours senti et c'est pour cela que je voulais devenir forte, pour être libre d'agir à ma guise.

— « Ma liberté s'arrête là où commence celle de mon prochain. » Je trouve ce proverbe plein de bon sens, nuança Katia.

— Moi aussi. »

Stéphanie était heureuse d'avoir pris son petit-déjeuner en compagnie d'une amie. Septembre était aussi le mois où Mylena… Elle ne devait pas faillir, elle devait suivre Katia qui la guiderait. Elles descendirent rejoindre Marianne, Olena et Matthias. Marianne embrassa Olena :

« Je regrette de ne pas pouvoir venir au rendez-vous avec la responsable associative.

— Non, tu as déjà tant fait, la rassura Olena. Tu m'as présenté une magistrate courageuse et efficace. » Elle regarda Stéphanie d'un air affectueux. « Maintenant, je vais poursuivre mon chemin. Prends soin de ta fille, leurs appels ne doivent jamais être négligés. »

Marianne approuva, inquiète. Après le départ de Katia et Marianne, Olena et Stéphanie se rendirent à l'adresse indiquée par SMS : un gîte où logeait la jeune Vénézuélienne.

« J'ai l'impression de revivre la journée d'hier, dit Stéphanie pour rompre le silence source d'angoisse et de stress. Une longue marche vers de tristes révélations. J'ai l'intime conviction que Maryna a risqué sa vie pour sauver des filles comme Mylena, que certains qualifient de « perdues » mais qui, avec un soutien adapté, ne l'auraient jamais été. J'en suis persuadée. Mylena était une passionnée, elle voulait tout tout de suite, le sexe, le grand frisson, les émotions fortes, une vie excitante. Elle ne s'est intéressée aux livres que lorsqu'elle a vu que leurs auteurs étaient souvent des aventuriers à l'existence romanesque ou hors norme, comme Helen Keller… Le premier que je lui ai prêté… Un cadeau de ma mère… »

Stéphanie s'arrêta brusquement. Une idée venait de lui traverser l'esprit. Olena n'y fit pas attention. Elle enchaîna :

« J'étais comme elle… D'où mon goût pour la chanson *I Want It All*, je le veux tout, et maintenant, de Freddie Mercury. On en avait parlé lors de notre précédent voyage qui nous a menées ici. »

Elle eut un faible sourire à destination de Stéphanie.

« Finalement, nous sommes toutes ainsi peut-être… Mais canalisées par l'éducation, des parents aimants, un foyer digne de ce nom, nous ne nous en sortons pas si mal que ça… Tu as raison. Le corps de Mylena est redevenu poussière, pourtant grâce à la fausse stèle qu'Aurélie a fait construire, un lieu lui rend hommage et rappelle aux vivants son passage sur cette Terre. Je ferai en sorte que personne n'oublie Mar… »

Stéphanie l'interrompit alors qu'elle allait prononcer le prénom de sa fille. Elles arrivaient au gîte où la responsable associative les accueillit sur le pas de la porte.

« Je suis désolée pour ce retard. Il y a eu un imprévu, Raquel vous racontera. Elle n'a plus peur. Je lui ai promis que tout irait bien, qu'elle pouvait avouer la vérité sans s'inquiéter. Au contraire. Elle a protégé votre petite-fille comme Maryna l'avait fait pour elle…

— Ma petite-fille ?!!! l'interrompit Olena, stupéfaite.

— Oui. Venez, entrez. »

Raquel les attendait, assise sur une chaise à la table de la cuisine. Elle avait l'air soucieux, fatigué. Ses yeux cernés indiquaient l'insomnie. Elle était vêtue simplement d'un tee-shirt blanc où était dessiné le phare de Ploumanac'h et d'un legging noir, ses ongles étaient rongés, ses longs cheveux bruns attachés en queue de cheval. Elle semblait jeune et vieille à la fois, il était difficile de lui donner un âge. À côté de la cuisine américaine, dans le salon, près du canapé et de la télévision, une fillette de deux ou trois ans s'amusait. Sa maman d'adoption lui avait aménagé une minuscule salle de jeux : une table et des chaises en miniature, une maison de poupées et des Lego, ainsi que quelques albums.

« Je vous présente Raquel. Maryna l'a emmenée ici. »

Raquel se leva et salua ses visiteuses. La peur se lisait dans son regard. Olena ne laissa pas la gêne s'installer.

« Maryna a eu un enfant ? balbutia-t-elle.

— Oui, elle a accouché en décembre 2019, répondit Raquel. Elle s'appelle Isabelle, elle me l'a confiée et m'a demandé d'en prendre soin jusqu'à son retour… Elle n'est jamais revenue. Je l'ai élevée comme si elle avait été mon bébé… »

Raquel faisait des efforts pour dissimuler sa souffrance tandis qu'Olena était en plein désarroi.

« Pourquoi ne me l'a-t-elle pas dit ? »

Ce cri du cœur, cette cruelle interrogation ne pouvaient être retenus.

Raquel semblait réfléchir, ses sourcils étaient froncés.

« Peut-être qu'elle craignait de vous décevoir… »

Olena resta bouche bée.

« Isabelle… C'est joli… Elle a choisi un prénom français… »

Étaient-ce cette déception, ce désaccord qu'avait craints Maryna ?

« Elle aimait un Français. Il l'a trahie de la plus laide des façons. »

Raquel avait un léger accent lorsqu'elle s'exprimait, son langage était cependant très correct. Sa voix tremblait un peu. Elle semblait fière, désireuse d'apprendre, de relever la tête sans honte.

« Je suis née au Venezuela, continua-t-elle. Dans un bordel clandestin. Je n'avais ni père ni mère identifiés. Je n'ai jamais connu autre chose que ce que vous appelez « la prostitution », c'était normal pour moi. On m'a dit que non. » Elle regarda la responsable associative qui avait les sourcils froncés et un air accablé pendant que Raquel racontait son histoire. « Moi et d'autres filles, on nous a fait traverser l'océan avec des cargaisons de drogue, je ne sais pas ce que sont devenues les autres filles. Je travaillais dans des clubs, je devais cacher mon âge, dire que j'étais majeure et consentante sinon j'irais en prison parce que je n'avais pas de papiers. En fait, j'ignore quelle est précisément ma date de naissance. Maryna m'a dit qu'elle m'aiderait et elle n'a pas menti, elle ne s'est pas moquée de moi, elle était gentille… J'aurais aimé qu'elle soit ma maman… »

Raquel se mit à sangloter avant de se reprendre. Olena eut le geste spontané de poser sa main sur la sienne en signe d'affection, d'assentiment mais Raquel eut peur de cette caresse inattendue.

« Le père d'Isabelle était complice de ceux qui m'exploitaient. Maryna l'a compris, elle avait beaucoup de peine, pourtant elle m'a permis de fuir, de venir ici… J'y suis bien… je suis contente… J'apprends à parler mieux le français et aussi l'espagnol, je gagne un peu d'argent en faisant le ménage dans les mobile homes du camping. Maryna est pas venue… alors j'ai fait comme si Isabelle était ma fille… Pardon… J'ai menti… Mais je l'aime… C'est comme mon bébé... Je m'en occupe bien, on est une famille… J'ai jamais eu de famille…

— Chut… l'apaisa Olena en ayant le même geste affectueux qui, cette fois-ci, ne fut pas repoussé. Quand se termine ton contrat de travail ?

— À la fin du mois de septembre, répondit Raquel dans un hoquet douloureux.

— Très bien. Je vais rester près de toi pour que nous fassions connaissance toutes les trois. Quand septembre s'achèvera… Nous verrons… Tu me diras ce que tu veux faire… ce qu'on peut faire… Je ne suis pas française, moi non plus. Je suis ukrainienne, comme Maryna… Je suis sa maman et mon mari, son papa, est mobilisé sur le front… là-bas… Je ne sais pas s'il va survivre…

s'il est toujours vivant à l'heure où nous parlons. Je n'ai pas de nouvelles depuis un moment et ce n'est pas dans ses habitudes… »

La responsable associative intervint dans la conversation entre Olena et Raquel.

« Oui, il faut se donner du temps. Se renseigner pour d'éventuelles formalités, faire un test ADN pour confirmer la filiation. Raquel ne peut être expulsée, elle a sa carte de séjour car elle a aidé au démantèlement d'un réseau de prostitution de mineures. C'est la solution que nous avons trouvée. Si vous souhaitez qu'elle intègre votre foyer, il faudra se débrouiller… Comme vous l'avez dit : nous verrons quand septembre s'achèvera.

— Je le souhaite, oui, affirma Olena avec conviction en regardant Raquel droit dans les yeux. Je le dois à Maryna et à sa fille qui serait traumatisée par tous ces changements. Mais je n'ai pas de foyer. Dans mon pays, j'étais enseignante, je donnais des cours à l'université de Kiev. Désormais, une amie m'héberge dans son haras à Montauban. Mon avenir, ma situation sont aussi incertains et flous que ceux de Raquel. Peut-être plus même.

— Un haras à Montauban ? »

La panique se lisait dans les yeux de Raquel.

« Le compagnon de Maryna s'occupait d'un haras près de cette ville où elle m'a retrouvée et enlevée alors qu'un client m'avait conduite dans un club libertin qu'il fréquentait pour se détendre. La femme de ce client l'appelait Ben ou Benji, ils avaient l'air de s'entendre, ils aimaient tous deux le sexe avec des partenaires multiples, l'échangisme dans des lieux sécurisés pour éviter les ennuis, les problèmes de consentement, ils avaient une réputation à préserver. Ils pensaient que j'étais une jeune femme libertine. La dame méchante, Iva… Elle avait un prénom bizarre… Ivanka, je crois. Elle ne leur avait pas dit toute la vérité, que j'étais sa prisonnière, qu'elle me vendait à des hommes soucieux de discrétion et qu'elle récupérait l'argent. Le compagnon de Maryna était un menteur, lui aussi. Il lui avait caché qu'il était marié, que le haras appartenait à sa femme, Marianne, une prof d'Histoire. Maryna ne l'avait jamais vue, elle a trouvé une photo qui a éveillé ses soupçons, elle s'est renseignée et elle a compris que son amant menait une double vie, il évitait que son épouse et sa maîtresse ne se croisent. Il pensait tout contrôler. Maryna m'a raconté qu'il était jaloux de la richesse de cette Marianne. Quand elle m'a confié Isabelle, elle m'a appris le plus dur : il avait menti sur sa véritable situation professionnelle. Son poste de directeur commercial pour la société de production dissimulait sa véritable activité : vendre de la drogue et faire des affaires avec la dame méchante. J'ai supplié Maryna de rester près de moi, elle ne m'a pas écoutée… Elle m'a juré qu'elle reviendrait, que je ne devais pas m'inquiéter, que tout irait bien… Je ne sais pas où elle est… »

Raquel sanglotait à nouveau.

« J'ai élevé Isabelle comme ma fille, répétait-elle. J'avais peur qu'on me la prenne… C'est la première fois que j'ai quelqu'un qui m'aime et que j'aime… Je suis une bonne maman… Je suis sa maman… Je m'occupe bien d'elle… »

Olena n'avait rien à dire. Elle se leva et prit Raquel dans ses bras.

« Je ne te la prendrai pas. On va rester ensemble, déclara-t-elle d'un ton péremptoire. Je ne te le jure pas, je me contenterai de tout mettre en œuvre pour que ce choix devienne réalité. Pour l'instant, j'ai des formalités à régler. »

Elle regarda la responsable associative qui hocha la tête. Les trois femmes sortirent et laissèrent Raquel et Isabelle dans leur gîte.

« Un logement et un travail temporaire… »

Olena réfléchissait à haute voix. Sa forte carrure impassible impressionnait la responsable associative. Olena esquissa un faible sourire.

« J'en demande trop ? »

La responsable associative soupira.

« Nous verrons… Je ne sais que faire… ce que nous avons les moyens de faire. Raquel ne m'a parlé que quand elle a appris votre venue.

Elle n'osait pas, elle avait peur… elle vous l'a expliqué… Il faut nous laisser le temps de nous organiser au mieux… »

Olena approuva avant d'entraîner Stéphanie vers le centre-ville où elles s'installèrent à la terrasse d'un café sans porter la moindre attention aux flots de touristes, à la joie et la paix de l'âme qui émanaient de leur présence. La blessure d'Olena était trop récente, cuisante. À la différence de celle de Stéphanie, qui datait de deux décennies, voire de trois pour la perte de sa mère, elle n'était pas encore une partie intégrée et supportée d'elle-même. Derrière le sang-froid, le flegme d'apparence, la colère, la rage, la haine bouillonnaient. Désigner un ennemi à abattre n'y changerait rien, ne servait à rien. Ce n'était qu'un exutoire passager ou le chemin de la destruction puis de l'autodestruction.

« Tu étais au courant pour le compagnon de Maryna ? »

Olena avait un ton hargneux. Stéphanie tenta de l'apaiser.

« Marianne ignore tout. Élodie a dû découvrir quelque chose, d'où son appel. Quant à moi, j'ai eu des doutes lorsque le nom de son conjoint a été mentionné dans le cadre d'une affaire de consommation de produits stupéfiants. Le mari de Marianne avait vendu la drogue au prévenu. Je n'ai jamais rencontré cet homme depuis que nous sommes amies. Pour moi, il était évident qu'ils vivaient comme un couple séparé, en attendant de trouver un terrain d'entente en ce qui concerne le partage des biens. Je n'ai jamais posé de questions. Je sentais que Marianne était malheureuse, je l'étais aussi et notre amitié était une sorte d'éden loin du malheur. La vôtre, a, je crois, un fonctionnement similaire. »

Olena acquiesça, les yeux cernés et humides.

« À moi non plus, elle ne me l'a jamais présenté… Tu es sûre qu'elle ne sait rien ?...

— Oui ! J'en suis sûre ! »

Et Stéphanie lui prit la main avant d'ajouter : « Rentrons à l'hôtel. » Olena se leva sans avoir terminé son café. Stéphanie paya l'addition tandis qu'Olena lui rendait la monnaie.

« Et Katia ? demanda-t-elle, comme si cette idée insidieuse venait de jaillir brutalement dans son esprit.

— Katia m'a aidée à retrouver le nom de tous les employés de la société de production qui l'avait embauchée comme scénariste, ainsi que Maryna. Sur le papier, le mari de Marianne a occupé le poste de directeur commercial. J'ai envoyé une convocation officielle à cet homme pour le mois de septembre. Et maintenant, je pense qu'il faut faire fouiller toutes ses propriétés, y compris celles que possède Marianne, comme le haras où il était censé travailler, tous les lieux où il a séjourné… D'accord ? Tu tiendras le coup ? »

Stéphanie soutint Olena par le bras.

« Ai-je le choix ? bredouilla-t-elle.

— Non. »

Olena se tut un instant puis elle regarda Stéphanie.

« Comment tu as fait, toi, pour tenir le coup ?... balbutia-t-elle. Mylena… Ta mère…

— N'oublie jamais que nous sommes fortes, décréta Stéphanie du ton véhément d'un instructeur militaire, lointain souvenir des entraînements qu'elle avait subis. Nous portons le monde, que nous soyons mères ou pas. Beaucoup d'hommes s'effondrent et crient de douleur au moindre poil arraché… » Stéphanie avait réussi à faire sourire Olena. Elle poursuivit : « Pas nous !... Plus sérieusement, il y avait Matthias… et je ne voulais pas qu'il me voie comme une loque humaine… je voulais que nous soyons fiers l'un de l'autre. Dans mon malheur, j'ai eu la chance de croiser sa route et qu'il ne soit pas comme le conjoint de notre amie ou comme l'autre tordu que j'appelais, dans mon adolescence, « le pervers », « le pseudo-compagnon de Mylena », Benjamin Aznar, ou comme tant d'autres.

— Mon mari ressemble à ton Matthias. Si la guerre le tue, je tiendrai le coup pour Isabelle et Raquel », affirma Olena qui s'était redressée.

Stéphanie était satisfaite car sa mission était accomplie. Elle espérait que, de son côté, Katia aurait autant de succès. Un nuage assombrissait ses pensées. Qu'avait-elle en dehors de Matthias et de son métier de juge ? N'était-ce pas suffisant ? Elle avait trois amies fiables et encore vivantes. Cela n'avait pas de prix. Mais l'amitié n'était-elle pas aussi fugace que l'amour ? Tout est voué à disparaître sur cette Terre. De sa carrière professionnelle, il ne resterait rien non plus, à part un nom inscrit dans les annales et encore…

Stéphanie aperçut Aurélie qui vendait des aquarelles devant sa boutique. Elle entraîna Olena et lui présenta celle qui avait détenu, pendant toutes ces années, la clé du mystère de la disparition de Mylena.

« C'est toi qui as vidé la chambre et récupéré ses affaires, n'est-ce pas ? Et il y avait un livre, l'histoire d'Helen Keller ?

— Comment le sais-tu ? Pour le livre, je veux dire ? »

Aurélie avait l'air étonné.

« Il a eu une telle importance dans ma vie. Je l'ai gardé. Cette petite sourde, muette et aveugle, si mal partie dans l'existence, devenue autrice, conférencière, militante politique pour le droit de vote des femmes, les droits relatifs au travail, l'antimilitarisme, cette petite, son destin extraordinaire, invraisemblable, m'a aidée à … » Elle jeta un coup d'œil alentour pour s'assurer que Mireille n'était pas là et ne pouvait entendre. « … à concevoir la fable que j'ai racontée à …

Enfin… tu comprends… Mylena devenue sourde etc.

— Oui, je comprends. Maman m'avait donné ce livre avant de disparaître, elle aussi, et je l'ai prêté à Mylena qui l'a adoré. Je l'ai longtemps cherché, sans succès. Je ne me rappelais plus où je l'avais mis. Je me rends compte qu'il est le seul lien qui me rattache encore à ma mère, qui me la rappelle. Elle s'appelait Anne, comme Anne Sullivan, qui a enseigné la lecture et l'écriture à Helen. Elle aurait été contente que tu l'aies récupéré et qu'il t'ait autant apporté dans ta vie. »

Aurélie resta bouche bée tandis que Stéphanie et Olena s'éloignaient et rentraient à l'hôtel. Stéphanie se sentait apaisée : l'existence d'Anne n'avait pas été vaine, elle n'avait pas sombré dans le plus profond oubli, ses actes avaient eu une influence déterminante sur plusieurs personnes. Olena n'en était qu'au début de la route tantôt obscure, tantôt grisâtre qui mène à l'apaisement. Elle s'enferma dans sa chambre en attendant l'heure du dîner.

Élodie, la fille de Marianne, cherchait, elle aussi, son chemin dans l'obscurité lorsqu'elle appela Stéphanie sur son smartphone. Sa voix tremblait :

« Tu savais pour mon père ? C'est pour ça que tu lui as envoyé une convocation officielle ?

— Que se passe-t-il ? Pourquoi as-tu demandé à ta maman de revenir immédiatement ?

— C'est affreux ! Il est mort ! Il s'est tiré une balle à l'endroit où il avait enterré la fille d'Olena. C'était sa maîtresse, il ne lui avait pas dit qu'il avait une famille, qu'il n'était pas divorcé. Il lui mentait ! Il nous mentait ! Il détestait Maman parce qu'elle est plus riche que lui, il ne s'est jamais occupé du haras, il le laissait aux employés. Il a dit que la terre fraîche retournée, c'était son chien… il n'a jamais eu de chien… il racontait n'importe quoi… à tout le monde… Maman et moi, on le voyait jamais… Il m'a écrit une lettre… Pourquoi ? Les hommes sont des monstres ! Il aimait Maryna ! Alors, pourquoi il l'a tuée ? Pourquoi il a caché le corps ? Elle avait un enfant de lui… Tu te rends compte ? Le bébé s'appelle Isabelle. Il ne sait pas où il est… Quand Maryna a découvert tous ses mensonges, sa cupidité, ses magouilles, ils se sont disputés et il l'a tuée accidentellement ! C'est un lâche ! À cause de la convocation au Tribunal, il a compris que son vrai visage de pourriture allait être révélé et il a pris peur, il a préféré se suicider et m'impliquer là-dedans plutôt que d'assumer ses responsabilités ! Il nous couvre de honte ! Maintenant il y a un cadavre dans le haras… enfin il n'y est plus… des flics partout… Comment on va faire ? Plus personne voudra prendre des cours d'équitation à l'endroit où un meurtre a eu lieu… Et mes amis, qu'est-ce que je vais leur dire ? Certains trouvent déjà que j'ai un côté trop moralisateur avec mon engagement associatif pour sauver la planète et adopter les bonnes pratiques écologiques… ils vont se moquer de moi… Je vais me retrouver toute seule… Je leur explique comment ils doivent agir pendant que mon père tue sa copine et est complice de la traite humaine… Ce salaud a osé m'écrire que c'était pour aider une compatriote de Maryna à lutter contre la domination russe ! Il me prend pour une conne ! J'en peux plus… J'ai promis à Maman d'être forte… J'y arrive pas… Comment tu fais, toi ? »

C'était la deuxième fois que Stéphanie entendait aujourd'hui cette question et elle était à deux doigts de soupirer : lassitude, impuissance… Elle n'était pas une spécialiste du développement personnel ou une marraine des groupes de paroles : « Je fais mon deuil et je vais mieux. » Comme si c'était possible… Élodie éclata en sanglots. Elle n'avait que dix-neuf ans et son monde s'effondrait. Un sentiment que Stéphanie avait connu à plusieurs reprises.

« Il n'y a pas de recette, ma chérie. Tu apprendras au jour le jour au côté de ta maman sur laquelle tu pourras toujours compter, cela n'a pas de prix.

— Elle m'a dit qu'elle était heureuse d'avoir rencontré mon père car, sans lui, elle ne m'aurait pas eue.

— Tu vois. C'est la plus belle chose qu'elle ait pu te dire et, de sa part, tu peux être sûre que c'est sincère. Je vais ajouter que non :

tous les hommes ne sont pas des monstres et que la plupart des criminels n'en sont pas. Le mal est banal et nous pouvons tous, à un moment donné, déraper : haine, vengeance, jalousie, peur. Les émotions humaines sont complexes. Quant à tes prétendus amis, s'ils t'abandonnent dans l'épreuve que tu traverses, tu peux les rayer définitivement de ton carnet d'adresses. Tu auras plus de place pour les nouveaux, les rencontres à venir et, tu verras, elles seront nombreuses. De ton côté, tu vas apprendre l'indulgence, la modération qui mènent à la sagesse, stade que je n'ai pas encore entièrement atteint... L'indulgence envers ceux qui ne partagent pas toutes tes idées, tes convictions de jeune adulte et tu découvriras qu'ils ont parfois leurs raisons qui ne sont pas forcément mauvaises. Ainsi, tu seras entourée d'amis véritables et non de relations éphémères adeptes des « like » sur les réseaux sociaux. »

Élodie eut un petit rire.

« Des amis adeptes du cynisme en tant que philosophie, comme ma mère ?

— Tout à fait ! Des philosophes subtils et éclairés. »

Le silence se fit puis Élodie murmura : « Merci... Vous rentrez bientôt ?

— Bientôt. Olena a retrouvé Isabelle. On vous expliquera.

— D'accord. J'ai pas hâte que septembre s'achève et de retourner à la fac... »

— Tu as le temps. C'est le mois d'août, profite de tes vacances, même si c'est dur. Et dis-toi bien que, quand septembre s'achèvera, ce sera pour toi le début d'une nouvelle existence et qu'elle sera meilleure que celle d'avant : voilà la recette ! »

Élodie acquiesça et raccrocha. Stéphanie songea à tous les changements qui s'étaient produits au fil des ans. Elle consolait ses amis, telle une experte en souffrances. Qui la consolerait ? Matthias interrompit ses réflexions et lui apporta un embryon de réponse :

« On dîne avec Olena, ce soir. Ça nous fera du bien à tous les trois de ne pas rester isolés dans notre coin », décréta-t-il du ton de l'officier qui a l'habitude de prendre les choses en main et de remonter le moral des troupes avant de repartir au combat, contre l'ennemi ou contre les troubles de stress post-traumatique.

Au crépuscule, alors qu'elle avait regagné sa chambre après ces instants d'échanges, d'amitié, de fraternité et d'amour au milieu du chaos, de la colère, de la haine et du désir de vengeance, Stéphanie consulta son smartphone où, parmi les trop nombreuses notifications inutiles, se trouvait une proposition de lecture : un article de journal, issu de son abonnement à la presse numérique. « Un magistrat retrouvé mort : accident ou suicide ? »

Son instinct lui permit de comprendre qu'il s'agissait de Benjamin Aznar. Il n'était pas rentré à Paris. Son corps avait été retrouvé dans sa voiture, en contrebas d'une route escarpée du Massif armoricain sur la presqu'île de Crozon, dans le département du Finistère, entre la Pointe de Pen-Hir, le village de Locronan et Camaret-sur-Mer. Il n'y avait pas de traces de freinage. Le journaliste rappelait le récent scandale qui avait compromis la brillante carrière du magistrat : son implication, vingt ans auparavant, dans la disparition d'une jeune fille. Le virage qui lui avait été fatal était réputé pour sa dangerosité. En septembre 1993, Anne Viciana-Marec, la demi-sœur d'une conseillère régionale de Bretagne, était décédée au même endroit. Son véhicule avait dérapé, malgré un coup de freins qui n'avait pas réussi à la sauver.

Stéphanie Viciana-Marec frotta ses yeux fatigués et relut le texte. Elle portait désormais le nom de sa mère, ce qui n'était pas le cas dans son enfance. Elle avait cherché tant de fois « Anne Viciana-Marec » dans les moteurs de recherche, les archives en ligne des journaux, sur les réseaux sociaux. Quelques homonymes l'avaient induite en erreur, il n'y avait jamais eu de traces manifestes de sa mère sur Internet car elle n'avait pas connu, ou très peu, ce que nous nommons communément « les nouvelles technologies », voire « la révolution numérique ».

Cette piste absurde, stupéfiante avait-elle une chance d'être la bonne ? Septembre 1993 : la date à partir de laquelle Maman n'a plus donné signe de vie, songeait Stéphanie. L'avis de décès n'avait peut-être pas été numérisé. En 1993, Anne Viciana-Marec n'était qu'une anonyme perdue dans la masse. Aujourd'hui, elle était la « demi-sœur d'une conseillère régionale de Bretagne ».

Les destins sont-ils liés ou n'est-ce que le fruit du hasard ? Benjamin Aznar s'était-il suicidé à l'endroit précis où Anne Viciana-Marec était morte ? Était-ce une simple coïncidence ou le reflet d'un sentiment de culpabilité ? Benji, le pote de Lionel. Lionel, le pote de Benji. Lionel, l'amant, le petit ami potentiel d'Anne lors de sa séparation, de son divorce conflictuel qui l'avait privée de ses deux filles, à cause de ses fréquentations douteuses. Et si l'intérêt de Benjamin pour Stéphanie, devenu par la suite malsain, avait pris sa source dans ce funeste virage ? Anne s'apprêtait-elle à révéler leur corruption, leur perversion, leur dépravation ? En avait-elle été empêchée d'une manière cruelle, irréversible ? Benjamin Aznar emportait le secret dans sa tombe. À moins que son enfant, comme son père avant lui, n'ait hérité des bribes de la vérité, cadeau empoisonné, traumatisant, semblable à celui qu'avait reçu Élodie. L'éternel recommencement. L'éternelle reproduction des mêmes schémas destructeurs.

Stéphanie posa son smartphone. La journée avait été épuisante, elle avait besoin de dormir. Une phrase tournait en boucle dans sa tête.

« Réveille-moi   quand   septembre
s'achèvera. »

La paix… et la guerre

Septembre 2023.

« Alors, tu es ma nièce ? »

Stéphanie ne trouverait la paix que lorsqu'elle comprendrait ce qui était arrivé à sa mère, Anne Viciana-Marec. Trente ans après, il était impossible de reconstituer avec exactitude les drames et les joies qu'elle avait vécus. Seules des bribes du passé pouvaient resurgir au hasard d'une rencontre longuement attendue de part et d'autre.

Stéphanie avait une tante qui habitait près de Camaret-sur-Mer et était conseillère régionale depuis une dizaine d'années. Laetitia l'avait invitée à découvrir ce village dont le nom breton signifiait « petit quai » ou « débarcadère » et qui était réputé pour être un village d'artistes : il avait attiré des peintres tels que Paul Signac, Pierre-Auguste Renoir, Claude Monet et Camille Pissarro.

Ce voyage était un pèlerinage. Stéphanie avait déposé des fleurs sur la tombe d'Anne, où sa dépouille reposait depuis septembre 1993, grâce à Laetitia, sa demi-sœur, qui avait pris en charge les frais des obsèques. Elle avait effectué le même rituel sur la fausse stèle de Mylena Ferrer, en compagnie d'Aurélie et de Mireille. En décembre 2022, Aurélie avait envoyé un cadeau à Stéphanie, pour Noël : *Sourde, muette, aveugle : histoire de ma vie* d'Helen Keller. La boucle était bouclée en quelque sorte : le livre d'Anne revenait à son point de départ. Il était l'héritage de Stéphanie. À qui le transmettre ? Elle n'avait pas d'enfant. Et pourtant, peut-être pouvait-il encore poursuivre sa route… Isabelle grandirait… Raquel, qui s'était installée au haras où elle travaillait, l'avait déjà lu.

Stéphanie et Laetitia s'étaient assises à la terrasse d'un café où quelques touristes profitaient encore de l'arrière-saison pour faire de la randonnée, des promenades sur la plage ou découvrir les beautés de la région, les fortifications, l'architecture médiévale et pittoresque, pratiquer le surf. Elles avaient une vue agréable sur le port. Laetitia avait montré à Stéphanie les rochers de la Pointe de Pen-Hir, sculptés en formes étranges. Les Celtes croyaient que ces menhirs avaient des propriétés magiques et ils les utilisaient pour vénérer leurs dieux, avait expliqué Laetitia, qui était chargée des Affaires culturelles. « Maman repose dans un cadre magnifique », n'avait pu s'empêcher de penser Stéphanie. Le cimetière avait un panorama merveilleux.

« Je n'ai vu Anne que deux fois dans ma vie, raconta Laetitia tout en buvant une limonade. Aux funérailles de notre père puis quand elle est venue me rendre visite juste avant son accident. J'oublie le notaire… Nous avons partagé l'argent de l'héritage. Elle avait aussi celui issu du décès de sa mère, qui était bretonne. C'était important pour Anne. Elle en avait besoin parce qu'elle était en plein divorce et qu'elle était femme au foyer. Une séparation conflictuelle, d'après ce que j'avais compris. Elle m'a parlé de ses deux filles, dont toi… » Laetitia eut un sourire affectueux en regardant Stéphanie. « … et des rumeurs qui circulaient à son sujet.

— Mon père prétendait qu'elle se prostituait.

— Il avait renoué avec sa copine du lycée et elle était déjà enceinte. J'ignore s'il était jaloux, possessif, un pervers narcissique ou s'il avait de réels soupçons, s'il s'inquiétait vraiment pour la sécurité et l'éducation de ses filles. »

Stéphanie ne fit pas de commentaires.

407

« Anne était belle, elle avait trouvé un emploi de serveuse à la cafétéria du commissariat où un flic l'avait remarquée.

— Lionel ?

— Peut-être… Oui… C'était il y a longtemps. Je ne me souviens pas de tout, je suis désolée. Je ne sais pas s'ils ont eu une liaison, je crois qu'ils sont sortis ensemble quelques fois. Anne m'a dit qu'il était malhonnête. Elle a évoqué des histoires de drogue, d'exploitation de prostituées dont certaines étaient mineures. Elle était décidée à le signaler au procureur de la République par courrier, elle espérait rétablir son honneur, sa réputation et être à nouveau autorisée à élever ses deux filles… Je regrette que cela ne se soit pas produit. »

Stéphanie hocha la tête.

« Et moi donc… Comment se fait-il que personne ne m'ait jamais dit que ma mère était morte dans un accident de voiture ?

— J'ai envoyé un faire-part à ton père et j'ai reçu les traditionnelles « sincères condoléances ». Jusqu'à aujourd'hui, je n'ai pas eu d'autres relations avec cette branche de la famille. Je suis contente de te voir. Il me semble, selon les divers témoignages que j'ai pu recueillir, que les services de protection de l'enfance sont souvent dépassés par l'ampleur de la tâche. J'imagine qu'ils ont dû penser que ton père t'avait informée ; quant à ton père, il a dû croire que c'étaient eux qui t'avaient appris le décès de ta mère. Cela l'arrangeait probablement d'envisager les événements sous cet angle. Une nouvelle épouse, deux enfants en bas âge, dont un issu d'une précédente union : c'est suffisant. Si la troisième, en pleine crise d'adolescence, ne souhaite pas intégrer le foyer familial, il y aura une bouche en moins à nourrir et éduquer. La belle-mère aura ainsi une situation plus facile à gérer. L'Aide sociale à l'enfance doit s'occuper de tellement de dossiers, de cas problématiques voire épouvantables. Tu avais un toit, tu ne fuguais pas, ne te droguais pas, ne te prostituais pas donc tu n'existais pas. »

Le sort funeste de Mylena revint hanter Stéphanie.

« Mon amie d'enfance fuguait, se prostituait et personne ne se souciait d'elle, à part moi, Aurélie et sa mère, une fois qu'Aurélie a réussi à la désintoxiquer de tous les produits stupéfiants qu'elle ingérait pour supporter l'enfer de la prostitution comme gagne-pain. Un univers très glauque qui n'a rien de glamour… »

Gênée face à toutes ces horreurs, Laetitia baissa les yeux.

« J'espère que nous nous reverrons, finit-elle par dire. Tu me raconteras comment tu es devenue magistrate. Une réussite professionnelle assez rare après une telle enfance. »

Stéphanie acquiesça. Cependant, elle n'avait pas envie d'évoquer une énième fois le passé. Elle désirait au contraire clore définitivement ce chapitre. À quarante-trois ans, elle voulait se tourner vers l'avenir qui, malgré sa ménopause précoce et l'impossibilité irrémédiable d'avoir un enfant, lui promettait encore de belles années. Avant de s'engager sur cette nouvelle route, cette nouvelle étape de son existence, elle avait quelques questions qui la taraudaient.

« Pourquoi je n'ai jamais connu mon grand-père ? Ma mère et lui étaient fâchés ?

— C'est compliqué… Ton grand-père était… taiseux… Il était très renfermé. Son premier mariage a été un échec. Ma mère a vécu la violence de la guerre civile espagnole quand elle était adolescente. Ils se comprenaient mieux, en apparence. Pourtant, il demeurait taciturne. Il s'isolait. Leur union s'est soldée, elle aussi, par une séparation. Il a terminé sa vie seul. Je me demande s'il n'était pas atteint de troubles de stress post-traumatique. Il était bizarre.

— Une mort violente dont il avait été le témoin le hantait. On a déterré un cadavre, pendant des travaux de rénovation, dans le jardin d'une maison où il avait logé. Une jeune fille de dix-huit ans qui s'appelait Thérèse et qu'il aimait comme si elle avait été sa fille. Elle était orpheline et avait été placée à la campagne, elle était couturière à l'Arsenal de Montauban. Benjamin Aznar m'a expliqué que son père, Miguel, était l'amoureux de Thérèse et qu'il l'avait tuée accidentellement sous les yeux de mon grand-père, Eliseo. Elle a pris une balle perdue… Un coup de fusil. Miguel accusait Eliseo d'être un membre de la Phalange, un syndicat qui soutenait Franco et combattait les républicains. Il pensait qu'Eliseo mentait lorsqu'il prétendait être anarchiste et avoir été un militant du POUM, un parti ouvrier marxiste antistalinien.

— Benjamin Aznar ? Ce nom me rappelle quelqu'un…

— La presse lui a consacré un article : « Un magistrat impliqué dans la disparition d'une jeune fille ».

— Non… »

Laetitia fronçait les sourcils, sa main crispée caressait son menton tandis qu'elle cherchait dans l'amas de ses souvenirs emmêlés.

« Lionel pervertit Benjamin… Voilà ce que m'a dit Anne, la dernière fois que nous nous sommes vues. Benjamin… Benjamin Aznar… Le même patronyme que l'ancien Premier ministre espagnol, ça me revient maintenant ! C'était un jeune homme de vingt-trois ans, un auditeur de justice, il avait brillamment réussi le sélectif concours de la magistrature et il faisait des stages de professionnalisation. Ce Lionel l'avait pris sous son aile… une aile néfaste…

— D'autant plus que Benjamin Aznar avait certains troubles psychologiques indiscernables, il avait découvert le corps de son père, Miguel, qui s'était pendu et avait laissé une confession relative à la mort de sa fiancée Thérèse. Pas facile à supporter quand on n'a que douze ans… »

L'âge y changeait-il quelque chose ? Élodie avait vingt ans, dix-neuf au moment où son père… Stéphanie chassa ces pensées insidieuses. Élodie était bien entourée, elle poursuivait ses études de sciences politiques et de philosophie à Paris. Elle voulait être professeur, elle avait entamé des recherches sur le cynisme en tant qu'école philosophique de la Grèce antique et attitude face à la vie. Ses découvertes ne lui paraissaient pas incompatibles avec ses convictions. L'idée d'autosuffisance, ainsi que le souci constant de se rapprocher de la nature, lui plaisaient. Elle s'investissait aussi beaucoup dans le mouvement mondial Global Citizen.

« Diogène de Sinope, le plus célèbre disciple du cynisme, est, comme moi, un citoyen du monde. Il veut vivre selon des règles de vertu universelles, avait-elle écrit à Stéphanie, enthousiasmée, même si Élodie était encore loin d'avoir adopté le mode de vie du chien, à l'instar de son nouveau modèle issu de l'Antiquité. Elle ne mordait pas, n'urinait pas, ne copulait pas n'importe où, elle ne transgressait pas non plus tous les interdits, toutes les règles sociales pour démontrer que seule l'éthique naturelle compte. Une phrase l'avait cependant séduite, convaincue. Quand on avait demandé à Diogène quel profit il avait retiré de la philosophie, il avait

412

répondu : « À tout le moins, celui d'être capable de supporter tous les malheurs. »

Stéphanie ne pouvait s'empêcher d'être inquiète. Élodie parviendrait-elle à atteindre ce difficile objectif ? Les drames du passé ne reviendraient-ils pas la hanter, malgré ses efforts, son engouement, l'enthousiasme de la jeunesse. Et puis, qu'est-ce que c'était exactement ce mouvement Global Citizen qui lui prenait tant de temps et était, à ses yeux, si important ? De la politique ? Stéphanie jugeait qu'il n'y avait rien de plus corrupteur que la politique, intrinsèquement liée à la quête du pouvoir, qui rend mégalomane, avide, cupide et fou. Elle était méfiante.

Élodie l'avait rassurée : non, ce n'était pas de la politique, ou alors de la politique autrement, au sens noble du terme, un projet juste et éthique pour la société, le monde. « Nous voulons mettre fin à l'extrême pauvreté, avait-elle écrit. Nous avons lancé la campagne *Power Our Planet* qui vise à améliorer la situation financière des pays vulnérables et à leur donner accès à des solutions de financement afin qu'ils puissent investir dans la transition vers les énergies propres, affronter les catastrophes naturelles. Il y aura un live à Paris, un événement gratuit, le 22 juin 2023 sur le Champ-de-Mars avec des superstars mondiales comme Lenny Kravitz, Billie Eilish, afin d'appeler les dirigeants mondiaux et du secteur privé à s'engager dans la lutte contre la crise climatique. » Élodie avait été heureuse d'assister à ce concert qui l'avait fait vibrer.

Stéphanie regarda Laetitia, sa tante, conseillère régionale chargée des Affaires culturelles. Élodie ferait de la politique, elle en était certaine, bien qu'elle le déplorât, et Laetitia pourrait être un guide expérimenté, un exemple à suivre. Stéphanie ne connaissait pas Laetitia depuis longtemps mais son instinct, qui la trompait rarement, le lui disait.

« C'est dommage qu'Anne n'ait pas pu écrire au procureur de la République, constata Laetitia. Plusieurs vies en auraient été complètement changées, dont la tienne et probablement celle de ce Benjamin Aznar… »

Stéphanie hocha la tête. Il n'y avait rien à ajouter. Sauf…

« Et si ce n'était pas un accident ?
— Pour Anne ?
— Oui.
— Qui ? Lionel… Benjamin le savait… Peut-être. C'est impossible à déterminer aujourd'hui et les protagonistes sont morts, non ? Qu'est devenu ce Lionel ?
— Matthias a pu se renseigner grâce à des collègues et des fichiers informatiques. Il aurait quitté la police en 2000 et aurait travaillé dans la sécurité privée des boîtes de nuit. Il n'y a pas eu de sanctions disciplinaires ou de révocation à cause de la vente de la drogue des saisies mais un

arrangement à l'amiable, selon les informations que Matthias a recueillies.

— Les gérants qui faisaient confiance à un ancien policier pour éloigner le trafic de drogue de leur établissement ont dû être bien servis, commenta Laetitia, sarcastique.

— Les apparences sont parfois trompeuses, approuva Stéphanie. Un cancer des poumons l'aurait terrassé en 2010.

— Une forme de justice…

— Si on veut… »

Stéphanie était sceptique. Elle revoyait la fausse stèle de Mylena et pensait à la fable qu'Aurélie avait racontée à Mireille : Mylena survivante, devenue sourde et décédée de cette longue maladie. Pour Lionel, c'était la vérité. Normalement…

« Quant à ton grand-père : il n'était pas un traître mêlé à la foule des républicains. Je tiens à le préciser, poursuivit Laetitia. Il n'était pas bavard, cependant nous avons partagé des moments d'échange et de complicité grâce à ma thèse sur la répression au sein des républicains durant la guerre civile espagnole. C'est un sujet peu connu, bien que George Orwell, le célèbre auteur de *1984*, lui ait consacré un livre. Les communistes staliniens ont traqué et assassiné les camarades antistaliniens, notamment les membres du POUM dont Papa était membre.

— *Hommage à la Catalogne : 1936-1937*. J'ai lu ce livre d'Orwell ! Il est dans ma bibliothèque ! »

Laetitia se mit à sourire.

« Je crois que nous allons avoir quelques atomes crochus, alors ! s'exclama-t-elle. Orwell a participé à la guerre, engagé dans les milices du Parti ouvrier d'unification marxiste : le POUM, au moment où le souffle révolutionnaire abolissait toutes les barrières de classe. Les communistes ont déclaré que cette organisation était illégale. Je suis persuadée que ces divisions internes au camp républicain, ce jeu politique sous prétexte d'efficacité, ont largement contribué à la victoire de Franco et à l'exil des vaincus. Orwell, face à tant de mensonges, d'incohérences, de duplicité en a été profondément marqué et a sans doute puisé dans ce traumatisme les slogans aberrants de *1984* : « La guerre, c'est la paix. La liberté, c'est l'esclavage. L'ignorance, c'est la force. » Papa était un témoin de cette époque tragique. Il a dû fuir, les staliniens l'auraient éliminé...

— Et la Phalange ? Thérèse et Miguel ont trouvé une carte à son nom. Je ne comprends pas...

— Les périodes de guerre sont compliquées. Papa m'a parlé de son père qui était monarchiste. En temps de paix, ce n'est pas un crime. Comme l'a dit Churchill, « La démocratie est le pire système de gouvernement, à

416

l'exception de tous les autres essayés dans le passé. » Il avait le sens de la formule, la fin de la citation a autant d'importance, voire plus, que le début. Les Anglais ont une monarchie et ils ne sont pas les plus malheureux de la planète. En 1936, en Espagne, face à l'imminence d'un soulèvement et d'un renversement de la jeune république, la réflexion philosophique façon Montesquieu et *De l'esprit des lois* n'était plus de mise. Mon grand-père a été arrêté et exécuté sans autre forme de procès, il était un opposant potentiel. Papa a essayé de le défendre en vain. Nous avons évoqué la Phalange et son fondateur José Antonio Primo de Rivera. Je voulais être une chercheuse qui tente de comprendre, est à l'écoute de tous les points de vue sans se laisser submerger par des émotions négatives ou un parti-pris, un préjugé, un jugement sans savoir, avant même d'avoir commencé à étudier sérieusement un sujet, avoir lu les travaux de mes prédécesseurs, mais je dois avouer que j'ai eu du mal à adopter cette posture, même si je n'étais pas aussi concernée, impliquée que ce Miguel. Les phalangistes ont commis de nombreux crimes, ce sont des criminels de guerre. Papa m'a raconté que son père avait côtoyé José Antonio Primo de Rivera, qu'ils étaient tous deux avocats, qu'ils n'avaient commis aucun crime et avaient été exécutés à cause de leurs idées politiques, alors que des criminels avérés de cette organisation n'avaient jamais été condamnés, ils avaient continué à vivre tranquillement à côté des survivants effrayés et opprimés.

— Ce sont des phalangistes qui ont violé et assassiné Maravillas Lamberto, une adolescente de quatorze ans, à Larraga, où habite le père de Matthias, précisa Stéphanie. Cet été, nous y sommes retournés et l'histoire tragique de Mylena nous a amenés à évoquer à nouveau le sort de Maravillas. Sa sœur Josefina est décédée l'an dernier et elle a œuvré pour que ne soit pas oublié le calvaire que cette famille a enduré : les deux sœurs survivantes et la mère ont dû travailler en tant que domestiques dans diverses maisons navarraises, notamment dans la propriété de Julio Redín Sanz, qui a participé au viol et à l'assassinat de Maravillas. À vingt et un ans, Josefina a été envoyée dans une congrégation de Karachi, au Pakistan, où il lui était interdit de communiquer avec ses collègues.

— Papa connaissait certaines de ces atrocités impunies. Il m'a dit qu'il avait gardé la carte de son père et la sienne en souvenir de leurs discussions d'intellectuels sur la politique et le meilleur type de gouvernement. J'ai senti là tout l'amour d'un fils pour son père, en dépit des divergences de points de vue. Papa était de tendance anarchiste, il était favorable à une organisation mondiale sans États, avec des fédérations qui pratiquent l'autogestion, une multipolarité, pas la loi du plus fort qui est imposée à tous, souvent grâce à la guerre, l'État devient alors totalitaire pour obtenir la victoire. Je crois qu'il n'a jamais compris comment le glissement du débat d'idées à la barbarie avait pu brutalement se produire. J'ai longtemps pensé que cette incompréhension était la source de son traumatisme, de son mal de vivre, de son caractère asocial. Les intellectuels survivants ont probablement ressenti le même choc. Le déclenchement brutal des hostilités abolit la réflexion, l'intelligence, il ne reste que la pulsion meurtrière, il n'y a plus d'amis, de frères, de sœurs, de mères, de pères. La nuance, la complexité de la réalité sont oubliées, piétinées. Par exemple, au cours de mes recherches élargies sur cette période trouble de l'Histoire espagnole, j'ai découvert que José Antonio Primo de Rivera et Federico García Lorca, un poète que les franquistes ont exécuté, étaient amis, bien que de convictions politiques différentes.

— Je l'ignorais…

— C'est que la guerre génère une telle haine qu'il est ensuite difficile de rétablir la nuance. Papa et moi avons lu les ouvrages de nombreux historiens et tenté de comprendre la pensée des écrivains de cette époque où tout a basculé dans l'horreur. Il m'a fait lire le testament de Primo de Rivera, qui adorait l'univers de l'art et de la littérature, d'où son admiration pour le poète Federico García Lorca. Je me souviens d'une phrase : « Puisse mon sang être le dernier que l'on répande lors de discordes civiles. Puisse le peuple espagnol enfin en paix, peuple si riche de vertus profondes, retrouver la Patrie, le Pain et la Justice ». Je pense que ça doit être dur quand tu es un intellectuel, un lettré, de découvrir que tes idées sont dévoyées et mènent à des meurtres de masse.

— Je pense que ça doit être encore plus dur de mourir violée à quatorze ans, comme Maravillas, le 15 août en plus, le jour de la fête de la Vierge dans le culte catholique. Par des gens qui se prétendent chrétiens… Moi, je dis que c'est un sacrilège et que ces gens-là auraient mérité d'être excommuniés, jugés et condamnés, quelles que soient les justifications qu'ils avaient à formuler ! »

L'ombre de l'enfance martyrisée et des intellectuels anéantis planait au-dessus de ce village d'artistes où Stéphanie avait trouvé refuge à la terrasse d'un café, auprès d'une tante qu'elle rencontrait pour la première fois.

« Grand-père avait, dans sa tête, trois filles, dit-elle après un moment de silence. Thérèse, Maman et toi, sauf qu'il n'a jamais pu l'évoquer à cause de la mort violente de celle que son cœur avait adoptée. Elle n'a pas eu d'avenir alors qu'elle n'avait que dix-huit ans, elle était brillante, ambitieuse et amoureuse. Elle aimait lire, apprendre, s'instruire et elle fut une des victimes collatérales de cette guerre. Grâce à Matthias, les anciens qui ont travaillé à l'élaboration du matériel des parachutistes au régiment de Montauban lui ont rendu hommage et l'ont réhabilitée : elle ne s'était pas enfuie, elle était une des leurs et aurait dû le rester, si le destin n'était pas, parfois, si cruel. Je t'ai apporté les carnets qu'elle avait rédigés et qui ont été retrouvés avec sa dépouille. Tu m'as aidée à comprendre ce qui était arrivé à ma mère ; j'espère ainsi pouvoir t'aider à ton tour à mieux comprendre les démons qui ont hanté ton père, mon grand-père, toute sa vie. »

Laetitia prit les carnets emballés dans une protection contre la dégradation. Elle les regarda, ils étaient l'ultime trace, l'ultime clé du mystère qui permettait de s'approcher d'une difficile compréhension du passé, afin de parvenir à s'en libérer.

Stéphanie et Laetitia se séparèrent en se promettant de rester en contact. Avant de rentrer au gîte qu'elle avait loué pour le week-end, Stéphanie se promena sur la plage du Véryac'h, en contrebas d'une succession de falaises impressionnantes qui tombaient à pic dans l'océan. Le paysage était grandiose et lui faisait oublier ses drames, ses soucis personnels. L'air marin lui rappelait celui de Port-la-Nouvelle, même s'il était légèrement plus frais. Des jeunes et des moins jeunes organisaient une fête improvisée, une soirée spéciale « musique des années 1990, début des années 2000 » et, dans le haut-parleur, résonnait la voix douce de Dolores

O'Riordan, du groupe de rock alternatif *The Cranberries*, qui chantait *Just My Imagination*.

À chaque fois que Stéphanie entendait cette chanson qui datait de 1999, elle se sentait de bonne humeur. Elle avait appris l'anglais grâce à ces textes dont elle traduisait les paroles avec l'aide bienveillante d'une prof débutante. C'était un souvenir agréable. « Nous étions si libres / Nous vivions pour l'amour que nous avions et / Ne vivions pas pour la réalité / C'était juste mon imagination / Il fut un temps où j'avais l'habitude de prier… »

Dolores O'Riordan, autrice-compositrice-interprète irlandaise, était décédée en 2018, à l'âge de quarante-six ans, retrouvée morte dans sa salle de bains, mais sa musique était toujours vivante. Elle aussi avait été marquée par la guerre et le conflit nord-irlandais. Stéphanie l'avait découverte avec la chanson contestataire *Zombie*, écrite en mémoire de deux garçons, Jonathan Ball et Tim Parry, tués par l'Armée républicaine irlandaise provisoire, l'IRA, dans un centre commercial, lors des attentats de Warrington, le 20 mars 1993.

Assise dans le sable, le dos contre un rocher, elle écoutait la voix d'une autre autrice-compositrice-interprète, Teri Moïse, *Les Poèmes de Michelle* : « Dans les poèmes de Michelle / Les enfants ont des ailes / Pour voler, voler, voler / C'est, quand la nuit tombe / Qu'ils deviennent colombes / Pour rêver, rêver, rêver », texte magnifique sur l'enfance exploitée. Stéphanie aperçut un vol de mouettes vers le promontoire qui supportait une immense croix de Lorraine en granit bleu. Son imagination lui donna l'impression que, dans le crépuscule, l'âme de Mylena voguait aux côtés de ces oiseaux et disparaissait avec eux dans le firmament, à jamais libérée de la laideur des contingences terrestres. Teri Moïse n'avait jamais eu d'enfants et avait pourtant écrit un des plus beaux textes sur la maternité *Je serai là* : « J'ai découvert qui je suis/ Tout a changé le jour où je t'ai donné la vie / Et si jamais le monde t'est trop cruel / Je serai là toujours pour toi… » Elle s'était suicidée à quarante-trois ans, en 2013.

Là, dans la pénombre, Stéphanie regrettait l'absence de Matthias. Il était resté au haras où il donnait des cours d'équitation aux enfants. Il avait fait valoir son droit à la formation professionnelle continue pour reporter sa mutation. Il ne souhaitait pas rejoindre sa nouvelle affectation, là où d'autres réseaux de traite humaine sévissaient. Il avait proposé à Marianne d'apprendre à diriger le centre équestre, il ne pouvait pas faire pire que son défunt mari. C'était pour lui un nouveau challenge intéressant. Il avait beaucoup d'idées en tête pour redynamiser le haras, motiver les employés après le désastre qu'avait été la découverte du corps de Maryna. Une pierre en marbre gravée à son nom avait été installée pour honorer sa mémoire. Olena n'avait pas pu payer le rapatriement de sa fille dans un pays que la guerre avait dévasté, alors Marianne lui avait donné une place dans le caveau familial, à Montauban.

« Elle reposera en paix, selon la formule consacrée, non loin du président de la République espagnol, Manuel Azaña, mort en exil après la défaite des républicains et la victoire de Franco. Ce lieu est chargé de symboles historiques. Cette guerre entre Espagnols s'est transformée, suite à l'intervention de l'URSS, entre autres, en un conflit international. Je ne peux pas m'empêcher de penser à notre époque, même si c'est mon interprétation personnelle. Et puis, Isabelle est la fille de Maryna et de mon mari. Étrangement, je suis sa belle-mère, puisque mon mari et moi n'avons jamais divorcé. Vous faites désormais partie de la famille et je me dois de réparer les horreurs commises par celui auquel j'avais choisi d'unir mon destin… Enfin… pour ce qu'il est possible de réparer… », avait décrété Marianne.

Olena avait accepté, contrainte et forcée par les circonstances. Elle n'avait pas le choix. Pourtant le geste de son amie la touchait. Son mari, son cher Dmitri, avait été grièvement blessé au combat, mais il avait survécu. Olena, dès qu'elle l'avait appris, avait tout mis en œuvre pour pouvoir le rejoindre. Raquel n'avait pas eu les papiers nécessaires pour l'accompagner, seule

Isabelle avait pu la suivre, une fois le lien de parenté établi grâce au test ADN.

« Je reviendrai, avait certifié Olena à la jeune Vénézuélienne, qui avait souvent entendu cette phrase sans que cette promesse se réalise. Tu seras bien au haras. Je veux qu'Isabelle grandisse dans un tel environnement et non avec la menace permanente de la guerre, même si quitter l'Ukraine implique de nombreux changements et renoncements, en particulier pour Dmitri. Ce serait l'endroit parfait pour sa convalescence, dès qu'il sera apte à voyager. »

Matthias trouvait cette idée excellente et il songeait que des soldats atteints de troubles psychiques et physiques pourraient bénéficier du même avantage. Il voulait aussi entraîner des chevaux de course, faire revenir des clients, des visiteurs qui profiteraient des joies de la campagne, des activités de plein air. De nombreux citadins rêvaient de ce retour presque idyllique à un mode de vie proche de la nature. Il y avait matière à les satisfaire. Marianne lui avait accordé sa confiance.

Stéphanie et Marianne regardaient avec humour cette transformation du guerrier en *L'homme qui murmurait à l'oreille des chevaux*. Il n'avait absolument rien à envier à Robert Redford dans ce film, plaisantaient les deux amies. Matthias répliquait sur le même ton enjoué en soulignant le haut potentiel cinématographique du lieu, cadre idéal pour une romance ou un polar. Pourquoi pas *Meurtre au haras* ou un jeu de piste façon *Cluedo* pour résoudre l'enquête ?

Marianne était restée philosophe, elle considérait qu'elle devait montrer l'exemple à sa fille, sa chère Élodie. Elle avait géré le saccage et l'effondrement de son univers familier avec une posture digne de l'actrice Michèle Laroque dans *Enfin veuve*. L'art était plus que jamais son refuge contre l'adversité. En août, pendant que Stéphanie et Matthias étaient en Espagne, elle avait visité le château du Clos Lucé, dans le centre-ville d'Amboise, au cœur du Val de Loire. François Ier avait mis à disposition de Léonard de Vinci cette demeure qui était sa résidence estivale. Le peintre y avait séjourné trois ans, jusqu'à sa mort, leur avait écrit Marianne sur une carte postale numérique.

Stéphanie regagna son gîte où l'attendait son modeste repas qu'elle avait acheté chez un traiteur du village : du taboulé à l'orientale et un far aux pruneaux. Elle n'avait pas faim, elle avait encore la tête pleine de la musique et de l'atmosphère joyeuse qui émanait de cette fête improvisée sur la plage. Elle l'avait quittée à regret.

Assise à la table du salon, elle se sentait seule. Le far aux pruneaux, ce délicieux mets breton, lui redonna du baume au cœur et réveilla ses papilles endormies. Elle ne devait pas penser au long trajet du retour, encore moins à la pile de dossiers qui s'entassaient dans son bureau au Tribunal et qui correspondait à autant de drames humains dont certains étaient parfaitement insolubles.

Pourtant, diverses pensées en vrac l'assaillaient, d'une manière totalement incontrôlable, comme le collègue qui avait su profiter de la mort de Benjamin Aznar pour obtenir sa mutation au poste que ce dernier occupait à Paris, ou la date anniversaire de sa sœur, Camille.

Pour son collègue, le journaliste qui avait fait de Stéphanie une célébrité locale, grâce à son article « L'Inconnue de la gare », avait aidé la magistrate à comprendre l'art subtil de l'avancement dans une carrière. Stéphanie avait appelé le journaliste qui lui avait certifié ne pas avoir rompu sa promesse de ne rien dévoiler à propos de Benjamin Aznar tant qu'elle ne lui en donnerait pas l'autorisation.

Cependant, les hommes et les femmes qui ont une vie sociale développée sont souvent bavards, ils se sentent obligés d'alimenter la conversation grâce à des anecdotes inédites et croustillantes. Le journaliste était tombé dans ce piège, que lui avait tendu le confrère de Stéphanie, au cours d'une banale partie de golf. Ainsi, l'information avait été transmise à un éditorialiste de la presse nationale. Elle avait eu l'effet escompté, au-delà des espérances du magistrat. Il est toujours un peu honteux de prendre la place d'un collègue mis à l'écart à cause de rumeurs qui peuvent être des calomnies, alors qu'il semble naturel de remplacer un mort. Ceci est dans l'ordre des choses et n'est pas déshonorant ou injuste.

Dans cette tragédie, il n'y avait qu'une bonne nouvelle : une auditrice de justice allait être nommée en renfort, suite à cette défection, et Stéphanie serait chargée de l'accompagner dans sa difficile tâche. Pour elle, elle se devait de continuer et de lui apprendre à tenir éloignés de son environnement les individus du genre de Lionel, sans oublier ses équivalents féminins, tout aussi redoutables.

Quant à Camille, sa sœur, qu'elle n'avait pas vue depuis trente ans, elle avait aujourd'hui trente-huit ans. Savait-elle pour leur mère ? Elle n'avait jamais répondu à ses cartes, ses lettres, même celles envoyées lorsqu'elle était adulte et censée ne plus être sous l'influence paternelle. La pleine lune brillait dans le ciel et éclairait l'obscurité de la nuit. Tout en fermant le volet roulant, Stéphanie eut une révélation : Camille n'était plus sa sœur ; ses sœurs se nommaient Marianne, Olena, Katia, et Mylena qu'elle n'oublierait jamais. Un jour, peut-être, une nièce frapperait à sa porte afin d'en apprendre davantage sur cette branche inconnue de la famille, et elle l'accueillerait avec grand plaisir, suivant l'exemple de sa tante Laetitia à son égard. Jusque-là, cette page était définitivement tournée.

Son smartphone sonna : elle avait un message d'Olena sur Telegram. Merveilles de la technologie et des applications de messagerie cryptée qui permettaient d'être reliés malgré la distance ou les problèmes de connexion.

« Quand est-ce qu'on commence la lecture de *Vie et Destin* ? »

Leur petit groupe *Les Amoureux de la littérature* s'était reconstitué par-delà les kilomètres et Olena en était un des membres les plus actifs. Il s'agissait, pour elle, d'un moyen de s'évader, de s'instruire, de contempler la beauté et la laideur mêlées, sans manichéisme, tout en nuances, dans une œuvre d'art éternelle.

« Pas ce week-end, je suis en villégiature ! » répondit Stéphanie avant de lui expliquer le but de son voyage.

Le retour en Ukraine avait été douloureux. Son cher Dmitri avait été amputé d'une jambe et avait refusé de la voir tant qu'il n'irait pas mieux. Matthias avait aidé Olena à supporter cette annonce.

« C'est normal, lui avait-il écrit. Le guerrier qui est diminué physiquement craint la visite de sa mère et de sa femme, qui se mettraient à tout faire à sa place, à le choyer comme s'il était un enfant, à porter sur lui un regard épouvanté teinté de pitié et de désespoir. Il n'a pas besoin de ça. Au contraire, il lui faut garder ou retrouver son énergie, sa vitalité, son courage pour affronter les douleurs orphelines, la pause d'une prothèse, la rééducation et peut-être pire encore, si c'est possible : le comportement des imbéciles qui sont légion en société, dans la rue. Les cons, ça ose tout, c'est même à ça qu'on les reconnaît, ceux qui viennent reprocher à l'homme d'apparence athlétique de se garer sur une place handicapée, par exemple. À la différence de ceux qui sont mutilés en opération extérieure, lui, c'est son propre pays qui est un champ de guerre et de ruines. »

Olena s'était montrée courageuse, patiente. Ce n'était, en effet, pas le moment de lui raconter que leur fille était morte et que, à presque cinquante ans, ils étaient les parents de leur petite-fille de quatre ans. Elle avait tenté de retourner enseigner à l'université. Elle n'y était pas restée car beaucoup d'étudiants étaient soit sur le front, soit décédés. Elle avait accepté un remplacement dans une école primaire où elle avait pu constater que de nombreux enfants étaient tristes, déprimés, traumatisés. Plusieurs générations étaient et seraient encore brisées par les ravages de cette guerre qui semblait interminable, voire vouée à l'échec.

Olena avait lu *Au revoir là-haut* de Pierre Lemaitre, le prix Goncourt 2013, qui évoquait la tragédie des survivants de la Première Guerre mondiale. Elle avait partagé une phrase qui l'interpellait : « Pour le commerce, la guerre présente beaucoup d'avantages, même après. » puis elle avait proposé à ses amies de lire *Vie et*

Destin de Vassili Grossman. « Il était correspondant de guerre pendant la Seconde Guerre mondiale, avait-elle précisé. Il est né à Berditchev, dans l'Empire russe, l'actuelle Ukraine, et il a été ingénieur des mines à Stalino, l'actuelle Donetsk, dans le bassin du Donbass. Durant cette période, l'Ukraine a subi la famine à cause de la politique de collectivisation du régime soviétique. Ce roman-fresque a la réputation d'être un chef-d'œuvre, à l'instar de *Guerre et Paix*, que nous devrions lire après, d'ailleurs. Je me ferai mon propre avis, j'aime bien penser par moi-même. Qu'en dites-vous, les filles ? »

Toutes avaient acquiescé et s'étaient engagées à lire ensemble, quoi qu'il advienne, ces deux ouvrages dont le premier, selon la quatrième de couverture, faisait revivre l'URSS en guerre à travers le destin d'une famille qui, tour à tour, amenait le lecteur dans Stalingrad assiégée, les laboratoires de recherche scientifique, Treblinka, l'Armée rouge ou à la découverte de la vie ordinaire du peuple russe, tout en s'interrogeant sur la terrifiante convergence des systèmes nazi et communiste, en dépit d'un affrontement sans merci. Ce manuscrit, confisqué par le KGB, parvenu sous forme de copie clandestine en Occident, était devenu une grande œuvre littéraire incontournable qui posait sur l'Histoire du XXe siècle des questions philosophiques et métaphysiques liées à la lutte éternelle du bien contre le mal.

Les quatre amies avaient hâte d'entamer la lecture de ce monument de la littérature mondiale dont les interrogations étaient toujours d'actualité, bien qu'il datât des années 1950.

« Et ton livre, si tu l'intitulais *L'été où Mylena a disparu* plutôt que *L'Été de nos dix-huit ans* ? Ainsi, le pouvoir de l'art la rendrait immortelle.

— C'est une bonne idée, j'y réfléchirai, répondit Stéphanie à Olena qui avait voulu lire le manuscrit dès qu'il avait été terminé.

— J'aime bien la manière dont tu me perçois, ainsi que Marianne et Katia, de même que ce mélange de réalisme et de poésie. Tu devrais l'envoyer à Estelle, la copine d'Élodie qui travaille dans une maison d'édition. »

Estelle et Élodie étaient, elles aussi, des membres actifs du groupe *Les Amoureux de la littérature*. Estelle était arrivée les bras chargés de livres, elle avait proposé à Stéphanie, qui aimait la poésie d'Aragon, de découvrir l'œuvre méconnue d'Elsa Triolet. Celle-ci était célèbre grâce au regard amoureux du poète, qui avait écrit *Les Yeux d'Elsa* pour lui rendre hommage, et cet amour avait malheureusement effacé son travail d'écrivain, déplorait Estelle. Elle était pourtant la première femme à avoir obtenu le prix Goncourt, en 1945, pour son roman *Le Premier Accroc coûte deux cents francs*, dont le titre était une des phrases mystérieuses que l'on entendait à la radio de Londres, pendant l'Occupation, un message chiffré destiné à la Résistance.

Estelle avait toujours une anecdote à raconter, une histoire oubliée à réveiller, à faire renaître. Stéphanie lui avait parlé de son manuscrit inachevé, en voie d'achèvement, et Estelle avait renchéri en évoquant l'expérience de la guerre qui avait fortifié Elsa Triolet dans sa volonté d'écrire. « De son propre aveu, celle-ci n'aurait jamais pu survivre sans l'écriture. Les rudes épreuves que tu as traversées ont eu le même effet sur toi », avait constaté Estelle.

Stéphanie songeait qu'elle lui avait fait un beau cadeau. Elle se sentait étrangement proche d'Elsa Triolet car celle-ci avait créé des personnages qui ne peuvent échapper à l'Histoire, au destin du pays. La vie privée, l'amour, la famille, la vocation deviennent inséparables des événements historiques. « Faire revivre l'œuvre d'Elsa Triolet, c'est faire respecter la volonté d'Aragon et d'Elsa », avait décrété Estelle. Et elle avait noté, sur l'exemplaire offert, la phrase écrite sur leurs tombes :

« Quand côte à côte nous serons enfin des gisants, l'alliance de nos livres nous unira pour le meilleur et pour le pire, dans cet avenir qui était notre rêve et notre souci majeur à toi et à moi. La mort aidant, on aurait peut-être essayé, et réussi à nous séparer plus sûrement que la guerre de notre vivant, les morts sont sans défense. Alors nos livres croisés viendront, noir sur blanc la main dans la main s'opposer à ce qu'on nous arrache l'un à l'autre. ELSA »

Estelle avait ainsi contribué à rendre à nouveau vivants les livres d'Elsa Triolet. Elle avait donné à Katia *L'Inspecteur des ruines* où l'écrivaine étudie la solitude de l'après-guerre, lorsque l'homme qui a reçu un coup de massue sur la tête se redresse peu à peu, son instinct vital reprend le dessus. Il redevient un homme. Pour Matthias, elle avait choisi *Le Cheval roux,* qui évoque la menace atomique et commence alors que la bombe, les bombes atomiques, ont presque totalement détruit la vie sur la terre. Elle n'avait pas osé le proposer à Olena et Katia.

« Et pourtant…, avait-elle confié à Stéphanie. À quoi servent les livres sinon ? D'autant plus qu'Elsa Triolet était née russe Ella Kagan et avait connu la révolution de 1917, dont elle partageait les idées, elle en détestait cependant les conséquences sur les conditions de vie : guerre civile, misère, famine… Le cruel contraste entre l'idéal et la réalité, qui laisse toujours désabusé. »

Élodie avait, pour sa part, choisi de sortir d'un injuste oubli Andrée Viollis, journaliste aussi célèbre en son temps qu'Albert Londres, qui avait donné son nom à un prix prestigieux, alors que plus personne ne rendait hommage à sa consœur. Pourquoi ? avait-elle protesté. Fallait-il chercher la réponse dans un de ses romans *Criquet* où Camille dite Criquet se révolte ainsi :

« Regardez-moi bien, tante Éléonore, est-ce que j'ai l'air d'une jeune fille ? Je ne suis pas une jeune fille et je ne serai jamais une jeune fille, jamais. Vous entendez bien ? Jamais ! jamais ! jamais ! »

Pourquoi Criquet ne veut-elle pas être une jeune fille ? avait poursuivi Élodie. Parce qu'elle a remarqué que ces messieurs ont tous les avantages et qu'il ne fait pas bon être une femme, autour d'elle les figures féminines ont l'air malheureuses ou ridicules.

« Après ce roman, paru en 1913, Andrée Viollis enquêtera dans l'URSS de 1927 dix ans après la révolution d'Octobre, témoignera de la guerre civile afghane en 1929, de la révolte indienne en 1930, accompagnera le ministre des Colonies Paul Reynaud en Indochine en 1931 et suivra, en 1932, le conflit sino-japonais. Pendant le Front populaire, elle s'engagera aux côtés des intellectuels antifascistes, puis dans la Résistance en zone Sud pendant la Seconde Guerre mondiale, et elle mettra sa plume au service de cet engagement. Elle passera la guerre à Lyon et Dieulefit. Elle publiera alors *Le Racisme hitlérien, machine de guerre contre la France* et participera au Comité national des écrivains, organisation de la résistance littéraire dirigée par Louis Aragon. Alors, pourquoi son travail n'est-il pas aussi honoré que celui d'Albert Londres, son confrère ? Parce qu'elle n'est pas un homme ! » avait conclu Élodie d'un ton sans réplique, avant de présenter un ouvrage qui avait fait scandale en 1928 à cause de son sujet, le lesbianisme, et qu'Estelle lui avait fait découvrir : *Le Puits de solitude* de Radclyffe Hall. Le roman se termine par une supplique à Dieu : « Donne-nous aussi le droit à notre existence ! »

Stéphanie s'était demandé si cette phrase était l'expression d'une des pensées intimes d'Élodie qui, pourtant, était censée être une Occidentale libre et décomplexée ? Avait-elle trouvé son bonheur auprès d'Estelle, une forme de paix, de sérénité, qui effacerait les drames récents et passés ? Peut-être était-elle encore trop jeune pour atteindre ce doux état ? À bien y réfléchir, Stéphanie et Olena n'étaient pas sûres de l'avoir encore atteint. Il y avait de l'inquiétude, dissimulée derrière un épanouissement d'apparence, chez Estelle et Élodie, la crainte secrète de voir resurgir la haine, la stigmatisation, l'exclusion, la peur d'un retour en arrière qui anéantirait les évolutions psychologiques des années quatre-vingt-dix où les enfants, les adolescents considéraient qu'un couple homosexuel ne posait aucun problème, ne dérangeait personne, il n'était que l'expression d'une différence acceptée, alors que, pour leurs grands-parents, le ressenti était différent, ils jugeaient cette situation anormale.

Lors d'une conversation sur ces sujets douloureux et complexes, Katia avait tenté de dédramatiser : « En somme, vous êtes, comme moi, conservatrice… » Elle faisait allusion à la question que Stéphanie lui avait posée le soir de la fête des mères. Était-elle conservatrice ? « … il faut juste s'accorder sur ce qui doit être préservé et ce qui devrait être changé. » Stéphanie avait senti, tout comme Estelle et Élodie, que cette interrogation rendait leur amie soucieuse.

Avant Noël, Katia leur avait offert *L'Ode à Aphrodite*, l'unique texte de Sappho, une poétesse grecque de l'Antiquité, qui ait été conservé dans son intégralité grâce au traité sur la composition stylistique du rhéteur et historien grec Denys d'Halicarnasse. Elle avait vécu aux VIIe et VIe siècles av. J.-C., à Mytilène sur l'île de Lesbos, et avait été très célèbre. « Pourtant son œuvre ne subsiste plus qu'à l'état de fragments, avait expliqué Katia. Pourquoi ? D'après mes recherches, plus de cent auteurs anciens l'ont citée ou ont parlé d'elle, elle fut même qualifiée de « dixième Muse ». Je fais circuler LE poème qui a échappé à la destruction du Temps et des Hommes, preuve que l'Art est et n'est pas éternel. Les deux affirmations sont aussi vraies l'une que l'autre, bien qu'elles se contredisent. » :

« Toi dont le trône étincelle, ô immortelle Aphrodite, fille de Zeus, ourdisseuse de trames, je t'implore : ne laisse pas, ô souveraine, dégoûts ou chagrins affliger mon âme,

Mais viens ici, si jamais autrefois entendant de loin ma voix, tu m'as écoutée,

437

quand, quittant la demeure dorée de ton père tu venais,

Après avoir attelé ton char, de beaux passereaux rapides t'entraînaient autour de la terre sombre, secouant leurs ailes serrées et du haut du ciel tirant droit à travers l'éther.

Vite ils étaient là. Et toi, bienheureuse, éclairant d'un sourire ton immortel visage, tu demandais, quelle était cette nouvelle souffrance, pourquoi de nouveau j'avais crié vers toi,

Quel désir ardent travaillait mon cœur insensé : « Quelle est donc celle que, de nouveau, tu supplies la Persuasive d'amener vers ton amour ? qui, ma Sappho, t'a fait injure ?

Parle : si elle te fuit, bientôt elle courra après toi ; si elle refuse tes présents, elle t'en offrira elle-même ; si elle ne t'aime pas, elle t'aimera bientôt, qu'elle le veuille ou non. »

Cette fois encore, viens à moi, délivre-moi de mes âpres soucis, tout ce que désire mon âme exauce-le, et sois toi-même mon soutien dans le combat. »[20]

Stéphanie s'interrogeait :

« Finalement, qu'est-ce qui fait qu'une œuvre passe à la postérité ? Sa qualité littéraire ou le milieu social de son auteur ou le fait que des

---

[20] *L'Ode à Aphrodite* de Sappho traduite par Théodore Reinach avec la collaboration d'Aimé Puech (Éd. Les Belles Lettres, première éd. 1937)

hommes se choisissent entre eux dans un esprit de fraternité, oubliant leurs consœurs, et que leurs successeurs sur cette terre perpétuent naturellement ce choix devenu incontestable ? Des hommes n'ont-ils pas décrété que le mot « autrice » - moins sensuel que le mot « actrice » dans l'imaginaire masculin – devait disparaître des dictionnaires, malgré sa racine latine « autrix », sous le prétexte qu'il n'y avait pas de femme auteur ? Il ne me semble pas néanmoins que Madame de La Fayette, autrice de *La Princesse de Clèves* en 1678, fût un homme ?

— Mais elle a dû le publier anonymement… répondit Olena.

— Je suis persuadée que Mylena aurait aimé lire *Criquet*, autant que l'histoire d'Helen Keller. Elle appréciait Malraux parce que c'était un aventurier et Andrée Viollis en était une, elle aussi… »

Un message de Marianne interrompit leur discussion virtuelle, elle venait d'être informée qu'elles étaient connectées.

« Steph, je finis à l'instant *Éducation européenne* de Romain Gary et j'ai déniché un très beau passage pour ton carnet à citations. Je te l'envoie par mail. Maintenant, je suis prête pour *Vie et Destin* de Vassili Grossman ! »

Matthias lui écrivait aussi : « Tu dors ? On se fait un dîner en amoureux demain soir ? J'ai hâte que tu sois rentrée, tu me manques ! »

439

« Je dors déjà ! » plaisanta Stéphanie avant d'ouvrir le courriel de Marianne. Sa solitude était brisée, elle n'existait plus. Un sentiment de plénitude l'envahit pendant qu'elle lisait l'extrait :

« La vérité, c'est qu'il y a des moments dans l'histoire, des moments comme celui que nous vivons, où tout ce qui empêche l'homme de désespérer, tout ce qui lui permet de croire et de continuer à vivre, a besoin d'une cachette, d'un refuge. Ce refuge, parfois, c'est seulement une chanson, un poème, une musique, un livre. Je voudrais que mon livre soit l'un de ces refuges, qu'en l'ouvrant, après la guerre, quand tout sera fini, les hommes retrouvent leur bien intact, qu'ils sachent qu'on a pu nous forcer à vivre comme des bêtes, mais qu'on n'a pas pu nous forcer à désespérer. Il n'y a pas d'art désespéré – le désespoir, c'est seulement un manque de talent. »

Stéphanie sortit son carnet à citations qui quittait rarement son sac à main. Les ravages du temps l'avaient épargné, même si la couverture était un peu cornée. Il restait en excellent état. Avec lui resurgit le souvenir d'Albert Camus et de *La Chute*, ce texte inclassable, énigmatique, perturbant, qui avait marqué ses jeunes années. Albert Camus, lui aussi, comme Vassili Grossman, était préoccupé par la question philosophique et métaphysique de la lutte éternelle du bien contre le mal, de la banalité de ce dernier. Que sait-on de la jeune femme dont le corps s'abat sur l'eau dans « le silence nocturne » ? Rien. Si ce n'est qu'elle est mince, habillée de noir et qu'elle a les cheveux sombres. Ce que l'on sait avec certitude, c'est qu'il est plus facile de ne pas s'arrêter, de poursuivre son chemin, de ne prévenir personne, de laisser cette « faiblesse irrésistible » envahir le corps, même pour celui qui a l'arrogance de se prétendre le sauveur de la veuve et l'orphelin.

Le visage de Mylena s'imprima devant les yeux de Stéphanie en même temps que la citation du *Mythe de Sisyphe* que son amie d'enfance trouvait profonde :

« On connaît l'alternative : ou nous ne sommes pas libres et Dieu tout-puissant est responsable du mal. Ou nous sommes libres et responsables mais Dieu n'est pas tout-puissant. Toutes les subtilités d'écoles n'ont rien ajouté ni soustrait à ce tranchant paradoxe. »

*   *

*

« J'ai commencé à feuilleter *Vie et Destin* et j'ai déjà trouvé un passage pour ton carnet à citations ! Je crois que tu vas pouvoir en acheter un nouveau uniquement consacré à cet ouvrage ! » venait d'écrire Katia.

Le soleil se levait à peine et l'aube dessinait de magnifiques couleurs dans le ciel. Katia avait boudé la réunion nocturne, elle était occupée avec son chéri, son ancien fiancé devenu le nouvel amoureux, une nouvelle relation plus mature, plus apaisée, fondée sur les ruines de l'ancienne, telles les fleurs sauvages qui repoussent au milieu des maisons éventrées, des murs calcinés, où vivaient autrefois des familles heureuses ou malheureuses, aujourd'hui anéanties. Elles étaient, malgré tout, un infime symbole d'espoir dans le chaos et le néant.

Ainsi en étaient-ils de Katia et Ivan qui s'étaient retrouvés à l'Alliance française de Samara, en Russie, où ils enseignaient tous les deux dans ce centre culturel et linguistique fondé en 2001, placé sous le parrainage de l'Académie française, à la proposition d'Hélène Carrère d'Encausse. La première Alliance datait de 1912, elle renaissait donc de ses cendres après un siècle de guerre froide et avait pour mission de promouvoir la langue française, son enseignement et les cultures francophones[21].

« Comment vas-tu ? Et Yvan ? » demanda Stéphanie qui s'était arrêtée sur une aire d'autoroute pour boire un café et manger un croissant.

Elle avait hâte, elle aussi, de rejoindre Matthias, même si leur union n'était pas parfaite. Il ne lui avait pas répondu lorsqu'elle lui avait dit

---

[21] Pour en apprendre davantage sur ce sujet, je conseille cet article de *L'Humanité* du 22 mai 2023 : « Léo Morot, allié de la culture francophone en Russie » qui a été une de mes sources d'inspiration.

qu'il pouvait encore être père, s'il le souhaitait, mais avec une autre, et que cette idée la tourmentait. Il n'avait pas trouvé les mots, comme souvent. Il préférait s'abriter derrière ceux des poètes car il savait qu'elle aimait cela. Il continuait à lui envoyer des textes de poèmes, de chansons, le dernier était *Je te réchaufferai* de Charles Aznavour. Un challenge qu'il réussissait à chaque fois brillamment mais pas que… Ce n'était pas qu'une compétition, de l'émulation, l'envie d'être le meilleur. Non, il était sincère. Sa présence renouvelée à ses côtés et le désir qu'elle lisait dans ses yeux, dans ses gestes n'étaient-ils pas la plus belle des réponses ?

« Le moral est bon, c'est l'essentiel ! répondit Katia. Ivan y voit, même s'il a perdu un œil et il a conservé sa main dominante après l'amputation de son bras droit. Il a de la chance : il est gaucher ! Il a un poste au collège et au lycée où il enseigne aux enfants la physique nucléaire, les avantages (médecine, soin du cancer) et les risques (bombe atomique, irradiation, destruction de la planète, prolifération des cancers…). Quel cruel paradoxe : ce qui soigne à petite dose : la radiothérapie, peut aussi tuer à forte dose.

— Tu ne regrettes pas ton choix ? »

En décembre, Katia avait cassé sa tire-lire pour s'offrir le billet d'avion qui la ramènerait dans sa Sibérie natale où ses parents attendaient leur fille chérie. Ils étaient anxieux. N'avait-elle pas souffert du sentiment de rejet vis-à-vis des

Russes qui s'était développé en Occident, depuis le 22 février 2022 et le début de « l'opération militaire spéciale » en Ukraine, allant même jusqu'à susciter la déprogrammation des conférences sur Dostoïevski ? Pendant le repas du Noël orthodoxe, Katia avait tenté de les rassurer du mieux qu'elle pouvait. Non, elle avait des amis fiables qui, au besoin, savaient appliquer l'adage d'André Malraux dans *L'Espoir* : « L'amitié, ce n'est pas être avec ses amis quand ils ont raison, c'est d'être avec eux même quand ils ont tort. »

« Non, Stéphanie, je suis comme toi, je ne regrette jamais mes choix, même les plus litigieux ou, en apparence, incompréhensibles. D'abord, je suis restée parce que le billet du retour était trop cher, je n'avais plus d'argent et je déteste mendier, être redevable. Je préfère me débrouiller seule. Ensuite, je me suis rendu compte que l'esprit de paix et d'amour du prochain qui détourne de la guerre ne vient pas tout seul, comme par miracle, que la haine est plus facile à obtenir, elle croît sans effort. C'est un feu qui devient vite incontrôlable, il faut essayer de l'éteindre partout où il s'allume, d'être diplomate plutôt que guerrier.

« Ici, j'ai découvert deux choses importantes : que les Français sont toujours aimés, les Russes sont heureux de nous voir – et oui, en Russie, je suis française et, en France, je suis russe ! – et que Montaigne avait raison : « Quelle vérité que ces montagnes bornent, qui est mensonge au monde qui se tient au-delà ? » Ici, l'ennemi, ce sont les Américains, l'impérialisme américain, déjà honni du temps de l'URSS et de la guerre froide. La destruction de l'Irak à partir de mars 2003 a ravivé ce sentiment. Le Z de « za » qui signifie « pour » est partout : « pour la victoire », « pour les enfants du Donbass » etc. et mes parents m'ont dit que ce n'était pas aux yankees de choisir le gouvernement de la Russie, pas plus que celui de l'Irak, la Syrie…, la liste est longue. « Saddam Hussein était le salaud des Irakiens mais c'était leur salaud, m'a dit mon père. Tu comprends ce que j'essaie de te dire ? » Depuis, en effet, je tente de comprendre. Je me suis installée quelque temps à Vladivostok avec eux. C'est un endroit magnifique, un port d'Extrême-Orient, sur la mer du Japon, au terminus du Transsibérien et à soixante kilomètres de la Chine. Ici, le réchauffement climatique n'est pas perçu comme un risque apocalyptique, une catastrophe pour la pérennité de la planète, mais comme une bénédiction, une opportunité d'exploiter les richesses de l'Arctique et de développer la région.

— Tu veux être diplomate et médiatrice pour l'ONU, maintenant, Katia ? »

Olena venait de se connecter à leur petit groupe de conversation sur Telegram où elles discutaient librement et sans le moindre tabou de

445

littérature, d'Histoire, de l'actualité et de la politique au sens noble du terme : quel projet pour la société voire le monde ?

« Ne t'inquiète pas : il n'y a pas de sarcasme dans ma remarque, nuança-t-elle. C'est simplement que la diplomatie peut être dangereuse, voire inutile. Regarde le destin tragique de Folke Bernadotte : le premier médiateur officiel des Nations unies. Sa mission en Palestine était irréalisable et lui a coûté la vie : faire cesser les combats et superviser la mise en application d'un partage territorial entre Israël et les États arabes en 1948. Je ne voudrais pas que tu subisses un sort similaire, d'autant plus que tu as été bénévole pour l'ONG Memorial, la Cour suprême russe l'a dissoute. Je n'oublie pas que, en juillet 2009, Natalia Estemirova, la représentante de Memorial en Tchétchénie, qui enquêtait sur des cas graves de violation des droits de l'homme, a été enlevée à Grozny et qu'on a retrouvé son corps dans un bois. Je n'ai qu'un conseil à te donner : sois vigilante. Il n'y a pas de terrain d'entente possible, tu le sais bien, c'est une question de civilisations, de choix incompatibles : la société ouverte ou l'autocratie, le progressisme ou le conservatisme, la démocratie ou l'Empire reconstitué, qui se cache derrière la dénomination « Nouvelle Russie », sur les frontières de l'ancienne Russie tsariste.

— La société ouverte ? Elle n'existe plus en temps de guerre, elle est abolie, dans la mesure où l'ennemi est désigné : que tu le désignes ou qu'il te désigne ! Il ne reste que la haine, le désir d'anéantissement de l'autre. D'ailleurs, l'Occident évoque même la possibilité de remettre en cause l'immigration, de durcir les conditions d'entrée sur le territoire, de se protéger des immigrés pour des raisons économiques. Pourquoi crois-tu que je suis venue en France : parce que mon pays, la Russie, était totalement à la dérive, en proie au chaos, à la violence, la corruption, la prolifération des mafias en tous genres, des gens prêts à vendre père et mère pour imiter le modèle capitaliste où tout se vend et s'achète ! Et Maryna est venue pour des motifs similaires. Maryna… La pauvre… Je ne savais même pas qu'elle était enceinte et qu'elle avait accouché ! Je n'ai qu'un seul regret : n'avoir rien vu parce que je croyais qu'en France, ce n'était pas possible. Et pourtant, j'en ai tellement côtoyé des Ivanka ou son équivalent masculin : des désespérés sans foi ni loi. Ça ne va pas t'aider beaucoup ce que je vais te dire mais, en lisant la presse britannique, j'ai appris que le directeur de la société de production qui est mort dans l'entrepôt avec elle était une victime collatérale : il n'y était pour rien, il s'est trouvé au mauvais endroit, au mauvais moment. Lui aussi, il n'a rien vu, rien compris et ça me rassure sur ma capacité à cerner mon prochain, je l'aimais bien, ses projets de films m'enthousiasmaient, c'était un passionné. Je croyais que c'était lui l'amant de

447

Maryna… Inconsciemment, cet homme me plaisait… Je me suis trompée… Et peut-être que là aussi je me trompe, mais je veux redonner ses lettres de noblesse au mot « compromis » qui n'est pas synonyme de « compromission » ou « bassesse morale », c'est au contraire le juste milieu, la tempérance, une vertu cardinale : force, prudence, justice et tempérance. Voilà ce qui me semble important.

— Sans vouloir te plomber le moral ou te dissuader, je me souviens qu'Aldo Moro, un professeur de droit pénal et homme d'État italien, membre de la démocratie chrétienne, partisan du compromis historique entre les chrétiens-démocrates et les communistes, a été enlevé et assassiné par les Brigades rouges, objecta Stéphanie.

— Vous cherchez à me décourager, les filles !

— Non, on cherche à te garder vivante, répliquèrent simultanément Olena et Stéphanie.

— Enfin… J'ai quand même à mon actif d'avoir réussi à faire se parler sans s'invectiver Yvan et Dmitri, avec l'aimable concours d'Olena. Ils ont évoqué les enfants du Donbass qui se prennent des bombes et sont traumatisés depuis le 6 avril 2014 et les enfants d'Ukraine qui, eux aussi, s'en prennent depuis le 22 février 2022. Que deux profs reconvertis en guerriers sanguinaires puissent un instant se calmer, ne pas tomber dans le piège avilissant de l'héroïque argument : « Les miens souffrent depuis plus longtemps que les tiens », c'est déjà une forme de victoire sur l'esprit de haine et de vengeance, même si rien n'est résolu.

— Mais le Donbass, c'est aussi l'Ukraine, c'est l'Ukraine orientale, précisa Olena.

— À plus forte raison : les enfants d'Ukraine orientale souffrent depuis 2014. Entre 2014 et 2020, ce conflit, dont quasiment personne ne parlait, a causé des milliers de morts, selon l'Organisation des Nations unies, et le déplacement de beaucoup d'autres. Maintenant, je sais pourquoi Yvan n'est pas revenu et a voulu rester là-bas, si loin de moi, pour protéger ses parents. Quant aux frontières actuelles, elles sont incertaines car la guerre continue. Deux enseignants, deux intellectuels éclairés qui s'entre-tuent pour une question de frontière… Si ce n'est pas la disparition, la faillite de la société ouverte, alors je ne sais pas ce que c'est…

« Olena et moi, on a découvert qu'Yvan et Dmitri étaient tous les deux des lecteurs de la pensée, des œuvres d'Albert Camus, comme toi, Stéphanie. On a jugé que ce pouvait être un point subtil de rapprochement, ça n'a pas été évident mais, finalement, cela a marché au-delà de nos espérances. Il se trouve qu'ils envisageaient tous deux pour l'Ukraine et son territoire établi depuis 1991 une solution voisine de celle qu'Albert Camus proposait en vain sur la question de l'Algérie : une position pacifiste, une Ukraine multiculturelle, fédéraliste et pluraliste, pour que les russophones ne se sentent plus des étrangers dans leur propre pays, avec une émancipation progressive vis-à-vis de la Russie, parce que de la Russie tsariste à l'URSS, cela faisait quand même plusieurs siècles que l'Ukraine était russe. L'Algérie fut française de 1830 à 1962 et l'Ukraine orientale fut russe de 1667 à 1991. Ce territoire s'appelait le Hetmanat cosaque et alternait entre la suzeraineté russe et polonaise. Les cosaques de l'Ukraine occidentale sont restés, eux, sous domination polonaise. L'écrivain Gogol est né dans l'actuelle Ukraine et, pourtant, à cette époque-là, il était russe, ses œuvres appartiennent à la littérature russe.

« Dmitri et Yvan sont arrivés à se mettre d'accord sur de nombreux sujets, une fois la raison revenue et la haine, la vengeance calmées voire définitivement chassées car elles ne produiront rien que de nouvelles morts atroces ou des mutilations tout aussi épouvantables. Ils ont un autre point commun, pas forcément réjouissant, mais ils détestent l'impérialisme américain et refusent tout partenariat commercial avec eux. Pourquoi ? Parce qu'ils savent tous les deux que ce sont les Américains les premiers, et les seuls à ce jour, à avoir utilisé la bombe atomique. Je suis triste parce que c'est à nouveau une forme de haine qui les a réunis. Une lecture aussi, celle de l'éditorial d'Albert Camus publié dans *Combat* le 8 août 1945, deux jours après que l'Enola Gay a largué la première bombe sur Hiroshima. Yvan est prof de physique et Dmitri d'Histoire. Albert Camus est l'un des seuls intellectuels occidentaux à avoir dénoncé l'usage de cette bombe.

« Je vous envoie un extrait de ce texte, qui redevient plus que jamais d'actualité, où il écrit notamment : « La civilisation mécanique vient de parvenir à son dernier degré de sauvagerie. Il va falloir choisir, dans un avenir plus ou moins proche, entre le suicide collectif ou l'utilisation intelligente des conquêtes scientifiques […] Devant les perspectives terrifiantes qui s'ouvrent à l'humanité, nous apercevons encore mieux que la paix est le seul combat qui vaille d'être mené. Ce n'est plus une prière, mais un ordre qui doit monter des peuples vers les gouvernements, l'ordre de choisir définitivement entre l'enfer et la raison. » Voilà. Comme moi, Yvan et Dmitri ont choisi la raison. Ils sont des représentants des peuples, quant aux gouvernements… Eh bien, suicide collectif, non ? Qu'en dites-vous ? »

Marianne venait de se connecter.

« J'en dis que votre dialogue est de haut niveau pour un dimanche matin à l'heure du petit-déjeuner, mes amies. Ça nous change de ce qu'on voit, entend et lit souvent sur de nombreux réseaux sociaux et même à la télévision. Je n'arrive plus à écouter *Imagine* de John Lennon sans avoir envie de pleurer tant ce texte me semble le reflet d'une époque à jamais révolue. Ah, au fait, Katia, lui aussi, il a été assassiné !

— Merci pour l'encouragement !

— On était des bébés quand ça s'est produit et je n'ai pas l'impression que depuis on est beaucoup avancé vers un monde de paix, d'amour, de fraternité, d'union au-delà des frontières, des pays, des religions, sans cause pour laquelle tuer et mourir. Ce serait même plutôt l'inverse : on a régressé. Je m'interdis de plomber le moral d'Élodie qui pense que brailler des chansons sur scène et assister à des concerts peut être utile. Peut-être bien que, avec l'énergie de ses vingt ans, c'est elle qui a raison et moi qui ai tort d'être si pessimiste... Je vais essayer d'être comme elle : la fraternisation viendra du peuple, des populations, à l'instar d'Yvan et Dmitri. Ils sont les héritiers des soldats français et allemands qui ont fêté ensemble Noël 1914. Ils avaient compris qu'ils étaient tous des jeunes hommes ouvriers et paysans et que s'entre-tuer était absurde. Cela n'a duré qu'une journée et puis on a fusillé les traîtres. Que faire contre ça ? La force brute l'emporte toujours sur le terrain. Pour le meilleur et pour le pire.

— Pour le meilleur ? s'étonna Olena.

— Certains ressentent la force, la brutalité comme une protection contre le chaos et donc ils la désirent au lieu de la craindre. On ne dit plus « le ministère de la Guerre » mais « la Défense ».

— Les forces armées qui protègent la population, approuva Stéphanie.

— Je vais apporter mon grain de sel de prof d'Histoire à votre dialogue, poursuivit Marianne. Presque tout le monde a dit le contraire, pourtant cette guerre entre la Russie et l'Ukraine était largement prévisible. Elle incubait depuis 1991 et la fin de l'URSS, lorsque la dissolution du pacte de Varsovie, l'alliance militaire, économique et politique de l'URSS avec les pays d'Europe de l'Est, n'a pas entraîné celle de l'OTAN, l'Organisation du Traité de l'Atlantique Nord, l'alliance politico-militaire défensive qui unit l'Amérique du Nord à certains pays d'Europe. Le désarmement n'a pas été réciproque, il était donc inévitable que la Russie se réarme et considère qu'elle ne fait que réparer les conséquences de la mauvaise décision initiale. Nous abordons là un problème fondamental : depuis les attentats du 11 septembre 2001, l'Occident est revenu progressivement sur tous les accords de désarmement, de détente militaire, de non-prolifération d'armes nucléaires, au nom de la nécessaire lutte contre le terrorisme, de la protection de notre mode de vie libre et démocratique. Pour ces mêmes motifs, l'Occident – enfin les États-Unis – a déclenché des guerres, renversé des gouvernements en Irak, en Afghanistan etc. Tout dirigeant de la Russie penserait que cette inquiétante escalade est un danger potentiel. Cela me fait penser à François

Mitterrand qui ne cessait de critiquer la Vᵉ République du général de Gaulle et qui ne l'a pas réformée une fois Président parce qu'il s'est mis à raisonner comme un chef de l'État et non comme un opposant politique.

— Marianne, je sais bien ce qui a déclenché cette guerre en 2014, l'interrompit Olena. Le désir de la majorité des Ukrainiens de choisir l'adhésion à l'Union européenne et à l'OTAN qui est, pour nous, symbole de liberté et la garantie d'une protection de nos frontières par rapport à la Russie. Nous voulons votre mode de vie. Nul n'a le droit de nous le refuser avec une telle brutalité. Ce n'est pas juste !

— Ah ! Il y a des divorces, des séparations qui se passent très mal, où il est impossible que les parties en présence se mettent d'accord. C'est malheureusement le cas ici et je n'ai pas de solution. Je ne sais même pas s'il en existe une. Quand les dirigeants de l'URSS ont créé la république socialiste soviétique d'Ukraine, il leur était impossible d'imaginer ce désastre futur car, dans leur tête, ce vaste territoire qui était l'ancien empire des tsars était désormais une terre d'utopie, la réalisation concrète d'un idéal d'égalité, de justice sociale, d'éducation pour tous, de respect des minorités, des particularités locales, d'amour du peuple réuni dans les soviets : paysans, ouvriers et soldats. Ils pensaient tous incarner l'avenir du monde avec le communisme, le rêve d'un paradis sur terre, un rêve d'universalité qui tourna au cauchemar.

— Au cauchemar, ça c'est certain… déclara Olena. La famine, les purges et le goulag ont anéanti des générations entières d'êtres humains. C'est beau la réalisation concrète de la fraternité…

— Et toi, comment vas-tu ? C'est l'occasion de prendre de tes nouvelles.

— Je survis, je me débrouille, même si c'est dur. En ce moment, j'héberge ma belle-sœur qui n'a plus de domicile depuis que son village d'Andriïvka a été dévasté et que les soldats russes et ukrainiens se battent pour la possession de ces ruines. Je l'aide comme tu m'as aidée…

— J'aurais aimé faire plus, être plus efficace…

— Tu as fait ce que tu pouvais. Comme moi avec la sœur de mon mari.

— En tout cas tu es la bienvenue au haras, malgré l'horreur qui s'y est produite…

— Ce n'est pas pire que ce qui se passe chez moi.

— J'espère vous revoir bientôt toutes les deux, Katia et Olena. Vous me manquez. Mon haras n'est ni un refuge idyllique ni une terre sainte souillée mais c'est chez vous. En attendant de nous réunir à nouveau, avec Stéphanie, Élodie et Estelle, nous communiquerons à distance, grâce à notre groupe *Les Amoureux de la littérature*. Il est capital de parvenir à trouver les mots comme nous venons de le faire parce que, quand on ne les a plus, ne demeure que la violence. Peut-être est-ce pour cela que nous lisons, cela nous permet d'avoir l'esprit plus clair. Et si nous trouvions des solutions aux problèmes contemporains dans *Vie et Destin* ou *Guerre et Paix*, les guerres napoléoniennes ont été sanglantes aussi ? Ne désespérons pas : l'intelligence humaine n'est pas encore morte, elle renaîtra de ses cendres et j'ai l'impression que Katia nous a devancées, elle a commencé la première la lecture de *Vie et Destin*. Nous n'avons plus qu'à la suivre. Alors, Katia, tu nous l'envoies cette splendide citation pour le carnet de Stéphanie ?

— Il n'y a qu'à demander... »

Stéphanie, Marianne et Olena lurent ces mots que Katia avait choisis :

« Vous dites que la vie est la liberté. Croyez-vous que les détenus des camps partagent votre opinion ? Répandue dans tout l'Univers, cette vie n'est-elle pas susceptible d'employer sa puissance à instaurer un esclavage, plus terrible encore que celui de la matière inerte dont vous parliez à l'instant ? L'homme du futur dépassera-t-il le Christ en bonté ? [...] Cet homme ne risque-t-il pas de transformer le monde en un camp de concentration à l'échelle galactique ? Croyez-vous vraiment, dites-moi, à l'évolution de la bonté, de la morale, de la générosité ? Croyez-vous l'homme capable d'une telle évolution ?[22] »

« Nous essaierons d'incarner la bonté, la morale et la générosité, écrivit Stéphanie. Si nous ne sommes que quatre au début, ce n'est déjà pas si mal. Et puis, il y a aussi Élodie, Estelle, Yvan, Dmitri et Matthias. Donc aucune raison de désespérer !

— Je plussoie ! répondit en chœur le trio.

— Je vais devoir vous laisser, sinon je ne serai jamais à l'heure pour le dîner en amoureux que mon chéri a prévu de me concocter !

— Bonne route et sois prudente, ne roule pas trop vite !

— Pas de souci, mes amies : voie de gauche, cent soixante au minimum sur l'autoroute et un Irish coffee pour garder la forme ! » plaisanta Stéphanie avant de se déconnecter et de poursuivre son chemin.

La radio lui tenait compagnie. Dans le ciel, des nuages gris foncé se mêlaient aux nuages blancs laissant entrapercevoir des trouées d'un bleu limpide. Les rares rayons de soleil faisaient chatoyer la végétation automnale dans un dégradé de vert, de jaune et de rouge. Le roux des feuilles était beau. Stéphanie adorait contempler

---

[22] Traduit du russe par Alexis Berelowitch et Anne Coldefy-Faucard.

ces nuances. Le printemps n'était que verdure, l'été sécheresse et l'hiver incarnait la mort, alors que l'automne était un véritable festival de couleurs, avant l'éphémère disparition qui précédait la renaissance printanière. La circulation était fluide en ce dimanche et l'esprit de Stéphanie vagabondait tandis que la 207 Peugeot, qui avait désormais le charme des vieilles voitures, avançait à allure modérée.

Soudain, dans l'habitacle, résonna la chanson du groupe allemand Alphaville *Forever Young* : « Espérant le meilleur / Mais nous attendant au pire, / Allez-vous larguer la bombe ou non ? [...] La musique est faite pour les hommes tristes », sortie en 1984 à l'apogée de la guerre froide. Mylena l'avait enregistrée sur *leur* cassette. Magali, la monitrice devenue assistante sociale, qui s'était suicidée, selon la directrice du foyer, juste avant le départ de Stéphanie, la leur avait fait découvrir. Elle était plus que jamais d'actualité. Mylena, Maryna, Magali et tant d'autres seraient éternellement jeunes. Vieillir ne présentait pas que des inconvénients, songea Stéphanie. Peut-être était-ce aussi accepter la perte avec philosophie et atteindre ainsi une forme de paix de l'âme, de nouvelle sérénité face au caractère tragique de l'existence.

Durant le long trajet de retour, elle faillit éclater de rire, un rire jaune, absurde, l'ironie du sort, l'éternel recommencement. Quel penseur avait dit : « Lorsque l'Histoire se répète, elle devient une farce et non une tragédie. » ? Une voix rythmée chantait « I'm a Barbie girl, in a Barbie world. » Cette chanson d'Aqua avait accompagné Stéphanie et Mylena l'année du Bac. Un des films les plus vus de l'été 2023 était *Barbie*.

Les mains de Stéphanie se crispèrent sur le volant. Non, il y avait des horreurs qu'il était impossible d'accepter, d'oublier, comme le corps de Mylena jeté tel un déchet encombrant n'importe où, dans un endroit qui demeurerait à jamais inconnu. Vieillir, c'était apprendre à apprivoiser la douleur, qui deviendrait peu à peu une partie intégrante du quotidien sans que cela soit insupportable.

La voix de ténor de Florent Pagny qui chantait *Et un jour une femme* l'apaisa alors qu'elle s'arrêtait pour se reposer un instant, se détendre. Chaque fois qu'elle entendait ce texte magnifique, éloge de la féminité, du pouvoir de l'amour, de la maternité, elle éprouvait un sentiment ambigu. Était-elle moins femme, moins forte parce qu'elle ne donnerait jamais la vie ? Elle ne porterait jamais le monde, ainsi qu'il le disait, elle ne « porte[rait jamais] jusqu'à sa bouche le front d'un petit monde ». Elle n'avait aucun regret. Pourtant elle se sentait triste.

Florent Pagny luttait contre un cancer des poumons, celui qui emporterait Mylena dans le livre de Stéphanie, une fiction conforme à la version d'Aurélie. Mireille, la maman devenue artiste, pourrait la lire sans que la fable qui avait été élaborée pour la protéger d'une souffrance intolérable ne s'effondre. *L'été où Mylena a disparu...* Pourquoi pas ? Quant à Anne, une autre maman, plus solide, courageuse, malgré ses faiblesses, ses errances avec l'affreux Lionel, dans le roman, sa mort serait un meurtre déguisé en accident de la route... Dans la réalité peut-être aussi...

Mais, trente ans après, il était impossible de le prouver, d'acquérir la moindre certitude dans un sens ou dans l'autre. Certains décès sont énigmatiques et permettent à la victime d'entrer dans la légende à titre posthume. Ainsi en était-il d'Albert Camus, mort brutalement dans un accident, laissant derrière lui une partie inachevée de son œuvre, d'abord avec *Le Premier Homme*, un roman autobiographique, puis avec le thème de l'amour qui devait être son troisième cycle, après celui de l'absurde et de la révolte. Le KGB était-il à l'origine de ce drame comme l'affirmait Giovanni Catelli, un écrivain italien spécialiste de l'Europe de l'Est ? Lionel et Benjamin Aznar avaient-ils une quelconque responsabilité dans la disparition d'Anne ? Celle-ci avait compris beaucoup de choses à propos de ces deux hommes et de leurs activités interlopes. Comprendre, c'est choisir et certains choix peuvent être fatals...

Avant d'entamer l'ultime périple qui la ramènerait à son point de départ, à Montauban, qu'elle n'aurait jamais dû quitter, d'après la célèbre réplique de Lino Ventura dans *Les Tontons flingueurs*, Stéphanie consulta ses messages et eut le bonheur de lire le prénom aimé : « Matthias ». Il répondait à ses questions inquiètes sur la pérennité de leur couple sans enfants de la plus belle des façons, par le biais de ce texte qu'elle venait d'entendre à la radio : *Et un jour une femme* : « Et jusqu'à bout de force recouvre de son écorce / Vos plaies les plus profondes ». Toi aussi, tu portes le monde… à ta façon, avait-il ajouté. Puis il avait mis un cœur. Elle eut l'intuition que, cette année, quoi qu'il advienne, l'automne et l'hiver seraient pour elle des saisons radieuses. Elle se hâta de lui écrire dans le même registre avec les paroles d'*Est-ce que tu me suis ?* : « Me suivrais-tu dans les nuits d'encre / Quand le phare est éteint / Si tu n'avais qu'à prendre ma main ». Il lui renvoya un cœur associé à : « Je t'attends avec impatience ! J'irai où tu iras ! »

Stéphanie garait sa voiture dans l'abri de jardin de leur nouvelle maison. Matthias préparait la paella, sa spécialité culinaire favorite, vestige de ses origines espagnoles. Lui aussi, il avait souffert de la perte précoce de sa mère. Il avait vécu en foyer, le foyer que Stéphanie avait intégré quand il était parti. Cinq années les séparaient. Le hasard les avait fait se rencontrer et ce fossé était désormais comblé. À quarante-trois ans, qu'était-ce que cinq ans d'écart ?

Il écoutait *Burning Heart, Cœur brûlant*, la bande originale du film *Rocky IV*. Cela lui ressemblait tout à fait. Au moins, il n'était plus Rambo. Cette période de missions sur des terrains de guerre était définitivement terminée depuis que l'armée l'avait appelé en renfort, puisqu'il était réserviste, pour former des soldats ukrainiens. Non qu'il eût échoué dans sa tâche mais sa franchise et la minutie avec laquelle il avait listé tout ce qui lui semblait ne pas aller, comme l'insuffisance de la formation pour l'utilisation des drones – les combattants lui avaient confié en apprendre davantage sur Internet – ou le manque d'expérience des soldats français de la guerre de haute intensité – combattre des insurgés n'avait rien à voir avec se battre contre une puissance nucléaire dotée d'armes supersoniques – toute cette absence de langue de bois, de méconnaissance du langage diplomatique ou politique standardisé avait malheureusement – ou heureusement – déplu. Matthias n'avait qu'un tort : il était trop souvent brut de décoffrage.

Stéphanie était sereine : la hiérarchie ne l'appellerait plus. Elle lui sourit. Il se retourna et lui rendit son sourire, alors elle sut que, sur les ruines du passé, ils reconstruiraient l'avenir, comme tant d'autres l'avaient fait avant eux et le feraient après eux. Ceux qui survivraient…

Table des matières

Du même auteur

Un été en terre catalane, 2016.
Le Chemin des Étoiles, 2016.
Le Rêve d'une vie meilleure, 2018.
La jeune fille qui lisait dans les pensées, 2018.
Les Enfants du mal, 2021.
Le Mirage de la justice, 2022.